二十年目睹之怪現狀 上

清・吳沃堯 著

五南圖書出版公司 印行

作者小傳

吳沃堯（一八六七——一九一〇），字小允，又字繭人，一作趼人，別署繭闇，或趼廛、亦號迪齋，廣東南海人。因生長於佛山鎮，又以「我佛山人」自號。性倜儻豪放，不可羈勒。年二十餘至上海，為日報撰文。後又客居山東，遠遊日本。

梁啟超刊新小說（一九〇三），趼人始作長篇，為其幹部作家，同時發表二十年目覩之怪現狀、痛史、電術奇談三種。又在李伯元主編的綉像小說上寫稿。光緒三十二年（一九〇六），與新菴周桂笙創辦月月小說於上海，凡行二十四期，發憤作歷史長篇，無所成。又一年，主辦廣志小學，盡力學務，所作故不多。宣統二年（一九一〇）九月卒。友人李懷霜為之傳，新菴筆記亦曾詳敘其平生。據新菴言，研人小說，有三十餘種，惜無詳目，又多用假名，即有疑者，亦難斷定。茲就所知，列目於此。年月可考者附及：

痛史二十七回（一九〇三——六）

二十年目覩之怪現狀一〇八回（一九〇三——九，單本一九〇七——九）

電術奇聞二十四回（一九〇三——五）

瞎騙奇聞八回（一九〇四）

恨海十回（一九〇五）
新石頭記四十回（一九〇五——六）
九命奇冤三十六回（一九〇六——？）
糊塗世界十二回（一九〇六）
兩晉演義十三回（一九〇六——八）
盜偵探二十二回（一九〇六——八）
上海游驂錄十回（一九〇七）
劫餘灰十六回（一九〇七——八）
發財秘訣十回（一九〇七——八）
雲南野乘三回（一九〇七——八）
最近社會齷齪史二十回（即近十年之怪現狀，一九一〇）
還我靈魂記（見新菴筆記）
趼人十三種（一九〇六——八）
胡寶玉（一九〇六）
中國偵探案（一九〇六）

就所得者已有小說二十餘種，此外尚有我佛山人扎記小說四卷，滑稽談一卷，以及未印單本的詩歌、傳奇和隨筆。小說中，以二十年目睹之怪現狀、痛史、恨海、九命奇冤、劫餘灰、上海游驂錄六種為最重要。又有趼廛筆記、我佛山人筆記四種等。

（魏如晦《小說月報・清末四大小說家》）

序言

勤廬

近世文學思想的潮流，莫不由個人主義的文學，逐漸趨重到社會主義的文學上去。小說在文學上佔重要的位置，也是社會教育利器，有轉移世道人心的功能。這是世人所共認的。

吾國歷代小說的作品，雖不能算是少數；但內容大半不是說鬼談神，講一些毫無意識事情；便是替那貴族王公，英雄豪傑，作一部言行錄；否則記些美人香草，才子佳人，便算一部名作了。可是對於世道人心，卻毫無影響的。雖其中也有少數作品，間可稱他社會小說的，如紅樓夢，水滸，儒林外史，官場現形記，不過紅樓夢的內容，僅止寫貴族家庭的狀況；水滸的宗旨，只說了做官的逼民為盜；儒林外史完全是痛罵科舉的弊病；官場現形記的主意，只要人人感覺官是世間最可惡最下賤的東西。他們的作品，都用著諷刺的態度去描寫種種事物，雖不無有裨人心，但影響於社會，還是部分的，不是普偏的，尚不能算是全德之作。只有距今二十年前，廣東南海吳趼人（名沃堯）著的二十年目睹之怪現狀，才能算是吾國社會小說的傑作。

胡適在他五十年來之中國文學上說：

「大凡文學有兩個主要分子：一是『要有我』，一是『要有人』。有我就是要表現著作人的性情見解；有人就是要與一般的人發生交涉。……南方的諷刺小說便不同了。他們著者都是文人，往往是有思想有經驗的文人。……南方幾部重要小說，都含有諷刺的作用，都可以算是『社會問題的小說』。他們既能為人，又能為我。……二十年目睹之怪現狀、恨海……都屬於這一類。」

吾們看了這段議論，這書的價值也可想而知了。

二十年目睹之怪現狀所以稱為傑作：全在他技術高明，見識超群。他有一枝健筆，能把社會上，表裏所具的大小精粗一切事物，盡量吸諸筆端，而造成一人類的縮影。其心思之精密，觀察力之周至，豈常人所能比及！書中雖全是描寫家庭社會種種黑幕，含著無數的短篇故事；卻始終有一「我」字作主人。於是一切事物，都由我所見所聞，都處於客觀的地位了。這種客觀的描寫，是很合於近代小說作法原理的，也是這書所以勝人的地方。吳趼人又是很有學問、經驗的人。他見了當時政法的紊亂，家庭的守舊，官僚的萬惡，社會的腐敗，憂憤極了。可是他懷才不遇，心存救國，卻無其位；意欲振俗，而無其術；悲恨鬱結，無所發洩，遂作這部二十年目睹之怪現狀以鳴不平。

吾們讀他第二回中一節：

「只因我出來應世的二十年中，回頭想來，所遇見的，只有三種東西：第一種是蟲蛇蟻鼠；第二種是豺狼虎豹；第三種是魑魅魍魎。我二十年之久，在此中過來：未曾被第一種所蝕；未曾被第二種所啖；未曾被第三種所攫；居然都被我避了過去；還不算是『九死一生』麼？」

便可知道他開宗明義。全書的作意，在表面上看來，無非要使人們知道社會雖是齷齪到極點，吾們卻仍須潔身自好，不可沾染一些，與他同化；在背影裏看來，他卻希望眾生抱著救世的宏願，人人懷著建設改造的態度，要有「眾人皆濁，惟我獨清」的心志才是。

書中記敘最有精采的，要推第六回寫旗人的窮形極相了。

「京城裏的小茶館泡茶，……自己帶了茶葉去，只要一文京錢就夠了。一天，高升到了茶館裏，看見一個旗人進來泡茶，卻是自己帶的茶葉。打開了包紙，把茶葉盡量放在碗裏。那堂上的人道：『茶葉怕少了罷！』那旗人哼了一聲道：『你那裏懂得！我這個是大西洋紅毛法蘭西來的上好龍井茶，只要這麼三四片就夠了；要是多泡了幾片，要鬧到成年不想喝茶呢。』堂上的人，只好同他泡上了。高升聽了，以為奇怪奇怪。走過去看看那茶碗中間飄著三四片茶葉，就是平常吃的香片茶。……後來又看見他在腰裏掏出兩個京錢來，買了一個燒餅，在那裏撕著吃，細細咀嚼，像很有味的光景，吃了一個多時辰，方才吃完。忽然伸出一個指頭，蘸著些唾沫，在桌上寫字，蘸一口，寫一筆。寫了半天字，桌上芝麻一顆也沒有了。他又忽然在那裏出神，像想什麼是的。想了一會，……又故意做成忽然醒悟的樣子，把桌上拍一拍，那芝麻自然震了出來；他再做成寫字的樣子，自然就到了嘴了。……他餅吃完了，字也寫完了。又坐了半天，還不肯去，天已晌午了。忽然一個小孩子走進來，對著他道：『爸爸！快回去罷，媽要起來了。』那旗人道：『媽要起來就起來，要我回去做什麼？』那孩子道：『爸爸穿了媽的褲子出來，媽在那裏著急沒有褲子穿呢。』那旗人喝道：『胡說！媽的褲子不在皮箱裏嗎？』說著丟了一個眼色，要使那孩子快去的光景。那孩子不會意，還在那裏說道：『爸爸只怕忘了！皮箱子早就賣了。那條褲子是前天當了買米的；媽還叫我說屋裏的米只剩了一把，餵雞兒也餵不飽了。叫爸爸快去買半升米來，才夠做中飯呢。』……說著起來要走。那堂上的人，向他要錢。……他伸手在腰裏亂掏，掏了半天，連半根毛也掏不出來，……只得在身邊掏出一塊手帕來抵押，……那旗人方得逃身去了。」

這種描寫的技能，不能不算是絕妙的文學了。

作者又是很看輕舉業的人，他書中時有鄙棄科舉的議論，如第四十三回說：

「我一面走，一面想著，作了幾篇臭八股，把姓名寫到上頭去，便算是個舉人。到底有什麼榮耀！這個舉人，又有什麼用處。可笑那輩人，便下死勁的去爭他，真是可笑！」

他又是厭惡官僚最烈的人，在五十一回中說得好：

「這個官竟然不是人做的：頭一件先要學會了卑污苟賤，才可以求得著差使；又要把良心擱過一邊，放出殺人不見血的手段，才弄得著錢。這兩件事，我都辦不到的，怎樣好做官？」

又如第三回論禁煙一節：

「……依我看上去，一省兩省禁，也不中用；必得要奏明立案，通國一齊禁了才好。……只要立定了案，凡係吃煙的人，都要抽他的吃煙稅，給他註了煙冊，另外編成一份煙戶。凡係煙戶的人，非但不准他考試出仕；並且不准他做大行商店。那吃煙的人，自然不久就斷絕了。」

這些議論，在現時看來，很覺平凡；不過在二十年前，正是吾國鴉片煙最盛的時候，他能發表這種建議，也可敬了。

作者對於吾國舊倫理的觀念，買賣式的婚姻，都是很不贊成，而有深刻的批評。如第六十九回記石映芝的孝親，第七十回周輔成的娶親兩段故事，都有非常的感慨，這是他見識超群的明證。

總之這部書的所以能不朽，因他對於當時的政治，家庭，社會等，種種事情，都有深刻批評，合理的建議。吾們不僅可當他小說讀，並可為研究吾國二十年前社會問題的絕好材料。至於他文字之清潔，寓意之深遠，我雖舉出幾萬言來，恐還不能喻其萬一。這書真可算是社會主義文學的模範，吾國社會小說的傑作。

目錄

上冊

下冊

第一回　楔子

上海地方，為商賈麕集之區；中外雜處，人煙稠密；輪船往來，百貨輸轉。加以蘇，揚各地之煙花，亦都圖上海富商大賈之多，一時買棹而來，環聚於四馬路一帶；高張豔幟，炫異爭奇。那上等的，自有那一班王孫公子去問津；那下等的，也有那些逐臭之夫，垂涎著要嘗鼎一臠。於是乎把六十年前的一片蘆葦灘頭，變做了中國第一個熱鬧的所在。唉！繁華到極，便容易淪於虛浮。久而久之，凡在上海來來往往的人，開口便講應酬，閉口也講應酬。人生世上，這「應酬」兩個字，本來是免不了的。爭奈這些人所講的應酬，與平常的應酬不同。所講的不是嫖經，便是賭局。花天酒地，鬧個不休；車水馬龍，日無暇晷。還有那些本是手頭空乏的，雖是空著心兒，也要充作大老官模樣，去逐隊嬉遊；好像除了徵逐之外，別無正事似的。所以空心大老官，居然成為上海的土產物。這還是小事。還有許多騙局，拐局，賭局，一切稀奇古怪，夢想不到的事，都在上海出現。於是乎又把六十年前民風淳樸的地方，變了個輕浮險詐的逋逃藪。

這些閒話，也不必提，內中單表一個少年人物。這少年也未詳其為何省何府人氏，亦不詳其姓名。到了上海，居住了十餘年。從前也跟著一班浮蕩子弟，逐隊嬉遊。過了十餘年之後，少年的漸漸變做中年了，閱歷也多了。並且他在那嬉遊隊中，狠狠的遇過幾次陰險奸惡的謀害，幾乎把性命都斷送了。他方才悟到上海不是好地方，嬉遊不是正事業。一朝改了前非，迴避從前那些交遊，惟恐不速；一心要離了上海，別尋安身之處。只是一時沒有機會，只得閉門韜晦。自家起了一個別號，叫做「死裏逃生」，以誌自家的悼痛。一日，這死裏逃生在家裏坐得悶了，想往外散步消遣；又恐怕在熱鬧的地方，遇見那徵逐朋友；思量不如往城裏去逛逛，倒還清淨些。遂信步走到邑廟豫園，遊玩一番，然後出城。正走到甕城時，忽見一個漢子，衣衫襤褸，氣宇軒昂，站在那裏，手中拿著一本冊子，冊子上插著一枝標，圍了多少人在旁邊觀看。那漢子雖是昂然拿著冊子站著，卻是不發一言。死裏逃生分開眾人，走上一步，向漢子問道：「這本書是賣的麼？可容借我一看？」那漢子道：「這書要賣也可以；要不賣也可以。」死裏逃生道：「此話怎講？」漢子道：「要賣便要賣一萬兩銀子！」死裏逃生道：「不賣呢？」那漢子道：「遇了知音的，就一文不要，雙手奉送與他！」死裏逃生聽了，覺得詫異，說道：「究竟是什麼書？可容一看？」那漢子道：「這書比那太上感應篇，文昌陰騭文，觀音菩薩救苦經，還好得多呢！」說著，遞書過來。死裏逃生接過來看時，只見書面上粘著一個窄窄的簽條兒，上面寫著：「二十年目睹之怪現狀」。翻開第一頁看時，卻是一個手抄的本子，篇首署著「九死一生筆記」六個字。不覺心中動了一動，想道：「我的別號，已是過於奇怪，不過有所感觸，借此自表。不料還有人用這個名字。我與他可謂不謀而合了！」想罷，看了幾條，又胡亂翻過兩頁，不覺心中有所感動，顏色變了一變。那漢子看見，便拱手道：「先生看了必有所領會，一定是個知音！這本書是我一個知己朋友做的，他如今有事到別處去了，臨行時親手將這本書託我，叫我代覓一個知音的人，付託與他，請他傳揚出去。我看先生看了兩頁，臉上便現了感動的顏色，一定是我這敝友的知音；我就把這本書奉送，請先生設法代他傳揚出去，比著世上那印送善書的，功德還大呢！」說罷，深深一揖，揚長而去。一時圍看的人，都一哄而散了。

死裏逃生深為詫異，惘惘的袖了這本冊子，回到家中；打開了從頭至尾細細看去，只見裏面所敘的事，千奇百怪，看得又驚又怕；看得他身上冷一陣熱一陣，冷時便渾身發抖，熱時便汗流浹背；不住的面紅耳赤，意往神馳；身上不知怎樣才好。掩了冊子，慢慢的想其中滋味；從前我只道上海的地方不好，據此看來，竟是天地雖寬，幾無容足之地了。但不知道九死一生是何等樣人，可惜未曾向那漢子問個明白；否則也好去結識結識他，同他做個朋友，朝夕談談，還不知要長多少見識呢！思前想後，不覺又感觸起來，不知此茫茫大地，何處方可容身。一陣的心如死灰，便生了個謝結人世的念頭。只是這本冊子，受了那漢子之託，要代他傳播，當要想個法子，不負所託才好；縱使我自己辦不到，也要轉託別人，方是道理。眼見得上海所交的一班朋友，是沒有可靠的了；自家要代他付印，卻又無力；想來想去，忽然想著橫濱新小說，消行極廣；何不將這冊子寄到小說社裏，請他另闢一門，刊上去，豈不是代他傳播了麼？想定主意，就將這本冊子的記載，改做了小說體裁，剖作若干回；加了些評語；寫一封信，另外將冊子封好，寫著：「寄日本橫濱市山下町百六十番新小說社」。走到虹口蓬路日本郵便局，買了郵稅票粘上，交代明白，翻身就走。一直走到深山窮谷之中，絕無人煙之地，與木石居，與鹿豕遊去了。

第二回　守常經不使疏逾戚　睹怪狀幾疑賊是官

新小說社記者，接到了死裏逃生的手書，及九死一生的筆記；展開看了一遍，不忍埋沒了他，就將他逐期刊佈出來。閱者須知自此以後之文，便是九死一生的手筆，及死裏逃生的批評了。」我是好好的一個人，生平並未遭過大風波，大險阻；又沒有人出十萬兩銀子的賞格來捉我；何以將自己好好的姓名來隱了，另外叫個什麼死裏逃生呢？只因我出來應世的二十年中，回頭想來，所遇見的只有三種東西：第一種是蛇蟲鼠蟻；第二種是豺狼虎豹；第三種是魑魅魍魎。二十年之久，在此中過來，未曾被第一種所蝕；未曾被第二種所啖；未曾被第三種所攫；居然被我都避了過去：還不算是九死一生麼？所以我這個名字，也是我自家的紀念。記得我十五歲那年，我父親從杭州商號裏寄信回來，說是身上有病，叫我到杭州去。我母親見我年紀小，不肯放心叫我出門。我的心中，是急得了不得。迨後又連接了三封信，說病重了；我就在我母親跟前，再四央求，一定要到杭州去看看父親。我母親也是記掛著，然而究竟放心不下。忽然想起一個人來，這個人姓尤，表字雲岫，本是我父親在家時最知己的朋友；我父親很幫過他忙的。想著託他伴我出門，一定是千穩萬當。於是叫我親身去拜訪雲岫，請他到家，當面商量。承他盛情，一口應允了。

收拾好行李，別過了母親；上了輪船，先到上海。那時還沒有內河小火輪呢；就趁了航船，足足走了三天，方到杭州。兩人一路問到我父親的店裏。那知我父親已經先一個時辰咽了氣了。一場痛苦，自不必言。

那時店中有一位擋手，姓張，表字鼎臣；他待我哭過一場，然後拉我到一間房內，問我道：「你父親已是沒了，你胸中有什麼主意呢？」我說：「世伯！我是小孩子，沒有主意的；況且遭了這場大事，方寸已亂了，如何還有主意呢？」張道：「同你來的那位尤公，是世好麼？」我說：「是！我父親同他是相好。」張道：「如今你父親是沒了，這件後事，我一個人擔負不起，總要有個人商量方好。你年紀又輕，那姓尤的，我恐怕他靠不住。」我說：「世伯何以知道他靠不住呢？」張道：「我雖不懂得風鑑，卻是閱歷多了，有點看得出來；你想還有什麼人可靠的呢？」我說：「有一位家伯，他在南京候補，可以打個電報請他來一趟。」張搖頭道：「不妙！不妙！你父親在時最怕他，他來了就囉唕的了不得；雖是你們骨肉至親，我卻不敢與他共事。」我心中此時暗暗打主意，這張鼎臣雖是父親的相好，究竟我從前未曾見過，未知他平日為人如何？想來伯父總是自己人，豈有辦大事，不請自家人，反靠外人之理？想罷便道：「請世伯一定打個電報給家伯罷。」張道：「既如此，我就照辦就是了；然而有一句話，不能不對你說明白，你父親臨終時，交代我說，如果你趕不來，抑或你母親不放心叫你來，便叫我將後事料理停當，搬他回去；並不曾提到你伯父呢。」我說：「此時只怕是我父親病中偶然忘了，故未說起，也未可知。」張歎了一口氣，便起身出來了。

到了晚間，我在靈床旁邊守著。夜深人靜的時候，那尤雲岫走來，悄悄問道：「今日張鼎臣同你說些什麼？」我說：「並未說什麼，他問我討主意，我說沒有主意。」尤頓足道：「你叫他同我商量呀！他是個素不相識的人，你父親沒了，又沒有見著面，說著一句半句話兒，知道他靠得住靠不住呢；好歹我來監督他。以後他再問你，你必要叫他同我商量。」說著，去了。過了兩日，大殮過後，我在父親房內，找出一個小小皮箱；打開看時，裏面有百十來塊洋錢；想來這是自家零用，不在店帳內的。母親在家寒苦，何不先將這筆錢，先寄回去，給母親使用呢？而且家中也要設靈掛孝，在在都是要用錢的。想罷，便出來與雲岫商量。雲岫道：「正該如此！這裏信局不便，你交給我，等我同你帶到上海，託人帶回去罷！上海來往人多呢。」我問道：「應該寄多少呢？」尤道：「自然是愈多愈好呀。」我入房點了一點，統共一百三十二元；便拿出來交給他。他即日就動身到上海，與我寄銀子去了。可是這一去，他便在上海耽擱住，再也不回杭州。

又過了十多天，我的伯父來了，哭了一場。我上前見過，他便叫帶來的底下人，取出煙具吸鴉片煙。張鼎臣又拉我到他房裏問道：「你父親是沒了，這一家店，想來也不能再開了；若把一切貨物盤頂與別人，連收回各種帳目，除去此次開銷，大約還有萬金之譜，可要告訴你伯父嗎？」我說：「自然要告訴的；難道好瞞伯父嗎？」張又歎口氣，走了出來，同我伯父說些閒話。那時我因為刻訃帖的人來了，就同那刻字人說話。我伯父看見了，便立起身來問道：「這訃帖底稿，是那個起的呢？」我說道：「就是姪兒起的。」我的伯父拿起來一看，對著張鼎臣說道：「這才是吾家千里駒呢！這訃聞居然是大大方方的，期功緦麻，一點也沒有弄錯。」鼎臣看著我，笑了一笑，並不回言。伯父又指著訃帖當中一句問我道：「你父親今年四十五歲，自然應該作享壽四十五歲；為甚你卻寫做春秋四十五歲呢？」我說道：「四十五歲，只怕不便寫作『享壽』，有人用的是『享年』兩個字；姪兒想去，年是說不著享的，若說那『得年』，『存年』，這又是長輩出面的口氣。姪兒從前看見古時的墓誌碑銘，多有用『春秋』兩個字的，所以借來用用；倒覺得籠統些，又大方。」伯父回過臉來，對鼎臣道：「這小小年紀，難得他這等留心呢！」說著，又躺下去吃煙。鼎臣便說起盤店的話，我伯父把煙槍一丟，說道：「著著！盤出些現銀來，交給我代他帶回去，好歹在家鄉也可以創個事業呀。」商量停當，次日張鼎臣便將這話傳將出來，就有人來問。一面張羅開弔。

過了一個多月，事情都停妥了，便扶了靈柩，先到上海。只有張鼎臣因為盤店的事，未曾結算清楚，還留在杭州；約定在上海等他。我們到了上海，住在長發棧，尋著了雲岫。等了幾天，鼎臣來了，把帳目銀錢都交代出來，總共有八千兩銀子；

還有十條十兩重的赤金。我一總接過來，交與伯父。伯父收過了，謝了鼎臣一百兩銀子。過了兩天，鼎臣去了，臨去時，執著我的手，囑咐我回去好好的守制讀禮。一切事情，不可輕易信人。我唯唯的應了。此時我急著要回去。怎奈伯父說在上海有事，今天有人請吃酒，明天有人請看戲；連雲岫也同在一處，足足耽擱了四個月。到了年底，方才扶著靈柩，趁了輪船回家鄉去。即時擇日安葬。過了殘冬，新年初四五日，我伯父便動身回南京去了。我母子二人，在家中過了半年。原來我母親將銀子一齊都交給伯父帶到上海，存放在妥當錢莊裏生息去了。我一向未知。到了此時，我母親方才告訴我；叫我寫信去支取利息。寫了好幾封信，卻只沒有回音。我又問起託雲岫寄回來的錢，原來一文也未曾接到。此事怪我不好，回來時未曾先問個明白。如今過了半年，方才說起，大是誤事。急急走去尋著雲岫，問他原故。他漲紅了臉道：「那時我一到上海，就交給信局寄來的；不信，還有信局收條為憑呢！」說罷，就在帳箱裏護書裏亂翻一陣，卻翻不出來。又對我說道：「怎麼你去年回來時不查一查呢？只怕是你母親收到了用完了，忘記了罷！」我道：「家母年紀又不很大，那裏會善忘到這麼著？」雲岫道：「那麼我不曉得了。這件事幸而碰著我，如果碰到別人，還要罵你撒賴呢！」我想這件事本來沒有憑據，不便多說；只得回來告訴了母親，把這事擱起。我母親道：「別的事情，且不必說；只是此刻沒有錢用，你父親剩下的五千銀子，都叫你伯父帶到上海去了；屢次寫信去取利錢，卻連回信也沒有。我想你已經出過一回門，今年又長了一歲了，好歹你親自到南京走一遭；取了存摺，支了利錢寄回來。你在外面，也看個機會，謀個事，終不能一輩子在家裏坐著吃呀。」我聽了母親的話，便湊了些盤纏，附了輪船，先到了上海。入棧歇了一天，擬坐了長江輪船，往南京去。這個輪船，叫做元和。當下晚上一點鐘開行；次日到了江陰；夜來又過了鎮江。一路上在艙外看江景山景，看得倦了。在鎮江開行之後，我見天陰月黑，沒有什麼好看，便回到房裏去睡覺。

睡到半夜時，忽然隔壁房內，人聲鼎沸起來，把我鬧醒了。急忙出來看時，只見圍了一大堆人，在那裏吵。內中有一個廣東人，在那裏指手畫腳說話；我便走上一步，請問甚事。他說這房裏的搭客，偷了他的東西。我看那房裏時，卻有三副鋪蓋。我又問：「是那一個偷東西呢？」廣東人指著一個道：「就是他！」我看那人時，身上穿的是湖色熟羅長衫，鐵線紗夾馬褂，生得圓圓的一團白面，唇上還留著兩撇八字鬍子，鼻上戴著一副玳瑁邊墨晶眼鏡。我心中暗想這等人如何會偷東西？莫非錯疑了人麼？心中正這麼想著，一時船上買辦來了，帳房的人也到了。那買辦問那廣東人道：「捉賊捉贓呀！你捉著贓沒有呢？」那廣東人道：「贓是沒有，然而我知道一定是他；縱使不見他親手偷的，他也是個賊夥；我只問他要東西。」買辦道：「這又奇了，有什麼憑據呢？」此時那個人嘴裏打著湖南話，在那裏「王八」「羔子」的亂罵。我細看他的行李，除了衣箱之外，還有一個大帽盒，都粘著江蘇即補縣正堂的封條；板壁上掛著一個帖袋，插著一個紫花印的文書殼子。還有兩個人，都穿的是藍布長衫，像是個底下人光景。我想這明明是個官場中人，如何會做賊呢？這廣東人太胡鬧了。只聽那廣東人又對眾人說道：「我不說明白，你們眾人，一定說我錯疑了人了；且等我說出來，大眾聽聽呀：我父子兩人同來，我住的房艙，是在外面，房門口對著江面的。我們已經睡了，忽聽得我兒子叫了一聲有賊；我一咕嚕爬起來看時，兩件熟羅長衫沒了；衣箱面上擺的一個小鬧鐘，也不見了；衣箱的鎖，也幾乎撬開了；我便追出來，轉個彎要進裏面，便見這個人在當路站著……。」買辦搶著說道：「當路站著，如何便可說他做賊呢？」廣東人道：「他不做賊，他在那裏代做賊的望風呢？」買辦道：「晚上睡不著，出去望望也是常事；怎麼便說他望風？」廣東人冷笑道：「出去望望，我也知道是常事；但是今夜天陰月黑，已經是看不見東西的了，他為甚還戴著墨晶眼鏡？試問他看得見什麼東西？這不是明明在那裏裝模做樣麼？」我聽到這裏，暗想這廣東人好機警，他若做了偵探，一定是好的。只見那廣東人又對那人說道：「說著了你沒有？好了，還我東西便罷！不然，就讓我在你房裏搜一搜！」那人怒道：「我是奉了上海道的公事，到南京見制臺的；房裏多是要緊文書物件，你敢亂動麼？」廣東人回過頭來對買辦道：「得罪了客人，是我的事，與你無干！」又走上一步對那人道：「你讓我搜麼？」那人大怒，回頭叫兩個底下人道：「你們怎麼都同木頭一樣，還不給我攆這『王八蛋』出去？」那兩個人便來推那廣東人。那裏推得動他，卻被他又走上一步，把那人一推推了進去。廣東人彎下腰來去搜東西。

此時看的人，都代那廣東人揑著一把汗。萬一搜不出贓證來，他是個官，不知要怎麼樣辦呢？

只見那廣東人，伸手在他床底下一搜，拉出一個網籃來；七橫八豎的放著十七八桿鴉片煙槍，八九枝銅水煙筒。眾人一見，一齊亂嚷起來。這個說：「那一枝煙筒是我的。」那個說：「那根煙槍是我的，今日害我吞了半天的煙泡呢。」又有一個說道：「那一雙新鞋是我的。」一霎時都認了去。細看時，我所用的一枝煙筒，也在裏面，也不曾留心，不知幾時偷去的。此時那人卻是目瞪口呆，一言不發。當下買辦便沈下臉來，叫茶房來把他看管著。要了他的鑰匙，開他的衣箱搜檢。只見裏面單的夾的，男女衣服不少；還有兩枝銀水煙筒，一個金豆蔻盒，這是上海倌人用的東西，一定是贓物無疑。搜了半天，卻不見那廣東人的東西。廣東人便喝著問道：「我的長衫放在那裏了？」那人到了此時，真是無可奈何。便說道：「你的東西不是我偷的！」廣東人伸出手來，狠狠的打了他一個巴掌道：「我只問你要！」那人沒法，便道：「你要東西跟我來！」此時茶房已經將他雙手反綁了。眾人就跟著他去。只見他走到散艙裏面，在一個床鋪旁邊，嘴裏嘰嘰咕咕的說了兩句聽不懂的話。便有一個人在被窩裏鑽出來。兩個人又嘰嘰咕咕著問答了幾句，都是聽不懂的。那人便對廣東人說道：「你的東西，在艙面呢，我帶你去取罷！」買辦便叫把散艙裏的那個人也綁了。大家都跟著到艙面去看新聞。只見那人走到一堆篷布旁邊，站定說道：「東西在這個裏面！」廣東人揭開一看，果然兩件長衫堆在一處；那小鐘還在那裏的得的得走著呢。到了此時，我方才佩服那廣東人的眼明手快，機警非常。自回房去睡覺，想著這個人扮了官去做賊，卻是異想天開，只是未免玷辱了官場了。我初次單人匹馬的出門，就遇了這等事，以後見了萍水相逢的人，倒要留心呢。一面想著，不覺睡去。到了明日，船到南京我便上岸去，昨夜那幾個賊如何送官究治，我也不及去打聽了。上得岸時，便去訪尋我伯父。尋到公館，說是出差去了；我要把行李拿進去，門上的底下人不肯，說是要回過太太方可。說著，裏面去了。半晌出來說道：「太太說：『姪少爺來到，本該要好好的招呼；因為老爺今日出門，係奉差下鄉查辦案件，約兩三天才得回來；太太又向來沒有見過少爺的面，請少爺先到客棧住下，等老爺回來時，再請少爺來罷！』」我聽了一番話，不覺呆了半天。沒奈何只得搬到客棧裏去住下，等我伯父回來再說，只這一等，有分教：

家庭違骨肉，車笠遇天涯。

要知後事如何？且待下文再記。

第三回 走窮途忽遇良朋 談仕路初聞怪狀

卻說我搬到客棧裏住了兩天，然後到伯父公館裏去打聽。說還沒有回來。我只得耐心再等，一連打聽幾次，卻只不見回來。我要請見伯母，他又不肯見。此時我已經住了十多天，帶來的盤纏，本來沒有多少，此時看看要用完了，心焦的了不得。這一天我又去打聽了，失望回來；在路上一面走，一面盤算著：倘是過幾天還不回來，我這裏莫說回家的盤纏沒有；就是客棧的房飯錢，也還不曉得在那裏呢？正在那裏納悶，忽聽得一個人提著我的名字叫我。我不覺納罕道：「我初次到此地，並不曾認得一個人，這是那一個呢？」擡頭看時，卻是一個十分面熟的人，只想不出他的姓名，不覺呆了一呆。那人道：「你怎麼跑到這裏來？連我都不認得了麼？你讀的書怎樣了？」我聽了這幾句話，方才猛然想起這個人，是我同窗的學友，姓吳，名景曾，表字繼之。他比我長了十年，我同他同窗的時候，我只有八九歲；他是個大學生，同了四五年窗，一向讀書，多承他提點我。前幾年他中了進士，榜下用了知縣，掣簽掣了江寧。我一向未曾想著南京有這麼一個朋友。此時見了他，猶如嬰兒見了慈母一般。上前見個禮，便要拉他到客棧裏去。繼之道：「我的公館，就在前面；到我那裏去罷！」說著，拉了我同去。果然不過一箭之地，就到了他的公館；

於是同到書房坐下。我就把去年至今的事情，一一的告訴了他，說到我伯父出差去了，伯母不肯見我，所以住在客棧的話。繼之愕然道：「那一位是你令伯？是什麼班呢？」我告訴他官名道：「是個同知班。」繼之道：「哦！是他！他的號是叫子仁的，是麼？」我說：「是！」繼之道：「我也有點認得他，同過兩回席；一向只知是一位同鄉，卻不知道就是令伯。他前幾天不錯是出差去了，然而我好像聽見說是回來了。還有一層，你的令伯母，為甚又不見你呢？」我說：「這個連我也不曉得是什麼意思；或者因為向來未曾見過，也未可知？」繼之道：「這又奇了，你們自己一家人，為甚沒有見過？」我道：「家伯是在北京長大的，在北京成的家；家伯雖是回過幾次家鄉，卻都沒有帶家眷；我又是今番頭一次到南京來，所以沒有見過。」繼之道：「哦！是了！怪不得我說他是同鄉。他的家鄉話，卻說得不像的很呢；這也難怪。然而你年紀太輕，一個人住在客棧裏，不是個事，搬到我這裏來罷！我同你從小兒就在一起的，不要客氣，我也不許你客氣。你把房門鑰匙交給了我罷，搬行李去。」我本來正愁這房飯錢無著，聽了這話，自是歡喜。謙讓了兩句，便將鑰匙遞給他。繼之道：「有欠過房飯錢麼？」我說：「棧裏是五天一算的；上前天才結算了，到今天不過欠得三天。」繼之便叫了家人進來，叫他去搬行李。給了一元洋銀，叫他算還三天的錢，又問了我住第幾號房。那家人去了。

我一想，既然住在此處，總要見過他的內眷，方得便當。想罷，便道：「承大哥過愛，下榻在此，理當要請見大嫂才是。」繼之也不客氣！就領了我到上房去，請出他夫人李氏來相見。繼之告訴了來歷。這李氏人甚和藹，一見了我便道：「你同你大哥同親兄弟一般，須知住在這裏，便是一家人；早晚要茶要水，只管叫人，不要客氣！」此時我也沒有什麼話好回答，只答了兩個是字。坐了一會，仍到書房裏去。家人已取了行李來，繼之就叫在書房裏設一張榻床；開了被褥。又問了些家鄉近事。從這天起，我就住在繼之公館裏。有說有笑，免了那孤身作客的苦況了。

到了第二天，繼之一早就上衙門去。到了晌午時候，方才回來一同吃飯。飯罷，我又要去打聽伯父回來沒有。繼之道：「你且慢忙著，只要在藩臺衙門裏一問就知道的。我今日本來要打算同你打聽；因在官廳上面，談一樁野雞道臺的新聞；談了半天，就忘記了。明日我同你打聽來罷。」我聽了這話，就止住了。因問起野雞道臺的話。繼之道：「說來話長呢，你先要懂得『野雞』兩個字，才可以講得。」我道：「就因為不懂，才請教呀。」繼之道：「有一種流娼，上海人叫做野雞。」我詫異道：「這麼說是流娼做了道臺了？」繼之笑道：「不是不是！你聽我說，有一個紹興人，姓名也不必去提他了，總而言之，是一個紹興的『土老兒』就是。這土老兒在家裏，住得厭煩了，到上海去謀事。恰好他有個親眷，在上海南市那邊，開了一個大錢莊；看見他老實，就用了他做個跑街。……」我不懂得跑街是個什麼職役，先要問明。繼之道：「跑街是到外面收帳的意思；有時到外面打聽行情，送送單子，也是他的事。這土老兒做了一年多，倒還安分。一天不知聽了什麼人說起『打野雞』的好處，……」我聽了，又不明白道：「什麼『打野雞』？可是打那流娼麼？」繼之道：「去嫖流娼，就叫『打野雞』。這土老兒聽得心動，那一天帶了幾塊洋錢，走到了四馬路野雞最多的地方，叫做什麼會香里。在一家門首，看見一個黃魚。……」我聽了，又是一呆道：「什麼叫做黃魚？」繼之道：「這是我說了南京的土談了；這裏南京人，叫大腳妓女做黃魚。」我笑道：「又是野雞，又是黃魚，倒是兩件好吃的東西。」繼之道：「你且慢說笑著，還有好笑的呢。當下土老兒同他兜搭起來，這黃魚就招呼了進去。問起名字，原來這個黃魚叫做桂花，說的一口北京話。這土老兒花了幾塊洋錢，就住了一夜。

「到了次日早晨要走，桂花送到門口，叫他晚上來。這個本來是妓女應酬嫖客的口頭禪，並不是一定要叫他來的；誰知他土頭土腦的，信是一句實話。到了晚上，果然再去。無聊無賴的坐了一會兒就走了。臨走的時候，桂花又隨口說道：『明天來。』他到了明天，果然又去了；又裝了一個乾濕。……」我正在聽得高興，忽然聽見「裝乾濕」三個字，又是不懂。繼之道：「花一塊洋錢去坐坐，妓家拿出一碟子水果，一碟子瓜子來敬客，這就做『裝乾濕』。當下土老兒坐了一會，又要走了，桂花又約他明天來。他到了明天，果然又去了。桂花留他住下，他就花了兩塊洋錢，又住了一夜。到天明起來，桂花問他要一個金戒指。他連說：『有有有！可是要過兩三天呢。』過了三天，果然拿一個金戒指去。當下桂花盤問他在上海做什麼生意，他也不隱瞞，一一的照實說了。問他一月有多少工錢，他說六塊洋錢。桂花道：『這麼說我的一個戒指，要去了你半年工錢呀！』他說：『不要緊，我同帳房先生商量過，借了年底下的花紅銀子來兌的。』問他一年分多少花紅，他說：『說不定的，生意好的年分，可以分六七十元；生意不好，也有二三十元。』桂花沈吟了半晌道：『這麼說你一年不過一百多元的進帳。』他說：『做生意人，不過如此。』桂花道：『你為什麼不做官呢？』土老兒笑道：『那做官的是要有官運呀，我們鄉下人，那裏有這種的運氣！』桂花道：『你有老婆沒有？』土老兒歎道：『老婆是有一個，可惜我的命硬，前兩年把他尅死了；又沒有一男半女，真是可憐！』桂花道：『真的麼？』土老兒道：『自然是真的，我騙你作甚？』桂花道：『我勸你還是去做官！』土老兒道：『我只望東家加我點工錢，已經是大運氣了；那裏還敢望做官！況且做官是要拿錢去捐的；聽見說捐一個小老爺，還要好幾百銀子呢！』桂花道：『要做官頂小也要捐個道臺；那小老爺做他作什麼？』土老兒吐舌道：『道臺！那還不曉得是個什麼行情呢？』桂花道：『我要你依我一件事，包有個道臺給你做。』土老兒道：『莫說這種笑話，不要折煞我；若說依你的事，你且說出來，依得的無有不依。』桂花道：『只要你娶了我做填房，不許再娶別人。』土老兒笑道：『好便好，只是我娶你不起呀；不知道你要多少身價呢？』桂花道：『呸！我是自己的身子，沒有什麼人管我，我要嫁誰就嫁誰，還說什麼身價呢！你當是買丫頭麼？』土老兒道：『這麼說，你要嫁我，我就發個咒不娶別人。』桂花道：『認真的麼？』土老兒道：『自然是認真的！我們鄉下人從來不會撒謊！』桂花立刻叫人把門外的招牌除去了；把大門關上；從此改做住家人家。又交代佣人，從此叫那土老兒做老爺，叫自己做太太。兩個人商量了一夜。到了次日，桂花叫土老兒去錢莊裏辭了職役。土老兒果然依了他的話。但回頭一想，恐怕這件事不妥當；到後來要再謀這麼一件事就難了。於是打了一個主意，去見東家，先撒一個謊說：『家裏有要緊事，要請個假回去一趟，頂多兩三個月就來的。』東家准了。這是他的意思，萬一不妥當，還想後來好回去仍就這件事。

「於是取了鋪蓋，直跑到會香里。同桂花住了幾天。桂花帶了土老兒，到京城裏去；居然同他捐了一個二品頂戴的道臺，還捐了一枝花翎；辦了引見，指省江蘇。在京的時候，土老兒終日沒事，只在家裏悶坐。桂花卻在外面坐了車子，跑來跑去。土老兒也不敢問他做什麼事。等了多少日子，方才出京，走到蘇州去稟到。桂花卻拿出一封某王爺的信，叫他交與撫臺。撫臺見他土形土狀的，又有某王爺的信，叫好好的照應他。這撫臺是個極圓通的人，雖然疑心他，卻不肯去盤問他。因對他說道：『蘇州差事甚少，不如江寧那邊多；老兄不如到江寧那邊去，分蘇分寧是一樣的。兄弟這裏只管留心著，有甚差事出來，再來關照罷。』土老兒辭了出來，將這話告訴了桂花。桂花道：『那麼咱們就到南京去，好在我都有預備的。』於是乎兩個人又來到南京，見制臺，也遞了一封某王爺的信。制臺年紀大了，見屬員是糊裏糊塗的，大不理會；只想既然是有了闊闊的八行書，過兩天就好好的想個法子安置他就是了。不料他去見藩臺，照樣遞上一封某王的書。這個藩臺是旗人，同某王有點姻親，所以他求了這信來。藩臺見了人，接了信，看看他不像樣子，莫說別的，就回叫他開個履歷，也開不出來。就是行動，拜跪，拱手，沒有一樣不是礙眼的；就回明了制臺，且慢著給他差事。自己打個電報到京裏去問，卻沒有回電。到如今半個多月了，前兩天才來了一封墨信，回得詳詳細細的。原來這桂花是某王府裏奶媽的一個女兒，從小在王府裏面充當丫頭；母女兩個，手上積了不少的錢，要想把女兒嫁一個闊闊的闊老。只因他在那闊地方走動慣了，眼眶子看得大了，當丫頭的不過配一個奴才小子，實在不願意。然而在京裏的闊老，那個肯娶一個丫頭？因此母女兩個商量，定了這個計策：叫女兒到南邊來揀一個女婿，代他捐上功名，求兩封信出來謀差事；不料揀了這麼一個土貨；雖是他外母代他連懇求帶矇混的求出信來，他卻不爭氣，誤盡了事。前日藩臺接了這信，便回過制臺，叫他自己請假回去，免得奏參，保全他的功名。這桂花雖是一場沒趣，卻也弄出一個誥封夫人的二品命婦了。只這便是野雞道臺的歷史了，你說奇不奇呢？」

我聽了一席話，心中暗想，原來天下有這等奇事。我一向坐在家裏，那裏得知。

又想起在船上遇見那扮官做賊的人，正要告訴繼之。只聽繼之又道：「這個不過是桂花揀錯了人，鬧到這般結果。那桂花是個當丫頭的，又當過婊子的，他還想著做命婦，已經好笑了。還有一個情願拿命婦去做婊子的，豈不更是好笑麼？」我聽了，更覺得詫異，急問是怎樣情節。繼之道：「這是前兩年的事了。前兩年制臺得了個心神不寧的病；年輕時候，本來是好色的；到如今偌大年紀，他那十七八歲的姨太太，還有六七房；那通房的丫頭，還不在內呢。他這好色的名出了，就有人想拿這個巴結他。他病的時候，有一個年輕的候補道，自己陳說懂得醫道。制臺就叫他診脈。他診了半晌說：『大帥這個病，卑職不能醫，不敢胡亂開方；卑職內人，恐怕可以醫得！』制臺道：『原來尊夫人懂得醫理，明日就請來看看罷！』到了明日，他的那位夫人，打扮得花枝招展的來了。診了脈說：『這個病不必吃藥，只用按摩之法，就可以痊癒。』制臺問那裏有懂得按摩的人。婦人低聲道：『妾頗懂得。』制臺就叫他按摩。他又說他的按摩，與別人不同；要摒絕閒人，炷起一爐好香，還要念什麼咒語，然後按摩。所以除了病人與治病的人，不許有第三個人在旁邊。制臺信了他的話，把左右使女，及姨太太，都叫了出去。有兩位姨太太動了疑心，走出來在板壁縫裏偷看。忽看出不好看的事情來。大喝一聲，走將進去；拿起門閂就打。一時驚動了眾多姨太，也有拿門閂的，也有拿木棒的，一擁上前，圍住亂打。這一位夫人嚇得走頭無路，跪在地下抱住制臺叫救命。制臺喝住眾人，叫送他出去。

這位夫人出得房門時，眾人還跟在後面趕著打；一直打到二門，還叫粗使僕婦，打到轅門外面去。可憐他花枝招展的來，披頭散髮的去。這事一時傳遍了南京城，你說可笑不可笑呢？」我道：「那麼說，這位候補道，想來也沒有臉再住在這裏了。」繼之道：「哼！你說他沒有臉住這裏麼？他還得意得很呢！」我詫異道：「這還有什麼得意之處呢？」繼之不慌不忙的說出他的得意之處來。正是：

不怕頭巾染綠，須知頂戴將紅。

要知繼之說出什麼話來？且待下回再記。

第四回 吳繼之正言規好友 苟觀察致敬送嘉賓

卻說我追問繼之那一個候補道：「他的夫人受了這場大辱，還有什麼得意？」繼之道：「得意呢，不到十來天工夫，他便接連得著了兩個札子，委了籌防局的提調；以及善後局的會辦了。去年還同他開上一個保舉。他本來只是個鹽運司銜，這一個保舉，他就得了個二品頂戴了。你說不是得意了嗎？」我聽了此話，不覺呆了一呆道：「那麼說，那一位總督大帥，竟是被那一位夫人……」我說到此處，以下還沒有說出來，繼之便搶著說道：「那個且不必說！我也不知道！不過他這位夫人被辱的事，已經傳遍了南京，我不妨說給你聽聽。至於內中曖昧情節，誰曾親眼見來，何必去尋根問底！不是我說句老話，你年紀輕輕的，出來處世，這些曖昧話，總不宜上嘴。我不是迷信了那因果報應的話，說什麼談人閨閫，要下拔舌地獄。不過談著這些事，叫人家聽了，要說你輕薄。兄弟！你說是不是呢？」我聽了繼之一番議論，自悔失言，不覺漲紅了臉。歇了一會，方把在元和船上遇見扮了官做賊的一節事，告訴了繼之。繼之歎了一口氣，歇了一歇道：「這事也真難說，說來也話長；我本待不說，不過略略告訴你一點兒，你好知道世情險詐，往後結交個朋友，也好留一點神。你道那個人是扮了官做賊的麼？他還是的的確確的一位候補縣太爺呢！還是個老班子，不然早就補了缺了！只為近來又開了個鄭工捐，捐了大八成知縣的人，到省多了，壓了班。再是明年要開恩科，榜下即用的，不免也要添幾個；所以他要望補缺，只好叫他再等幾年的了。不然呢，差事總還可以求得一個。誰知他去年辦鎮江木釐，因為勒捐鬧事，被木商聯名來省告了一告。藩臺很是怪他，馬上撤了差，記大過三次，停委兩年。所以他官不做，就去做賊了。」

我聽了這話，不覺大驚道：「我聽見說還把他送上岸來辦呢，但不知他怎麼辦？」繼之搖頭歎道：「有什麼辦法？船上人送他到了巡防局，船就開行去了；所有偷來的贓物，在船上時被各人分認了。他到了巡防局，那局裏委員，終是他的朋友，見了他也覺難辦，他卻裝做了滿肚子委屈，又帶著點怒氣，只說他的底下人一時貪小，不合偷了人家一根煙筒，叫人家看見了，趕到房艙裏來討去。船上買辦又仗著洋人勢力，硬來翻箴倒篋的搜了一遍；此時還不知有失落東西沒有。那委員聽見他這麼說，也就順水推船，薄薄的責了他的底下人幾下就算了。我們初出來處世的，結交個朋友，你想要小心不要？他還不只做賊呢，在外頭做賭棍，做騙子，做拐子，無所不為。結交了好些江湖上的無賴，外面仗著官勢，無法無天的事，不知幹了多少的了！」我聽了繼之一席話，暗暗想道：據他說起來，這兩個道臺，一個知縣的行徑，官場中竟是男盜女娼的了。但繼之現在也在仕路中，這句話我不便直說出來，只好心裏暗暗好笑。雖然，內中未必盡是如此。你看繼之他見我窮途失路，便留我在此居住，十分熱誠，這不是古誼可風的麼？並且他方才勸戒我一番話，就是自家父兄也不過如此，真是令人可感。一面想著，又談了好些處世的話，他就有事出門去了。

過了一天。繼之上衙門回來，一見了我的面，就氣忿忿的說道：「奇怪！奇怪！」我看見他面色改常，突然說出這麼一句話連一些頭路也摸不著，呆了臉對著他。只見他又率然問道：「你來了多少天了？」我說道：「我到了十多天了。」繼之道：「你到過令伯公館幾次了？」我說：「這個可不大記得了，大約總有七八次。」繼之又道：「你住在什麼客棧，對公館裏的人說什麼？」我說：「也說過的；並且住在第幾號房，也交代明白。」繼之道：「公館裏的人，始終對你怎麼說？」我說：「始終都說出差去了，沒有回來。」繼之道：「沒有別的話？」我說：「沒有。」繼之氣的直挺挺的坐在交上椅。半天，又歎了好幾口氣說道：「你到的那幾天，不錯是他差去了；但不過到六合縣去會審一件案，前後三天，就回來了。在十天以前，他又求了藩臺給他一個到通州勘荒的差使，當天奉了札子，當天就稟辭去了。你道奇怪不奇怪？」我聽了此話，也不覺呆了，半天沒有話說。繼之又道：「不是我說句以疏間親的話，令伯這種行徑，不定是有意迴避你的了。」此時我也無言可答，只坐在那裏出神。繼之又道：「雖是這麼說，你也不必著急。我今天見了藩臺，他說此地大關的差使，前任委員已經滿了期了，打算要叫我接辦，大約一兩天就可以下札子；我那裏左右要請朋友，你就可以揀一個合適的事情，代我辦辦。我們是同窗至好，我自然要好好的招呼你。至於你令伯的話，只好慢慢再說；好在他終究是要回來的，總不能一輩子不見面。」我說道：「家伯到通州去的話，可是大哥打聽來的，還是別人傳說的呢？」繼之道：「這是我在藩署號房打聽來的，千真萬真，斷不是謠言。你且坐坐，我還要出去拜一個客呢。」說著，出門去了。

我想起繼之的話，十分疑心，想伯父與我骨肉至親，那裏有這等事；不如我再到伯父公館裏去打聽打聽；或者已經回來，也未可知。想罷了，出了門，一直到我伯父公館裏去。到門房裏打聽，那個底下人說是老爺還沒有回來；前天有信來說：「公事難辦得很，恐怕還有幾天耽擱！」我有心問他說道：「老爺還是到六合去，還是到通州去的呢？」那底下人臉上紅了一紅，頓住了口，一會兒方才說道：「是到通州去的。」我說：「到底是幾時動身的呢？」他說道：「就是少爺來的那天動身的。」我說：「一直沒有回來過麼？」他說：「沒有。」我問了一番話，滿腹狐疑的回到吳公館裏去。繼之已經回來了。見了我便問：「到那裏去過？」我只得直說一遍。繼之歎道：「你再去也無用；這回他去勘荒，是可久可暫的。你且安心住下，等過一兩個月再說。我問你一句話，你到了這裏來，寄過家信沒有？」我說：「到了上海時，曾寄過一封；到了這裏，卻未曾寄過。」繼之道：「這就是你的錯了；怎麼十多天工夫，不寄一封信回去？可知令堂伯母在那裏盼望呢！」我說：「這個我也知道，因為要想見了家伯，取了錢莊上的利錢，一齊寄去。不料等到今日，仍舊等不著。」繼之低頭想了一想道：「你只管一面寫信，我借五十兩銀子，給你寄回去。你信上也不必提明是借來的，也不必提明未見著令伯；只糊裏糊塗的說先寄回五十兩銀子，隨後再寄罷了。不然，令堂伯母又多一層著急。」我聽了這話，連忙道謝。繼之道：「這個用不著謝。你只管寫信，我這裏明日打發家人回去，接我家母來，就可以同你帶去。接辦大關的札子，已經發了下來，大約半個月內，我就要到差；我想屈你做一個書啓，因為別的事，你未曾辦過，你且將就些。我還在帳房一席上，掛上你一個名字；那帳房雖是藩臺薦的，然而你是我自家親信人，掛上了一個名字，他總得要分給你一點好處。還有你書啓名下，應得薪水，大約出息還不很壞。這五十兩銀子，你慢慢的還我就是了。」當下我聽了此言，自是歡喜感激。便去寫好了一封家信，照著繼之交代的話，含含糊糊寫了，並不提起一切。到了明日，繼之打發家人動身，就帶了去。

此時我心中安慰了好些；只不知我伯父到底是什麼主意？因寫了一封信，封好了口，帶在身上。走到我伯父公館裏去，交代他門房，叫他附在家信裏面寄去。叮囑再三，然後回來。又過了七八天，繼之對我道：「我將近要到差了；這裏去大關很遠，天天來去是不便當的；要住在關上，這裏又沒有個人照應。書啓的事不多，你可仍舊住在我公館裏，帶著照應照應內外一切。三五天到關上去一次；如果有緊要事，我再打發人請你。好在書啓的事，不必一定到關上去辦的。或者有時我回來住幾天，你就到關上去代我照應，好不好呢？」我道：「這是大哥過信我，體貼我，我感激還說不盡，那裏還有不好的呢！」當下商量定了，又過了幾天，繼之到差去了；我也跟到關上去看看。吃過了午飯，方才回來。從此之後，三五天來往一遍，倒也十分清閒。不過天天料理幾封往來書信；有些虛套應酬的信，我也不必告訴繼之，隨便同他發了回信，繼之倒也沒甚說話。從此我兩個，更是相得。

一日早上，我要到關上去；出了門口，要到前面僱一匹馬。走過一家門口，聽見裏面一迭連聲叫送客。呀的一聲，開了大門；我不覺立定了腳，抬頭往門裏一看。只見有四五個家人打扮的，在那裏垂手站班。裏面走出一個客來，生得粗眉大目；身上穿了一件灰色大布的長衫，罩上一件天青羽毛的對襟馬褂；頭上戴著一頂二十年前的老式大帽；帽上裝著一顆硨磲頂子；腳上蹬著一雙黑布面的雙樑快靴；大踏步走出來。後頭送出來的主人，卻是穿的棗紅寧綢箭衣，天青緞子外褂，褂上還綴著二品的錦雞補服，掛著一副像真像假的蜜蠟朝珠；頭上戴著京式大帽，紅頂子花翎；腳下穿的是一雙最新式的內城京靴；直送那客到大門以外。那客人回頭點了點頭，便徜徉而去。也沒個轎子，也沒匹馬兒。再看那主人時，卻放下了馬蹄袖，拱起雙手，一直拱到眉毛上面；彎著腰，嘴裏不住的說請！請！請！直到那客人走得轉了個彎看不見了，方才進去。呀的一聲，大門關了。我再留心看那門口時，卻掛著一個紅底黑字的牌兒，像是個店家招牌。再看看那牌上的字，卻寫的是：「欽命二品頂戴，賞戴花翎，江蘇即補道，長白苟公館」二十個宋體字。不覺心中暗暗納罕。走到前面，僱定了馬匹，騎到關上去，見過繼之。這天沒有什麼事，大家坐著閒談一會；開出午飯來，便有幾個同事都過來同著吃飯。這吃飯中間，我忽然想起方才所見的一樁事體，便對繼之說道：「我今天看見了一位禮賢下士的大人先生，在今世只怕是要算絕少的了。」繼之還沒有開口，就有一位同事搶著問道：「怎麼樣的禮賢下士？快告訴我，等我也去見見他！」我就將方才所見的說了一遍。繼之對我看了一眼，笑了一笑，說道：「你總是這麼大驚小怪似的。」繼之這一句話，說的倒把我悶住了。正是：

禮賢下士謙恭客，猶有旁觀指摘人。

要知繼之為了什麼事笑我？且待下回再記。

第五回　珠寶店巨金騙去　州縣官實價開來

且說我當下說那位苟觀察禮賢下士，卻被繼之笑了我一笑；又說我少見多怪，不覺悶住了。因問道：「莫非內中還有什麼原故麼？」繼之道：「昨日揚州府賈太守有封信來，薦了一個朋友，我這裏實在安插不下了，你代我寫封回信，送到帳房裏，好連程儀一齊送給他去。」我答應了，又問道：「方才說的那苟觀察，既不是禮賢下士？……」我這句話還沒有說完，繼之便道：「你今天是騎馬來的，還是騎驢來的？」我聽了這句話，知道他此時有不便說出的道理，不好再問，順口答道：「騎馬來的。」以後便將別話岔開了。一時吃過了飯，我就在繼之的公事桌上，寫了一封回書，交與帳房，辭了繼之出來，仍到城裏去。路上想著寄我伯父的信，已經有好幾天了，不免去探問探問；就順路走至我伯父公館，先打聽回來了沒有；說是還沒有回來。我正要問我的信寄去了沒有，忽然抬頭看見那封信，還是端端正正的插在一個壁架子裏，心中不覺暗暗動怒；只不便同他理論。於是也不多說，就走了回來。細想這底下人，何以這麼膽大；應該寄的信，也不拿上去回我伯母。莫非繼之說的話當真不錯，伯父有心避過了我麼？又想道：「就是伯父有心避過我，這底下人也不該擱起我的信；難道我伯父交代過，不可代我通信的麼？」想來想去，總想不出個道理。

正在胡思亂想的時候，忽然一個丫頭走來，說是太太請我，我便走到上房去。見了繼之夫人，問有甚事？繼之夫人拿出一雙翡翠鐲子來道：「這是人家要出脫的，討價三百兩銀子，不知值得不值得？請你拿到祥珍去估估價。」當下我答應了，取過鐲子出來。——原來這家祥珍，是一家珠寶店，南京城裏算是數一數二的大店家。繼之與他相熟的，我也曾跟著繼之，到過他家兩三次；店裏的人也相熟了。——當時走到他家，便請他掌櫃的估價，估得三百兩銀子不貴。未免閒談一會，只見他店中一個個的夥計，你埋怨我，我埋怨你；那掌櫃的雖是陪我坐著，卻也是無精打彩的。

我看見這種情形，起身要走。掌櫃道：「閣下沒事，且慢走一步！我告訴閣下一件事，看可有法子想麼？」我聽了此話，便依然坐下，問是甚事？掌櫃道：「我家店裏遇了騙子……」我道：「怎麼個騙法呢？」掌櫃道：「話長呢，我家店裏後面一進，有六七間房子空著沒有用；前幾個月，就貼了一張招租的帖子；不多幾天，就有人來租了，說是要做公館。那個人姓劉，在門口便貼了個劉公館的條子。帶了家眷來住下。天天坐著轎子，到外面拜客。在我店裏走來走去，自然就熟了。晚上沒有事，他也常出來談天。有一天，他說有幾件東西，本來是心愛的，此刻手中不便，打算拿來變價。問我們店裏要不要？要是最好；不然，就放在店裏寄賣也好。我們大眾夥計，就問他是什麼東西？他就拿出來看，是一尊玉佛，卻有一尺五六寸高。還有一對白玉花瓶；一枝玉鑲翡翠如意；一個班指。這幾件東西，照我們看去，頂多不過值得三千銀子。他卻說要賣二萬；倘賣了時，給我們一個九五回佣。我們明知是賣不掉的，好在是寄賣東西，不犯本錢的；又不很佔地方，就拿來店面上作個擺設也好；就答應了他。擺了三個多月，雖然有人問過，但是聽見了價錢，都嚇得吐出舌頭來；從沒有一個敢還價的。有一天，來了一個人，買了幾件鼻煙壺手鐲之類，又買了一掛朝珠；還的價錢，實在內行；批評東西的毛病，說那東西的出處，著實是個行家。過得兩天，又來看東西，如此鬼混了幾天。忽然一天，同了兩個人來，要看那玉佛，花瓶，如意。我們取出來給他看。他看了，說是通南京城裏，找不出這東西來。讚賞了半天，便問價錢。我們一個夥計，見他這麼中意，就有心同他打趣，要他三萬銀子。他說道『東西雖好，那裏值到這個價錢？頂多不過一個折半價罷了。』閣下！你想三萬折半，不是有了一萬五千了嗎？我們看見他這等說，以為可以有點望頭了，就連那班指拿出來給他看，說明白是人家寄賣的。他看了那班指，也十分中意。又說道：『就是連這班指，也值不到那些！』我們請他還價。他說道：「我已說過折半的了，就是一萬五千銀子罷。』我們一個夥計說：『你說的萬五，是那幾件的價；怎麼添了這個班指，還是一萬五呢？』他笑了笑道：『也罷！那麼就是一萬六罷。』講了半天，我們減下來減到了二萬六，他添到了一萬七，未曾成交，也就走了。他走了之後，我們還把那東西再三細看，實在看不出好處；

不知他怎麼出得這麼大的價錢？自家不敢相信，還請了同行的看貨老手來看，也說不過值得三四千銀子。然而看他前兩回來買東西，所說的話，沒有一句不內行；這回出這重價，未必肯上當。想來想去，總是莫明其妙。到了明天，他又帶了一個人來看過；又加了一千的價，統共是一萬八；還沒有成交。以後便天天來，說是買來送京裏什麼中堂壽禮的，來一次加一點價。後來加到了二萬四。我們想連那姓劉的所許九五回佣，已穩賺了五千銀子了。這天就定了交易。那人卻拿出一張五百兩的票紙來，說是一時沒有現銀，先拿這五百兩作定；等十天來拿。又說到了十天期，如果他不帶了銀子來拿，這五百兩定銀，他情願不追還，但十天之內，叫我們千萬不要賣了。如果賣了。就是賠他二十四萬都不答應。我們都應允了。他又說交易太大，恐怕口說無憑，要立個憑據。我們也依他，照著所說的話，立了憑據；他就去了。等了五六天不見來，到了第八天的晚上，忽然半夜裏有人來打門；我們開了門問時，卻見一個人倉倉惶惶問道：『這裏是劉公館麼？』我們答應他是的。他便走了進來。我們指引他進去。不多一會，忽然聽見裏面的人嚎啕大哭起來，嚇得連忙去打聽。說是劉老爺接了家報，老太太過了。我們還不甚在意。到了次日一早，那姓劉的出來算還房錢，說即日要帶了家眷，奔喪回籍。當夜就要下船，向我們要還那幾件東西。我們想明天就是交易的日期，勸他等一天。他一定不肯，再四相留，他執意不從。說是我們做生意人，不懂規矩，得了父母的訃音，是要星夜奔喪的，照例昨夜得了信，就要動身；只為收拾行李沒法，已經耽擱了一天了。我們見他這麼說，東西是已經買了，不能還他的；好在只隔得一天，不如兌了銀子給他罷。於是扣下了一千兩回佣，兌了一萬九千銀子給他。他果然即日動身，帶著家眷走了。至於那個來買東西的呢，莫說第十天，如今一個多月了，影子也不看見。前天東家來店查帳，曉得這件事，責成我們各同事分賠。閣下！你想那姓劉的，不是故意做成這個圈套來行騙麼？可有個什麼法子想想？」

我聽了一席話，低頭想了一想，卻是沒有法子。那掌櫃道：「我想那姓劉的，說什麼丁憂，都是假話；這個人一定還在這裏，只是有甚法子，可以找著他？」我說道：「找著他也是無用；他是有東西賣給你的；不過你自家上當，買貴了些；難道有什麼憑據，說他是騙子麼？」那掌櫃聽了我的話，也想了一想，又說道：「不然，找著那個來買的人也好。」我道：「這個更沒有用，他同你立了憑據說十天不來，情願憑你罰去定銀；他如今不要那定銀了，你能拿他怎樣？」那掌櫃聽了我的話，只是歎氣，我坐了一會，也就走了。

回去交代明白了手鐲，看了一回書，細想方才祥珍掌櫃所說的那樁事，真是無奇不有；這等騙術，任是什麼聰明人，都要入彀；何況那做生意人，只知謀利，那裏還念著有個害字在後頭呢！又想起今日看見那苟公館送客的一節事，究竟是什麼意思？繼之又不肯說出來，內中一定有個什麼情節，巴不能夠馬上明白了才好。

正在這麼想著，繼之忽地裏回到公館裏來。方才坐定，忽報有客拜會。繼之叫請！一面換上衣冠，出去會客。我自在書房裏，不去理會。歇了許久，繼之才送過客回了進來，一面脫卸衣冠，一面說道：「天下事真是愈出愈奇了！老弟！你這回到南京來，將所有閱歷的事，都把他筆記起來，將來還可以成一部書呢！」我問：「又是什麼事？」繼之道：「晌午時候，你走了，就有人送了一封信來；拆開一看，卻是一位制臺衙門裏的幕府朋友送來的。信上問我幾時在家，要來拜訪。我因為他是制臺的幕友，不便怠慢他，因對來人說：『我本來今日要回家，就請下午到舍去談談。』打發來人去了，我就忙著回來。坐還未定，他就來了。我出去會他時，他卻沒頭沒腦的說是請我點戲。」我聽到這裏，不覺笑起來，說道：「果然奇怪，這老遠路來約會了，卻做這等無謂的事。」繼之道：「那裏話來！當時我也是這個意思。因問他道：『莫非是哪一位同寅的喜事壽日，大家要送戲？若是如此，我總認一個份子，戲是不必點的。』他聽了我的話，也好笑起來，說不是點這個戲。我問他到底是甚戲？他在懷裏摸出一個摺子來遞給我。我打開一看，上面開著江蘇全省的縣名，每一個縣名底下，分注了些數目字；有注一萬的，有注二三萬的，也有注七八千的；我看了雖然有些明白，然而我不便就說是曉得了。因問他是甚意思？他此時炕也不坐了，拉了我下來，走到旁邊貼擺著的兩把交椅上，兩人分坐了，他附著了我耳邊，說道：『這是得缺的一條捷徑；若是要想那一個缺，只要照開著的數目，送到裏面去，包你不到十天，就可以掛牌。這是補實的價錢；若是署事，還可以便宜些。』」我說：「大哥怎樣回報他呢？」繼之道：「這種人那裏好得罪他！只好同他含混了一會，推說此刻初接大關這差，沒有錢。等過些時候，再商量罷。他還同我胡纏不了，好容易才把他敷衍走了。」我說：「果然奇怪！但是我聞得賣缺雖是官場的慣技，然而總是藩臺衙門裏做的。此刻怎麼鬧到總督衙門裏去呢？」繼之道：「這有什麼道理，只要勢力大的人，就可以做得；只是開了價錢，具了手摺，到處兜攬，未免太不像樣了！」我說道：「他這是招徠生意之一道呢！但不知可有貨真價實，童叟無欺的字樣沒有？」說得繼之也笑了。

大家說笑一番。我又想起寄信與伯父一事，因告訴了繼之。繼之歎道：「令伯既是那麼著，只怕寄信去也無益；你如果一定要寄信，只管寫了，交給我，包你寄到。」我聽了，不覺大喜。正是：

意馬心猿縈夢寐，河魚天雁託音書。

要知繼之有甚法子可以寄信去？且待下回再記。

第六回 徹底尋根表明騙子 窮形極相畫出旗人

卻說我聽得繼之說，可以代我寄信與伯父，不覺大喜。就問：「怎麼寄法？又沒有住址的？」繼之道：「只要用個馬封，面上標著：『通州各屬沿途探投勘荒委員』，沒有個遞不到的。再不然遞到通州知州衙門，託他轉交也可以使得。」我聽了大喜道：「既是那麼著，我索性寫他兩封，分兩處寄去，總有一封可到的。」當下繼之因天晚了，便不出城，就在書房裏同我談天。我說起今日到祥珍估鐲子價被那掌櫃的拉著我，訴說被騙的事。繼之歎道：「人心險詐，行騙乃是常事；這件事情，我早就知道了。你今日聽了那掌櫃的話，只知道外面這些情節，還不知內裏的事情；就是那掌櫃自家，也還在那裏做夢，不知是那一個騙他的呢？」我驚道：「那麼說大哥是知道那個騙子的了，為甚不去告訴了他？等他或者控告，或者自己去追究，豈不是件好事？」繼之道：「這裏面有兩層：一層是我同他雖然認得，但不過是因為常買東西，彼此相熟了，通過姓名，並沒有一些交情，我何苦代他管這閒事；二層就是告訴了他這個人，也是不能追究的。你道這騙子是誰？」繼之說到這裏，伸手在桌子上一拍道：「就是這祥珍珠寶店的東家！」我聽了這話，吃了一大嚇，頓時呆了。歇了半晌問道：「他自家騙自家，何苦呢？」繼之道：「這個人本來是個騙子出身，姓包，名道守，人家因為他騙術精明，把他的名字讀別了，叫他做包到手。後來他騙的發了財了，開了這家店。去年年下的時候，他到上海去，買了一張呂宋彩票回來，被他店裏的掌櫃夥計們見了，要分他半張。他也答應了，當即裁下半張來。這半張是五條，那掌櫃的要了三條；餘下兩條，是各小夥計們公派了。當下銀票交割清楚。過不多幾天，電報到了，居然叫他中了頭彩，自然是大家歡喜。到上海去取了六萬塊洋錢回來：他占了三萬，掌櫃的三條是一萬八；其餘萬二，是眾夥計分了。當下這包到手，便要那掌櫃合些股分在店裏；那掌櫃不肯；他又叫那小夥計合股；誰知那些夥計們，一個個都是要摟著洋錢睡覺，看著洋錢吃飯的，沒有一個答應。因此他懷了恨了，下了這個毒手。此刻放著那玉佛花瓶那些東西，還值得三千兩。那姓劉的取去了一萬九千兩：一萬九，除了三千，還有一萬六；他咬定了要店裏眾人分著賠呢。」

我道：「這個圈套，難為他怎麼想得這般周密，叫人家一點兒也看不出來。」

繼之道：「其實也有一點破綻，不過未曾出事的時候，誰也疑心不到就是了。他店裏的後進房子，本是他自己家眷住著的；中了彩票之後。他才搬了出去；多了幾個錢，要住舒展些的房子，本來也是人情。但騰出了這後進房子，就應該收拾起來，招呼些外路客幫；或者在那裏看貴重貨物；這也是題中應有之義呀。為什麼就要租給別人呢？」我說道：「做生意人本來是處處打算盤的，租出幾個房錢，豈不是好？

並且誰料到他約定一個騙子進來呢？我想那姓劉的要走的時候，把東西還了他也罷了。」繼之道：「唔！這還了得！還了他東西，到了明天，那下了定錢的人，就備齊了銀子來交易，沒有東西給他，不知怎樣索詐呢？何況又是出了筆據給他的！這種騙術，直是妖魔鬼怪，都逃不出他的羅網呢！」說到這裏，已經是吃晚飯的時候了。吃過晚飯，繼之到上房裏去。我便寫了兩封信。恰好封好了，繼之也出來了。當下我就將信交給他。他接過來，說明天就加封寄去。我兩個人，又閒談起來。我一心只牽記著那苟觀察送客的事，又問起來。繼之道：「你這個人好笨！今日吃中飯的時候你問我，我叫你寫賈太守的信，這明明是叫你不要問了，你還不會意，要問第二句。其實我那時候未嘗不好說，不過那些同桌吃飯的人，雖說是同事，然而都是什麼藩臺咧、首府咧、督署幕友咧，這班人薦的，知道他們是什麼路數。這件事雖是人人曉得的，然而我犯不著傳出去，說我講制臺的醜話。我同你呢，又不知是什麼緣法，很要好的；隨便同你談句天，也是處處要想……教導你，我是不敢說；不過處處都想提點你，好等你知道些世情；我到底比你痴長幾年，出門比你又早。」我道：「這是我日夕感激的。」繼之道：「若說感激我，你感激不了許多呢！你記得麼？你讀的四書，一大半是我教的。小時候要看閒書，又不敢叫先生曉得；有不懂的地方，都要來問我。我還記得你讀孟子動心章：『不得於言，勿求於心；不得於心，勿求於氣。』那幾句讀了一天不得上口，急的要哭出來了；還是我逐句代你講解了，你才記得呢。我又不是先生，沒有受你的束脩，這便怎樣呢？」

此時我想起小時候讀書，多半是繼之教我的。雖說是從先生，然而那先生只知每日教兩遍書，記不得只會打，那裏有什麼好教法。若不是繼之，我至今還是隻字不通呢！此刻他又是這等招呼我，處處提點我；這等人，我今生今世要覓第二個，只怕是難的了。想到這裏，心裏感激得不知怎樣才好，幾乎流下淚來。因說道：「這時非但我一個人感激，就是先君家母，也是感激得了不得的。」此時我把苟觀察的事，早已忘了，一心只感激繼之。說話之中，聲音也咽住了。繼之看見忙道：「兄弟且莫說這些話，你聽苟觀察的故事吧！那苟觀察單名一個才字，人家都叫他狗才……」我聽到這裏，不禁噗嗤一聲，笑將出來。繼之接著道：「那苟觀察前兩年上了一個條陳給制臺，是講理財的政法。這個條陳與藩臺很有礙的，叫藩臺知道了，很過不去。因在制臺跟前，狠狠的說了他些壞話，就此黑了。後來那藩臺升任去了，換了此刻這位藩臺；因為他上過那個條陳，也不肯招呼他。因此接連兩三年沒有差使，窮得吃盡當光了。」我說道：「這句話，只怕大哥說錯了！我今天日裏看見他送客的時候，莫說穿的是嶄新衣服，底下人也四五個，那裏至於吃盡當光！吃盡當光，只怕不能夠這麼樣了。」繼之笑道：「兄弟你處世日子淺，那裏知道得許多！那旗人是最會擺架子的，任是窮到怎麼樣，還是要擺著窮架子。有一個笑話還是我用的底下人告訴我的；我告訴了這個笑話給你聽，你就知道了。這底下人我此刻還用著呢，就是那個高升。這高升是京城裏的人，我那年進京會試的時候，就用了他。他有一天對我說一件事：說是從前未投著主人的時候，天天早起，到茶館裏去泡一碗茶，坐過半天。——京城裏小茶館泡茶，只要兩百京錢，合著外省的四文；要是自己帶了茶葉去呢，只要一百京錢就夠了。——有一天高升到了茶館裏，看見一個旗人進來泡茶，卻是自己帶的茶葉；打開了紙包，把茶葉盡情放在碗裏。那堂上的人道：『茶葉怕少了罷！』那旗人哼了一聲道：『你那裏懂得？我這個是大西洋紅毛法蘭西來的上好龍井茶；只要這麼三四片就夠了。要是多泡了幾片，要鬧到成年不想喝茶呢！』堂上的人，只好同他泡上了。高升聽了，以為奇怪，走過去看看。他那茶碗中間，飄著三四片茶葉，就是平常吃的香片茶。那一碗泡茶的水，莫說沒有紅色，連黃也不曾黃一黃；竟是一碗白開水。高升心中，已是暗暗好笑。後來又看見他在腰裏掏出兩個京錢來，買了一個燒餅，在那裏撕著吃；細細咀嚼，像很有味的光景。吃了一個多時辰，方才吃完。忽然又伸了一個指頭兒，蘸些唾沫，在桌上寫字；蘸一口，寫一筆。高升心中很以為奇，暗想這個人，何以用功到如此，在茶館裏還背著臨古帖呢？細細留心去看他寫什麼字。原來他那裏是寫字，只因他吃燒餅時，雖然吃的十分小心，那餅上的芝麻，總不免有些掉在桌上；他要拿舌頭舐了、拿手掃來吃了，恐怕叫人家看見不好看，失了架子，所以在那裏假裝著寫字蘸來吃。看他寫了半天字，桌上的芝麻一顆也沒有了。他又忽然在那裏出神，像想什麼似的。想了一會，忽然又像醒悟過來似的，把桌子狠狠的一拍，又蘸了唾沫去寫字。你道為什麼呢？原來他吃燒餅的時候，有兩顆芝麻掉在桌子縫裏，任憑他怎樣蘸唾沫寫字，總寫他不到嘴裏；所以他故意做成忘記的樣子，故意做成忽然醒悟的樣子，把桌子拍一拍，那芝麻自然震了出來；他做成寫字的樣子，自然就到了嘴了。」

我聽了這話，不覺笑了。說道：「這個只怕是有心形容他罷，那裏有這等事？」繼之道：「形容不形容，我可不知道，只是還有下文呢：他餅吃完了，字也寫完了，又坐了半天，還不肯去。天已晌午了，忽然一個小孩子走進來，對著他道：『爸爸快回去罷！媽要起來了。』那旗人道：『媽要起來就起來，要我回去做什麼？』那孩子道：『爸爸穿了媽的褲子出來，媽在那裏急著沒有褲子穿呢。』那旗人喝道：『胡說！媽的褲子，不在皮箱子裏嗎？』說著，丟了一個眼色，要使那孩子快去的光景。那孩子不會意，還在那裏說道：『爸爸只怕忘了，皮箱子早就賣了，那條褲子，是前天當了買米的，媽還叫我說：屋裏的米只剩了一把，餵雞兒也餵不飽的了；叫爸爸快去買半升米來，才夠做中飯呢。』那旗人大喝一聲道：『滾你的罷！這裏又沒有誰給我借錢，要你來裝這些窮話做什麼？』那孩子嚇得垂下了手，答應了幾個是字，倒退了幾步，方才出去。那旗人還自言自語道：『可恨那些人，天天來給我借錢，我那裏有許多錢應酬他，只得裝著窮，說兩句窮話。這些孩子們聽慣了，不管有人沒人，開口就說窮話；其實在這茶館裏，那裏用得著呢！老實說，咱們吃的是皇上家的糧，那裏就窮到這個份兒呢？』說著，立起來要走。那堂上的人，向他要錢。他笑道：『我被這孩子氣昏了，開水錢也忘了開發。』說罷伸手在腰裏亂掏，掏了半天，連半根錢毛也掏不出來。嘴裏說：『欠著你的，明日還你罷！』那個堂上不肯。怎奈他身邊認真的半文都沒有，任憑你扭著他，他只說明日送來；等一會送來；又說那堂上的人不生眼睛，你大爺可是欠人家錢的麼？那堂上說：『我只要你一個開水錢，不管你什麼大爺二爺；你還了一文錢，就認你是好漢；還不出一文錢，任憑你是大爺二爺，也得要留下個東西來做抵押。你要知道我不能為了一文錢，到你府上去收帳。』那旗人急了，只得在身邊掏出一塊手帕來抵押。那堂上抖開來一看，是一塊方方的藍洋布；上頭齷齪的了不得；看上去大約半年沒有下水洗過的了。因冷笑道：『也罷，你不來取，好歹可以留著擦桌子！』那旗人方得脫身去了。你說這不是旗人擺架子的憑據麼？」我聽了這一番言語，笑道：「大哥！你不要只管形容旗人了，告訴了我狗才那樁事罷！」繼之不慌不忙說將出來。正是：

儘多怪狀供談笑，尚有奇聞說出來。

要知繼之說出什麼情節來？且待下回再記。

第七回　代謀差營兵受殊禮　吃倒帳錢儈大遭殃

當下繼之對我說道：「你不要性急！因為我說那狗才窮的吃盡當光了，你以為我言過其實，我不能不將他們那旗人的歷史，對你講明。你好知道我不是言過其實；你好知道他們各人要擺各人的架子。那吃燒餅的旗人，窮到那麼個樣子，還要擺那麼個架子，說那麼個大話。你想這個做道臺的，那家人咧、衣服咧，可肯不擺出來麼？那衣服自然是難為他弄來的。你知道他的家人嗎？有客來時便是家人；沒有客的時候，他們還同著桌兒吃飯呢！」我問道：「這又是什麼原故？」繼之道：「這有什麼原故？都是他那些什麼外甥咧、表姪咧，聞得他做了官，便都投奔他去做官親。誰知他窮下來，就拿著他們做底下人擺架子。我還聽見說有幾家窮候補的旗人，他上房裏的老媽子丫頭，還是他的丈母娘、小姨子呢！你明白了這個來歷，我再告訴你這位總督大人的脾氣，你就都明白了。這位大帥，是軍功出身；從前辦軍務的時候，都是仗著幾十個親兵的功勞，跟著他出生入死。如今天下太平了，那些親兵，叫他保的總兵的總兵，副將的副將，卻一般的放著官不去做，還跟著他做戈什哈。你道為什麼呢？只因這位大帥，念著他們是共過患難的人，待他們極厚，真是算得言聽計從的了。所以他們死命的跟著，好仗著這個勢子，在外頭弄錢。他們的出息，比做官還好呢！還有一層：這位大帥，因為辦過軍務，與士卒同過甘苦，所以除了這班戈什哈之外，無論何等兵丁的說話，都信是真的。他的意思，以為那些兵丁，都是鄉下人，不會撒謊的。他又是個喜動不喜靜的人，到了晚上，他往往悄地裏出來巡查，去偷聽那些兵丁的說話；無論那兵丁說的是什麼話，他總信是真的。久而久之，他這個脾氣，叫人家摸著了。就借了這班兵丁，做個謀差事的門路。譬如我要謀差使，只要認識了幾個兵丁，囑託他到晚上，覷著他老人家出來偷聽時，故意兩三個人談論；說吳某人怎樣好，怎樣好，辦事情怎麼能幹；此刻卻是怎樣；假作歎息一番。不出了三天，他就要給我差使的了。你想求到他說話，怎麼好不恭敬他？你說那苟觀察禮賢下士，就是為的這個。那個戴白頂子的，不知又是那裏的什長之類的了。」

我聽了這一番話，方才恍然大悟。繼之說話時，早來了一個底下人，見繼之話說得高興，閃在旁邊站著。等說完了話，才走近一步，回道：「方才鍾大人來拜會，小的已經擋過駕了。」繼之問道：「坐轎子來的，還是跑路來的？」底下人道：「是衣帽坐轎子來的。」繼之哼了一聲道：「功名也要丟快了，他還要來晾他的紅頂子；你擋駕怎麼說的？」底下人道：「小的見晚上時候，恐怕老爺穿衣帽麻煩，所以我沒有上來回，只說老爺在關上沒有回來。」繼之道：「明日到關上去，知照門房，是他來了，只給我擋駕！」那底下人答應了兩個是字，退了出去。我因問道：「這又是什麼故事？可好告訴我聽聽？」繼之笑道：「你見了我，總要我說什麼故事，你可知道我的嘴也說乾了；你要是這麼著，我以後不敢見你了。」我也笑道：「大哥！你不告訴我也可以，可是我要說你是個勢利人了。」繼之道：「你不要給我胡說！我怎麼是個勢利人？」我笑道：「你才說他的功名要丟快了，要丟功名的人，你就不肯會他了，可不是勢利嗎？」繼之道：「這麼說，我倒不能不告訴你了。這個人姓鍾叫做鍾雷溪。」我搶著說道：「怎麼不鍾靈氣，要鍾戾氣呢？」繼之道：「你又要我說故事，又要來打岔，我不說了。」嚇得我央求不迭。繼之道：「他是個四川人，十年頭裏，在上海開了一家土棧，通了兩家錢莊，每家不過通融二三千銀子的光景；到了年下，他卻結清帳目，一絲不欠；錢莊上的人，眼光最小，只要年下不欠他的錢，他就以為是個好主顧了。到了第二年，另外又有別家錢莊來兜搭他。這一年只怕通了三四家錢莊，然而也不過五六千的往來。這年他把門面也改大了，舉動也闊綽了。到了年下，非但結清欠帳，還些少有點存放在裏面。

「一時錢莊幫裏都傳遍了，說他這家土棧，是發財得很呢！過了年，來兜搭的錢莊，越發多了；他卻一概不要。說是我今年生意大了，三五千往來不濟事，最少也要一二萬才好商量。那些錢莊，是相信他發財的了，都答應了他：有答應一萬的；有答應二萬的；統共通了十六七家。他老先生到了半年當中，把肯通融的幾家，一齊如數提了來，總共有二十多萬。到了明天，他卻少陪也不說一聲，就這麼走了。

土棧裏面，丟下了百十來個空箱；夥計們也走的影兒都沒有。錢莊上的人，吃一大驚，連忙到會審公堂去控告。又出了賞格，上了新聞紙告白，想去捉他。這卻是大海撈針似的，那裏捉得著他。你曉得他到那裏去了？他帶了銀子，一直進京，平白地就捐上一個大花樣的道員，加上一個二品頂戴；引見指省，來到這裏候補。你想市儈要入官場，那裏懂得許多。從來捐道員的，那一個捐過大花樣？這道員外補的，不知幾年才碰得上一個，這個連我也不很明白；聽說合十八省的道缺，只有一個半缺呢。」我說道：「這又奇了，怎麼有這半個缺起來？」繼之道：「大約這個缺是一回內放，一回外補的，所以要算半個。你想這麼說法，那道員的大花樣有甚用處？誰還去捐他？並且近來那些道員，多半從小班子出身，連捐帶保，疊起來的。若照這樣平地捐起來，上頭看了履歷，就明知是個富家子弟，那裏還有差事給他？所以那鍾雷溪到了省好幾年了，並未得過差使，只靠騙拐來的錢使用。上海那些錢莊人家雖然在公堂上存了案，卻尋不出他這個人來，也是沒法。到此刻，已經八九年了；直到去年，方才打聽得他改了名字，捐了功名，在這裏候補。這十幾家錢莊，在上海會議定了，要問他索還舊債。公舉了一個人，專到這裏，同他要錢。誰知他這時候擺出了大人的架子來。這討帳的朋友，要去尋他，他總給他一個不見，去早了，說沒有起來；去遲了，不是說上衙門去了，便說拜客去了；到了晚上去尋他時，又說赴宴去了。累得這位討帳的朋友，在客棧裏耽擱了大半年，並未見著他一面。沒有法想，只得回到上海，又在那會審公堂控告；會審官因為他告的是個道臺，又且事隔多年，便批駁了不准。又到上海道處上控。上海道批了出來，大致說是控告職官，本道沒有這種權力去移提到案；如果實在係被騙，可到南京去告……云云。那些錢莊幫得了這個批，猶如喚起他的睡夢一般；便大家商量，選派了兩個能幹事的人，寫好了稟帖，到南京去控告。誰知衙門裏面的事，難辦得很呢。況且告的又是二十多萬的倒帳，不消說原告是個富翁；人如何肯輕易同他傳遞進去。鬧的這兩個幹事的人，一點事情也不曾幹上；白白跑了一趟，就那麼著回去了。到得上海，又約齊了各莊家，滙了一萬多銀子來；裏裏外外，上上下下，都打點到了，然後把呈子遞了上去。這位大帥卻也好，並不批示，只交代藩臺問他的話，問他有這回事沒有；要是有這回事，早些料理清楚。不然，這裏批出去，就不好看了。藩臺依言問他。他卻賴得個一乾二淨。藩臺回了制軍，制軍就把這件事擱起來了。這位鍾雷溪得了此信，便天天去結交督署的巡捕戈什哈，求一個消息靈通。此時那兩個錢莊幹事的人，等了好久，只等得一個泥牛入海，永無消息。只得寫信到上海去通知。過了幾天，上海又派了一個人來；又帶了多少使費；並且帶了一封信。你道這封是什麼信呢？原來上海各錢莊；多是紹興幫開的，和各衙門的刑名師爺是同鄉。這回他們不知在那裏請了一位和這督署刑名相識的人，寫了這封信，央求他照應。各錢莊也聯名寫了一張公啓，把鍾雷溪從前在上海如何開土棧，如何通往來，如何設騙局，如何倒帳捲逃；並將兩年多的往來帳目，抄了一張清單，一齊開了個白摺子；連這信封在一起，打發人來投遞。這人來了，就到督署去求見那位刑名師爺；又遞了一紙催呈。那刑名師爺，光景是對大帥說明白了。前日上院時，單單傳了他進去，叫他好好的出去料理。不然，這個拐騙巨資，我批了出去，就要奏參的。嚇得他昨日去求藩臺設法。這位藩臺，本來是不大理會他的；此時越發疑他是個騙子；一味同他搭訕著。他光景知道我同藩臺還說得話來，所以特地來拜會我，無非是要求我對藩臺去代他求情。你想我肯同他辦這些事麼？所以不要會他。兄弟！你如何說我勢利呢？」我笑道：「不是我這麼一激，那裏聽得著這段新聞呢？但是大哥不同他辦，總有別人同他辦的；不知這件事到底是個怎麼樣結果呢？」繼之道：「官場中的事，千變萬化，那裏說得定呢？時候不早了，我們睡罷！明日大早，我還要到關上去呢。」說罷，自當上房去了。

一夜無話，到了次日早起，繼之果然早飯也沒有吃，就到關上去了。我獨自一個人吃過了早飯，閒著沒事，踱出客堂裏去望望。只見一個底下人，收拾好了幾根水煙筒，正要拿進去；看見了我，便垂手站住了。我抬頭一看，正是繼之昨日說的高升。因笑著問他道：「你家老爺。昨日告訴我一個旗人在茶館裏吃燒餅的笑話，說是你說的。是麼？」高升低頭想道：「是什麼笑話呀？」我說道：「到了後來，又是什麼他的孩子來說，媽沒有褲子穿的呢。」高升道：「哦！是這個！這是小的親眼看見的實事；並不是笑話。小的生長在京城，見的旗人最多，大約都是喜歡擺空架子的。昨天晚上，還有個笑話呢。」我連忙問是什麼笑話？高升道：「就是那邊苟公館的事：昨天那苟大人，不知為了什麼事要會客；因為自己沒有大衣服，到衣莊裏租了一套袍褂來穿了一會。誰知他送客之後，走到上房裏，那個五歲的小少爺，手裏拿著一個油麻糰，往他身上一摟，把他嶄新的衣服，弄上一兩塊油跡。不去動他，倒也罷了。他們不知那個說是滑石粉可以起油的，就摻上些滑石粉，拿熨斗一熨；倒弄上了兩塊油印子來了。他們恐怕人家看出來，等到將近上燈未曾上燈的時候，方才送還人家；以為可以混得過去。誰知被人家看了出來，到公館裏要賠。他家的家人們，不由分說，把來人攆出大門，緊緊閉上。那個人就在門口亂嚷，惹得來往的人，都站定了圍著看。小的那時候，恰好買東西走過；看見那人正抖著那外褂兒，叫人家看呢。」我聽了這一席話，方才明白吃盡當光的人，還能夠衣冠楚楚的緣故。正這麼想著，又看見一個家人，拿一封信進來遞給我；說是要收條的。我接了，順手拆開，抽出來一看。還沒看見信上的字，先見一張一千兩銀子的莊票，蓋在上面。正是：

方才悟徹玄中理，又見飛來意外財。

要知這一千兩銀子的莊票，是誰送來的？且待下回再記。

第八回 隔紙窗偷覷騙子形 接家書暗落思親淚

卻說當下我看見了一千兩的票子，不禁滿心疑惑。再看那信面時，署著：「鍾緘」兩個字。然後檢開票子看那來信。上面歪歪斜斜的，寫著兩三行字。寫的是：

屢訪未晤，為悵！僕事，諒均洞鑒！乞在方伯處，代轉圜一二。附呈千金，作為打點之費，尊處再當措謝。今午到關奉謁。乞少候！雲泥兩隱。

我看了這信，知道是鍾雷溪的事。然而不便出一千兩的收條給他。因拿了這封信，走到書房裏，順手取過一張信紙來，寫了：「收到來信一件。此照。吳公館收條。」十三個字。給那來人帶去。歇了一點多鐘，那來人又將收條送回來，說是：「既然吳老爺不在家，可將那封信發回；待我們再送到關上去。」當下高升傳了這話進來，我想這封信已經拆開了，怎麼好還他？因叫高升出去交代說：「這裏已經專人把信送到關上去了，不會誤事的；收條仍舊拿了去罷。」交代過了，我心下暗想：這鍾雷溪好不冒昧，面還未見著，人家也沒有答應他代辦這事，他便輕輕的送出這千金重禮來；不知他平日與繼之有什麼交情，我不可耽擱了他的正事；且把這票子連信，送給繼之，憑他自己作主。要想打發個人送去，恐怕還有什麼話，不如自己走一遭。好在這條路近來走慣了，也不覺著很遠。定了主意，便帶了那封信，出門僱了一匹馬，加上一鞭，直奔大關而來。見了繼之。繼之道：「你又趕來做什麼？」我說道：「恭喜發財呢！」說罷，取出那封信，連票子一併遞給繼之。繼之看了道：「這是什麼話？兄弟！你有給他回信沒有？」我說：「因為不好寫回信，所以才親自送來，討個主意。」遂將上項事說了一遍。繼之聽了，也沒有話說。歇了一會，只見家人來回話，說道：「鍾大人來拜會，小的擋駕也來不及；他先下了轎，說有要緊話，同老爺說。小的回說，老爺沒有出來，他說可以等一等；小的只得引到花廳裏坐下。來回老爺的話。」繼之道：「招呼煙茶去！交代今日午飯，開到這書房裏來。開飯時，請鍾大人到帳房裏便飯！知照帳房師爺，只說我沒有來！」那家人答應著，退了出去。

我問道：「大哥還不會他麼？」繼之道：「就是會他，也得要好好的等一會兒；不然，他來了，我也到了，那裏有這等巧事？豈不要犯他的疑心？」於是我兩個人，又談些別事。繼之又檢出幾封信來交給我，叫我寫回信。過了一會，開上飯來，我兩人對坐吃過了。繼之方才洗了臉，換上衣服，出去會那鍾雷溪。我便跟了出去，閃在屏風後面去看他。只見繼之見了雷溪，先說失迎的話，然後讓坐。坐定了，雷溪問道：「今天早起，有一封信送到公館裏去的，不知可收到了沒有？」繼之道：

「送來了！收到了！但是……」繼之這句話並未道完，雷溪道：「不知簽押房可空著？我們可到裏面談談。」繼之道：「甚好！甚好！」說著，一同站起來，讓前讓後的往裏邊去。我連忙閃開，繞到書房後面的一條夾衖裏。這夾衖裏，有一個窗戶，就是簽押房的窗戶。我又站到那裏去張望。好奇怪呀！你道為什麼？原來我在窗縫上一張，見他兩個人，正在那裏對跪著行禮呢。我又側著耳朵去聽他。只聽見雷溪道：「兄弟這件事，實在是冤枉；不知那裏來的對頭，同我玩這個把戲。其實從前舍弟在上海開過一家土行，臨了時，虧了本，欠了莊上萬把銀子是有的；那裏有這麼多？又拉到兄弟身上。」繼之道：「這個很可以遞個親供，分辯明白；事情的是非黑白，是有一定的；那裏好憑空捏造？」雷溪道：「可不是嗎？然而總得要一個人，在制軍那裏說句把話；所以奉求老哥，代兄弟在方伯跟前，伸訴伸訴；求方伯好歹代我說句好話，這事就容易辦了。」繼之道：「這件事，大人很可以自己去說，卑職怕說不上去。」雷溪道：「老哥萬不可這麼稱呼；我們一向相好；不然，兄弟送一份帖子過來，我們換了帖，就是兄弟，何必客氣！」繼之道：「這個萬不敢當！卑職……」雷溪搶著說道：「又來了！縱使我仰攀不上換個帖兒，也不可這麼稱呼！」繼之道：「藩臺那裏，若是自己去求個把差使，也許還說得上；然而卑職……」雷溪又搶著道：「噯噯！老哥！你這是何苦奚落我呢！」繼之道：「這是名分應該這樣。」雷溪道：「我們今天談知己話，名分兩個字，且擱過一邊。」繼之道：「這是斷不敢放肆的！」雷溪道：「這又何必呢！我們且談正話罷！」繼之道：「就是自己求差使，卑職也不曾自己去求過；向來都是承他的情，想起來就下個札子；何況給別人說話，怎麼好冒冒昧昧的去碰釘子？」雷溪道：「當面不好說；或者託託旁人，衙門裏的老夫子，老哥總有相好的請他們從中周旋周旋。方才送來的千兩銀子，就請先拿去打點打點。老哥這邊，另外再酬謝。」繼之道；「裏面的老夫子，卑職一個也不認得。這件事，實在不能盡力，只好方命的了。這一千銀子的票子，請大人帶回去，另外想法子罷！不要誤了事！」雷溪道：「藩臺同老哥的交情，是大家都曉得的；老哥肯當面去說，我看一定說得上去。」繼之道：「這個卑職一定不敢去碰釘子，論名分，他是上司；論交情，他是同先君相好；又是父執；萬一他擺出老長輩的面目來，教訓幾句，那就無味得很了。」雷溪道：「這個斷不至此！不過老哥不肯賞臉罷了。但是兄弟想來，除了老哥，沒有第二個肯做的，所以才冒昧奉求。」繼之道：「人多著呢，不要說同藩臺相好的，就同制軍相好的人，也不少。」雷溪道：「人呢，不錯是多著；但是誰有這等熱心，肯鑑我的冤枉。這件事，兄弟情願拿出一萬、八千來料理，只要求老哥去同我經手。」繼之道：「這個……」說到這裏，便不說了。歇了一歇，又道：「這票子還是請大人收回去，另外想法子；卑職這裏能盡力的，沒有不盡力。只是這件事，力與心違，也是沒法。」雷溪道：「老哥一定不肯賞臉，兄弟也無可奈何，只好聽憑制軍的發落了。」說罷，就告辭。

我聽完了一番話，知道他走了，方才繞出來，仍舊到書房裏去。繼之已經送客回進來了。一面脫衣服，一面對我說道：「你這個人，好沒正經！怎麼就躲在窗戶外頭，聽人家說話？」我道：「這裏面看得見麼？怎麼知道是我？」繼之道：「面目雖是看不見，一個黑影子，是看見的；除了你還有誰？」我問道：「你們為什麼在花廳上不行禮，卻跑到書房裏行禮起來呢？」繼之道：「我那裏知道他，他跨進了門檻兒，就爬在地下磕頭。」我道：「大哥這般回絕了他，他的功名只怕還不保呢！」繼之道：「如果辦得好，只作為欠債辦法，不過還了錢就沒事了；但是原告呈子上，是告他棍騙呢；這件事看著罷了。」我道：「他不說是他兄弟的事麼？還說只有萬把銀子呢。」繼之道：「可不是嗎？這種飾詞，不知要哄那個？他還說這件事肯拿出一萬、八千來斡旋。我當時就想駁他。後來想犯不著，所以頓住了口。」我道：「怎麼駁他呢？」繼之道：「他說是他兄弟的事，不過萬把銀子；這會又肯拿出一萬、八千來斡旋這件事；有了一萬或八千，我想萬把銀子的老債，差不多也可以將就了結的了，又何必另外斡旋呢？」正在說話間，忽家人來報說：「老太太到了！在船上；還沒有起岸。」繼之忙叫備轎子，親自去接。又叫我先回公館裏去知照。我就先回去了。到了下午，繼之陪著他老太太來了。繼之夫人迎出去，我也上前見禮。這位老太太，是我從小見過的。當下見過禮之後，那老太太道：「幾年不看見，你也長得這麼高大了！你今年幾歲呀？」我道：「十六歲了。」老太太道：「大哥往常總說你聰明得很，將來不可限量的。因此我也時常記掛著你。自從你大哥進京之後，你總沒有到我家去。你進了學沒有呀？」我說：「沒有！我的工夫還夠不上呢。況且這件事，我看得很淡，這也是各人的脾氣。」老太太道：「你雖然看得淡，可知你母親並不看得淡呢。這回你帶了信回去，我才知道你老太爺過了。怎麼那時候不給我們一個訃聞？這會我回信也給你帶來了。回來行李到了，我檢出來給你。」我謝過了，仍到書房裏去，寫了幾封繼之的應酬信。吃過晚飯，只見一個丫頭，提著一個包裹，拿著一封信，交給我。我接來看時，正是我母親的回信。不知怎麼著，拿著這封信，還沒有拆開看，那眼淚不知從那裏來的，撲簌簌的落個不了。展開看時，不過說銀子已經收到，在外要小心，保重身體的話。又寄了幾件衣服來，打開包裹看時，一件件的都是我慈母手中線。不覺又加上一層感觸。

這一夜，繼之陪著他老太太，並不曾到書房裏來。我獨自一人，越覺得煩悶，睡在床上，翻來覆去，只睡不著。想到繼之此時在裏面敘天倫之樂，自己越發難過。坐起來要寫封家信，又沒有得著我伯父的實信，這回總不能再含含混混的了，因此又擱下了筆。順手取過一疊新聞紙來。這是上海寄來的。上海此時，只有兩種新聞紙；一種是申報，一種是字林滬報。在南京看，是要隔幾天才寄得到的。此時正是法蘭西在安南開仗的時候。我取過來，先理順了日子，再看了幾段軍報，總沒有什麼確實消息。只因報上各條新聞，總脫不了「傳聞」「或謂」「據說」「確否容再探錄」等字樣。就是看了他，也猶如聽了一句謠言一般。看到後幅，卻刊上許多詞章。這詞章之中，豔體詩又占了一大半，再看那署的款，卻都是連篇累牘，猶如徽號一般的別號；而且還要連表字姓名一起寫上去，竟有二十多個字一個名字的。再看那詞章，卻又沒有什麼驚人之句；而且豔體詩當中，還有許多輕薄句子。如詠繡鞋有句云：「者番看得渾真切，胡蝶當頭茉莉邊。」又書所見云：「料來不少芸香氣，可惜狂生在上風。」之類。不知他怎麼都選在報紙上面。據我看來，這等要算是誨淫之作呢。因看了他，觸動了詩興，要作一兩首思親詩。又想就這麼作思親詩，未免率直；斷不能有好句。古人作詩，本來有個比體，我何妨借件別事，也作個比體詩呢。因想此時國家用兵，出戍的人必多；出戍的人多了，戍婦自然也多；因作了三章戍婦詞道：

喔喔籬外雞，悠悠河畔碪；雞聲驚妾夢，碪聲碎妾心。妾心欲碎未盡碎，可憐落盡思君淚。妾心碎盡妾悲傷，遊子天涯道阻長。道阻長，君不歸，年年依舊寄征衣。

嗷嗷天際雁，勞汝寄征衣；征衣待禦寒，莫向他方飛。天涯見郎面，休言妾傷悲。郎君如相問，願言尚如郎在時。非妾故自諱，郎知妾悲郎憂思。郎君憂思易成病，妾心傷悲妾本性。

圓月圓如鏡，鏡中留妾容；圓明照妾亦照君，君容應亦留鏡中。兩人相隔一萬里，差幸有影時相逢。烏得妾身化妾影，月中與郎談曲衷？可憐圓月有時缺，君影妾影一齊沒！

作完了，自家看了一遍，覺得身子有些困倦，便上床去睡。此時天色已經將近黎明了。正在朦朧睡去，忽然耳邊聽得有人道：「好睡呀！」正是：

草堂春睡何曾足，帳外偏來擾夢人。

要知說我好睡的人是誰？且待下回再記。

第九回　詩翁畫客狼狽為奸　怨女癡男鴛鴦並命

卻說我聽見有人喚我，睜眼看時，卻是繼之立在床前。我連忙起來。繼之道：「好睡好睡！我出去的時候，看你一遍，見你沒有醒，我不來驚動你；此刻我上院回來了，你還不起來麼？想是昨夜作詩辛苦了。」我一面起來，一面答應道：「作詩倒不辛苦，只是一夜不曾合眼，直到天要快亮了，方才睡著的。」披上衣服，走到書桌旁邊一看。只見我昨夜作的詩，被繼之密密的加上許多圈。又在後面批上：「纏綿悱惻，哀豔絕倫」八個字。因說道：「大哥！怎麼不同我改改，卻又加上這許多圈？這種胡言亂道的，有什麼好處呢？」繼之道：「我同你有什麼客氣；該是好的，自然是好的；你叫我改那個字呢？我自從入了仕途，許久不作詩了；你有興致，我們早晚多約兩個人，唱和唱和也好。」我道：「正是！作詩是要有興致的；我也許久不作了，昨晚因看見報上的詩，觸動起詩興來。偶然作了這兩首，我還想謄出來，也寄到報館裏去，刊在報上呢！」繼之道：「這又何必！你看那報上可有認真的好詩麼？那一班斗方名士，結識了兩個報館主筆，天天弄些詩去登報，要借此博個詩翁的名色；自己便狂得個杜甫不死，李白復生的氣概。也有些人，常常在報上看見了他的詩，自然記得他的名字；後來偶然遇見，通起姓名來，人自然說句久仰的話，越發惹起他的狂燄逼人，自以為名震天下了。最可笑的，還有一班市儈，不過略識之無，因為豔羨那些斗方名士，要跟著他學；出了錢叫人代作了來，也送去登報。於是乎就有那些窮名士，定了價錢，一角洋錢一首絕詩，兩角洋錢一首律詩的。那市儈知道什麼好歹，便常常去請教。你想將詩送到報館去登，不是甘與這班人為伍麼？雖然沒有甚要緊，然而又何必呢！」我笑道：「我看大哥待人是極忠厚的，怎麼說起話來，總是這麼刻薄？何苦形容他們到這樣兒呢！」繼之道：「我何嘗知道這麼個底細；是前年進京時，路過上海，遇見一個報館主筆，姓胡叫做胡繪聲，是他告訴我的。諒來不是假話。」我笑道；「他名字叫做繪聲，聲也會繪，自然善於形容人家的了。我總不信送詩去登報的人，個個都是這樣。」繼之道：「自然不能一網打盡，內中總有幾個不是這樣的，然而總是少數的了。還有好笑的呢，你看那報上不是有許多題畫詩麼？這作題畫詩的人，後幅告白上面，總有他的書畫仿單。其實他並不會畫。有人請教他時，他便請人家代筆畫了，自己題上兩句詩，寫上一個款，便算是他畫的了。」我說道：「這個於他有甚好處呢？」繼之道：「他的仿單，非常之貴，畫一把扇子，不是兩元，也是一元。他叫別人畫，只拿兩三角洋錢出去。這不是尚亦有利哉麼？這是詩家的畫。還有那畫家的詩呢：有那個隻字不通的人，他卻會畫，並且畫的還好。倘使他安安分分的，畫了出來，寫了個老老實實的上下款，未嘗不過得去。他卻偏要學人家題詩；請別人作了，他來抄在畫上。

這也罷了。那個稿子，他又謄在冊子上，以備將來不時之需。這也還罷了。誰知他後來積的詩稿也多了；不用再求別人了；隨便畫好一張，就隨便抄上一首，他還要寫著錄舊作補白呢。誰知都被他弄顛倒了，畫了梅花，卻抄了題桃花詩；畫了美人，卻抄了題鍾馗詩。」我聽到這裏，不覺笑的肚腸也要斷了，連連擺手說道：「大哥！你不要說罷！這個，是你打我，我也不信的；天下那裏有這種不通的人呢！」繼之道：「你不信麼？我念一首詩給你聽，你猜是什麼詩？這首詩我還牢牢記著。」因念道：「

隔簾秋色靜中看，欲出籬邊怯薄寒；隱士風流思婦淚，將來收拾到毫端。

你猜！這首詩是題什麼的？」我道：「這首詩不見得好。」繼之道：「你且不要管他好不好，你猜是題什麼的？」我道：「上頭兩句泛得很；底下兩句，似是題菊花海棠合畫的。」繼之忽地裏叫一聲：「來！」外面就來了個家人。繼之對他道：「叫丫頭把我那個湘妃竹柄子的團扇拿來！」

不一會，拿了出來。繼之遞給我看。我接過看時，一面還沒有寫字，一面是畫的幾根淡墨水的竹子；竹樹底下，站著一個美人，美人手裏，拿著把扇子；上頭還用淡花青，烘出一個月亮來。畫筆是不錯的，旁邊卻連正帶草的寫著繼之方才念的那首詩。我這才信了繼之的話。繼之道：「你看那方圖書，還要有趣呢！」我再看時，見有一個一寸多見方的壓腳圖書，打在上面，已經不好看了；再看那文字時，卻是：「畫宗吳道子，詩學李青蓮」十個篆字。不覺大笑起來，問道：「大哥！你這把扇子，那裏來的？」繼之道：「我慕了他的畫名，特地託人到上海去，出了一塊洋錢潤筆求來的呀。此刻你可信了我的話了！可不是我說話刻薄，形容人家了！」說話之間，已經開出飯來。我不覺驚異道：「呀！什麼時候了？我們只談得幾句天，怎麼就開飯了？」繼之道；「時候是不早了，你今天起來得遲了些。」

我趕忙洗臉漱口，一同吃飯。飯罷，繼之到關上去了。大凡記事的文章，有事便話長，無事便話短。不知不覺，又過了七八天。我伯父的回信到了，信上說是：「知道我來了，不勝之喜。刻下要到上海一轉，無甚大耽擱，幾天就可回來。」我得了此信，也甚歡喜。就帶了這封信，去到關上，給繼之說知，入到書房時，先有一個同事在那裏談天。這個人是督扦的司事，姓文，表字述農，上海人氏。當下我先給繼之說知來信的話，索性連信也給他看了。繼之看罷，指著述農說道：「這位也是詩翁，你們很可以談談。」

於是我同述農重新敘話起來。述農又讓我到他房裏去坐。兩人談得入彀。我又提起前幾天繼之說的斗方名士那番話。述農道：「這是實有其事；上海地方，無奇不有。倘能在那裏多盤桓些日子，新聞還多著呢。」我道：「正是！可惜我在上海往返了三次，兩次是有事，匆匆便行；一次為的是丁憂，還在熱喪裏面，不便出來逛逛。這回我路過上海時，偶然看見一件奇事；如今觸發著了，我才記起來。那天我因為出來寄家信，順路走到一家茶館去看看。只見那吃茶的人，男女混雜，笑謔並作的，是什麼意思呢？」述農道：「這些女子，叫做野雞的人，就是流娼的意思。也有良家女子，也有上茶館的。這是洋場上的風氣。有時也施個禁令；然而不久就開禁的了。」我道：「如此說，內地是沒有這風氣的了。」述農道：「內地何嘗沒有！從前上海城裏，也是一般的女子們上茶館的，上酒樓的；後來被這位總巡禁絕了。」我道：「這倒是整頓風俗的德政；不知這位總巡是誰？」述農道：「外面看著是德政，其實骨子裏他在那裏行他那賊去關門的私政呢！」

我道：「這又是一句奇話！私政便私政了，又是什麼賊去關門的私政呢？倒要請教請教！」述農道：「這位總巡，專門仗著官勢，行他的私政。從前做上海西門巡防局委員的時候，他的一個小老婆，受了他的委屈，吃生鴉片煙死了；他恨得了不得，就把他該管地段的煙館，一齊禁絕了。外面看看，不是又是德政麼？誰知他內裏有這麼個情節。至於他禁婦女吃茶一節的話，更是醜的了不得。他自己本來是一個南貨店裏學生意出身；不知怎麼樣，被他走到官場裏去。你想這等人家，有甚規矩？所以他雖然做了總巡，他那一位小姐，已經上二十歲的人了，還沒有出嫁；卻天天跑到城隍廟茶館裏吃茶。那位總巡，也不禁止他。忽然一天，這位小姐不見了，偏偏這天家人們都說小姐並不曾出大門。就在屋裏查察起。誰知他公館的房子，是緊靠在城腳底下，曬臺又緊貼著城頭。那小姐是在曬臺上，搭了跳板，走過城頭上去的。惱得那位總巡，立時出了一道告示，勒令沿城腳的居民，將曬臺拆去；只說恐防宵小。又出告示，禁止婦女吃茶。這不是賊去關門的私政麼？」我道：「他的小姐，走到那裏去的呢？」述農道：「奇怪得很呢！就是他小姐逃走的那一天，同時逃走了一個轎班。」我道：「這是事有湊巧罷了，那裏會跟著轎班走呢？」述農道：「所以天下事，往往有出人意外的。那位總巡，因為出了這件事，其勢不得不追究，又不便傳播出去，特地請出他的大舅子來商量。因為那個轎班是嘉定縣人，他大舅子，就到嘉定去訪問，果然給他訪著了。那位小姐，居然是跟他走的。他大舅子就連夜趕回上海，告訴了底細。也就寫了封信，託嘉定縣辦這件事。只說那轎班拐了丫頭逃走。嘉定縣得了他的信，就把那轎班，捉將官裏去。他大舅子，便硬將那小姐，捉了回來。誰知他小姐回來之後，尋死覓活的，鬧個不了；足足三天沒有吃飯，看著是要絕粒的了。依了那總巡的意思，憑他死了也罷了。但是他那位太太，愛女情切；暗暗的叫他大舅，再到嘉定去，請嘉定縣尊，不要把那轎班辦的重了；最好是就放了出來。他大舅只得又走一趟。走了兩天，回來說：『那轎班一些刑法也不曾受著；只因他投在一家鄉紳人家做轎班。嘉定鄉紳，是權力很大的，地方官都是仰承他鼻息的。所以不到一天，還沒問過，就給他主人拿片子要了去了。』

那位太太，就暗暗的安慰他女兒。過了些時，又給他些銀子，送他回嘉定去。誰知到得嘉定，又鬧出一場笑話來。」正說到這裏，忽聽得外面一陣亂嚷，跑進來兩個人，就打斷了話頭。正是：

一夕清談方入彀，何處閒非來擾人。

要知外面嚷的是甚事，跑進來的是甚人？且待下回再記。

第十回　老伯母強作周旋話　惡洋奴欺凌同族人

原來外面扦子手，查著了一船私貨，爭著來報。當下述農就出去察驗，耽擱了好半天。我等久了，恐怕天晚入城不便，就先走了。從此一連六七天沒有事。這一天，我正在寫好了幾封信，打算要到關上去。忽然門上的人，送進來一張條子，接過一看，卻是我伯父給我的；說已經回來了，叫我到公館裏去。我連忙袖了那幾封信，一逕到我伯父公館裏相見。我伯父先說道：「你來了幾時了？可巧我不在家。這公館裏的人，卻又一個都不認得你。幸而聽見說你遇見了吳繼之，招呼著你。你住在那裏，可便當麼？如果不很便當，不如搬到我公館裏罷！」我說道：「住在那裏很便當；繼之自己不用說了，就是他的老太太，他的夫人，也很好的；待姪兒就像自己人一般。」伯父道：「到底打攪人家不便。繼之今年只怕還不曾滿三十歲，他的夫人自然是年輕的；你常見麼？你雖然還是個小孩子，然而說小也不小了；這嫌疑上面，不能不避呢。我看你還是搬到我這裏罷！」我說道：「現在繼之得了大關差使，不常回家，託姪兒在公館裏照應，一時似乎不便搬出來……」我這句話還沒有說完，伯父就笑道：「怎麼他把一個家，託了個小孩子？」我接說道：「姪兒本來年輕，不懂得什麼；不過代他看家罷了。好在他三天五天，總回來一次的；現在他書啓的事，還叫姪兒辦呢。」伯父好像吃驚的樣子道：「你怎麼就同他辦麼？你辦得來麼？」我道：「這不過寫幾封信罷了，沒有什麼辦不來！」伯父道：「還有給上司的禀帖呢，夾單呢，雙紅呢，只怕不容易罷！」我道：「這不過是駢四儷六裁剪的工夫罷；只要字面工整富麗，那怕不接氣也不要緊的。這更容易了！」

伯父道：「小孩子們有多大本事，就要這麼說嘴？你在家可認真用功的讀過幾年書？」我道：「書是從七歲上學，一直讀的；不過就是去年耽擱下幾個月；今年也因為要出門，才解學的。」伯父道：「那麼你不回去好好的讀書，將來巴個上進，卻出來混什麼？」我道：「這是個人的脾氣，姪兒從小就不望這一條路走；不知怎的，這一路的聰明也沒有；先生出了題目，要作『八股』姪兒先就頭大了；偶然學著對個策，做篇論，那還覺得活潑些；或者作個詞章，也可以陶冶陶冶自己的性情。」伯父正要說話時，只見一個丫頭出來說道：「太太請姪少爺進去見見！」伯父就領了我到上房裏去。我便拜見伯母。伯母道：「姪少爺前回到了，可巧你伯父出差去了。本來很應該請到這裏來住的；因為我們雖然是至親，卻從來沒有見過，這裏南京是有名的『南京拐子』，稀奇古怪的光棍撞騙，多得很呢。我又是個女流，知道是冒名來的不是，所以不敢招接。此刻聽說有個姓吳的朋友招呼你，這也很好。你此刻身子好麼？你出門的時刻，你母親好麼？自從你祖老太爺過身之後，你母親就跟著你老人家運靈柩回家鄉去。從此我們妯娌就沒有見過了。那時候，還沒有你呢。此刻算算，差不多有二十年了。你此刻打算多早晚回去呢？」

我還沒有回答，伯父先說道：「此刻吳繼之請了他做書啓，一時只怕不見得回去呢。」伯母道：「那很好了！我們也可以常見見。出門的人，見個同鄉也是好的，不要說自家人了。——不知可有多少束脩？」我說道：「還沒有知道呢，雖然辦了個把月，因為……」——這裏我本來要說：因為借了繼之銀子寄回家去，恐怕他先要將束脩扣還的話；忽然一想，這句話且不要提起的好。——因改口道：「因為沒有什麼用錢的去處，所以姪兒未曾支過。」伯父道：「你此刻有事麼？」我道：「到關上去，有點事。」伯父道：「那麼你先去罷！明日早起再來，我有話給你說。」我聽說，就辭了出來，騎馬到關上去。走到關上時，誰知簽押房鎖了。我就到述農房裏去坐。問起述農，才知道繼之已回公館去了。我道：「繼翁向來出去，是不鎖門的，何以今日忽然上了鎖呢？」述農道：「聽見說昨日丟了什麼東西呢。問他是什麼東西，他卻不肯說。」說著，取過一疊報紙來，檢出一張滬報給我看。原來前幾天我作的那三首戍婦詞，已經登上去了。我便問道：「這一定是閣下寄去的，何必呢！」述農笑道：「又何必不寄去呢！這等佳作，讓大家看看也好。今天沒有事，我們擬個題目，再作兩首好麼？」我道：「這會可沒有這個興致，而且也不敢在班門弄斧，還是閒談談罷。那天談那位總巡的小姐，還沒有說完，到底後來怎樣呢？」述農笑道：「你只管歡喜聽這些故事，你好好的請我一請，我便多說些給你聽。」

說著，用手在肚子上拍了一拍道：「我這裏面，故事多著呢！」我道；「幾時拿了薪水，自然要請請你。此刻請你先把那未完的卷來完了才好。不然，我肚子裏怪悶的！」述農道：「呀！是呀！昨天就發過薪水了，你的還沒拿麼？」說著，就叫底下人，到帳房去取。

去了一會，回來說道：「吳老爺拿進城去了。」述農又笑道：「今天吃你的不成功，只好等下次的了。」我道：「明後天出城，一定請你；只求你先把那件事說完。」述農道：「我那天說到什麼地方，也忘記了，你得要提我一提。」我道：「你說到什麼那總巡的太太，叫人到嘉定去尋那個轎班呢，又鬧出了什麼事來。」述農道；「哦！是了！尋到嘉定去，誰知那轎班卻做了和尚了。好容易才說得他肯還俗，仍舊回到上海；養了幾個月的頭髮，那位太太也不由得總巡做主，硬把這位小姐，許配了他。又拿他自家的私蓄錢，託他的舅爺，同他女婿捐了個把總。還逼著那總巡，叫他同女婿謀差事。那總巡只怕是一位懼內的，奉了閫令，不敢有違；就同他謀了個看城門的差事。此刻只怕還當著這個差呢。看著是看城門的一件小事，那『東洋照會』的出息，也不少呢。這件事，我就此說完了；要我添些出來，可添不得了。」我道：「說是說完了，只是什麼『東洋照會』？我可不懂。還要請教！」述農又笑道：「我不合隨口帶說了這麼一句話，又惹起你的麻煩。這『東洋照會』，是上海的一句土談。晚上關了城門之後，照例是有公事的人要出進，必須有了照會，或者有了對牌，才可以開門；上海卻不是這樣，只要有一角小洋錢，就可以開得。卻又隔著兩扇門，不便彰明較著的大聲說是送錢來，所以嘴裏還是說照會；等看門的人走到門裏時，就把一角小洋錢，在門縫裏遞了進去，馬上就開了。因為上海通行的是日本小洋錢，所以就叫作『東洋照會』。」

我聽了這才明白。因又問道：「你說故事多得很，何不再講些聽聽呢。」述農道：「你又來了，這沒頭沒腦的，叫我從那裏說起？這個除非是偶然提到了，才想得著呀。」我說道：「你只在上海城裏城外的事想去，或者官場上面，或者外國人上面，總有想得著的。」述農道：「一時之間，委實想不起來，以後我想起了，用紙筆記來，等你來了就說罷。」我道：「我總不信一件也想不起，不過你有意吝教罷了。」述農被我纏不過，只得低下頭去想。一會道：「大海撈針似的，那裏想得起來！」我道：「我想那轎班忽然做了把總，一定是有笑話的。」述農拍手道：「有的！可不是這個把總，另外一個把總。我就說了這個來搪塞罷。

有一個把總，在吳淞什麼營裏面，當一個什麼小小的差事，一個月也不過幾兩銀子。一天，不知為了什麼事，得罪了一個哨官。這哨官是個守備；這守備因為那把總得罪了他，他就在營官面前說了他一大套壞話；營官信了一面之詞，就把那把總的差事撤了。那把總沒了差事，流離浪蕩的沒處投奔。後來到了上海，恰好巡捕房招巡捕，他便去投充巡捕。果然選上了，每月也有十元八元的工食，倒也同在營裏差不多。有一天，寃家路窄，這一位守備，不知為了什麼事，到上海來了；在馬路上大聲叫『東洋車』。被他看見了，真是仇人相見，分外眼明。正要想法尋他的事，恰好他在那裏大聲叫車；便走上去，用手中的木棍，在他身上狠狠的打了兩下。大喝道：『你知道租界的規矩麼？在這裏大呼小叫，你只怕要吃外國官司呢！』守備回頭一看，見是仇人，也耐不住道：『什麼規矩不規矩？你也得要好好的關照，怎麼就動手打人？』巡捕道：『你再說，請你到巡捕房去！』守備道：『我又不曾犯法，就到巡捕房裏怕什麼？』巡捕聽說，就上前一把辮子，拖了要去。那守備未免掙扎了幾下。那巡捕就趁勢把自己號衣撕破了一塊，一路上拖著他走。又把他的長衫，褫了下來，摔在路旁。到得巡捕房時，只說他在馬路小便；我去禁止，他就打起我來，把號衣也撕破了。那守備要開口分辯，被一個外國人過來，沒頭沒腦的打了兩個巴掌。你想外國人又不是包龍圖，況且又不懂中國話，自然中了他的『膚受之愬』了。不由分說，就把這守備關起來。恰好第二天是禮拜，第三天接著又是中國皇帝的萬壽，會審公堂照例停審。可憐他白白的在巡捕房裏面關了幾天。好容易盼到那天要解公堂了，他滿望公堂上面，到底有個中國官，可以說得明白；就好一五一十的伸訴了。誰知上得公堂時，只見那把總升了巡捕的上堂，說了一遍，仍然說是被他撕破號衣。堂上的中國官，也不問一句話，便判了一百板，押十四天。他還要伸說時，已經有兩個差人過來，不由分說，拉了下去，送到班房裏面。他心中還想道：『原來說打一百板，是不打的，這也罷了。』誰知到了下午三點鐘時候，說是坐晚堂了。兩個差人來，拖了就走。到得堂上，不由分說的，噼噼啪啪打了一百板，打得鮮血淋漓。就有一個巡捕上來，拖了下去，上了手銬，押送到巡捕房裏，足足的監禁了十四天。又帶到公堂，過了一堂，方才放了。你說巡捕的氣燄，可怕不可怕呢？」

我說道：「外國人不懂話，受了他『膚受之愬』，且不必說；那公堂上的問官，他是個中國人，也應該問個明白；何以也這樣一問也不問，就判斷了呢？」述農道：「這裏面有兩層道理：一層是上海租界的官司，除非認真的一件大事，方才有兩面審問的；其餘打架細故，非但不問被告，並且連原告也不問，只憑著包探巡捕的話就算了；他的意思，還以為那包探巡捕是辦公的人，一定公正的呢。那裏知道就有這把總升巡捕的那一樁前情後節呢？第二層，這會審公堂的華官，雖然擔著個會審的名目，其實猶如木偶一般，見了外國人，就害怕的了不得；生怕得罪了外國人，外國人告訴了上司，撤了差，磕碎了飯碗；所以平日問案，外國人說什麼，就是什麼，這巡捕是外國人用的，他平日見了，也要帶三分怕懼；何況這回巡捕做了原告，自然不問青紅皂白，要懲辦被告了。」我正要再往下追問時，繼之打發人送條子來，叫我進城；說有要事商量。我只得別過述農，進城而去。正是：

適聞海上稱奇事，又歷城中傀儡場。
未知進城後有什麼要事，且待下回再記。

第十一回　紗窗外潛身窺賊跡　房門前瞥眼睹奇形

當下我別過述農，騎馬進城。路過那苟公館門首，只見他大開中門，門外有許多馬匹；街上堆了不少的爆竹紙，那爆竹還在那裏放個不住。心中暗想，莫非辦什麼喜事；然而上半天何以不見動靜？繼之家，本來同他也有點往來，何以並未見有帖子呢？一路懷疑著回去，要問繼之；偏偏繼之又出門拜客去了。從日落西山，等到上燈時候，方才回來。一見了我，便說道：「你出城，我進城；大家都走這條路，何以不遇見呢？原來你到你令伯那裏去過一次，所以相左了。」我道：「大哥怎麼就知道了？」繼之道；「我回來了，不多一會，你令伯就來拜我；談了好半天才去。我恐怕明日一早要到關上去，有幾天不得進城，不能回拜他；所以他走了，我寫了個條子，請你進城；一面就先去回拜了他，談到此刻才散。」我道：「這個可謂長談了。」繼之道；「他的脾氣，同我們兩樣。同他談天，不過東拉拉，西拉拉罷了。他是個風流隊裏的人物，年紀雖然大了，興致卻還不減呢。這回到通州勘荒去，你道他怎麼個勘法？他到通州，只住了五天，拜了拜本州，就到上海玩這多少日子。等到回來時，又攏那裏一攏，就回來了。方才同我談了半天上海的風氣，真是愈出愈奇了。大凡女子媚人，總是借助脂粉，誰知上海的婊子，近來大行戴墨晶眼鏡。

你想這杏臉桃腮上面，加上兩片墨黑的東西，有什麼好看呢？還有一層：聽說水煙筒都是用銀子打造的，這不是浪費得無謂麼？」我道：「這個不關我們的事，也不是我們浪費，不必談他。那苟公館今天不知有什麼喜事？我們這裏有帖子沒有？要應酬他不要？」繼之道：「什麼喜事？豈但應酬他，而且錢也借去用了。今日委了營業處的差使，打發人到我這裏來，借了五十元銀，去做札費；我已經差帖道喜去了。」我道：「札費也用不著這些呀！」繼之道：「雖然未見得都做了札費，然而格外多賞些，摔闊牌子，也是他們旗人的常事。」

我道：「得個把差使，就這麼張揚，放那許多爆竹，也是無謂得很。今天我回來時，幾乎把我的馬嚇溜了。幸而近來騎慣了，還勒得住。」繼之道：「這放爆竹，是湖南的風氣；這裏湖南人住的多了，這風氣就傳染開來了。——我今天急於要見你，要託你暗中代我查一件事；可先同你說明白了，我並不是要追究東西，不過要查出這個家賊，開除了他罷了。」我道：「是呀！今天我到關上去，聽說大哥丟了什麼東西。」繼之道：「並不是什麼很值錢的東西，是失了一個龍珠錶。這錶也不知他出在那一國，可是初次運到中國的，就同一顆水晶球一般，只有核桃般大。我在官廳上面，見同寅的有這麼一個，我就託人到上海去帶了一個來，只值十多元銀子。本來不甚可惜，只是我又配上一顆雲南黑銅的錶墜。這黑銅雖然不知道值錢不值錢，卻是一件稀罕東西；而且那工作十分精細，也不知他是雕的，還是鑄的；是杏仁般大的一個彌勒佛像，鬚眉畢現的，很是可愛。」我道：「彌勒佛沒有鬚的。」繼之道：「不過是這麼一句話，說他精細罷了。你不要挑眼兒取笑！」我道：「這個不必查，一定是一個饞嘴的人偷的。」繼之怔了一怔道：「怎見得？」我道：「大哥不說麼？錶像核桃，錶墜像杏仁，那錶鏈一定像粉條兒的了。他不是饞嘴貪吃，偷來做什麼呢！」繼之笑了笑道：「不要只管取笑，我們且說正經話。我所用的人，都是舊人，用上幾年的了，向來知道是靠得住的。只有一個王富，一個李升，一個周福，是新近用的，都是關上，你代我留心體察著，看是那一個，我好開除了他。」

我想了一想道：「這是一個難題目，我查只管去查，可是不能限定日子的！」繼之道：「這個自然！」正說著話時；門上送進來一份帖子，一封信。繼之只看了看信面，就遞給我。我接來一看，原來是我伯父的信。拆開看時，上面寫著：明日申刻，請繼之吃飯，務必邀到，不可有誤云云。繼之對我道；「令伯又來同我客氣了！」我道：「吃頓把飯，也不算什麼客氣。」繼之道：「這麼著，我明日索性不到關上去了，省得兩邊跑。明日你且去一次，看有什麼動靜沒有？」我答應了。繼之就到上房裏去，拿了一根鑰匙出來，交給我道：「這是簽押房鑰匙，你先帶著；恐怕到那邊有什麼公事。」又拿過一封銀子來道：「這裏有五十兩，內中二十兩，是我送你的束脩；帳房裏的盈餘，本來是要到節下算的，我恐怕你又要寄家用，又要添補些什麼東西，二十兩不夠，所以同他們先取了三十兩來，付了你的帳。到了節下，再算清帳就是了。你下次到關上去，也到帳房裏走走；不要掛了你的名字，你一到也不到。」我道：「我此刻用不了這些。前回借大哥的，請先扣了去。」繼之道：「這個且慢著！你說用不了這些，我可也還不等這個呢。」我道：「只是我的脾氣，欠著人家的錢，很不安的。」繼之道：「你欠了人家的錢，只管去不安；欠了我的錢，用不著不安。老實對你說：同我夠不上交情的，我一文也不肯借。夠得上交情的，我借了就當送了。除非那人果然十分豐足了，有餘錢還我，我才受呢。」我聽了不便再推辭，只得收過了。

一宿無話，到了次日，梳洗過後，我就帶了鑰匙，先到伯父公館裏去。誰知還沒有起來，我在客堂裏坐等了好半天，才見一個丫頭出來，說太太請姪少爺。我進去見過伯母，談了些家常話。等到十點多鐘，我實在等不及了，恐怕關上有事，正要先走，我伯父卻醒了。叫我再等一等，我只得又留住。等伯父起來，洗過了臉，吃了一會水煙，又吃了點心，叫我同到書房裏去，在煙床睡下。早有家人，裝好了一口煙，伯父取過來吸了，方慢慢的起來。在書桌抽屜裏面，取出一包銀子道：「你母親的銀子，只有二千存在上海，五釐週息；一年恰好一百兩的利錢，取來了。我到上海去取，來往的盤纏，用了二十兩。這裏八十兩，你先寄回去罷。還有那三千兩，是我一個朋友王俎香借了去用的，說過也是五釐週息。但是俎香現在湖南，等我寫信去取了來，再交給你罷。」我接過了銀子，告知關上有事，要早些去。伯父問道：「繼之今日來麼？」我道：「來的！今天他不到關上去，也是為的晚上要赴這個席。」伯父道：「這也是為你的事，他照應了你，我不能不請請他。你有事先去罷！」

我就辭了出來，急急的僱了一匹馬，加上幾鞭，趕到關上。午飯已經吃過了，我開了簽押房門，叫廚房再開上飯來。一面請文述農談天。誰知他此刻公事忙，不得個空。我吃過了飯，見沒有人來回公事。因想起繼之託我查察的事情，這件事沒頭沒腦的，不知從那裏查起；想了一會法子，取出那八十兩銀子，放在公事桌上。把房門虛掩起來，繞到簽押房後面的夾衖裏後窗下面。立在一個裏面看不見外面，外面卻看得見裏面的地方；在那裏偷看。這也不過是我一點妄想，想看有人來偷沒有。看了許久，不見有人來偷。我想這樣試法，兩條腿都站直了，只怕還試不出來呢。正想走開，忽聽得砉的一聲門響，有人進去了。我留心一看，正是那個周福！只見他走進房時，四下裏一望，嘴裏說道：「又沒有人了！」一回頭看見桌上那一包銀子，拿在手裏掂了一掂，把舌頭吐了一吐；伸手去開那抽屜，誰知都是鎖著的；他又去開了書櫃，把那一包銀子，放在書櫃裏面。關好了，又四下裏望了一望，然後出去，把房門倒掩上了。我心中暗暗想道：「起先見他的情形，很像是賊；誰知倒不是賊。」

於是繞了出來，走過一個房門口，聽見裏面有人說話。這個房，住的是一個同事，姓畢，表字鏡江。我因為聽見說話聲音，無意中往裏面一望，只見鏡江同著一個穿短衣赤腳的粗人，在那裏下象棋。那粗人手裏，還拿著一根尺把長的旱煙筒，在那裏吸著煙。我心中暗暗稱奇。不便去招呼他，順著腳步，走回簽押房。只見周福在房口的一張板凳上坐著。見我來了，就站起來，說道：「師爺下次要出去，請把門房鎖了；不然，丟了東西，是小的們的干紀。」他一面說，我一面走到房裏，他也跟進來。又說道：「丟了東西，老爺又不查的，這個最難為情。」我笑道：「查不查有什麼難為情？」周福道：「不是這麼說，倘是丟了東西，馬上就查，查明白了，是誰偷的，就懲治了誰；那不是偷東西的，自然心安了。此刻老爺一概不查，只說丟了就算了。這自然是老爺的寬洪大量。但是那偷東西的心中，暗暗歡喜；那不是偷東西的，倒懷著鬼胎，不知主人疑心的是誰？並且同事當中，除了那個真是做賊的，大家都是你疑我，我疑你，這不是不安麼？」我道：「查是要查的，不過暗暗的查罷了。並且老爺雖然不查，你們也好查的；查著了真賊，還有得賞呢。」周福道：「賞是不敢望賞；不過查著了，可以明明心迹罷了。」我道：「那麼你們凡是自問不是做賊的，都去暗暗的查來。但是不可張揚，把那做賊的先嚇跑了。」

周福答了兩個是字，要退出去；又止住了腳步，說道：「小的剛才進來，看見書桌上有一封銀子，已經放在書櫃裏面了。」我道：「我知道了！畢師爺那房裏，有一個很奇怪的人，你去看看是誰？」周福答應著去了。恰好述農公事完了，到這裏來坐。一進房門便道：「你真是信人，今天就來請我了。」我道：「今天還來不及呢，一會兒我就要進城了。」述農笑道：「取笑罷了，難道真要你請麼？」我道：「我要求你說故事，只好請你。」剛說到這裏，周福來了，說道：「並沒有什麼奇怪人，只有一個挑水夫阿三在那裏。」我問道：「在那裏做什麼？」周福道：「好像剛下完了象棋的樣子，在那裏收棋子呢。」說完，就退了出去。述農便問什麼事。我把畢鏡江那裏的人說了。述農道：「他向來只同那些人交接。」我道：「這又為什麼？」述農道：「你算得要管閒事的了，怎麼這個也不知道？」我道：「我只喜歡打聽那古怪的事，閒事是不管的。你這麼一說，這裏面一定又有什麼蹊蹺的了。倒要請教請教！」述農道：「這沒有什麼蹊蹺，不過他出身微賤，聽說還是個『王八』，所以沒有甚人去理他；就是二爺們見了他也避的；所以他只好去結交些燒火挑水的了。」我道：「繼翁為甚用了這等人？」述農道：「繼翁何嘗要用他，因為他弄了情面薦來的，沒奈何給他四吊錢一個月的乾脩罷了。他連字也不識，能辦什麼事要用他？」我道：「他是誰薦的？」述農道：「這個我也不甚瞭了，你問繼翁去。你每每見了我，就要我說故事；我昨夜窮思極想的，想了兩件事：一件是我親眼看見的實事；一件是相傳說著笑的，我也不知是實事還是故意造出來笑的。我此刻先把這個給你說了；可見得我們就這大關的事，不是好事；我這當督扦的，還是眾怨之的呢！」我聽了大喜，連忙就請他說。述農果然不慌不忙的說出兩件事來。

正是：

過來人具廣長舌，揮麈閒登說法臺。

未知述農說的到底是什麼事，且待下回再記。

第十二回　查私貨關員被累　行酒令席上生風

且說我當下聽得述農說有兩件故事，要說給我聽，不勝之喜。便凝神屏息的聽他說來。只聽他說道：「有一個私販，專門販土；資本又不大，每次不過販一兩隻，裝在罈子裏面，封了口，粘了茶食店的招紙，當做食物之類。所過關卡，自然不留心了；然而做多了，總是要敗露的。這一次，被關上知道了，罰他的貨充了公；他自然是敢怒不敢言的了。過了幾天，他又來了，依然帶了這麼一罈，被巡丁們看見了，又當是私土，上前取了過來，他就逃走了。這巡丁捧了罈子，到師爺那裏去獻功。師爺見又有了充公的土了，正好拿來煮煙，歡歡喜喜的親手來開這罈子。誰知這回不是土了，這一打開，裏面跳出了無數的蚱蜢來，卻又臭惡異常。原來是一罈子糞水，又裝了成千的蚱蜢。登時鬧得臭氣薰天，大家躲避不及。這蚱蜢又是飛來跳去的，鬧到滿屋子沒有一處不是糞花。你道好笑不好笑呢？」我道：「這個我也曾聽見人家說過，只怕是個笑話罷了。」

述農道：「還有一件事，是我親眼見的，幸而我未曾經手。唉！真是人心不古，詭變百出，令人意料不到的事，盡多著呢。那年我在福建，也是就關上的事。我是辦帳房，生了病，有十來天沒有起床。在我病的時候，忽然來了一個眼線，報說有一宗私貨，明日過關。這貨是一大宗珍珠玉石，卻放在棺材裏面，裝做扶喪模樣。燈籠是姓什麼的，什麼銜牌，什麼職事，幾個孝子，一一都說得明明白白。大家因為這件事情重大，查起來是要開棺的；回明了委員，大眾商量。那眼線又一口說定是私貨無疑，自家肯把身子押在這裏。委員便留住他，明日好做個見證。到了明天，大家終日的留心；果然下午時候，有一家出殯的經過；所有銜牌，職事，孝子，燈籠，就同那眼線說的一般無二。大家就把他扣住了，說他棺材裏是私貨。那孝子又驚又怒，怎見得我是私貨？此時委員也出來了，大家圍著商量。說有甚法子，可以查驗出來呢？除了開棺，再沒有法子。委員問那孝子。棺材裏到底是什麼東西？那孝子道：『是我父親的屍首。』問：『此刻要送到那裏去？』說：『要運回原籍去。』問：『幾時死的？』說：『昨日死的。』委員道：『既是在這裏作客身故，多少總有點後事要料理，怎麼馬上就可以運回原籍？這裏面一定有點蹊蹺，不開棺驗過，萬不能明白。』那孝子大驚道：『開棺見屍，是有罪的；你們怎麼仗著官勢，這樣橫行起來？』此時大眾聽了委員的話，都道有理；都主張著開棺查驗；委員也喝叫開棺。那孝子卻抱著棺材，嚎啕大哭起來。內中有一個同事，是極細心的，看那孝子嘴裏雖然嚷著像哭，眼睛裏卻沒有一點眼淚，越發料定是私貨無疑。當時巡丁扦子手，七手八腳的，拿斧子，劈柴刀，把棺材劈開了。一看，嚇得大眾面無人色。那裏是什麼私貨，分明是直挺挺的睡著一個死人。那孝子便走過來，一把扭住了委員，要同他去見上官，不由分說，拉了就走。幸得人多攔住了。然而大家終是手足無措的。急尋那眼線的，不提防被他逃走了。這裏便鬧到一個天翻地覆，從這天下午起，足足鬧到次日黎明時候，方才說妥當了。同他另外買過上好棺材，重新收殮。委員具了素服祭過。另外又賠了他五千兩銀子，這才了事。卻從這一回之後，一連幾天，都有棺材出口。我們是個驚弓之鳥，那裏還敢過問。其實我看以後那些都是私貨呢。他這法子想得真好，先拿一個真屍首來，叫你開了，鬧了事，吃了虧，自然不敢再多事。他這才認真的運起私貨來。」我道：「這個人也太傷天害理了，怎麼拿他老子的屍首，暴露一番，來做這個勾當？」述農道：「你是真笨還是假笨？這個何嘗是他老子，不知他在那裡弄來一個死叫化子罷了。」

當下又談了一番別話，我見天色不早了，要進城去。剛出了大門，只見那挑水阿三，提了一個畫眉籠子，走進來。我便叫住了問道：「這是誰養的？」阿三道：「剛才買來的；是一個人家的東西，因為等錢用，連籠子兩吊錢就買了來。到雀子鋪裏去買，四吊還不肯呢！」我道：「是你買的麼？」阿三道：「不是！是畢師爺叫買的。」說罷，去了。我一路上暗想，這個人只賺得四吊錢一月，卻拿兩吊錢去買這不相干的玩意兒，真是嗜好太深了。回到家時，天已將黑，繼之已經到我伯父處去了。留下話，叫我回來就去。我到房裏，把八十兩銀子放好，要水洗了臉才去。到得那邊時，客已差不多齊了。除了繼之之外，還有兩個人：一個是首府的刑名老夫子，叫做鄺士圖，一個是督署文巡捕叫做濮固修。大家相讓，分坐寒暄，不必細表。

又坐了許久。家人來報苟大人到了。原來今日請的也有他。只見那苟才穿著衣冠，跨了進來，便拱著手道：「對不住！對不住！到遲了，有勞久候了！兄弟今兒要上轅去謝委，又要到差，拜同寅，還要拜客謝步，整整的忙了一天兒。」又對繼之連連拱手道：「方才親到公館裏去拜謝，那兒知道繼翁先到這兒來了；昨天費心得很！」繼之還沒有回答他，他便回過臉來對著固修拱手道：「到了許久了！」又對士圖道：「久違得很！久違得很！」又對著我拱著手，一連說了六七個請字，然後對我伯父拱手道：「昨兒勞了駕，今兒又來奉擾，不安得很！」伯父讓他坐下。大眾也都坐下。送過茶，大眾又同聲讓他寬衣。就有他底下人，拿了小帽子過來；他自己把大帽子除下，又卸了朝珠，寬去外褂；把那腰帶上面，滴溜打拉佩帶的東西，卸了下來，解了腰帶，換上一件一裏圓的袍子，又束好帶子，穿上一件巴圖魯坎肩兒，在底下人手裏，拿過小帽子來。那底下人便遞起一面小小鏡子；只見他對著鏡子來戴小帽子；戴好了，又照了一照，方才坐下。便問我伯父道：「今兒請的是幾位客呀？我簡直的沒瞧見知單。」我伯父道：「就是幾位，沒有外客。」苟才道：「呀！咱們都是熟人，何必又鬧這個呢。」我伯父道：「一來為給大人賀喜；二來因為……」

說到這裏，就指著我道：「繼翁招呼了舍姪，借此也謝謝繼翁。」苟才道：

「哦！這位是令姪麼？英偉得很！英偉得很！你臺甫呀？今年貴庚多少了？繼翁你請他辦什麼呢？」繼之道：「辦書啓。」苟才道：「這不容易辦呀！繼翁！你是向來講究筆墨的；你請到他，這是一定高明的了！真是後生可畏呀！」又捋了捋他的那八字鬍子道：「我們是老大徒傷的了。」又扭轉頭來，對著我伯父道：「子翁你不要見棄的話，怕還是小阮賢於大阮呢！」說著，又呵呵大笑起來。當下滿座之中，只聽見他一個人在那裏說話，如銀瓶瀉水一般。他問了我臺甫貴庚，我也來不及答應他；就是答應他，他也來不及聽見；只管嘮嘮叨叨的說個不斷。一會兒，酒席擺好了，大眾相讓坐下。我留心打量他，只見他生得一張白臉，兩撇黑鬚，小帽子上綴著一塊蠶豆大的天藍寶石，又拿珠子盤了一朵蘭花，燈光底下，也辨不出他是真的，是假的。只見他問固修道：「今天上頭有什麼新聞麼？」固修道：「今天沒甚事，昨天接著電報，說馭遠兵船，在石浦地方，遇見敵船，兩下開仗，被敵船打沈了。」苟才吐了吐舌頭道：「這還了得！馬江的事情，到底怎樣？有個實信麼？」固修道：「敗仗是敗定了，聽見船政局也毀了；但是又有一說，說法蘭西的水師提督孤拔，也給我們打死了。此刻又聽見說福建的同鄉京官，聯名參那位欽差呢。」

說話之間，酒過三巡，苟才高興要豁拳。繼之道：「豁拳沒甚趣味，又傷氣；我那裏有一個酒籌，是朋友新製，送給我的；上面都是四書句，隨意掣出一根來，看是什麼句子，該誰吃就是誰吃；這不有趣麼？」大家都道：「這個有趣，又省事。」繼之就叫底下人回去取了來。原來是一個小小的象牙筒，裏面插著幾十枝象牙籌。繼之接過來，遞給苟才道：「請大人先掣。」苟才也不推辭，接在手裏，搖了兩搖，掣了一枝道：「我看該敬到誰去喝？」說罷，仔細一看道：「呀！不好！不好！繼翁！你這是作弄我，不算數！不算數！」繼之忙在他手裏拿過那根籌來一看，我也在旁邊看了一眼。原來上面刻著：「二吾猶不足」一句，下面刻著一行小字道：「掣此簽者，自飲三杯。」繼之道：「好個二吾猶不足自然該吃三杯了。這副酒籌，只有這一句最傳神，大人不可不賞三杯。」苟才只得照吃了，把籌筒遞給下首酈士圖。士圖接過，順手掣了一根，念道：「刑罰不中，量最淺者一大杯。」座中濮固修酒量最淺，幾乎滴酒不沾的；眾人都請他吃。固修搖頭道：「這酒籌太會作弄人了。」說罷，攢著眉頭，吃了一口。眾人不便勉強，只得算了。

士圖下首，便是主位。我伯父掣了一根，是「不亦樂乎，合席一杯」。繼之道：「這一根掣得好，又合了主人待客的意思。這裏頭還有一根合席吃酒的，卻是一句『舉疾首蹙頭』，雖然比這個有趣，卻沒有這句說的快活。」說著，大家又吃過了，輪到固修掣籌。固修拿著筒兒，搖了一搖道：「籌兒籌兒！你可不要叫我也掣了個二吾猶不足呢！」說著，掣了一根，看了一看，卻不言語，拿起筷子來吃菜。我問道：「請教該誰吃酒？是一句什麼？」固修就把籌遞給我看。接來一看，卻是一句：「子歸而求之」，下面刻著一行道：「問者即飲。」我只得吃了一杯。下來便輪到繼之。繼之掣了一根，是：「將以為暴」，下注是「打通關」三個字。繼之道：「我最討厭豁拳，他偏要我豁拳，真是豈有此理！」苟才道：「令上是這樣，不怕你不遵令。」繼之只得打了個通關。我道：「這一句隱著『今之為關也』一句，卻隱得甚好；只是繼翁正在辦著大關，這句話未免唐突了些。」繼之道：「不要多說了，輪著你了，快掣罷！」

我接過來掣了一根看時，卻是：「王速出令」一句，下面注著道：「隨意另行一小令。」我道：「偏到我手裏，就有這許多周折。」苟才拿過去一看道：「好呀！請你出令呢。快出罷！我們恭聽號令呢。」我道：「我前天偶然想起俗寫的『時』字，都寫成日字旁一個寸字；若照這個『时』字類推過去，『討』字可以讀做『詩』字；『付』字可以讀做『侍』字；我此刻就照這個意思，寫一個字出來；那一位認得的，我吃了一杯；若是認不得，各位都請吃一杯。好麼？」繼之道：「那麼說，你就寫出來看！」我拿起筷子，在桌上寫了一個「汉」字。苟才看了，先道：「我不識，認罰了。」拿起杯子，咕嘟一聲，乾了一杯。士圖也不識，吃了一杯。我伯父道：「不識的都吃了；回來你說不出這個字來，或是說的沒有道理，應該怎樣？」我道：「說不出來，姪兒受罰。」我伯父也吃了一口。固修也吃了一口。繼之對我道：「你先吃了一杯，我識了這個字。」我道：「吃也使得；只請先說了。」繼之道：「這是個『漢』字。」我聽說，就吃了一杯。我伯父道：「這怎麼是個『漢』

字？」繼之道：「他是照著俗寫的『難』字化出來的；俗寫『難』字，是個『又』字旁；所以他也把這『又』字，替代了『莫』字；豈不是個『漢』字？」我道：「這個字還有一個讀法，說出來對的。大家再請一杯好麼？」大家聽了都覺得一怔。正是：

奇字儘堪供笑謔，不須載酒問楊雄。

未知這個字還有什麼讀法，且待下回再記。

第十三回　擬禁煙痛陳快論　睹贓物暗尾佳人

當下我說這「汉」字，還有一個讀法。苟才便問：「讀作什麼？」我道：「俗寫的『雞』字，是『又』字旁加一個『鳥』字；此刻借他這『又』字，替代了『奚』字，這個字就可以讀作『溪』字。」苟才道：「好！有這個變化，我先吃了。」繼之道：「我再讀一個字出來，你可要再吃一杯？」我道：「這個自然！」繼之道：「照俗寫的『觀』字算，這個就是『灌』字。」我吃了一杯。苟才道：「怎麼這個字有那許多變化？奇極了！……呀！有了！我也另讀一個字，你也吃一杯好麼？」我道：「好好！」苟才道：「俗寫的『對』字，也是又字旁，把『又』字替代了『丵』字，是一個……呀！……這是個什麼字？……呸！這個不是字，沒有這個字，我自己罰一杯。」說著，咕嘟的又乾了一杯。固修道：「這個字，竟是一字三音，不知照這樣的字，還有麼？」我道：「還有一個『卩』字，這個字本來是古文的『節』字，此刻世俗上，可也有好幾個音，並且每一個音，有一個用處；書鋪子裏，拿他代『部』字；銅鐵鋪裏，拿他代『磅』字；木行裏，拿他代『根』字。」士圖道：「代『部』字，自然是單寫一個偏旁的緣故；怎麼拿他代起『磅』字『根』字來呢？」我道：「『磅』字，他們起先圖省筆，寫個『邦』字去代；久而久之，連這『邦』字也單寫個偏旁了；至於『根』字，更是奇怪；起先也是單寫個偏旁，寫成一個『艮』字；久而久之，把那一撇一捺也省了，帶草寫的就變了這麼一個字。」

說到這裏，忽聽得苟才把桌子一拍道：「有了！」眾人都嚇了一跳，忙問道：「有了什麼？」苟才道：「這個『卩』字，號房裏掛號的號簿，還拿他代老爺的『爺』字呢；我想叫認得古文的人去看號簿，他還不懂老爺是什麼東西呢？」說得眾人都笑了。此時又該輪到苟才掣酒籌。他拿起筒兒來亂搖了一陣道：「可要再抽一個自飲三杯的？」說罷，掣了一根看時，卻是「則必饜酒肉而後反」，下注「合席一杯完令」。我道：「這一句完令，雖然是好，卻有一點不合。」苟才道：「我們都是既醉且飽的了，為什麼不合？」我道：「那做酒令的，借著孟子的話罵我們；當我們是叫化子呢！」說得眾人又笑了。繼之道：「這酒籌一共有六十根，怎麼就偏偏掣了完令這根呢？」固修道：「本來酒也夠了，可以收令了，我倒說這根掣得好呢。不然，六十根都掣了，不知要掣到什麼時候呢？」我道：「然而只掣得七節，也未免太少。」我伯父道：「這酒籌怎麼是一節一節的？」繼之笑道：「他要借著木行裏的根字，讀作古音呢。這個還好，不要將來過節的時候，你卻寫了個古文，叫銅鐵鋪裏的人看起來，我們都要過磅呢。」說得眾人又是一場好笑。一面大家乾了門面杯，吃過飯，散坐一會，士圖，固修先辭去了；我也辭了伯父，同繼之兩個步行回去。

我把今日在關上的事，告訴了繼之。繼之道：「這個只得慢慢查察去，一時那裏就查得出來。」我忽然想起一件事，問道：「我有一件事，懷疑了許久，要問大哥；不知怎樣，得到見面的時候，就忘記了。今天同席遇了酈士圖，又想起來了。我好幾次在路上碰見過那位江寧太守，見他坐在轎子裏，總是打瞌睡的。這個人的精神，怎麼這麼壞法？」繼之道：「你說他瞌睡麼？他在那裏死了一大半呢。」我聽了，越發覺得詫異。忙問何以死了一大半？繼之道：「此刻這位總督大帥，最恨的是吃鴉片煙；大凡有煙癮的人，不被他知道便罷；要是他知道了，現任的撤任，有差的撤差；那不曾有差事的，更不要望求得著差事。只有這一位太守，煙癮大的了不得，他卻又有本事瞞得過。大帥每天起來，先見藩臺；第二個客，就是江寧府。他一早，先過足了癮，才上衙門；見了下來，煙癮又大發了，所以坐在轎子裏，就同死了在家一般。回到衙門，轎子一直抬到二堂，四五個丫頭，把他扶了出來，坐在醉翁椅上，抬到上房裏去。他的兩三個姨太太，早預備好了，在床上下了帳子，兩三個人先在裏面吃煙；吃的煙霧騰天的，把他扶到裏面，把煙薰他，一面還吸了煙噴他。照這樣鬧法，總要鬧到二十幾分鐘時候，他方才回了過來，有氣力自己吸煙呢。」

我道：「這又奇了！那位大帥見客的時候，或者可以有一定；然而回公事的話，不能沒有多少。比方這天公事回的多，或者上頭問話多，那就不能不耽擱時候了。

那煙癮不要發作麼？」繼之道：「這就難說了，據世俗的話，都說他官運亨通，不應該壞事的；所以他的煙癮，就猶如懂人事的一般；碰了公事多的那一天，時候耽擱久了，那煙癮也來得遲些。總是他運氣好之故。依我看來，那裏是什麼運氣不運氣，那煙癮一半是真的，有一半是假的。他回公事的時候，如果工夫耽擱久了，那癮未嘗不發作；只因他懾於大帥的威嚴，恐怕露出馬腳來，前程就保不住了；只好勉強支持，也未嘗支持不住。等到退了出來，坐上轎子，那時候是惟我獨尊的了，任憑怎樣發作，也不要緊了；他就不肯去支持。憑得他癱軟下來。回到家去，好歹有人伏侍。至於回到家去，要把煙薰拿煙噴的話，我看更是故作偃蹇的了。」我笑道：「大哥這話，才是如見其肺肝焉呢。這位大帥，既然那麼恨鴉片煙，為什麼不禁了他？」繼之道：「從前也商量過來，說是加重煙土煙膏的稅，伸一個不禁自禁之法。後來不知怎樣，就沈了下來，再也不提起了。依我看上去，一省兩省禁，也不中用；必得要奏明立案，通國一齊禁了才好。」我道：「通國都禁，談何容易？」繼之道：「其實不難，只要立定了案，凡係吃煙的人，都要抽他的吃煙稅，給他註了煙冊，另外編成一份煙戶；凡係煙戶的人，非但不准他考試出仕，並且不准他做大行商店。那吃煙的人，自然不久就斷絕了。我還有一句最有把握的話：大凡政事，最怕的是擾民；只有這禁煙一項，正不妨拿出強硬手段去禁他。就是騷擾他點，也不要緊。那些鴉片鬼，任是怎樣激怒他，他也造不起反來。究竟吃煙槍不能作洋槍用，煙泡不能作大炮用。就是刻薄得他死了，也不足惜；而且多死一個鴉片鬼，世上便少一個傳惡疾的人。如此說來，非但死不足惜；而且還是早死為佳呢！怎奈此時官場中人，十居其九是吃煙的；那一個肯建這個政策作法自斃呢？——時候不早了，睡罷！明天再談。」

一宿無話，次日一早，繼之到關上去了。此時我想著要寄家信，拿出銀子來，秤了一百兩，打算要寄回去。又想買點南京的土貨，順便寄去。吃過午飯，就到街上去買。順著腳步走去，走到了城隍廟裏，隨意遊玩。忽見有兩名督轅的親兵，叱喝而來；後面跟著一頂洋藍呢中轎，上著轎簾，想來裏面坐的，是一位女太太。那兩名親兵走到大殿上，把燒香的人趕開，那轎子就在廊下停下。旁邊一個老媽子過來，把轎簾揭下。扶出一位花枝招展的美人，打扮得珠圍翠繞，錦簇花團，蓮步姍姍的走上殿去。我一眼瞥見他，襟頭下掛著核桃大的一顆水晶球。心下暗吃一驚道：「莫非繼之失的龍珠錶，到了他手裏麼？」忽又回想道：「這是有得買的東西，雖不知他是什麼人，然而看他那舉動闊綽，自然他也是買來的，何必一定是繼之那個呢！」一面想著，只見他走到殿上，拈香膜拜。我忽然又想起，龍珠錶雖是有一般的，但是那黑銅錶墜，不是常有的東西。可惜離的遠，看他不清楚。怎樣能夠走近他身邊一看就好。躊躇了一會，想起女子入廟燒香，一定要拜觀音菩薩的，何妨去碰他一碰。想著，就走到旁邊的觀音殿去等他。等了許久，還不見來，以為他去了，仍舊走出了；恰好迎面同他遇著。留神一看，不禁又吃了一驚，他穿的是白灰色的衣裳，滚的是月白邊，那一顆水晶球似的東西，雖然已經藏在襟底，那一根鏈條兒，還搭在外面。分明直顯出一顆杏仁大的黑錶墜來。這東西有十分之九是繼之的失贓了。但是他是什麼人，總要設法先打聽著了，才可以再查探是什麼人賣給他的。遂想了個法子，走到正殿上，同香火道人買了些香燭，胡亂燒了香。又隨意取過籤筒來，搖了幾搖，搖出一根籤來，看了號碼，又到香火道人那裏去買籤；故意多給他幾文錢，問他討一碗茶來吃。略略同他談兩句，乘機就問他方才燒香的女子，是什麼人。香火道人道：「聽說是制臺衙門裏面，什麼人的內眷，我也不知道底細；他每月總來燒幾回香的。」我聽了，仍是茫無頭緒的，敷衍了兩句就走了。不覺悶悶不樂。

我雖然不是奉西教的，然而向來也不拜偶像。今天破了我的成例，不過為的是打聽這件事；誰知例是破了，事情卻打聽不出來。當面見了真贓，勢不能不打聽個明白，站在廟門外面，呆呆的想法子。只見他的轎子，已經出來了。恰好有個馬夫，牽著一匹馬走過；我便賃了他，騎上了，遠遠的跟著那轎子去；要看他住在那裏。誰知他並不回家，又到一個什麼觀音廟裏燒香去了。我好不懊惱，不便再進去碰他；只騎了馬，在左近地方跑了一會。等得我心也焦了，他方才出來，我又遠遠的跟著。他卻又到一個關神廟去燒香。我不覺發煩起來，要想不跟他了；卻又捨不得當面錯過。只得按轡徐行，走將過去。只見同他做開路神的兩名督轅親兵，一個蹲在廟門外面，一個從裏面走出來，嘴裏打著湖南口音說：「噲！夥計，不要氣了！大王廟是要到明天去了。」一個道：「我們找個茶鋪子歇歇罷！嘴裏燥得很咧！」一個道：「不必罷！這裏菩薩少，就要走了。等回去了，我們再吃。」我聽了這話，就走到街頭等一會。果然見他坐著轎子出來了。我再遠遠的跟著他，轉彎抹角，走了不少的路；走到一條街上，遠遠的看見他那轎子，抬進一家門裏去。那兩名親兵，就一直的去了。我放開轡頭，走到他那門口一看，只見一塊朱紅漆牌子，上刻著：「汪公館」三個大字。

我撥轉馬頭要回去，卻已經不認得路了。我到南京雖說有了些日子，卻不甚出門；南京城裏地方又大，那裏認得許多。只得叫馬在前面引著走。心裏原想順路買東西，因為天上起了一片黑雲，恐怕要下雨，只得急急的回去。今天做了他半天的跟班，才知道他是一個姓汪的內眷，累得我東西也買不成功；但不知他帶的東西，到底是繼之的失賊不是？如果是的，還不枉這一次的做跟班；要是不是的，那可真冤枉了。想了一會，拿起筆來，先寫好了一封家信，打算明天買東西，一齊寄去。誰知這一夜就下起個傾盆大雨來，一連三四天，不曾住點。到第五天，雨小了些，我就出去買東西，打算買了回來，封包好了，到關上去問繼之，有便人帶去沒有？有的最好；要是沒有，只好交信局寄去的了。回到家時，恰好繼之已經回來了，我便同他商量；他答應了，代我託人帶去。當下，我便把前幾天在城隍廟遇見那女子燒香的話，一五一十的告訴了繼之。繼之聽了凝神想了一想道：「哦！是了！我明白了！這會好得那個家賊就要走了！」正是：

迷離彷彿疑團事，打破都從一語中。

未知繼之明白了什麼，那家賊又是誰人，且待下回再記。

第十四回 宦海茫茫窮官自縊 烽煙渺渺兵艦先沈

話說繼之聽了我一席話，忽然覺悟了道：「一定是這個人了，好在他兩三天之內，就要走的，也不必追究了！」我忙問：「是什麼人？」繼之道：「我也不過這麼想，還不知道是他不是，我此刻疑心的是畢鏡江。」我道：「這畢鏡江是個什麼樣人？大哥不提起他，我也要問問。那天我在關上，看見他同一個挑水夫，在那裏下象棋，怎麼這般不自重？」繼之說：「他的出身，本來也同挑水的差不多，這又何足為奇！他本來是鎮江的一個龜子，有兩個妹子，在鎮江為娼，生得有幾分姿色，一班嫖客，就同他取起渾名來：大的叫做大喬，小的叫做小喬。那大喬不知嫁到那裏去了；這小喬，就是現在督署的文案委員汪子存賞識了，娶了回去作妾。這畢鏡江，就跟了來做個妾舅。子存寵上了小老婆，未免愛屋及烏，把他也看得同上客一般。怎奈他自己不爭氣，終日在公館裏，同那底下人鬼混。子存要帶他在身邊教他，又沒有這個閒工夫；因此薦給我，說是不論薪水多少，只要他在外面見識見識。你想我那裏用得他著？並且派他上等的事，他也不會做；要是派個下等事給他，子存面上又過不去；所以我只好送他幾吊錢的乾脩，由他住在關上。誰料他又會偷東西呢？」我道：「這麼說，我碰見的，大約就是小喬了。」繼之道：「自然是的！這種小人用心，實在可笑！我還料到他為什麼要偷我這錶呢？半月以前，子存就得了消息，將近奉委做蕪湖電報局總辦。他恐怕子存丟下他在這裏，要叫他妹子去說，帶了他去。因為要求妹子，不能不巴結他，卻又無從巴結起。買點什麼東西去送他，卻又沒有錢；所以只好偷了。你想是不是呢？」我道：「大哥怎麼又說他將近要走了呢？莫非汪子存真是委了蕪湖電報局了麼？」繼之道：「就是這話，聽說前兩天札子已經到了。子存把這裏文案的公事，交代過了，就要去接差。他前天喜孜孜的來對我說，說是子存要帶他去，給他好事辦呢。可不是幾天就要走了麼？」我道：「這個也何妨追究追究他！」繼之道：「這又何苦！這到底是名節攸關的。雖然這種人沒有什麼名節，然而追究出來，究竟與子存臉上有礙。我那東西又不是很值錢的；就是那塊黑銅錶墜，也是人家送我的。追究他做什麼呢？」

正在說話之間，只見門上來回說：「有一個女人，帶著一個小孩子，都是穿重孝的，要來求見；說是姓陳，又沒有個片子。」繼之想了一想，歎一口氣道：「請進來罷！你們好好的招呼著！」門上答應去了。不一會，果然一個四十多歲的婦人，帶著一個十二三歲的小孩子，都是渾身重孝的，走了進來。看他那形狀，愁眉苦臉，好像就要哭出來的樣子。見了繼之，跪下來就叩頭。那小孩子跟在後面，也跪著叩頭。我看了，一點也不懂。恐怕他有什麼礙著別人聽見的話，正想迴避出去。誰知他站了起來，回過身子，對著我也叩下頭去；嚇得我左不是，右不是，不知怎樣才好。等他叩完了頭，我倒樂得不迴避，聽聽他說話了。繼之讓他坐下。那婦人就坐下開言道：「本來在這熱喪裏面，不應該到人家家裏來亂闖。但是出於無奈，求吳老爺見諒！」繼之道：「我們都是出門的人，不拘這個。這兩天喪事辦得怎樣了？此刻還是打算運回去呢？還是暫時在這裏呢？」那婦人道：「現在還打不定主意，萬事都要錢做主呀！此刻鬧到帶著這孩子，拋頭露面的，……」說到這裏，便咽住了喉嚨，說不出話來。那眼淚便從眼睛裏直滾下來，連忙拿手帕去揩拭。繼之道：「本來怪不得陳太太悲痛；但是事已如此，哭也無益，總要早點定個主意才好！」

那婦人道：「舍間的事，吳老爺盡知道的，先夫咽了氣下來，真是除了一個棕榻，一條草薦，再無別物的了。前天有兩位朋友商量著，只好在同寅裏面告個幫，為此特來求吳老爺設個法。」說罷，在懷裏掏出一個梅紅全帖的知啓來，交給他的小孩，遞給繼之。繼之看了，遞給我。又對那婦人說道：「這件事，不是這樣辦法；照這個樣子，通南京城裏的同寅都求遍了，也不中用。我替陳太太打算，不但是盤運靈柩的一件事要用錢；就是孩子們這幾年的吃飯，穿衣，念書，都是要錢的。」那婦人道：「那裏還打算得那麼長遠！吳老爺肯替設個法，那更是感激不盡了！」繼之道：「待我把這知啓，另外謄一份，明日我上衙門去，當面求藩臺資助些。只要藩臺肯了，無論多少，只要他寫上一個名字就好了。人情勢利，大抵如此；眾人看見藩臺也解囊，自然也高興些，應該助一兩的，或者也肯助二兩三兩了。這是我這麼一個想法，能夠如願不能，還不知道。藩臺那裏，我是一定說得動的，不過多少說不定罷了。我這裏送一百兩銀子，不過不能寫在知啓上；不然拿出去叫人家看見，不知說我發了多大的財呢。」

那婦人聽了，連忙站起來，叩下頭去；嘴裏說道：「妾此刻說不出個謝字來，只有代先夫感謝涕零的了！」說著，聲嘶喉哽，又掉下淚來。又拉那孩子過來道：「還不叩謝吳老伯？」那孩子跪下去，他卻在孩子的腦後，使勁的按了三下。那孩子的頭便砰砰砰的碰在地上，一連磕了三個響頭。繼之道：「陳太太，何苦呢！小孩子痛呀！陳太太有事請便，這知啓，等我抄一份之後，就叫人送來罷！」那婦人便帶著孩子，告辭道：「老太太，太太那裏，本來要進去請安；因為在這熱喪裏面，不敢造次；請吳老爺轉致一聲罷！」說著，辭了出去。我在旁邊聽了這一問一答，雖然略知梗概，然而不能知道詳細。等他去了，方問繼之。繼之歎道：「他這件事鬧了出來，官場中更是一條危途了！剛才這個是陳仲眉的妻子；仲眉是四川人也是個榜下的知縣，而且人也很精明的；卻是沒有路子，到了省十多年，不要說是補缺署事，就是差事也不曾好好的當過幾個。近來這幾年，更是不得了！有人同他屈指算，足足七年沒有差事了。你想如何不吃盡當光，窮的不得了。前幾天忽然起了個短見，居然吊死了！」這句話，把我嚇得大跳道：「呀！怎麼吊死了？救得回來麼？」繼之道：「你不看見他麼？他這一來，明明是為陳仲眉死了，出來告幫，那裏還有救得活的話？」我道：「任是怎樣沒有路子，何至於七八年沒有差事，這也是一件奇事。」

繼之歎道：「老弟！你未曾經歷過宦途，那裏懂得這許多！大約一省裏面的候補人員，可以分做四大宗：第一宗，是給督撫同鄉，或是世交，那不必說是一定好的了；第二宗，就是藩臺的同鄉世好，自然也是有照應的；第三宗，是頂了大帽子，挾了八行書來的；有了這三宗人，你想要多少差事，才夠安插？除了這三宗之外，賸下那一宗，自然是絕不相干的了。不要說是七八年，只要他的命儘長著，候到七八百年，只怕也沒有人想著他呢！這回鬧出仲眉這件事來，豈不是官場中的一個笑話？他死了的時候，地保因為地方上出了人命，就往江寧縣裏一報，少不免要來相驗。可憐他的兒子又小，又沒有個家人，害得他的夫人，拋頭露面的出來攔請免驗；把情節略略說了幾句，江寧縣已把這件事回了藩臺。聞得藩臺狠歎了兩口氣。所以我想在藩臺那裏，同他設個法子。此刻請你把這知啓，另寫一個，看看有不妥當的，同他刪改刪改。等我明天拿去。」我聽了這番話，才曉得這宦海茫茫，竟與苦海無二的。翻開那知啓重新看了一遍，詞句尚還妥當，不必改削的了。就同他再謄出一份來，翻到末頁看時，已經有幾個寫上資助的了；有助一千錢的，也有助一元的，甚至於有助五角的，也有助四百文的，不覺發了一聲歎。回頭來要交給繼之，誰知繼之已經出去了。我放下了知啓，也踱出去看看。走到堂屋裏，只見繼之拿著一張報紙，在那裏發睖。

我道：「大哥看了什麼好新聞，在這裏出神呢？」繼之把新聞紙遞給我，指著一條道：「你看我們的國事怎麼得了！」我接過來，依著繼之所指的那一條看下去，標題是「兵輪自沈」四個字，其文曰：

馭遠兵輪，自某處開回上海，於某日道出石浦，遙見海平線上，一縷濃煙，疑為法兵艦。管帶大懼，開足機器擬速逃竄。覺來船甚速，管帶益懼，遂自開放水門，將船沈下。率船上眾人，乘舢舨渡登彼岸。捏報倉卒遇敵，致被擊沈云。刻聞上峯將澈底根究，並札上海道，會商製造局，設法前往撈取矣。

我看了不覺咋舌道：「前兩天聽見濮固修說是打沈的，不料有這等事！」繼之歎道：「我們南洋的兵船，早就知道是沒用的了；然而也料想不到這麼一著。」我道：「南洋兵船不少，豈可一概抹煞？」繼之道：「你未從此中過來，也難怪你不懂得。南洋兵船，雖然不少，叵奈管帶的，一味知道營私舞弊，那裏還有公事在他心上。你看他們帶上幾年兵船，就都一個個的席豐履厚起來，那裏還肯去打仗？」我道：「帶一個兵船，那裏有許多出息？」繼之道：「這也一言難盡，尅扣一節，且不要說他；單只領料一層，就是了不得的了。譬如他要領煤，這裏南京是沒有煤賣的，照例是到支應局去領價，到上海去買。他領了一百噸的煤價到上海去，上海是有一家專供應兵船物料的鋪家，彼此久已相熟的。他到那裏去，只買上二三十噸。」我喈道：「那麼那七八十噸的價，他一齊吞沒了？」繼之道：「這又不能。他在這七八十噸價當中，提出二成賄了那鋪家，叫他帳上寫了一百噸；恐怕他與店裏的帳目不符，就教他另外立一個暗記號，開支了那七八十噸的價銀就是了。你想他們這樣辦法，就是調了店家帳簿來查，也查不出他的弊病呢。有時他們在上海先向店家取了二三十噸煤，卻出他個百把噸的收條，叫店家自己到支應局來領價，也是這麼辦法。你說他們發財不發財呢？」

我道：「那許多兵船，難道個個管帶都是這麼著麼？而且每一號兵船，未必就是一個管帶到底，頭一個作弊罷了；難道接手的，也一定是這樣的麼？」繼之道：「我說你到底沒有經練，所以這些人情世故，一點也不懂。你說誰是見了錢，不要的，而且大眾都是這樣；你一個人卻獨標高潔起來，那些人的弊端，豈不都叫你打破了。只怕一天都不能容你呢！就如我現在辦的大關，內中我不願意要的錢，也不知多少；然而歷來相沿如此，我何犯著把他叫穿了，叫後來接手的人埋怨我。只要不另外再想出新法子來舞弊，就算是個好人了！」我道：「歷來的督撫，難道都是睡著的，何以不澈底根查一次？」繼之道：「你又來了！督撫何曾睡著，他比你我還醒呢。他要是將一省的弊竇都釐剔乾淨，他又從那裏調劑私人呢？我且現身說法，說給你聽：我這大關的差事，明明是給藩臺有了交情，他有心調劑我的；所以我並未求他，他出於本心委給了我；若是沒有交情的，求也求不著呢。其餘你就可以類推了。」

正說話時，忽報藩臺著人來請，繼之便去更衣。繼之這一去，有分教：

大善士奇形畢現，苦災黎實惠難沾。

未知藩臺請繼之去，有什麼事，且待下回再記。

第十五回　論善士微言議賑捐　見招帖書生談會黨

當下繼之換了衣冠，再到書房裏，取了知啓道：「這回只怕是他的運氣到了！我本來打算明日再去，可巧他來請，一定是單見的，更容易說話了。」說罷，又叫高升將那一份知啓先送回去，然後出門上轎去了。我左右閒著沒事，就走到我伯父公館裏去望望，誰知我伯母病了，伯父正在那裏納悶，少不免到上房去問病。坐了一會，看著大家都是無精打彩的，我就辭了出來。在街上看見一個人在那裏貼招帖，那招帖只有一寸來寬，五六寸長，上面寫著：「張大仙有求必應」七個字，歪歪的貼在牆上。我問貼招帖的道：「這張大仙是什麼菩薩？在那裏呢？」那人對我笑了一笑，並不言語。我心中不覺暗暗稱奇。只見他走到十字街口，又貼上一張，也是歪的。我不便再問他，一逕走了回去。繼之卻等到下午才回來，已經換上便衣了。我問道：「方伯那裏有什麼事呢？」繼之道：「說也奇怪，我正要求他寫捐，不料他今天請我，也是叫我寫捐，你說奇怪不奇怪？我們今天可謂交易而退了。」說到這裏，跟去的底下人，送進帖袋來。繼之在裏面抽出一本捐冊來，交給我看。我翻開看時，那知啓也夾在裏面，藩臺已經寫上了二十五兩，這五字卻像是塗改過的。我道：「怎麼寫這幾個字，也錯了一個？」繼之道：「不是錯的，先是寫了二十四兩，後來檢出一張二十五兩的票子來，說是就把這個給了他罷，所以又把那『四』字改做『五』字。」我道：「藩臺也只送得這點，怪不得大哥送一百兩，說不能寫在知啓上了。寫了上去，豈不是要壓倒藩臺了麼？」

繼之道：「不是這等說，這也沒有什麼壓倒不壓倒，看各人的交情罷了。其實我同陳仲眉並沒有大不了的交情，不過是『惺惺惜惺惺』的意思。但是寫了上去，叫別人見了，以為我舉動闊綽，這風聲傳了出去，那一班打抽豐的來個不了，豈不受累？說也好笑，去年我忽然接了上海寄來的一包東西，打開看時，卻是兩方青田石的圖書，刻上了我的名號；一張白摺扇面，一面畫的是沒神沒彩的兩筆花卉；一面是寫上幾個怪字，都是寫的我的上款；最奇怪的是稱我做『夫子大人』。還有一封信的，那信上說了許多景仰感激的話，信末是寫著：『門生張超頓首』六個字。我實在是莫明其妙！我從那裏得著這麼一個門生，連我也不知道，只好不理他。不多幾天，他又來了一封信，仍然是一片思慕感激的話，我也不曾在意。後來又來了一封信，訴說讀書困苦，我才悟到他是要打把勢的，封了八元銀，寄給他；順便也寫個信，問他為甚這等稱呼；誰知他這回卻連回信也沒有了，你道奇怪不奇怪？今年同文述農談起，原來述農認得這個人他的名字，是沒有一定的，是一個讀書人當中的無賴，終年在外頭靠打把勢過日子的。前年冬季，上海格致書院的課題，是這裏方伯出的；齊了卷，寄來之後，方伯交給我看，我將他的卷子，取了超等第二，我也忘記了他卷上是個什麼名字了。自從取了他超等之後，他就改了名字，叫做『張超』。然而我總不明白他，為甚這麼神通廣大，怎樣知道是我看的卷？就自己願列門牆，叫起我老師來？」我道：「這個人也可以算得不要臉的了！」繼之歎道：「臉是不要的了，然而據我看來，他還算是好的，總算不曾下流到十分。你不知道現在的讀書人，專習下流的不知多少呢！」

說話時我翻開那本捐冊來看，上面粘著一張紅單帖，印了一篇小引，是募捐山西賑款的，便問道：「這是請大哥募捐的，還是怎樣？」繼之道：「這是上海寄來的。上海這幾年裏面，新出了一位大善士，叫做什麼史紹經，竭盡心力的去做好事，這回又寄了二百份冊子來，給這裏藩臺，要想派往各州縣募捐。你想這江蘇省裏，連海門廳算在裏面，統共只有八府三州，六十八州縣，內中還有一半是蘇州那邊藩臺管的，那裏派得了一百冊？只好省裏的同寅，也派了開來，只怕還有得多呢？」我道：「這位先生，可謂勇於為善的了。」繼之笑了一笑道：「豈但勇於為善，他這番送冊子來，還要學那古之人與人為善呢。其實這件事我就很不佩服。」我詫異道：「做好事，有什麼不佩服？」繼之道：「說起來，這句話是我的一偏之見。我以為這些善事，不是我們做的；我以為一個人要做善事，先要從切近地方做起。第一件對著父母，先要盡了子道；對著兄弟，要盡了弟道，對了親戚本族，要盡了親誼之道；然後對了朋友，要盡了友道；果然自問孝養無虧了，所有兄弟本族親戚朋友，那能夠自立綽然有餘的自不必說；那貧乏不能自立的，我都能夠照應得他妥妥帖帖，無憂凍餒的了；還有餘力，才可以講究去做外面的好事。所以孔子說：『博施濟眾，堯舜猶病。』我不信現在辦善事的人，果然能夠照我這等說，由近及遠麼？」我道：「倘是宗族大的，就是本族、親戚兩項，就有上千的人，還有不止的；窮的總要佔了一半，還有朋友呢；怎樣能都照應得來？」

繼之道：「就是這個話，我舍間在家鄉，雖不怎麼，然而也算得是一家富戶的了。先君在生時，曾經捐了五萬銀子的田產，做贍族義田；又開了幾家店鋪，把那窮本家，都延請了去，量材派事；所以敝族的人，希冀可以免了饑寒。還有親戚呢，還是照應不了許多呀！何況朋友呢！試問現在的大善士，可曾想到這一著？」我道：「碰了荒年，也少不了這班人。不然，鬧出那挺而走險的，更是不得了了。」繼之道：「這個自然，我這話並不是叫人不要做善事，不過做善事要從根本上做起罷了。現在那一班大善士，我雖然不敢說沒有從根本上做起的，然而沽名釣譽的，只怕也不少。」我道：「三代以下，惟恐不好名，能夠從行善上沽個名譽也罷了。」繼之道：「本來也罷了，但還不止這個呢；他們起先投身入善會，做善事的時候，不過是一個窮光蛋；不多幾年，就有好幾個甲第連雲起來了。難道真是天富善人麼？這不是我說刻薄話，我可有點不敢相信的了。」

我指著冊子道：「他這上面，不是刻著『經手施肥，雷殛火焚』麼？」繼之笑道：「你真是小孩子見識，大凡世上肯拿出錢來做善事的，那裏有一個是認真存了『仁人惻隱』之心，行他那『民胞物與』的志向？不過都是在那裏邀福，以為我做了好事，便可以望上天默佑，萬事如意的。有了這個想頭，他才肯拿出錢來做好事呢！不然，一個銅錢一點血，他那裏肯拿出來？世人心上都有了這一層迷信，被那善士看穿了，所以他拿這迷信的法子，去堅他的信。於是乎就弄出這八個字來。我恐怕那雷還沒有閒工夫，去處處監督著他呢！」我道：「究竟他收了款，就登在報上，年年還有徵信錄，未必可以作弊。」繼之道：「別的我不知，有人告訴我一句話，卻很在理上。他說他們一年之中，吃沒那無名氏的錢不少呢！譬如這一本冊子，倘是寫滿了，這已有二三百戶，內中總有許多不願出名的，隨手就寫個『無名氏』；那捐的數目，也沒有什麼大上落，總不過是一兩元，或者三四元。內中總有同是無名氏，同是那個數目的；倘使有了這麼二三十個無名氏，同數目的，他只報出六七個，或者十個八個來。就是捐錢的人，只要看見有了個無名氏，就以為是自己了；那個肯為了幾元錢，去追究他呢？這個話，我雖然不知道是真的，是偽的，然而沒有一點影子，只怕也造不出這個謠言來。還有一層：人家送去做冬賑的棉衣，棉袴，只要是那善士的親戚，朋友，所用的轎班，車夫，老媽子，那一個身上沒有一套。還有一個人佔兩三套的。雖然這些也是窮人，然而比較起被災的地方，那些災黎，是那一處輕，那一處重呢？這裏多分了一套。那裏就少了一套。況且北邊地方，又比南邊來得冷，認真是一位大善士，是拿人家的賑物來送人情的麼？單是這一層，我就十二分不佩服了。」我道：「那麼說，大哥這回還捐麼？還去勸捐麼？」繼之道：「他用大帽子壓下來，只得捐點；也只得去勸上十戶八戶，湊個百十來元錢，交了卷就算了。你想我這個是受了大帽子壓的，才肯捐，還有明日我出去勸捐起來，那些捐戶，就是講交情的了。問他的本心，實在不願意捐，因為礙著我的交情，好歹花個幾元錢。再問他的本心，他那幾元錢，就猶如送給我的一般的了。加了方才說的希冀邀福的一班人，共是三種。行善的人，只有這三種，辦賑捐的法子，也只有這三個。你想世人那裏還有個實心行善的呢？」

說罷，取過冊子，寫了二十元。又寫了個條子，叫高升連冊子一起送去。他這是送到那一班朋友處募捐，我可不曾留心了。又取過那知啓來，想了一想，只寫上五兩。我笑道：「送了一百兩，只寫個五兩，這是個倒九五呢。」繼之道：「這上頭萬不能寫得太多，因為恐怕同寅的看見我送多了，少了他送不出；多了，又送不起；豈不是叫人家為難麼？」說著，又拿鑰匙開了書櫥，在櫥內取出一個小拜盒，裏面翻出了三張字紙，拿火要燒。我問道：「這又是什麼東西？」繼之道：「這是陳仲眉前後借我的二百元錢。他一定要寫個票據，我不收，他一定不肯，只得收了。此刻還要他做什麼呢？」說罷，取火燒了。又對我說道：「請你此刻到關上走一次罷！天已不早了，因為關上那些人，每每要留難人家的貨船，我說了好幾次，總不肯改。江面又寬，關前面又沒有好好的一個靠船地方；把他留難住了，萬一晚上起了風，叫人家怎樣呢？我在關上，總是監督著他們，驗過了，馬上就給票放行的。今日你去代我辦這件事罷！明日我要在城裏跑半天，就是為仲眉的事。下午出城你也下午回來就是了。」

我答應了，騎馬出城，一逕到關上去。發放了幾號船，天色已晚了，叫廚房裏弄了幾樣菜，到述農房裏同他對酌。述農笑道：「你這個就算請我了麼？也罷，我聽見繼翁說你在你令伯席上，行得好酒令，我們今日也行個令罷！」我道：「兩個人行令，乏味得很，我們還是談談說說罷。我今日又遇了一件古怪的事，本來想問繼翁，因為談了半天的賑捐，就忘記了，此刻又想起來了。」述農道：「什麼事呢？到了你的眼睛裏，什麼事都是古怪的。」我就把遇見貼招帖的述了一遍。述農道：「這是人家江湖上的事情，你問他做什麼？」我道：「江湖上什麼事？倒要請教！到底這個張大仙是什麼東西？」述農道：「張大仙並沒有的，是他們江湖上什麼會黨的暗號；有了一個什麼頭目到了，住在那裏，恐怕他的會友不知道，就出來滿處貼了這個，他們同會的看了，就知道了。只看那條子貼的底下歪在那一邊，就往那一邊轉彎。走到有轉彎的地方，留心去看，有那條子沒有？要是沒有，還得一直走。但見了條子，就照著那歪的方向轉去，自然走到他家。」我道：「那裏認得他家門口呢？」述農道：「他門口也有記認，或者掛著一把破蒲扇，或者掛著一個破燈籠，什麼東西都說不定；總而言之，一定是個破舊不堪的。」我道：「他這等暗號，已經被人知道了，不怕地方官拿他麼？」述農道：「拿他做什麼？到他家裏，他原是一個好好的人，誰敢說他是會黨？並且他的會友，到他家去，打門也有一定的暗號；開口說話，也有一定的暗號；他問出來也是暗號；你答上去，也是暗號；樣樣都對了，他才招接呢。」我道：「他這暗號，是什麼樣的呢？你可……」

我這一句話還不曾說完，忽聽得轟的一聲，猶如天崩地塌一般，跟著又是一片澎湃之聲，把門裏的玻璃窗，都震動了；桌上的杯箸，都直跳起來；不覺嚇了一跳。正是：

忽來霹靂轟天響，打斷紛披屑玉談。

未知那聲響究竟是什麼事，且待下回再記。

第十六回　觀演水雷書生論戰事　接來電信遊子忽心驚

這一聲響不打緊，偏又接著外面人聲鼎沸起來，嚇得我吃了一大驚。述農站起來道：「我們去看看來！」說著，拉了我就走。一面走，一面說道：「今日操演水雷，聽說一共試放三個，趕緊出去，還望得見呢。」我聽了方才明白，原來近日中法之役，尚未了結；這幾日裏，又聽見臺灣吃了敗仗，法兵已在基隆地方登岸。這裏江防格外吃緊，所以制臺格外認真，吩咐操演水雷；定在今夜舉行。我同述農走到江邊一看，是夜宿雨初晴，一輪明月自東方升起，照得那浩蕩江波，猶如金蛇萬道一般。吃了幾杯酒的人，到了此時，倒也覺得一快。只可惜看演水雷的人多，雖然不是十分擠擁，卻已是立在人叢中的了。忽然又是轟然一聲，遠聲四應，那江水陡然間，壁立千仞；那一片澎湃之聲，便如風捲松濤；加以那山鳴谷應的聲音，還未斷絕，兩種聲音，相和起來；這裏看的人，又是哄然一響。我生平的耳朵裏，倒是頭一回聽見。接著又是演放一個，雖不是什麼「心曠神怡」的事情，也可以算得耳目一新的了。看罷，同述農回來，洗盞更酌。談談說說，又說到會黨的事。我再問道：「方才你說他們都有暗號，這暗號到底是怎樣的？」述農道：「這個我那裏得知？要是知道了，那就連我也是會黨了。他們這個會黨，聲勢也很大，這裏面戴紅頂子的大員也不少呢！」我道：「既是那麼說，你就是會黨，也不辱沒你了。」述農道：「罷罷！我夠不上呢！」我道：「究竟他們辦些什麼事呢？」述農道：「其實他們空著，沒有一點事，也不見得怎麼為患地方，不過聲勢浩大罷了。倘能利用他呢，未嘗不可借他們的力量，辦點大事；要是不能利用他，這個『養癰貽患』也是不免的。」

正在講論時，忽然一個人闖了進來，笑道：「你們吃酒取樂呢！」我回頭一見，不覺詫異起來，原來不是別人，正是繼之，還穿著衣帽呢。我道：「大哥不說明天下午出城麼？怎麼這會來了？」繼之坐下道：「我本來打算明天出城，你走了不多幾時，方伯又打發人來說：『今天晚上試演水雷。制臺，將軍，都出城來看。』叫我也去站個班。我其實不願意去獻這個殷勤，因為放水雷是難得看見的，所以出來趁個熱鬧。因為時候不早了，不進城去，就到這裏來。」我道：「公館裏沒有人呢！」繼之道：「偶然一夜，還不要緊。」一面說著，卸去衣冠道：「我到帳房裏去去就來，我也吃酒呢。」述農道：「可是又到帳房裏去拿錢給我們用呢？」繼之笑了一笑，對我道：「我要交代他們這個。」說罷，彎腰在靴筒裏，掏出那本捐冊來道：「叫他們到往來的那兩家錢鋪子裏去寫兩戶；同寅的朋友，留著辦陳家那件事呢。」說罷，去了。歇了一會，又過來，我已經叫廚房裏另外添上兩樣菜。三個人藉著吃酒，在那裏談天。因為講方才演放水雷，談到中法戰爭。繼之道：「這回的事情，糜爛極了！臺灣的敗仗，已經得了官報了。那一位劉大帥，本來是個老軍務，怎麼也會吃了這個虧？真是難解！至於馬江那一仗，更是傳出許多笑話來：有人說那位欽差，只聽見一聲炮響，嚇得馬上就逃走了，一隻腳穿著靴子，一隻腳還沒有穿襪子呢。又有人說：不是的，他是坐了轎子逃走的，轎子後面，還掛著半隻火腿呢。剛才我聽見說：督署已接了電諭，將他定了軍罪。前兩天我看見報紙上有一首什麼詞，詠這件事的。福建此時總督，船政，都是姓何，藩臺欽差都是姓張，所以我還記得那詞上兩句道：『兩個是傅粉何郎，兩個是畫眉張敞。』」我道：「這兩句就俏皮得很！」繼之道：「俏皮麼？我看輕薄罷了。大凡譏彈人家的話，是最容易說的；你試叫他去辦起事來，也不過如此，只怕還不及呢！這軍務的事情，何等重大！一旦敗壞了，我們旁聽的，只能生個恐懼心，生個憂憤心，那裏還有工夫去嬉笑怒罵呢？其實這件事情，只有政府擔個不是，這是我們見得到，可以譏彈他的。」述農道：「怎麼是政府不是呢？」繼之道：「這位欽差，年紀又輕，不過上了幾個條陳，究竟是個『紙上空談』，並未見他辦過實事，怎麼就好叫他獨當一面，去辦個大事呢？縱使他條陳中有可採之處，也應該叫一個老於軍務的去辦，給他去做個參謀會辦之類，只怕他還可以有點建設，幫著那正辦的成功呢。像我們這班讀書人裏面，很有些聽見放鞭爆還嚇了一跳的，怎麼好叫他去看著放大炮呢？就像方才去看演放水雷，這不過是演放罷了；在那裏伺候同看的人，聽得這轟的一聲，就很有幾個抖了一抖，吐出舌頭的；還有舉起雙手做勢子去擋的。」我同述農，不覺笑了起來。繼之又道：「這不過演放兩三響已經這樣了。何況炮火連天，親臨大敵呢！自然也要逃走了。然而方才那一班吐舌頭，做手勢的，你若同他談起馬江戰事來，他也是一味的譏評謾罵，試問配不配他罵呢？」

當下一面吃酒，一面談了一席話，酒也夠了，菜也殘了，撤了出去，大家散坐。又到外面看了一回月色，各各就寢。到了次日，我因為繼之已在關上，遂進城去；賃了一匹馬，按轡徐行。走到城內，不多點路，只見路旁有一張那張大仙的招帖，因想起述農昨夜的話，不知到底確不確，我何妨試去看看有什麼影跡？就跟著那招帖歪處，轉了個彎，一路上留心細看，只見了招帖，就轉彎，誰知轉得幾轉，那地方就慢慢的冷落起來了。我勒住馬想道：倘使迷了路，便怎麼好？忽又回想道：不要緊！我只要回來時，也跟著那招帖走，自然也走到方才來的地方了。忽聽得那馬夫說了幾句話，我不曾留心，不知他說什麼？並不理他，依然向前而去。那馬夫在後面跟著，又說了幾句，我一些也聽不懂。回頭問道：「你說什麼呀？」他便不言語了。我又向前走，走到一處，抬頭一望，前面是一片荒野，暗想這南京城裏，怎麼有這麼大的一片荒地？正走著，只見路旁一株紫楊樹上，也粘了這麼一張；跟著他轉了一個彎，走了一箭之路，路旁一個茅廁，牆上也有一張，順著他歪的方向望過去時，那邊一帶有四五十間小小的房子；那房子前面，就是一片空地，那裏還憩著一乘轎子。恰好看見一家門首，有人送客出來；那送客的，只穿了一件灰斜紋布布袍子，並沒有穿馬褂；那客人倒是衣冠楚楚的。我一面看，一面走近了，見那客人生的一張圓白臉兒，八字鬍子，好生面善，只是想不起來。那客上了那乘轎時，這裏送客的也進去了。我看他那門口，又矮又小，暗想這種人家，怎樣有這等闊客；猛抬頭看見他簷下，掛著一把破掃帚，暗想道是了！述農的話是不錯的了！騎在馬上，不好只管在這裏呆看，只得仍向前行。行了一箭多路，猛然又想起方才那個客人，就是我在元和船上，看見他扮官做賊；後來繼之說他居然是官的人。又想起他在船上，給他夥伴說的話，嘰嘰咕咕，聽不懂的，想來就是他們的暗號暗話。這個人一定也是會黨。猛然又想起方才那馬夫同我說過兩回話，我也沒有聽得出來，只怕那馬夫也是他們會黨裏人，見我一路上尋看那招帖，以為我也是他們一夥的，拿那暗話來問我，所以我兩回都聽得不懂。想到這裏，不覺沒有主意，暗想我又不是他們一夥，今天尋訪的情形，又被他看穿了；此時又要撥轉馬頭回去，越發要被他看出來，還要疑心我暗訪他們做什麼呢！若不回馬，只管向前走，又認不得那條路可以繞得回去，不要鬧出他種笑話來。並且今天不能到家下馬，不要叫那馬夫知道了我的門口才好。不然，叫他看見了，吳公館的牌子，還當是官場裏，暗地訪查他們的蹤跡；在他們會黨裏傳播起來，不定要鬧個什麼笑話呢！思量之間，又走出一箭多路，因想了個法子，勒住馬，問馬夫道：「我今天怎麼走迷了路呢？我本來要到夫子廟裏去，怎麼走到這裏來了？」馬夫道：「怎麼？要到夫子廟，怎不早點說？這冤枉路，才走得不少呢！」我道：「你領著走罷，加你點馬錢就是了！」馬夫道：「撥過來呀！」說著，先走了，到那片大空地上。在這空地上，橫截過去，有了幾家人家，彎彎曲曲的走過去，又是一片空地；走完了到了一條小街，僅僅容得一人一騎；穿盡了小街，便是大街；到了此地，我已經認了得。此處離繼之公館不遠了，我下了馬說道：「我此刻要先買點東西，夫子廟不去了，你先帶了馬去罷！」說罷，付了馬錢，又加了他幾文，他自去了，我才慢慢的走了回去。

我本來一早就進城的，因為繞了這大圈子，鬧到十一點鐘方才到家。人也疲了，歇息了好一會。吃過了午飯，因想起我伯母有病，不免去探望探望。就走到伯父公館裏去。我伯父也正在吃飯呢！見了我便問道：「你吃過飯沒有？」我道：「吃過了，來望伯母呢！不知伯母可好了些？」伯父道：「總是這麼樣，不好不壞的；你來了，到房裏去看看他罷！」我聽說，就走了進去，只見我伯母坐在床上，床前安放一張茶几，正伏在茶几上啜粥。床上還坐著一個十三四歲的丫頭，在那裏捶背。我便問道：「伯母今天可好些？」我伯母道：「姪少爺請坐！今日覺著好點了，難得你惦記著來看看我。我這病，只怕難得好的了！」我道：「那裏來的話！一個人誰沒有三天兩天的病，只要調理幾天，自然好了！」伯母道：「不是這麼說。我這個病，時常發作，近來醫生都說要成個癆病的了。我今年五十多歲的人了，如果成了癆病，還能夠耽擱得多少日子呢？」我道：「伯母這回病得有幾天了？」伯母道：「我一年到頭，那一天不是帶著病的；只要不躺在床上，就算是個好人，這回又躺了七八天了。」我道：「為甚不給姪兒一個信，也好來望望？姪兒直到昨天來了才知道呢？」伯母聽了歎一口氣，推開了粥碗；旁邊就有一個傭婦走過來，連茶几端了去。我伯母便躺下道：「姪少爺你到床跟前的椅子上坐下，我們談談罷！」我就走了過去坐下。歇了一歇，我伯母又歎了一口氣道：「姪少爺！我自從入門以後，雖然生過兩個孩子，卻都養不住，此刻是早已絕望的了。你伯父雖然討了兩個姨娘，卻都是同石田一般的。這回我的病，要是不得好，你看可憐不可憐？」我道：「這是什麼話！只要將息兩天就好了。那醫生的話，未必都靠得住。」伯母又道：「你叔叔聽說有兩個兒子，他又遠在山東，並且他的脾氣古怪得很，這二十年裏面，絕跡沒有一封信來過；你可曾通過信？」我道：「就是去年父親亡故之後，曾經寫過一封信去，也沒有回信；並且姪兒也不曾見過，就只知道有這麼一位叔叔就是了。」伯母道：「我因為沒有孩子，要想把你叔叔那個小的，承繼過來；去了十多封信，也總不見有一封信來。論起來，總是你伯父窮之過，要是有了十萬八萬的家當不要說是自己親房，只怕那遠房的，也爭著要承繼呢！你伯父常時說起，都說姪少爺是很明白能幹的人，將來我有個什麼三長兩短，姪少爺又是獨子，不便出繼，只好請姪少爺照應我的後事，兼祧過來。不知姪少爺可肯不肯？」我道：「伯母且安心調理，不要性急，自然這病要好的，此刻何必耽這個無謂的心思。做姪兒的，自然總盡個晚輩的義務；伯母但請放心，不要胡亂耽心思要緊！」

一面說話時，只見伯母昏昏沈沈的，像是睡著了。床上那小丫頭，還在那裏搥著腿。我便悄悄的退了出來。伯父已經吃過飯，往書房裏去了。我便走到書房裏去。只見伯父躺在煙床上吃煙，見了我，便問道：「你看伯母那病，要緊麼？」我道：「據說醫家說是要成癆病，只要趁早調理，怕還不要緊。」伯父站起來，在護書裏面，檢出一封電報，遞給我道：「這是給你的，昨天已經到了，我本想叫人給你送去，因為我心緒亂得很，就忘了。」我急看那封面時，正是家鄉來的，吃了一驚。忙問道：「伯父翻出來看過麼？」伯父道：「我只翻了收信的人名，見是轉交你的，底下我就沒有翻了，你自己翻了罷。」我聽得這話，心中十分忙亂，急急辭了伯父，回到繼之公館。手忙腳亂的，檢出電報新編，逐字翻出來。誰知不翻猶可，只這一翻，嚇得我：

魂飛魄越心無主，膽裂肝摧痛欲號。

要知翻出些什麼話來，且待下回再記。

第十七回　整歸裝遊子走長途　抵家門慈親喜無恙

你道翻出些什麼來？原來第一個翻出來是個「母」字，第二個是「病」字；我見了這兩個字，已經急了；連忙再翻第三個字時，禁不得又是一個「危」字。此時只嚇得我手足冰冷，忙忙的往下再翻，卻是一個「速」字；底下還有一個字，料來是個「歸」字「回」字之類，也無心去再翻了。連忙懷了電報，出門騎了一匹馬，飛也似的，跑到關上。見了繼之，氣也不曾喘定，話也說不出來，倒把繼之嚇了一跳。我在懷裏掏出那電報來，遞給繼之道：「大哥！這回叫我怎樣？」繼之看了道：「那麼你趕緊回去走一趟罷！」我道：「今日就動身，也得十來天才得到家，叫我怎麼樣呢？」繼之道：「好兄弟！急呢，是怪不得你急，但是你急也是沒用，今天下水船是斷來不及了，明天動身罷！」我呆了半晌道：「昨天託大哥的家信，寄了麼？」繼之道：「沒有呢，我因為一時沒有便人，此刻還在家裏書桌子抽屜裏，你令伯知道了沒有呢？」我道：「沒有。」繼之道：「你進城去罷！到令伯處告訴過了，回去拿了那家信銀子，仍舊趕出城來，行李鋪蓋，也叫他們給你送出來。今天晚上，你就在這裏住了，明日等下水船到了，就在這裏叫個划子，划了去豈不便當？」我聽了不敢耽擱，一匹馬飛跑進城。見了伯父，告訴了一切。又到房裏去告訴了伯母。伯母歎道：「到底嬸嬸好福氣，有了病，可以叫姪少爺回去；像我這個孤鬼……」說到這裏，便咽住了。憩了一憩道：「姪少爺回去，等嬸嬸好了，還請早點出來。我這裏很盼個自己人呢！今天早起，給姪少爺說的話，我見姪少爺沒有什麼推託，正自歡喜。誰知為了嬸嬸的事，又要回去，這是我的孤苦命。姪少爺！你這回再到南京，還不知道見得著我不呢？」

我正要回答，伯父慢騰騰的說道：「這回去了，伏侍得你母親好了，好歹在家裏，安安分分的讀書，用上兩年功，等起了服，也好去小考。不然，就捐個監去下場。我這裏等王俎香的利錢寄到了，就給你寄回去，還出來鬼混些什麼？小孩子們，有什麼脾氣不脾氣的，前回你說什麼不歡喜作八股，我就很想教訓你一頓；可見得你是個不安分，不就範圍的野性子，我們家的子姪，誰像你來！」我只得答應兩個「是」字。伯母道：「姪少爺！你無論出來不出來，請你務必記著我。我雖然沒有什麼好處給你，也是一場情義。」我方欲回答，我伯父又問道：「你幾時動身？」我道：「今日來不及了，打算明日就動身。」伯父道：「那麼你早點去收拾罷！」我就辭了出來，回去取了銀子。那家信用不著，就撕掉了。收拾過行李，交代底下人送到關上去。又到上房裏，別過繼之老太太，以及繼之夫人；不免也有些珍重的話，不必細表。

當下我又騎了馬，走到大關，見過繼之。繼之道：「你此刻不要心急！不要在路上自己急出個病來。」我道：「但我所辦的書啓的事，叫那個接辦呢？」繼之道：「這個你儘放心，其實我抽個空兒，自己也可辦了；何況還有人呢？你這番回去，老伯母好了，可就早點出來。這一向盤桓熟了，倒有點戀戀不捨呢！」我就把伯父叫我在家讀書的話，述了一遍。繼之笑了一笑，並不說話。

憩了一會，述農也來勸慰。當夜我晚飯也不能下咽，那心裏不知亂的怎麼個樣子。一夜天翻來覆去，何曾合得著眼。天還沒亮，就起來了，呆呆的坐到天明。走到簽押房，繼之也起來了，正在那裏寫信呢。見了我道：「好早呀！」我道：「一夜不曾睡著，早就起來了。大哥卻為什麼也這麼早？」繼之道：「我也替你打算了一夜，你這回只賸了這一百兩銀子，一路做盤纏回去，總要用了點；到了家，老伯母的病，又不知怎樣，一切醫藥之費，恐怕不夠；我正在代你躊躇呢！」我道：「費心得很！這個只好等回去了再說罷。」繼之道：「這可不能，萬一回去真是不夠用，那可怎麼樣呢？我這裏寫著一封信，你帶在身邊，用不著最好；倘是要用錢時，你就拿這封信到我家裏去。我接我家母出來的時候，寫了信，託我一位同族家叔，號叫伯衡的，代我經管著一切租米。你把這信給了他，你要用多少，就向他取多少，不必客氣。到你動身出來的時候，帶著給我滙五千銀子出來。」我道：「萬一我不出來呢？」繼之道：「你怎麼會不出來，你當真聽令伯的話，要在家用功麼？他何嘗想你在家用功，他這話是另外有個道理，你自己不懂，我們旁觀的是很明白的。」

說罷，寫完了那封信，又打上一顆小小的圖書，交給我。又取過一個紙包道：「這裏面是三枝土朮，一枝肉桂，也是人家送我的；你也帶在身邊，恐怕老人家要用得著。」我一一領了。收拾起來。此時我感激多謝的話，一句也說不來，不知怎樣才好。一會梳洗過了，吃了點心。繼之道：「我們也不用客氣了，此時江水淺，漢口的下水船開得早，恐怕也到得早，你先走罷！我昨夜已經交代留下一隻巡船，送你去的，情願搖到那裏，我們等他。」於是指揮底下人，將行李搬到巡船上去。述農也過來送行。他同繼之兩人，同送我到巡船上面；還要送到洋船，我再三辭謝。繼之道：「述農恐怕有事，請先上岸罷！我送他一程，還要談談。」述農聽說就別去了。繼之一直送我到了下關。等了半天，下水洋船到了；停了輪，巡船搖過去；我上了洋船，安置好行李，這洋船一會兒就開的，繼之匆匆別去。我經過一次，知道長江船上，人是最雜的，這回偏又尋不出房艙，坐在散艙裏頭，守著行李，寸步不敢離開。幸得過了一夜，第二天上午，早就到了上海了。由客棧的夥伴，招呼我到洋涇浜，謙益棧住下。這客棧是廣東人開的，棧主人叫做胡乙庚，招呼甚好。我託他打聽幾時有船。他查了一查，說道：「要等三四天。」我越發覺得心急如焚。然而也是沒法的事，成日裏猶如坐在針氈上一般，只得走到外面去散步消遣。卻說這洋涇浜各家客棧，差不多都是開在沿河一帶，只有這謙益棧是開在一個巷子裏面。這巷子叫做嘉記衖。這嘉記衖前面對著洋涇浜；後面通到五馬路的。我出得門時，便望後面走去；剛轉了個彎，忽見路旁站著一個年輕男子，手裏抱著一個鋪蓋，地下還放著一個鞋籃；旁邊一個五十多歲的婦人，在那裏哭。我不禁站住了腳，見那男子只管惡狠狠的望著那婦人，一言不發。我忍不住，便問是什麼事。那男子道：「我是蘇州航船上的人，這個老太婆來趁船，沒有船錢。他說到上海來尋他的兒子，尋著他兒子，就可以照付的了。我們船主人，就趁了他來，叫我拿著行李，同去尋他兒子收船錢。誰知他一會又說在什麼自來火廠；一會又說在什麼高昌廟南鐵廠；害我跟著他跑了二三十里的冤枉路，那裏有他兒子的影兒。這會又說在什麼客棧了，我又陪著他到這裏，家家客棧都問過了，還是沒有。我那裏還有工夫去跟他瞎跑。此刻只要他還了我的船錢，我就還他的行李；不然，我只有拿了他的行李，到船上去交代的了。你看此刻已經兩點多鐘了，我中飯還沒有吃的呢。」

我聽了，又觸動了母子之情，暗想這婦人此刻尋兒子不著，心中不知怎樣的著急。我母親此刻，病在床上，盼我回去，只怕比他還急呢。便問那男子道：「船錢要多少呢？」那男子道：「只要四百文就夠了。」我就在身邊，取出四角小洋錢，交給他道：「我代他還了船錢，你還他鋪蓋罷！」那男子接了小洋錢，放下鋪蓋。我又取出六角小洋錢，給那婦人道：「你也去吃頓飯，要是尋你兒子不著，還是回蘇州去罷。等打聽著了你兒子到底在那裏，再來尋他未遲。」那婦人千恩萬謝的受了。我便不顧而去。走到馬路上逛逛，繞了個圈子，方才回棧。胡乙庚迎著道：「方才到你房裏去，誰知你出去了。明天晚上有船了呢。」我聽了，不勝之喜。便道：「那麼費心代我寫張船票罷！」乙庚道：「可以！可以！」說罷，讓我到帳房裏去坐。只見他兩個小兒子，在那裏念書呢；我隨意考問了他幾個字，甚覺得聰明。便閒坐給乙庚談天。說起方才那婦人的事。乙庚道：「你給了錢他麼？」我道：「只代他給了船錢。」乙庚道：「你上了他當了！他那兩個人，便是母子，故意串出這個樣兒來騙錢的，下次萬不要給他！」我不覺呆了一呆道：「還不要緊，他騙了去，也是拿來吃飯，我只當給了化子就是了。但是怎麼知道他是母子呢？」乙庚道：「他時常在這些客棧相近的地方，做這個把戲，我也碰見過好幾次了。你們過路的人，雖然懂得他的話，卻辨不出他的口音；像我們在這裏久了，一一都聽得出來的。若說這婦人是從蘇州來尋兒子的，自然是蘇州人該是蘇州口音。航船的人，也是本幫蘇州幫居多；他那兩個人，可是一樣的寧波口音，還是寧波奉化縣的口音；你試去細看他，面目還相像呢。不是母子，是什麼？你說只當給了化子，他總是拿去吃飯的，可知那婦人並未十分衰頽，那男子更是強壯的時候，為什麼那婦人不出來幫傭，那男子不做個小買賣，卻串了出來，做這個勾當！還好可憐他麼？」

此時天氣甚短，客棧裏的飯，又格外早些；說話之間，茶房已經招呼吃飯。我便到自己房裏去，吃過晚飯。仍然到帳房裏，給乙庚談天。談至更深，方才就寢。一宿無話，到了次日，我便寫了兩封信：一封給我伯父的，一封給繼之的；拿到帳房，託乙庚代我交代信局，就便問幾時下船。乙庚道：「早呢！要到半夜才開船。這裏動身的人，往往看了夜戲才下船呢。」我道：「太晚了，也不便當。」乙庚道：「太早了，也無謂；總要吃了晚飯去。」我就請他算清了房飯錢，結過了帳；又到馬路上逛逛。好容易又捱了這一天。到了晚上，動身下船。那時船上還在那裏裝貨呢，人聲嘈雜得很，一直到了十點鐘時候，方才靜了。我在房艙裏沒事，隨意取過一本小說看看。不多一會兒，就睡著了。及至一覺醒來，耳邊只聽得一片波濤聲音，開出房門看看，只見人聲寂寂，只有些鼾呼的聲音。我披上衣服，走上艙面一看，只見黑越越的看不見什麼；遠遠望去，好像一片都是海面，看不見岸。舵樓上面，一個外國人在那裏走來走去。天氣甚冷，不覺打了一個寒噤，就退了下來。

此時卻睡不著了，又看了一回書，已經天亮了。我又帶上房門，到艙面上去看看，只見天水相連，茫茫無際；喜得風平浪靜，船也甚穩。從此天天都在艙面上，給那同船的人談天，倒也不甚寂寞。內中那些人姓甚名誰，當時雖然一一請教過，卻記不得許多了。只有一個姓鄒的，他是個京官，請假出來的，我同他談的天最多。他告訴我，這回出京，在張家灣打尖，看見一首題壁詩，內中有兩句好的，是：「三字官箴憑隔膜，八行京信便通神」我便把這兩句，寫在日記簿上。又想起繼之候補四宗人的話，越見得官場上面是一條危途；並且裏面沒有幾個好人。不知我伯父當日，為甚要走到官場上去，而且我叔叔在山東，也是候補的河同知；幸得我父親當日，不走這條路；不然，只怕我也要入了這個迷呢？閒話少題，卻說輪船走了三天，已經到了。我便僱人挑了行李，一直回家。入得門時，只見我母親，同我的一位堂房嬸娘，好好的坐在家裏。沒有一點病容；不覺心中大喜。只有我母親見了我的面，倒呆了，頓時發怒。正是：

天涯遊子心方慰，堂上慈親怒轉加。

要知我母親為了甚事煩惱起來，且待下回再記。

第十八回　恣瘋狂家庭現怪狀　避險惡母子議離鄉

我見母親安然無恙，便上前拜見。我母親吃驚怒道：「誰叫你回來的？你接到了我的信麼？」我道：「只有吳家老太太帶去的回信，是收到的；並沒有接到第二封信。」我母親道：「這封信發了半個月了，怎麼還沒有收到？」我此時不及查問寄信及電報的事，拜見母親後，又過來拜見嬸娘；我那一位堂房姊姊，也從房裏出來，彼此相見。原來我這位嬸娘，是我母親的嫡堂妯娌，族中多少人，只有這位嬸娘，和我母親最相得。我的這位叔父，在七八年前，早就身故了。這位姊姊，就是嬸娘的女兒，上前年出嫁的；去年那姊夫，可也死了。母女兩人，恰是一對寡婦。我母親因為我出門去了，所以都接到家裏來住。一則彼此都有照應；二則也能解寂寞。表過不題。

當下我一一相見已畢，才問我母親給我的是什麼信。我母親歎道：「這話也一言難盡。你老遠的回來，也歇一歇再談罷。」我道：「孩兒自從接了電報之後，心慌意亂……」這句話還沒有往下說，我母親大驚道：「你接了誰的電報？」我也吃驚道：「這電報不是母親叫人打的麼？」母親道：「我何嘗打過什麼電報，那電報說些什麼？」我道：「那電報說的是母親病重了，叫孩兒趕快回來。」我母親聽了，對著我嬸娘道：「嬸嬸！這可又是他們作怪的了。」嬸娘道：「打電報叫他回來也罷了，怎麼咒人家病重呢？」母親問道：「你今天上岸回來的時候，在路上有遇見什麼人沒有？」我道：「沒有遇見什麼人。」母親道：「那麼你這兩天先不要出去，等商量定了主意再講。」我此時滿腹狐疑，不知究竟為了什麼事，又不好十分追問，只得搭訕著檢點一切行李，說些別後的話。我把到南京以後的情節，一一告知。我母親聽了，不覺淌下淚來道：「要不是吳繼之，我的兒此刻不知流落到什麼樣子了！你此刻還打算回南京去麼？」我道：「原打算要回去的。」我母親道：「你這一回來，不定繼之那裏另外請了人，你不是白回去麼？」我道：「這不見得，我來的時候，繼之還再三叫我早點回去呢。」

我母親對我嬸娘道：「不如我們同到南京去了，倒也乾淨。」嬸娘道：「好是好的，然而姪少爺已經回來了，終究不能不露面，且把這些兔鬼打發開了，再說罷！」我道：「到底家裏出了什麼事？好嬸嬸，告訴了我罷！」嬸娘道：「沒有什麼事，只因上月落了幾天雨，祠堂裏被雷打了一個屋角，說是要修理。這裏的族長，就是你的大叔公，倡議要眾人分派；派到你名下，要出一百兩銀子；你母親不肯答應，說是族中人丁少，修理這點點屋角，不過幾十吊錢的事，怎麼要派起我們一百兩來？就是我們全承認了修理費，也用不了這些。從此之後，就天天鬧個不休，還有許多小零碎的事，此刻一言也難盡述。後來你母親沒了法子想，只推說等你回來再講。自從說出這句話去，就安靜了好幾天。你母親就寫了信去知照你，叫你且不要回來。誰知你又接了什麼電報，想來這電報是他們打去，要騙你回來的。所以你母親叫你這幾天不要露面，等想定了對付他們的法子，再講。」我道：「本來我們族中人類不齊，我早知道的，母親說都到了南京去，這也是避地之一法。且等我慢慢想個好主意，先要發付了他們。」我母親道：「憑你怎麼發付，我是不拿出錢去的。」我道：「這個自然，我們自己的錢，怎麼肯胡亂給人家呢？」嘴裏是這麼說，我心裏早就打定了主意。先開了箱子，取出那一百兩銀子，交給母親。母親道：「就只這點麼？」我道：「是！」母親道：「你先寄過五十兩回來，那五千銀子，就是五釐週息，也有二百五十兩呀。」我聽了這話，只得把伯父對我說，王俎香借去三千的話，說了一遍。我母親默默無言。歇了一會，天色晚了，老媽子弄上晚飯來吃了。掌上燈，我母親取出一本帳簿來道：「這是運靈柩回來的時候，你伯父給我的帳，你且看看，是些什麼開銷？」

我拿過來一看，就是張鼎臣交出來的盤店那一本帳，內中一注一注列的很是清楚。到後來就是我伯父寫的帳了，只見頭一筆就付銀二百兩，底下注著代應酬用；以後是幾筆不相干的零用帳，往下又是付銀三百兩，也注著代應酬用，像這麼的帳，不下七八筆，付去了一千八百兩。後來又有一筆是付找房價銀一千五百兩，我莫明其妙道：「什麼找房價呢？」母親道：「這個是你伯父說的，現在這一所房子，是祖父遺下的東西，應該他們兄弟三個分住；此刻他及你叔叔，都是出門人的，這房子分不著了，估起價來，可以值得二千多銀子；他叫我將來估了價，把房價派了出來，這房子就算是我們的了。所以取去一千五百銀子，他要了七百五；還有那七百五是寄給你叔叔的。」我道：「還有那些金子呢？」母親道：「那裏有什麼金子，我不知道。」只這一番回答，我心中猶如照了一面大鏡子一般；前後的事，都了然明白。眼見得什麼存莊生息的那五千銀子，也有九分靠不住的了。家中的族人，又是這樣。不如依了母親的話，搬到南京去罷。心中暗暗打定了主意。

忽聽得外面有人打門，砰訇砰訇的打得很重，小丫頭名叫春蘭的，出去開了門，外面便走進一個人來。春蘭翻身進來道：「二太爺來了！」我要出去，母親道：「你且不要露面！」我道：「不要緊，醜媳婦總要見翁姑的。」說著，出去了。母親還要攔時，已經攔我不住。我走到外面，見是我的一位嫡堂伯父，號叫子英的；不知在那裏吃酒，吃得滿臉通紅，反背著雙手，躄躄著進來。向前走三步，往後退兩步的，在那裏朦朧著一雙眼睛。一見了我，便道：「你……你……你回來了麼？幾……幾時到的？」我道：「方才到的。」子英道：「請你吃……」說時遲，那時快，他那三個字的一句話，還不曾說了，忽然舉起那反背的手來，拿著明晃晃的一把大刀，劈頭便砍。我連忙一閃，春蘭在旁邊哇的一聲，哭將起來。子英道：「你……你哭，先完了你！」說著提刀撲將過去，嚇得春蘭哭喊著飛跑去了。我正要上前去勸時，不料他立腳不穩，訇的一聲，跌倒在地；叮噹一響，那把刀已經跌在三尺之外。我心中又好氣，又好惱，只見他躺在地下，亂嚷起來道：「反了！反了！姪兒子打伯父了！」此時我母親，嬸娘，姊姊，都出來了，我母親只氣得面白唇青，一句話也沒有。嬸娘也是徬徨失措。我便上前去攙他起來。一面說道：「伯父有話好好的說，不要動怒！」我姊姊在旁道：「伯父起來罷！這地下冷呢。」子英道：「冷死了，少不了你們抵命！」一面說，一面起來。我道：「伯父到底為了什麼事情動氣？」子英道：「你不要管我，我今天輸的很了；要見一個，殺一個。」我道：「不過輸了錢，何必這樣動氣呢？」子英道：「哼！你知道我輸了多少？」我道：「這個姪兒那裏知道？」子英忽地裏直跳起來道：「你賠還我五兩銀子！」我道：「五兩只怕不夠了呢。」子英道：「我不管你夠不夠了，你老子是發了財的人！你今天沒有，就拚一個你死我活！」我連忙道：「有有！」隨手在身邊取出一個小皮夾來一看，裏面只賸了一元錢，七八個小角子，便一齊顛了出來道：「這個先送給伯父罷！」他伸手接了，拾起那刀子，一言不發，起來就走。我送他出去，順便關門。他卻回過頭來道：「姪哥！我不過借來做本錢，明日贏了，就還你。」說著去了。

我關好了門，重復進內。我母親道：「你給了他多少？」我道：「沒有多少。」母親道：「照你這樣給起來，除非真是發了財；只怕發了財，也供應他們不起呢！」我道：「母親放心，孩兒自有道理。」母親道：「我的錢是不動的。」我道：「這個自然。」當下大家又把子英拿刀拚命的話，說笑了一番各自歸寢。一夜無話，明日我檢出了繼之給我的信，走到繼之家裏，見了吳伯衡，交了信，伯衡看過道：「你要用多少呢？」我道：「請先借給我一百元。」伯衡依言，取了一百元，交給我道：「不夠時再來取罷！繼之信上說，儘多儘少，隨時要應付的呢。」我道：「是是！到了不夠時，再來費心。」辭了伯衡回家，暗暗安放好了，就去尋那一位族長大叔公。此人是我的叔祖，號叫做借軒。我見了他，他先就說道：「好了！好了！你回來了！我正盼著你呢。上個月祠堂的房子出了毛病，大家說要各房派了銀子好修理，誰知你母親一毛不拔，耽擱到此刻，還沒有動工。」我道：「估過價沒有？到底要多少銀子才夠呢？」借軒道：「價是沒有估，此刻雖是多派些，修好了，餘下來，仍舊可以派還的。」我道：「何妨叫了泥水木匠來，估定了價，大家公派呢？不然，大家都是子孫，誰出多了，誰出少了，都不好；其實就是我一個人承認修了，在祖宗面上，原不要緊；不過在眾兄弟面上，好像我一個人獨佔了面子，大家反而覺得不好看。老實說：有了錢，與其這樣花得吃力不討好，我倒不如拿來孝敬點給叔公了。」借軒拊掌道：「你這話，一點也不錯，你出了一回門，怎麼就練得這麼明白了？我說非你回來不行呢。尤雲岫他還說你純然是孩子氣，他那雙眼睛，不知是怎麼生的？」我道：「不然呢，還不想著回來：因為接了母親的病信，才趕著來的。」借軒沈吟了半晌道：「其實呢，我也不應該騙你；但是你不回來，這祠堂總修不成功，祖宗也不安；就是你我做子孫的，也不安呀；所以我設法叫你回來。我今天且給你說穿了，這電報是我打給你的，要想你早點回來料理這件事，只得撒個謊。那電報費，我倒出了五元七角呢。」我道：「費心得很！明日連電報費，一齊送過來。」說罷，辭了回家，我並不提起此事。

只商量同到南京的話。母親道：「我們此去，丟下你嬸嬸姊姊怎麼？」我道：「嬸嬸姊姊，左右沒有牽掛，就一同去也好！」母親道：「幾千里路，誰高興跟著你跑？知道你到外面去，將來混得怎麼樣呢？」嬸娘道：「這倒不要緊！橫豎我沒有掛慮，只是我們小姐，雖然沒了女婿，到底要算人家的人，有點不便就是了。」姊姊道：「不要緊！我明日回去，問過婆婆；只要婆婆肯了，沒有什麼不便。我們去住他幾年再回來，豈不是好？只是伯父這裏的房子，不知託誰去照應？」我對母親說道：「孩兒想我們在家鄉，是斷斷不能住的了！只有出門去的一個法子；並且我們今番出門，不是去三五年的話，是要打算長遠的。這房子同那幾畝田，不如拿來變了價，帶了現銀出去，覷便再圖別的事業罷。」母親道：「這也好！只是一時被他們知道了，又要來訛詐。」我道：「有孩兒在這裏，不要怕他，包管風平浪靜。」母親道：「你不要只管說嘴，要小心點才好！」我道：「這個自然，只是這件事要辦就辦，在家萬不能耽擱日子的了。此刻沒事，孩兒去尋尤雲岫來，他做慣了這等中人的。」說罷，去尋雲岫，告明來意。雲岫道：「近來大家都知你父親賸下萬把銀子，這會為什麼要變起產來？莫不是裝窮麼？」我道：「並不是裝窮，是另外有個要緊用處。」雲岫道：「到底有什麼用處？」

我想雲岫不是個好人，不可對他說實話，且待我騙騙他。因說道：「因為家伯要補缺了，要來打點部費。」雲岫道：「呀！真的麼？補那一個缺？」我道：「還是借補通州呢！」雲岫道：「你老人家賸下的錢，都用完了麼？」我道：「那裏就用完了？因為存在滙豐銀行，是存長年的，沒有到日子，取不出來罷了。」雲岫道：「你們那一片田，當日你老人家置的時候，也是我經手，只買得九百多銀子，近來年歲不很好，只怕值不到那個價了呢！我明日給你回信罷！」我聽說便辭了回家。人得門時，只見滿座都擠滿了人，不覺嚇了一跳。正是：

出門方欲圖生計，入室何來座上賓？

要知那些都是什麼人，且待下回再記。

第十九回　具酒食博來滿座歡聲　變田產惹出一場惡氣

及至定睛一看時，原來都不是外人，都是同族的一班叔兄弟姪，團坐在一起。我便上前一一相見。大眾喧嘩嘈雜，爭著問上海，南京的風景；我只得有問即答，敷衍了好半天。我暗想今天眾人齊集，不如趁這個時候，議定了捐款修祠堂的事。因對眾人說道：「我出門了一次，迢迢幾千里，不容易回家；這回不多幾天，又要動身了，難得今日眾位齊集，不嫌簡慢，就請在這裏用一頓飯，大家敍敍別情。有幾位沒有到的，索性也去請來，大家團敍一次，豈不是好？」眾人一齊答應。我便打發人去把那沒有到的都請了來。借軒，子英，也都到了。眾人紛紛的在那裏談天。我悄悄的把借軒邀到書房裏，讓他坐下。說道：「今日眾位叔兄弟姪，難得齊集，我的意思，要煩叔公趁此議定了修祠堂的事，不知可否？」借軒皺著眉道：「議是未嘗不可以議得，但是怎麼個議法呢？」我道：「只要請叔公出個主意！」借軒道：「怎麼個主意呢？」我看他神情不對，連忙走到我自己臥房，取了二十元錢出來，輕輕的遞給他道：「做姪孫的，雖說是出門一次，卻不曾掙著甚錢回來，這一點點，不成敬意的，請叔公買杯酒吃！」借軒接在手裏，顛了一顛，笑容可掬的說道：「這個怎生好受你的？」我道：「只可惜做姪孫的不曾發得財，不然，這點東西，也不好意思拿出來呢。只求叔公今日就議定這件事，就感激不盡了！」借軒道：「你的意思，肯出多少呢？」我道：「只憑叔公吩咐就是了。」

正說話時，只聽得外面一迭連聲叫我。連忙同借軒出來看時，只見一個人拿了一封信，說是要回信的。我接來一看，原來是尤雲岫送來的，信上道：「方才打聽過，那一片田，此刻時價，只值得五百兩；如果有意出脫，三兩天裏，就要成交；倘是遲了，恐怕不及，……」云云。我便對來人說道：「此刻我有事，來不及寫回信，你只回去，說我明天當面來談罷！」那送信的去了，我便有意把這封信給眾人觀看。內中有兩個人便問為什麼事要變產起來。我道：「這話也一言難盡，等坐了席，慢慢再談罷！」頓時叫人調排桌椅，擺了八席，讓眾人坐下。暖上酒來，肥魚大肉的都搬上來。借軒又問起我為什事要變產。我就把騙尤雲岫的話，照樣說了一遍。眾人聽了，都眉飛色舞道：「果然補了缺，我們都要預備著去做官親了！」我道：「這個自然，只要是補著了缺，大家也樂得出去走走。」內中一個道：「一個通州的缺，只怕容不下許多官親！」一個道：「我們輪著班去，到了那裏，經手一兩件官司，發他一千、八百的財，就回來讓第二個去，豈不是好？」又一個道：「說是這麼說，到那個時候，只叫先去的，賺錢賺出滋味來了，不肯回來，又怎麼？」又一個道：「不要緊！他不回來，我們到班的人到了，可以捉他回來。」滿席上說的都是這些不相干的話，聽得我暗暗好笑起來。借軒對我歎道：「我到此刻，方才知道人言難信呢！據尤雲岫說：『你老子身後賸下有一萬多銀子，被你自家伯父用了六七千；還有五六千，在你母親手裏。』此刻據你說起來，你伯父要補缺，還要借你的產業做部費。可見得他的話，是靠不住的了。」

我聽了這話，只笑了一笑，並不回答。借軒又當著眾人說道：「今日既然大家齊集，我們趁此把修祠堂的事議妥了罷！我前天叫了泥水木匠來過，估定了五十吊錢，你們各位就今日各人認一分罷！至於我們族裏，貧富不同，大家都稱家之有無做事便了。」眾人聽了，也有幾個贊成的。借軒就要了紙筆，要各人簽名捐錢。先遞給我，我接過來，在紙尾上寫了名字，再問借軒道：「寫多少呢？」借軒道：「這裏有六十多人，只要捐五十吊錢，你隨便寫上多少就是了。難道有了這許多人，還捐不夠麼？」我聽說，就寫了五元。借軒道：「好了！好了！只這一下筆，就有十分之一了，你們大家寫罷！」一面說話時，他自己也寫上一元。以後挨次寫去，不一會都寫過了。拿來一算，還短著兩元七角半。借軒道：「你們這個寫的也太瑣碎了，怎麼鬧出這零頭來？」我道：「不要緊！待我認了就是！」隨即照數添寫在上面。

眾人又復暢飲起來，酣呼醉舞了好一會，方才散坐。借軒叫人到家去取了煙具來，在書房裏開燈吃煙。眾人陸續散去，只賸了借軒一個人。他便對我說道：「你知道眾人今日的來意麼？」我道：「不知道。」借軒道：「他們一個個都是約會了，要想個法子的。先就同我商量過，我也阻止他們不住。這會見你很客氣的，請他們吃飯，只怕不好意思了。加之又聽見你說要變產，你伯父將近補缺，當時又改了想頭，要想去做官親，所以不曾開口。一半也有了我在上頭鎮壓住；不然，今日只怕要鬧得個『落花流水』呢！」正說話間，只見他所用的一個小廝，拿了個紙條兒，遞給他。他看了，叫小廝道：「你把煙傢伙收了回去！」我道：「何不多坐一會呢？」借軒道：「我有事，去見一個朋友。」說著把那條子揣到懷裏，起身去了。我送他出門，回到書房一看，只見那條子落在地下；順手撿起來看看，原來正是尤雲岫的手筆，叫他今日務必去一次，有事相商。看罷，便把字條團了到上房去，與母親說知。

據雲岫說，我們那片田，只值得五百兩的話。母親道：「那裏有這個話，我們買的時候，連中人費一切，也花到一千以外，此刻怎麼只得個半價？若說是年歲不好，我們這幾年的租米，也不曾缺少一點；要是這個樣子，我就不出門去了；就是出門，也可以託個人經管，我斷不拿來賤賣的。」我道：「母親只管放心！孩兒也不肯胡亂就把他賣掉了。」當夜我左思右想，忽然想起一個主意。到了次日，一早起來，便去訪吳伯衡告知要賣田的話。又告知雲岫說年歲不好，只值得五百兩的話。伯衡道：「當日買來是多少錢呢？」我道：「買來時是差不多上千銀子。」伯衡道：「何以差得到那許多呢？你還記得那圖堡四址麼？」我道：「這可有點糊塗了。」伯衡道：「你去查了來，我代你查一查。」我答應了回來，檢出契據，抄了下來。午飯後，又拿去交給伯衡，方才回家。忽然雲岫又打發人來請我。我暗想這件事已經託了伯衡，且不要去會他。等伯衡的回信來了，再商量罷。因對來人說道：「我今日有點感冒，不便出去，明後天好了，再來罷！」那來人便去了。從這天起，我便不出門，只在家裏同母親，嬸娘，姊姊，商量些到南京去的話；又談談家常。

過了三天，雲岫已經又叫人來請過兩次。這一天我正想去訪伯衡，恰好伯衡來了。寒暄已畢，伯衡便道：「府上的田，非但沒有貶價，還在那裏漲價呢。因為東西兩址，都是李家的地界；那李氏是個暴發家，他嫌府上的田，把他的隔斷了，打算要買了過去，連成一片。這一向正打算要託人到府上商量……」正說到這裏，忽然借軒也走了進來，我連忙對伯衡遞個眼色，他便不說了。借軒道：「我聽見說你病了，特地來望望你。」我道：「多謝叔公。我沒有什麼大病，不過有點感冒，避兩天風罷了。」當下三人閒談了一會。伯衡道：「我還有點事，少陪了。」我便送他出去，在門外約定，我就去訪他，然後入內。敷衍借軒走了，我就即刻去訪伯衡，問這件事的底細。伯衡道：「這李氏是個暴發的人，他此刻想要買這田，其實大可以向他多要點價，他一定肯出的。況且府上的地，我已經查過，水源又好，出水的路又好，何至於貶價呢？還有一層：繼之來信，叫我盡力招呼你，你到底為了什麼事要變產？也要老實告訴我。倘是可以免得的，就免了。要用錢，只管對我說。不然叫繼之知道了，要怪我呢。」我道：「因為家母也要跟我出門去，放它在家裏，倒是個累，不如換了銀子，帶走的便當。還有我那一所房屋，也打算要賣了呢。」伯衡道：「這又何必要賣呢？只要交給我代理，每年的租米，我拿來換了銀子，給你滙去，還不好麼？就是那房子，也可以租給人家，收點租錢。左右我要給繼之經管房產，就多了這點，也不費什麼事。」

我想伯衡這話，也很有理。因對他說道：「這也很好，只是太費心了。且等我同家母商量定了，再來奉覆罷！」說罷，辭了出來。因想去探尤雲岫，到底是什麼意思。就走到雲岫那裏去。雲岫一見了我便道：「好了麼？我等你好幾天了，你那片田，到底是賣不賣的？」我道：「自然是賣的，不過價錢太不對了。」雲岫道：「隨便什麼東西，都有個時價；時價是這麼樣，那裏還能夠多賣呢？」我道：「時價不對，我可以等到漲了價時再賣呢。」雲岫道：「你伯父不等著要做部費用麼？」我道：「那只好再到別處張羅，只要有了缺，京城裏放官債的多得很呢。」

雲岫低頭想了一想道：「其實賣給別人呢，並五百兩也值不到。此刻是一個姓李的財主要買，他有的是錢，才肯出到這個價；我再去說說，許再添點，也省得你伯父再到別處張羅了。」我道：「我這片地，四址都記得很清楚。近來聽說東西兩址，都變了姓李的產業了，不知可是這一家？」雲岫道：「正是！你怎麼知道呢？」我道：「他要買我的，我非但照原價絲毫不減，並且非三倍原價，我不肯賣呢！」

雲岫道：「這又是什麼緣故？」我道：「他有的是錢，既然要把田地連成一片，就是多出幾個錢，也不為過。我的田，又未少收過半粒租米，怎麼乘人之急，希圖賤買，這不是為富不仁麼？」雲岫聽了，把臉漲的緋紅。歇了一會，又道：「你不賣也罷，此刻不過這麼談談，錢在他家裏，田在你地上，誰也不能管誰的。但是此刻世界上，有了銀子，就有面子；何況這位李公，現在已經捐了道銜，在家鄉裡也算是一位大鄉紳。他的兒子，已經捐了京官；明年是鄉試，他此刻已經到京裏去買關節；一旦中了舉人，那還了得！只怕地方官也要讓他三分。到了那時，怕他沒有法子要你的田？」

我聽了，不覺冷笑道：「難道說中了舉人，就好強買人家東西了麼？」雲岫也冷笑道：「他並不要強買你的，他只把南北兩址也買了下來，那時四面都是他的地方，他只要設法斷了你的水源，只怕連一文也不值呢。你若要同他打官司，他有的是銀子，面子，功名，你抗得過他麼？」我聽了這話，不由的站起來道：「他果然有了這個本事，我就雙手奉送與他，一文也不要。」說著，就別了出來。一路上氣忿忿的，卻苦於無門可訴。因又走到伯衡處，告訴他一遍。伯衡笑道：「那裏有這等事？他不過想從中賺錢，拿這話來嚇嚇你罷了！那麼我們繼之呢，中了進士了，那不是要平白地去吃人了麼？」我道：「我也明知沒有這等事，但是可恨他還當我是個小孩子，拿這些話來嚇嚇我！我不念他是個父執，我還要打了他的嘴巴，再問他是說話，還是放屁呢？」說到這裏，我又猛然想起一件事來。正是：

聽來惡語方奇怒，念到奸謀又暗驚。

要知想起的是什麼事，且待下回再記。

第二十回　神出鬼沒母子動身　冷嘲熱謔世伯受窘

我忽然想起一件事來道：「他日這姓李的，果然照他說這麼辦起來，雖然不怕他強橫到底，但是不免一番口舌，豈不費事？」伯衡道：「豈有此理！那裏有了幾個臭銅，就好在鄉里上這麼橫行？」我道：「不然，姓李的或者本無此心，禁不得這班小人，在旁邊唆撥，難免他『利令智昏』呢！不如仍舊賣給他罷！」伯衡沈吟了半晌道：「這麼罷，你既然怕到這一著，此刻也用不著賣給他；且照原價賣給這裏，也不必過戶；將來你要用得著時，就可照原價贖回。好在繼之同你是相好，沒有辦不到的。這個辦法，不過是個名色，叫那姓李的知道已經是這裏的產業，他便不敢十分橫行。如果你願意真賣了，他果然肯出價，我就代你賣了；多賣的錢，便給你滙去。你道好麼？」我道：「這個主意很好！但是必要過了戶才好！好叫他們知道是賣了，自然就安靜些。不然，等他橫行起來，再去理論，到底多一句話說。」伯衡道：「這也使得！」我道：「那麼就連我那所房子，也這麼辦罷！」伯衡道：「不必罷，那房子又沒有什麼姓李不姓李的來謀你，留著收點房租罷！」我聽了，也無可無不可。又談了些話，便辭了回家。

把上項事，一五一十的告訴了母親。母親道：「這樣辦法好極了，難得遇見這般好人。但是我想這房子，也要照田地一般辦法才好！不然，我們要走了，房子說是要出租，我們族裏的人，那一個不爭著來住。你要想收房租，只怕給他兩個，還換不轉一個來呢！雖然，吳伯衡答應照管，那裏照管得來？說起他，他就說我們是自家人，住自家人的房子，用不著你來收什麼房租。這麼一撒賴，豈不叫照管的人為難麼？我們走了，何苦要留下這個閒氣，給人家去淘呢！」我聽了，覺得甚是有理。到了次日，依然到伯衡處商量。承他也答應了。便問我道：「這房子原值多少呢？」我道：「去年家伯曾經估過價，說是值二千四五百銀子。要問原值時，那是個祖屋，不可查考的了。」伯衡道：「這也容易，只要大家各請一個公正人估看就是了。」我道：「這又何必！這個明明是你推繼之的情，照應我的；我也不必張揚，去請甚公正人，只請你叫人去估看就是了。」伯衡答應了。到了下午，果然同了兩個人來估看。說是照樣新蓋造起來，只要一千二百銀子；地價約莫值到三百；共是一千五百兩。估完就先去了。

伯衡便對我說道：「估的是這樣，你的意思，是怎樣呢？」我道：「我是空空洞洞，一無成見。既然估的是一千五百兩，就照他立契就是了。我只有一個意思，是愈速愈好；我一日也等不得，那一天有船，我就那一天走了。」伯衡道：「這個容易，你可知道幾時有船麼？」我道：「聽說後天有船，我們好在當面交易，用不著中保。此刻就可立了契約，請你把那房價地價，打了滙單，給我罷！還有繼之也要滙五千去呢，打在一起也不要緊。」伯衡答應了。我便取過紙筆，寫了兩張契約，交給伯衡。忽然春蘭走來，說母親叫我，我即進去。母親同我如此這般說了幾句話，我便出來對伯衡說道：「還有舍下許多木器之類，不便帶著出門，不知尊府可以寄放麼？」伯衡道：「可以！可以！」我道：「我有了動身日子，即來知照，到了那天，請你帶著人來；等我交割房子，並點交東西。若有人問時，只說我連東西一起賣了，方才妥當。」伯衡也答應了，又搖頭道：「看不出貴族的人，竟要這樣防範！真是出人意外的了。」談了一會，就去了。

下午時候，伯衡又親自送來一張滙票，共是七千兩，連繼之那五千也在內了。又將五百兩，折成鈔票，一齊交來道：「恐怕路上要零用，所以這五百兩，不打在滙票上了。」我暗想真是會替人打算；但是我在路上，也用不了這許多。因取出一百元，還他前日的借款。伯衡道：「何必這樣忙呢，留著路上用，等到了南京，再還繼之不遲。」我道：「這不行！我到那裏還他，他又要推三阻四的不肯收，倒弄得無味；不如在這裏先還了乾淨，左右我路上也用不了這些。」伯衡方才收了別去。我就到外面，去打聽船期，恰好是在後天。我順便先去關照了伯衡，然後回家。忙著連夜收拾行李。

此時我姊姊已經到婆家去說明白了，肯叫他隨我出門去，好不興頭！收拾了一天一夜，略略有點頭緒。到了後天的下午，伯衡自己帶了四個家人來，叫兩個代我押送行李，兩個點收東西。我先到祖祠裏拜別。然後到借軒處，交明了修祠的七元二角五分銀元。告訴他我即刻就要動身了，借軒吃驚道：「怎麼就動身了！有什麼要事麼？」我道：「因為有點事，要緊要走，今天帶了母親，嬸嬸，姊姊，一同動身。」借軒大驚道：「怎麼一起都走了！那房子呢？」我道：「房子已經賣了。」借軒道：「那田呢？」我道：「也賣了。」借軒道：「幾時立的契約？怎麼不拿來給我簽個字？」我道：「因為這都是祖父、父親的私產，不是公產，所以不敢過來驚動。此刻我母親要走了，我要去招呼，不能久耽擱了。」說罷，拜了一拜，別了出來，借軒現了滿臉悵惘之色。我心中暗暗好笑，不知他悵惘些什麼。

回到家時，交點明白了東西。別過伯衡，奉了母親，嬸嬸，姊姊，上轎；帶了丫頭春蘭，一行五個人，逕奔海邊，用划子划到洋船上。天已不早了，洋船規例，船未開行，是不開飯的；要吃時，也可以到廚房裏去買。當下我給了些錢，叫廚房的人，開了晚飯吃過。伯衡又親到船上來送行，拿出一封信，託帶給繼之，談了一會去了。忽然尤雲岫慌慌張張的走來道：「你今天怎麼就動身了？」我道：「因為有點要緊事，走得匆忙，未曾到世伯那裏辭行，十分過意不去。此刻反勞了大駕，益發不安了！」雲岫道：「聽說你的田已經賣了，可是真的麼？」我道：「是賣了！」雲岫道：「多少錢？賣給誰呢？」我有心要嘔他氣惱，因說道：「只賣了六百兩，是賣給吳家的。」雲岫跺足道：「此刻李家肯出一千了，你怎麼輕易就把他賣掉？你說的是那一家吳家呢？」我道：「就是吳繼之家；前路一定要買，何妨去同吳家商量；前路既然肯出一千，他有了四百的賺頭，怕他不賣麼？」雲岫道：「吳繼之是本省數一數二的富戶，到了他手裏，那裏還肯賣出來？」

我有心再要嘔他一嘔，因說道：「世伯！不說過麼？只要李家把那田的水源斷了，那時一文不值，不怕他不賣。」只這一句話，氣的雲岫臉上，青一陣，紅一陣，半句話也沒有；只瞪著雙眼看我。我又徐徐的說道：「但只怕買了關節，中了舉人，還敵不過繼之的進士；除非再買關節，也去中個進士，才能敵個平手；要是點了翰林，那就得法了。那時地方官非但怕他三分，只怕還要怕到十足呢！」

雲岫一面聽我說，一面氣的目定口呆。歇了一會，才說道：「產業是你的，憑你賣給誰，也不干我事；只是我在李氏面前，誇了口，拍了胸，說一定買得到的；你想要不是你先同我商量，我那裏敢說這個嘴？你就是有了別個受主，也應該問我一聲，看我這裏肯出多少，再賣也不遲呀。此刻害我做了個言不踐行的人，我氣的就是這一點。」我道：「世伯這話，可是先沒有告訴過我，要是告訴過我，我就是少賣點錢，也要成全了世伯這個言能踐行的美名。不是我誇句口，少賣點也不要緊，我是銀錢上面看得很輕的，百把銀子的事情，從來不曾十分追究。」雲岫搖了半天的頭道：「看不出來，你出門沒有幾時，就歷練的這麼磨利了！」我道：「我本來純然是一個小孩子，那裏夠得上講磨利呢！少上點當已經了不得了！」雲岫聽了，歎了一口氣，把腳跺了一跺，立起來，在船上踱來踱去，一言不發；踱了兩回，轉到外面去了。我以為他到外面解手，誰知一等他不回來，再等他也不回來，竟是「溜之乎也」的去了，我自從前幾天受了他那無理取鬧嚇唬我的話，一向胸中沒有好氣，想著了就著惱，今夜被我一頓搶白，罵得他走了，心中好不暢快！便到房艙裏，告知母親，嬸嬸，姊姊，大家都笑著，代他沒趣。姊姊道：「好兄弟！你今夜算是出了氣了，但是細想起來，也是無謂得很！氣雖然叫他受了，你從前上他的當，到底要不回來。」母親道：「他既不仁，我就可以不義，你想他要乘人之急，要在我孤兒寡婦養命的產業上賺錢，這種人還不罵他幾句麼？」姊姊道：「伯娘！不是這等說，你看兄弟在家的時候，生得就同閨女一般，見個生人，也要臉紅的；此刻出去歷練得有多少日子，就學得這麼著了。他這個才是起頭的一點點，已經這樣了，將來學得好的，就是個精明強幹的精明人；要是學壞了，可就是一個尖酸刻薄的刻薄鬼。那精明強幹，同尖酸刻薄，外面看著不差什麼，骨子裏面是截然兩路的。方才兄弟對雲岫那一番話，固然是快心之談；然而細細想去，未免就近於刻薄了。一個人嘴裏說話是最要緊的。我也曾讀過幾年書，近來做了未亡人，無可消遣，越發什麼書都看看，心裏比從前也明白多著。我並不是迷信那世俗折口福的話，但是精明的是正路，刻薄的是邪路。一個人何苦正路不走，走了邪路呢！伯娘！你教兄弟，以後總要拿著這個主意，情願他忠厚些，萬萬不可叫他流到刻薄一路去，叫萬人切齒，到處結下冤家。這個於處世上面，很有關係的呢！」我母親叫我道：「你聽見了姊姊的話沒有？」我道：「聽見了！我心裏正在這裏又佩服又慚愧呢！」母親道：「佩服就是了，又慚愧什麼？」我道：「一則慚愧我是個男子，不及姊姊的見識；二則慚愧我方才不應該對雲岫說那番話。」姊姊道：「這又不是了！雲岫這東西，不給他兩句，他當人家一輩子都是糊塗蟲呢！只不過不應該這樣旁敲側擊；應該要明亮亮的叫破了他。」我道：「我何嘗是不這樣想，只礙著他是個父執，想來想去，沒法開口。」姊姊道：「是不是呢，這就是精明的沒有到家之過；要是精明到家了，要說什麼就說什麼。」

正說話，忽聽得艙面人聲嘈雜，帶著起錨的聲音。走出去一看，果然是要開行了，時候已經不早了，大家安排憩息。到了次日，已經出了海洋，喜得風平浪靜，大家都還不暈船。左右沒事，閒著便與姊姊談天，總覺著他的見識，比我高得多著，不覺心中暗喜；我這番同了姊姊出門，就同請了一位先生一般。這回到了南京，外面有繼之，裏面又有了這位姊姊，不怕我沒有長進。我在家時，只知道他會做詩詞小品，卻原來有這等大的學問，真是有眼不識泰山了。因此終日談天，非但忘了離家，並且也忘了航海的辛苦。誰知走到了第三天，忽然遇了大風，那船便顛簸不定，船上的人，多半暈倒了；幸喜我還能支持，不時到艙面去打聽什麼時候好到，回來安慰眾人。這風一日一夜不曾息，等到風息了，我再去探問時，說是快的今天晚上，遲便明天早起，就可以到了。於是這一夜大家安心睡覺，只因受了一日一夜的顛簸，到了此時，困倦已極，便酣然濃睡。睡到天將亮時，平白地從夢中驚醒。只聽得人聲鼎沸，房門外面腳步亂響。正是：

鼾然一覺邯鄲夢，送到繁華境地來。

要知為什麼事人聲鼎沸起來，且待下回再記。

第二十一回　作引線官場通賭棍　嗔直言巡撫報黃堂

當時平白無端，忽聽得外面人聲鼎沸，正不知為了何事，未免吃了一驚。連忙起來，到外面一看，原來船已到了上海，泊了碼頭。一班挑夫，車夫，以及客棧裏的接客夥友，都一哄上船。招攬生意，所以人聲嘈雜。一時母親、嬸娘、姊姊都醒了，大家知道到了上海，自是喜歡。都忙著起來梳洗。我便收拾起零碎東西來。過了一會，天已大亮了。遇了謙益棧的夥計，我便招呼了，先把行李給他，只賸了隨身幾件東西，留著還要用。他便招呼同伴的來，一一點交了帶去。我等母親、嬸娘梳洗好了，方才上岸。叫了一輛馬車，往謙益棧裏去。揀了兩個房間，安排行李，暫時安歇。因為在海船上受了幾天的風浪，未免都有些困倦，直到晚上，方才寫了一封信，打算明日發寄，先通知繼之。拿到帳房，遇見了胡乙庚，我便把信交給他，託他等信局來收信時，交他帶去。乙庚道：「這個容易，今晚長江船開，我有夥計去，就託他帶了去罷。」又讓到裏間去坐，閒談些路上風景，又問問在家耽擱幾天。略略談了幾句，外面亂哄哄的人來人往，不知又是什麼船到了，來了多少客人。乙庚有事出去招呼，我不便久坐，即辭了回房。對母親說道：「孩兒已經寫信給繼之，託他先代我們找一處房子，等我們到了，好有得住。不然，到了南京要住客棧，繼之一定不肯的，未免要住到他公館裏去。一則怕地方不夠，二則年近歲逼的，將近過年了，攪擾著人家也不是事。」母親道：「我們在這裏住到什麼時候？」我道：「稍住幾天，等繼之回了信來，再說罷；在路上辛苦了幾天，也樂得憩息憩息。」

嬸娘道：「在家鄉時，總聽人家說上海地方熱鬧，今日在車上看看，果然街道甚寬，但不知可有什麼熱鬧地方，可以去看看的？」我道：「姪兒雖然在這裏經過三四次，卻總沒有到外頭去逛過；這回喜得母親嬸娘姊姊都在這裏，憩一天，我們同去逛逛。」嬸娘道：「你姊姊不去也罷！他是個年輕的寡婦，出去拋頭露面的作什麼呢？」姊姊道：「我倒並不是一定要去逛，母親說了這句話，我倒偏要去逛逛了！女子不可拋頭露面這句話，我向來最不相信。須知這句話是為不知自重的女子說的，並不是為正經女子說的。」嬸娘道：「依你說，拋頭露面的倒是正經女子。」姊姊道：「那裏話來！須知有一種不自重的女子，專歡喜塗脂抹粉，見了人，故意的扭扭捏捏，躲躲藏藏的；他卻又不好好的認真躲藏，偏要拿眼梢去看人；便惹得那些輕薄男人，言三語四的，豈不從此多事？所以要切戒他拋頭露面。若是正經的女子，見了人一樣，不見人也是一樣，舉止大方，不輕言笑的，那怕他在街上走路，又礙什麼呢？」我母親說道：「依你這麼說，那古訓的：內言不出於閫，外言不入於閫，也用不著的了。」姊姊笑道：「這句話，向來讀書的人都解錯，怪不得伯母。那內言不出，外言不入，並不是泛指一句說話。他說的是治家之道，政分內外，閫以內之政，女子主之；閫以外之政，男子主之。所以女子指揮家人做事，不過是閫以內之事；至於閫以外之事，就有男子主政，用不著女子說話了，這就叫內言不出於閫。若要說是女子的說話，不許閫外聽見，男子的說話，不許閫內聽見；那就男女之間，永遠沒有交談的時候了。試問把女子關在門內，永遠不許他出門一步，這是內言不出做得到的；若要外言不入，那就除非男子永遠也不許他到內室；不然，到了內室，也硬要他裝做啞子了。」一句話說得大家笑了。我道：「我小時候，聽蒙師講的，卻又是一樣講法：說是外面粗鄙之言，不傳到裏頭去；裏面猥褻之言，不傳出外頭來。」姊姊道：「這又是強作解人。這言字所包甚廣，照這所包甚廣的言字，再依那個解法，是外言無不粗鄙，內言無不猥褻的了。」我道：「『七年男女不同席』，這總是古訓。」姊姊道：「這是從形跡上行教化的意思，其實教化萬不能從形跡上施行的！不信，你看周公制禮之後，自當風俗丕變了，何以國風又多是淫奔之詩呢？可見得這些禮儀節目，不過是教化上應用的傢伙，他不是認真可以教化人的。要教化人，除非從心上教起。要從心上教起，除了讀書明理之外，更無他法。古語還有一句說得豈有此理的，說什麼『女子無才便是德』。這句話，我最不佩服，或是古人這句話，是有所為而言的；後人就奉了他做金科玉律，豈不是誤盡了天下女子麼？」我道：「何所為而言呢？」姊姊道：「大抵女子讀了書，識了字，沒有施展之處；所以拿著讀書，只當作格外之事；等到稍微識了幾個字，便不肯再求長進的了。大不了的，能看得落兩部彈詞，就算是才女；甚至於連彈詞也看不落，只知道看街上賣的那三五文一本的淫詞俚曲，鬧得他滿肚皮的佳人才子，贈帕遺金的故事，不定要從這個上頭鬧些笑話出來。所以才有『女子無才便是德』的一句話。這句話，是指一人一事而言；若是後人不問來由，一律的奉以為法，豈不是因噎廢食了麼？」我母親笑道：「依你說，女子一定是要有才的了。」姊姊道：「初讀書的時候，便教他讀了女誡女孝經之類，同他講解明白了，自然他就明理；明了理，自然德性就有了基礎；然後再讀正經有用的書，那裏還有喪德的事幹出來呢？兄弟也不是外人，我今天撒一句村話，像我們這種人，叫我們偷漢子去，我們可肯幹麼？」嬸娘笑道：「呸！你今天發了瘋了！怎麼扯出這些話來！」姊姊道：「可不要這麼說，倘使我們從小就看了那些淫詞豔曲，也鬧得一肚子佳人才子風流故事，此刻我們還不知幹甚呢？這就是『女子無才便是德』了。」嬸娘笑得說不上話來，彎了腰，忍了一會，才說道：「這丫頭今天越說越瘋了！時候不早了，姪少爺，你請到你那屋裏去睡罷！此刻應該外言不入於閫了。」說罷，大家又是一笑。

我辭了出來，回到房裏。因昨夜睡得多了，今夜只管睡不著。走到帳房裏，打算要借一張報紙看看。只見胡乙庚和一個衣服襤褸的人說話，唧唧噥噥的，聽不清楚。我不便開口，只在旁邊坐下。一會兒，那個人去了，乙庚還送他一步，說道：「你一定要找他，只有後馬路一帶棧房，或者在那裏。」那人逕自去了。乙庚回身自言自語道：「早勸他不聽，此刻後悔了，卻是遲了。」我便和他借報紙，恰好被客人借了去。乙庚便叫茶房去找來。一面對我說道：「你說天下竟有這種荒唐人！帶了四五千銀子，說是到上海做生意，卻先把那些錢輸個乾淨，生意味也不曾嚐著一點兒。」我道：「上海有那麼大的賭場麼？」乙庚道：「要說有賭場呢，上海的禁令嚴得很，算得一個賭場都沒有；要說沒有呢？卻又到處都是賭場。這裏上海專有一班人，靠賭行騙的，或租了房子，冒稱公館，或冒稱什麼洋貨字號，排場闊得很，專門引誘那些過路行客，或者年輕子弟。起初是吃酒打茶圍，慢慢的就小賭起來，從此由小而大，上了當的人，不到輸乾淨不止的。」我道：「他們拿得準贏的麼？」乙庚道：「用假骰子，假牌，那裏會不贏的？」我道：「剛才這個人，想是貴友？」乙庚道：「在家鄉時，本來認得他。到了上海，就住在我這裏。那時候我棧裏也住了一個賭棍，後來被我看破了，為了那賭棍，叫他搬到別處去，誰知我這敝友，已經同他結識了，上了賭癮，就瞞了我，只說有了生意了，要搬出去。我也不知道他搬到那裏，後來就輸到這個樣子。此刻來查問我起先住在這裏那賭棍，搬到那裏去了？我那裏知道呢？並且這個賭棍神通大得很，他自稱是個候選的郎中，筆底下很好，時常作兩篇論，送到報館裏去刊登；底下綴了他的名字，因此人家都知道他是個讀書人。他卻又官場消息極為靈通，每每報紙上還沒有發出來的，他早先知道了，因此人家又疑他是官場中的紅人。他同這班賭棍通了氣，專代他們作引線。譬如他認得了你，他便請你吃茶吃酒，拉了兩個賭棍來，同你相識。等到你們相識之後，他卻避去了；後來那些人拉你入局，他也只裝不知，始終他也不來入局。等你把錢都輸光了，他卻去按股分贓。你想就是找著他便怎樣呢？」我道：「同賭的人可以去找他的，並且可以告他。」乙庚道：「那一班人，都是行蹤無定的，早就走散了，那裏告得來？並且他的姓名，也沒有定的，今天叫『張三』，明天就可以叫『李四』，內中還有兩個實缺的道府，被參了下來，也混在裏面鬧這個玩意兒呢。若告到官司，他又有官面，其奈他何呢！」

此時茶房已經取了報紙來，我便帶到房裏去看。一宿無話。次日一早，我方才起來梳洗。忽聽得隔壁房內，一陣大吵，像是打架的聲音，不知何事，我就走出來去看。只見兩個老頭子，在那裏吵嘴；一個是北京口音，一個是四川口音；那北京口音的，攢著那四川口音的辮子，大喝道：「你且說你是個什麼東西，說了饒你！」一面說，一面提起手要打。那四川口音的說道：「我怕你了！我是個『王八蛋』，我是個『王八蛋』。」北京口音的道：「你應該還我錢麼？」四川口音的道：「應該！應該！」北京口音的道：「你敢欠我絲毫麼？」四川口音的道：「不敢欠！不敢欠！回來就送來！」北京口音的一撒手，那四川口音的，就溜之乎也的去了。北京口音的冷笑道：「旁人恭維你是個名士，你想拿著名士來欺我，我看著你不過這麼一件東西，叫你認得我。……」

當下我在房門外面看著，只見他那屋裏羅列著許多書，也有包好的，也有未包好的，還有不曾裝訂好的。便知道是個販書客人。順腳踱了進去，要看有合用的書買兩部。選了兩部京板的書，問了價錢，便同他請教起來。說也奇怪，就同那作小說的話一般，叫做「無巧不成書」。這個人不是別人，卻是我的一位姻伯，姓王，名顯仁，表字伯述。

說到這裏，我卻要先把這位王伯述的歷史，先敘一番。看官們聽者！這位王伯述，本來是世代書香的人家；他自己出身，是一個主事；補缺之後，升了員外郎，又升了郎中，放了山西大同府。為人十分精明強幹。到任之後，最喜微服私行，去訪問民間疾苦。生成一雙大近視眼；然而帶起眼鏡來，打鳥槍的準頭又極好。山西地方最多鵰，他私訪時，便帶了鳥槍去打鵰。有一回，為了公事晉省；公事畢後，未免又在省城微行起來；在那些茶坊酒肆之中，遇了一個人，大家談起地方上的事。那個人便問他，現在這位撫臺的德政如何？伯述便道：「他少年科第出身，在京裏不過上了幾個條陳，就鬧紅了。放了這個缺。其實是一個白面書生，幹得了什麼事？你看他一到任時，便鋪張揚厲的，要辦這個辦那個；幾時見有一件事成了功呢！第一件說到的是禁煙，這鴉片煙我也知道。是要禁的；然而你看他拜摺子也說禁煙，出告示也說禁煙，下札子也說禁煙，卻始終不曾說出禁煙的辦法來。總而言之：這種人坐言則有餘，至於起行，他非但不足，簡直的是不行！」說罷，就散了。哈哈！

真是事有湊巧，你道他遇見的是什麼人？卻恰好是本省撫臺。這位撫臺，果然是少年科第，果然是上條陳上紅了的，果然是到了山西任上，便盡情張致；第一件說是禁煙，卻自他到任之後，吃鴉片煙的人格外多些。這天忽然高興，出來私行察訪。遇了這王伯述，當面搶白了一頓，好生沒趣。且慢！這句話近乎荒唐，他兩個，一個是上司，一個是下屬，雖不是常常見面，然而回起公事來，見面的時候也不少，難道彼此不認得的麼？誰知王伯述是個大近視的人，除了眼鏡，三尺之外，便僅辨顏色的了。官場臭規矩，見了上司，是不能戴眼鏡的；所以伯述雖見過撫臺，卻是當面不認得。那撫臺卻認得他，故意試試他的。誰知試出了這一大段好議論，心中好生著惱，一心只想參了他的功名，卻尋不出他的短處來。便要吹毛求疵，也無處可求；若是輕輕放過，卻又咽不下這口惡氣。就和他無事生出事來。正是：

閒閒一席話，引入是非門。

不知生出什麼事，且待下回再記。

第二十二回　論狂士撩起憂國心　接電信再驚遊子魄

原來那位山西撫臺，自從探花及第之後，一帆風順的，開坊外放。你想誰人不奉承他？並且向來有個才子之目，但得他說一聲好，便以為榮耀無比的，誰還敢批評他？那天憑空受了伯述的一席話，他便引為生平莫大之辱，要參他功名，既是無隙可乘，又咽不下這口惡氣；因此拜了一摺，說他人地不宜，難資表率，請將他開缺撤任，調省察看。誰知這王伯述信息也很靈通，知道他將近要下手，便上了個公事，只說因病自請開缺就醫。他那裏正在辦撤任的摺子，這邊稟請開缺的公事也到了。他倒也無可奈何，只得在附片上陳明。王伯述便交卸了大同府篆，這是他以前的歷史。以後之事，我就不知道了。因為這一門姻親隔得遠，我向來未曾會過的，只有上輩出門的伯叔父輩會過。當下彼此談起，知是親戚，自是歡喜。伯述又自己說自從開了缺之後，便改行販書。從上海買了石印書，販到京裏去，倒換些京板書出來，又換了石印的去。如此換上幾回，居然可以賺個對本利呢。

我又問起方才那四川口音的老頭子。伯述道：「他麼，他是一位大名士呢！叫做李玉軒，是江西的一個實缺知縣，也同我一般的開了缺了。」我道：「他欠了姻伯書價麼？」伯述道：「可不是麼？這種狂奴，他敢在我跟前發狂，我是不饒他的；

藩臺撫臺也怕了他，不料今天遇了我。」我道：「怎麼撫臺也怕他呢？」伯述道：「說來話長，他在江西，上藩臺衙門，卻帶了鴉片煙具，在官廳上面開起燈來；被藩臺知道了，就很不樂意，打發底下人去對他說：『老爺要過癮，請回去過了癮再來，在官廳上吃煙，不像樣。』他聽了這話，立刻站了起來，一直跑到花廳上去。此時藩臺正會著幾個當要的候補道，商量公事。他也不問情由，便對著藩臺大罵說：『你是個什麼東西，不准我吃煙！你可知我先師曾文正公的簽押房，我也常常開燈。我眼睛裏何曾見著你來！你的官廳，可能比我先師的簽押房大？……』藩臺不等說完，就大怒起來，喝道：『這不是反了麼！快攆他出去！』他聽了一個『攆』字，便把自己頭上的大帽子，摘了下來，對準藩臺，照臉摔了過去。嘴裏說道：『你是個什麼東西，你配攆我！我的官，也不要了。』那頂帽子，不偏不倚的，恰好打在藩臺臉上。藩臺喝叫拿下他來，當時底下人便圍了過去，要拿他；他越發了狂，猶如瘋狗一般，在那裏亂叫。虧得旁邊幾個候補道，把藩臺勸住，才把他放走了。他回到衙門，也不等後任來交代，收拾了行李，即刻就動身走了。藩臺當日即去見了撫臺，商量要動詳文參他。那撫臺倒說算了罷，這種狂士，本來不是做官的材料，你便委個人去接他的任罷。藩臺見撫臺如此，只得隱忍住了。他到了上海來，做了幾首歪詩，登到報上；有兩個人便恭維得他是什麼姜白石，李青蓮，所以他越發狂了。」我道：「想來詩總是好的。」伯述道：「也不知他好不好。我只記得他詠自來水的一聯是：『灌向甕中何必井，來從湖上不須舟。』這不是小孩子打謎謎兒麼？這個叫做姜白石，李青蓮，只怕姜白石，李青蓮，在九泉之下要痛哭流涕呢！」

我道：「這兩句詩果然不好，但是就做好了，也何必這樣發狂呢？」伯述道：「這種人若是抉出他的心肝來，簡直是一個無恥小人！他那一種發狂，就同那下婢賤妾，恃寵生驕的一般行徑；凡是下婢賤妾，一旦得了寵，沒有不撒嬌撒癡的。起初的時候，因他撒嬌撒癡，未嘗不惱他，回頭一想，已經寵了他，只得容忍著點；並且叫人家聽見，只道自己不能容物。因此一次兩次的隱忍，就把他慣的無法無天的了。這一班狂奴，正是一類，偶然作了一兩句歪詩，或起了個文稿，叫那些督撫貴人點了點頭，他就得意的了不得；從此就故作偃蹇之態去驕人。照他那種行徑，那督撫貴人，何嘗不惱他；只因為或者自己曾經賞識過他的，或者同僚中有人賞識過他的，一時同他認起真來，被人說是不能容物，所以才慣出這種東西來。依我說，把他綁了，賞他一千、八百的皮鞭，看他還敢發狂？就如那李玉軒，他罵了藩臺兩句什麼東西，那藩臺沒理會他，他就到處都拿這句話罵人了。他和我買書，想賴我的書價；又拿這句話罵我，被我發了怒，攢著他的辮子，還問他一句，他便自己甘心認了是個『王八蛋』。你想這種人還有絲毫骨氣麼？孔子說的，『唯女子與小人為難養也』，女子便是那下婢賤妾，小人正是指這班無恥狂徒呢。還有一班不長進的，並沒有人賞識過他，也學著他去瞎狂；說什麼貧賤驕人。你想貧賤有什麼高貴，卻可以拿來驕人。他不怪自己貧賤是貪吃懶做弄出來的，還自命清高，反說富貴的是俗人。其實他是眼熱那富貴人的錢，又沒法去分他幾個過來，所以做出這個樣子。」我說：「他竟是想錢想瘋了的呢！」說罷，呵呵大笑。又歎一口氣道：「遍地都是這些東西，我們中國怎麼了哪！這兩天你看報紙沒有？小小的一個法蘭西，又是主客異形的，尚且打他不過，這兩天聽說要和了。此刻外國人都是講究實學的，我們中國卻單講究讀書。讀書原是好事，卻被那一班人讀了，便都讀成了名士。不幸一旦被他得法做了官，他在衙門裏公案上面還是飲酒賦詩。你想地方那裏會弄得好？國家那裏會強？國家不強，那裏對付那些強國？外國人久有一句話說：中國將來一定不能自立，他們各國要來把中國瓜分了的。你想被他們瓜分了之後，莫說是飲酒賦詩，只怕連屁，他也不許你放一個呢！」我道：「何至於這麼利害呢！」伯述方要答話，只見春蘭丫頭過來，叫我吃飯。伯述便道：「你請罷！我們飯後再談。」我於是別了過來，告知母親，說遇見伯述的話。

我因為剛才聽了伯述的話，很有道理，吃了飯就要去望他。誰知他鎖了門出去了，只得仍舊回房去。只見我姊姊拿著一本書看。我走近看時，卻畫的是畫，翻過書面一看，始知是點石齋畫報。便問那裏來的。姊姊道：「剛才一個小孩子拿來賣的，還有兩張報紙呢。」說罷，遞了報紙給我。我便拿了報紙到臥房裏去看。忽然母親又打發春蘭來叫了我去。問道：「你昨日寫繼之的信，可曾寫一封給你伯父？」

我道：「沒有寫！」母親道：「要是我們不大耽擱呢，就不必寫了；如果有幾天耽擱，也應該先寫個信去通知。」我道：「孩兒寫去給繼之，不過託他找房子，三五天裏等他回信到了，我們再定。」母親道：「既是這麼著，也應該寫信給你伯父，請伯父也代我們找找房子。單靠繼之，人家有許多工夫麼？」我答應了，便去寫了一封信，給母親看過，要待封口，姊姊道：「你且慢著！有一句要緊話，你沒有寫上——須得要說明了：無論房子租著與否，要通知繼之一聲。不然，倘使兩下都租著了，我們一起人去，怎麼住兩起房子呢？」我笑道：「到底是姊姊精細。」遂附了這一筆，封好了，送到帳房裏去。恰好遇了伯述回來，我又同他到房裏談天。

伯述在案頭取過一本書來遞給我道：「我送給你這個看看，看了這種書，得點實用，那就不至於要學那一種不知天高地厚的名士了。」我接過來謝了，看那書面，是富國策。便道：「這想是新出的。」伯述道：「是日本人著的書，近年中國人譯成漢文的。」又道：「此刻天下的大勢，倘使不把讀書人的路改正了，我就不敢說十年以後的事了。我常常聽見人家說中國的官不好，我也曾經做過官來，我也不能說這句話不是。但是仔細想去，這個官是什麼人做的呢？又沒有個官種像世襲似的——那做官的代代做官，那不做官的，代代不能做官；倘使是這樣，就可以說那句話了。做官原是要讀書人做的，那就先要埋怨讀書人不好了。上半天說的那種狂士，不要說了；除此之外，還有一種人，這裏上海有一句土話，叫什麼『書毒頭』；就是北邊說的『書獃子』的意思。你想好好的書，叫他們讀了，便受了毒，變了獃子，將來還能辦事麼？」我道：「早上烟伯說的瓜分之後，連屁也不能放一個，這是什麼道理？」伯述歎道：「現在的世界，不能死守著中國的古籍做榜樣的了！你不過看了二十四史上，五胡大鬧時，他們到了中國，都變成中國樣子，歸了中國教化；就是清朝，也不是中國人；然而入關三百年來，一律都歸了中國教化了；甚至於此刻的旗人，有許多並不懂得滿洲話的了，所以大家都相忘了。此刻外國人滅人的國，還是這樣嗎？此時還沒有瓜分，他已經遍地的設立教堂，傳起教來，他倒想先把他的教傳遍了中國呢；那麼瓜分以後的情形，你就可想了。我在山西的時候，認得一個外國人，這外國人，姓李，是到山西傳教去的，常到我衙門裏來坐。我問了他許多外國事情，一時也說不了許多；我單說俄羅斯的一件故事給你聽罷。俄羅斯滅了波蘭，他的政令，第一件不許波蘭人說波蘭話，還不許用波蘭文字。」

我道：「那麼要說甚話用甚文字呢？」伯述道：「要說他的俄羅斯話，用他的俄羅斯文字呢！」我道：「不懂的便怎樣呢？」伯述道：「不懂的，他押著打著要學，無論在什麼地方，他聽見了一句波蘭話，他就拿了去辦。」我道：「這是什麼意思呢？」伯述道：「他怕的是這些人只管說著故國的話，便起了懷想故國之念，一旦要克復起來呢！第二件政令，是不准波蘭人在路旁走路，一律要走馬路當中。」我道：「這個意思更難解了。」伯述道：「我雖不是波蘭人，說著，也代波蘭人可恨！他說波蘭人都是賤種，個個都是做賊的，走了路旁，恐怕他偷了店鋪的東西。」說到這裏，把桌子一拍道：「你說可恨不可恨！」

我聽了這話，不覺毛骨悚然，呆了半晌。問道：「我們中國不知可有這一天？倘是要有的，不知有甚方法可以挽回？」伯述道：「只要上下齊心協力的認真辦起事來，節省了那些不相干的虛糜，認真辦起海防邊防來就是了。我在京的時候，曾上過一個條陳給堂官。到山西之後，聽那李教士說，他外國的好處，無論那一門，都有專門學堂。我未曾到過外國，也不知他的說話，是否全靠得住；然而仔細想去，未必是假的；倘是假的，他為甚要造出這種謠言來呢！那時我又據了李教士的話，摻了自己的意思，上了一個條陳給本省巡撫，誰知他當沒這事一般，提也不提起，我們乾著急，那有權辦事的，卻只如此。自從丟了官之後，我自南自北的，走了不知幾次。看著那些讀書人，又只如此；我所以別的買賣不幹，要販書往來之故，也有個深意在內。因為市上的書賈，都是胸無點墨的，只知道什麼書銷場好，利錢深，卻不知什麼書是有用的，什麼書是無用的。所以我立意販書，是要選些有用之書去賣，誰知那買書的人，也同書賈一樣。只有什麼多寶塔，珍珠船，大題文府之類，是他曉得的；還有那石印能做夾帶的，銷場最利害。至於經世文篇，富國策，以及一切輿圖冊籍之類，他非但不買，並且連書名也不曉得，等我說出來請他買時，他卻莫名其妙。取出書來，送到他眼裏，他也不曉得看。你說可歎不可歎？這一班混蛋東西，叫他僥倖通了籍，做了官，試問如何得了！」我道：「做官的，未必都是那一班人，然而我在南京住了幾時，官場上面的舉動，也見了許多，竟有不堪言狀的。」伯述道：「那捐班裏面，更不必說了，他們那裏是做官，其實也在那裏同我此刻一樣的做生意。他那牟利之心，比做買賣的還利害呢！你想做官的人，不是此類，便是彼類，天下事如何得了！」我道：「姻伯既抱了一片救世熱心，何不還是出山去呢？將來望升官起來，勢位大了，便有所憑藉，可以設施了。」伯述笑道：「我已是上五十歲的人了，此刻我就去銷病假，也要等坐補原缺。再混幾年，上了六十歲，一個人就有了暮氣了，如何還能辦事？說中國要亡呢，一時只怕也還亡不去。我們年紀大的，已是末路的人，沒用的了。所望你們英年的人，巴巴著學好，中國還有可望。總而言之：中國不是亡了，便是強起來；不強起來，便亡了；斷不會有神沒氣的，就這樣永遠存在那裏的。然而我們總是不及見的了。」

正說話時，他有客來，我便辭了去。從此沒事時，就到伯述那裏談天，倒也增長了許多見識。過得兩天，叫了馬車，陪著母親，嬸娘，姊姊到申園去逛了一遍。此時天氣寒冷，遊人絕少。又到靜安寺前看那湧泉，用石欄圍住，刻著「天下第六泉」。我姊姊笑道：「這總是市井之夫做出來的。天下的泉水，叫他辱沒盡了。這種混濁不堪的，要算第六泉，那天下的清泉，屈他居第幾呢？」逛了一遍，仍舊上車回棧。剛進棧門，胡乙庚便連忙招呼著：遞給我一封電報。我接在手裏一看是南京的，不覺驚疑不定。正是：

無端天外飛鴻到，傳得家庭噩耗來。

不知此電報究竟是誰打來的，且待下回再記。

第二十三回　老伯母遺言囑兼祧　師兄弟挑燈談換帖

　　當下拿了電報，回到房裏，卻沒有電報新編，只得走出來，向胡乙庚借了來翻。原來是伯母沒了，我伯父打來的，叫我即刻去。我母親道：「隔別了二十年的老妯娌了，滿打算今番可以見著，誰知等我們到了此地，他卻沒了！」說著，不覺流下淚來。我道：「本來孩兒動身的時候，伯母就病了，我去辭行，伯母還說恐怕要見不著我。誰知果然應了這句話！我們還是即刻動身呢，還是怎樣呢？但是繼之那裏，又沒見有回信。」嬸娘道：「既然有電報叫到你，總是有什麼事要商量的，還是趕著走罷。」母親也是這麼說。我看了一看錶，已經四點多鐘了。此時天氣又短，將近要斷黑了，恐怕碼頭上不便當，遂議定了明天動身，出去知照乙庚。晚飯後，又去看伯述，告訴了他明天要走的話，談了一會別去。

　　一宿無話，次日一早，伯述送來幾份地圖，幾種書籍，說是送給我的。又補送我父親的一份奠儀，我叩謝了。回了母親，大家收拾行李。到了下午，先發了行李出去，然後眾人下船。直到半夜時，船才開行。一路無話。到了南京，只得就近先上了客棧，安頓好眾人。我便騎了馬，加上幾鞭，走到伯父公館裏去。見過伯父，拜過了伯母。伯父便道：「你母親也來了。」我答道：「是！」伯父道：「病好了。」我只順口答道：「好了！」又問道：「不知伯母是幾時過的？」伯父道：「明天就是頭七了；躺了下來，我還有個電報打到家裏去的，誰知你倒到了上海了。第二天就接了你的信，所以再打電報叫你。此刻耽擱在那裏？快接了你母親來，我有話同你母子商量。」我道：「還有嬸嬸，姊姊，也都來了。」伯父愕然道：「是那個嬸嬸姊姊？」我道：「是三房的嬸嬸。」伯父道：「他們來做什麼？」我道：「因為姊姊也守了寡了，是姪兒的意思，接了出來。一則他母女兩個在家沒有可靠的；二則也請來給我母親做伴。」伯父道：「好沒有知識的，在外頭作客，好容易麼？拉拉扯扯的帶了一大堆子人來，我看你將來怎麼得了！我滿意你母親到，可以住在這裏；此刻七拉八扯的，我這裏怎麼住得下？」我道：「姪兒也有信託繼之代租房子，不知租定了沒有？」伯父道：「繼之那裏住得下麼？」我道：「並非要住到繼之那裏，不過託他代租房子。」伯父道：「你先去接了母親來，我和他商量事情。」我答應了出來，仍舊騎了馬，到繼之處去。

繼之不在家，我便進去見了他的老太太和他的夫人。他兩位知道我母親和嬸嬸姊姊都到了，不勝之喜。老太太道：「你接了繼之的信沒有？他給你找著房子了。起先他找的一處，地方本來很好，是個公館排場，只是離我這裏太遠了，我不願意。難得他知我的意思，索性就在貼隔壁，找出一處來。那裏本來是人家住著的，不知他怎麼和人家商量，貼了幾個搬費，叫人家搬了去，我便硬同你們做主，在書房的天井裏，開了一個便門通過去，我們就變成一家了。你說好不好？此刻還收拾著呢，我同你去看來。」說罷，扶了丫頭便走。繼之夫人也是歡喜的不得了，說道：「從此我們家熱鬧起來了；從前兩年我婆婆不肯出來，害得大家都冷清清的，過那沒趣的日子。幸得婆婆來了熱鬧些，不料你老太太又來了，還有嬸嬸太太姑太太，這回只怕樂得我要發胖了！」一面說，一面跟了他同走。老太太道：「阿彌陀佛！能夠你發了胖，我的老命情願短幾年了；你瘦的也太可憐！」繼之夫人道：「這麼說，媳婦一輩子也不敢胖了！除非我胖了，婆婆看著樂，多長幾十年壽，那我就胖起來。」老太太道：「我長命，我長命！你胖給我看！」一面說著，到了書房，外面果然開了一個便門，大家走過去看。原來一排的三間正屋，兩面廂房，西面另有一大間是廚房。老太太便道：「我已經代你們分派定了：你老太太住了東面一間；那西面一間把他打通了廂房，做個套間，你嬸嬸太太姑太太，可以將就住得了；你就屈駕住了東間廂房；當中是個堂屋，我們常要來打吵的；你要會客呢，到我們那邊去，要謹慎的，索性把大門關了，走我們那邊出進更好。」我便道：「伯母佈置得好，多謝費心！我此刻還要出城，接家母去。」老太太道：「是呀！房子雖然沒有收拾好，我們那邊也可以暫時住住；不嫌委屈，我們就同榻也睡兩夜了。沒有住在客棧的道理，叫人家看見笑話，倒像是南京沒有一個朋友似的。」我道：「等兩天房子弄好了再來罷，此刻是接家母到家伯那裏去，有話商量的。」老太太道：「是呀！你令伯母聽說沒了，不知是什麼病？怪可憐的，那麼你去罷！」我辭了要行，老太太又叫住道：「你慢著！你接了你老太太來時，難道還送出城去；倘使不去時，又丟你嬸太太和姑太太在客棧裏，人生路不熟的，又是女流，如何使得？我做了你的主，一起接了來罷！」說罷，叫丫頭出去叫了兩個家人來，叫他先僱兩乘小轎來，叫兩個老媽子坐了去，又叫那家人僱了馬，跟我出城，我只得依了。

到了客棧，對母親說知，便收拾起來。我親自騎了馬，跟著轎子，交代兩個家人押行李。一時到了，大家行禮廝見。我便要請母親到伯父家去。老太太道：「你這孩子好沒意思！你母親老遠的來了，也不曾好好的歇一歇，你就死活要拉到那邊去；須知到得那邊去，見了靈柩，觸動了妯娌之情，未免傷心要哭，這是一層；第二層呢，我這裏婆媳兩個，寂寞的要死了，好容易來了個遠客，你就不容我談談，就來搶了去麼？」我便問母親怎樣。母親道：「既然這裏老太太歡喜留下，你就自己去罷；只說我路上辛苦病了，有話對你說，也是一樣的。我明天再過去罷。」

我便逕到伯父那裏去，只說母親病了。伯父道：「病了，須不曾死了！我這裏死了人，要請來商量一句話也不來，好大的架子！你老子死的時候，為什麼又巴巴的打電報叫我，還帶著你運柩回去。此刻我有了事了，你們就擺架子了。」一席話說得我不敢答應。歇了一歇，伯父又道：「你伯母臨終的時候，說過要叫你兼祧；我不過要告訴你母親一聲，盡了我的道理，難道還怕他不肯麼？你兼祧了過來，將來我身後的東西都是你的；就算我再娶填房生了兒子，你也是個長子了；我將來得了世職，也是你襲的。你趕著去告訴了你母親，明日來回我的話。」我聽一句，答應一句，始終沒說話。等說完了，就退了出來，回到繼之公館裏去，只對母親略略說了兼祧，其餘一字不提。姊姊笑道：「恭喜！你又多一分家當了。」老太太道：「這是你們家事，你們到了夜上，慢慢的細談，我已經打發人趕出城去叫繼之了。今日是我的東，給你們一家接風。我說過從此之後，不許迴避，便是你和繼之，今日也要團著在一起吃。我才給你老太太說過你肯做我的乾兒子，我也叫繼之拜你老太太做乾娘。」我道：「我拜老太太做乾娘是很好的；只是家母不敢當！」母親笑道：「他小孩子家也懂得這句話，可見我方才不是瞎客氣了。」我道：「老太太疼我，就同疼我大哥一般，豈但是乾兒子，我看親兒子也不過如此呢！」當時大家說說笑笑，十分熱鬧。

不一會，已是上燈時候，繼之趕回來了，逐一見禮。老太太先拉著我姊姊的手，指著我道：「這是他的姊姊，便是你的妹妹，快來見了，以後不要迴避，我才快活；不然，住在一家，鬧的躲躲藏藏的嘔死人！」繼之笑著，見過禮道：「孩兒說一句斗膽的話，母親這麼歡喜，何不把這位妹妹，拜在膝下，做個乾女兒呢！況且我又沒個親姊姊親妹妹。」老太太聽說，歡喜的摟著我姊姊道：「姑太太！你肯麼？」姊姊道：「老太太既然這麼歡喜，怎麼又這等叫起女兒來呢？我從沒有聽見叫女兒做姑太太的。」老太太道：「是是！這怪我不是，我的小姐，你不要動氣，我老糊塗了。」一面又叫擺上酒席來。繼之夫人便去安排杯箸，姊姊搶著也幫動手。老太太道：「你們都不許動，一個是初來的遠客，一個是身子弱得怕人，今日早起還嚷肚子痛，都歇著罷，等丫頭們去弄。」一會擺好了，老太太便邀入席。

席間又談起乾兒子乾娘的事，無非說說笑笑。飯罷，我和繼之同到書房裏去。只見我的鋪蓋，已經開好了。小丫頭送出繼之的煙袋來，繼之叫住道：「你去對太太說，預備出幾樣東西來，做明日我拜乾娘，太太拜乾婆婆的禮。」丫頭答應著去了。我道：「大哥認真還要做麼？」繼之道：「我們何嘗要幹這個，這都是女人小孩子的事。不過老人家歡喜，我們也應該湊個趣，哄得老人家快活快活，古人『斑衣戲綵』，尚且要做，何況這個呢！論起情義來，何在多此一拜，倘使沒了情義的，便親的便怎麼？」這一句話觸動了我日間之事，便把兩次到我伯父那裏的話，一一告訴了繼之。繼之道：「後來那番話，你對老伯母說了麼？」我道：「沒有說！」繼之道：「以後不說也罷，免得一家人存了意見；這兼祧的話，我看你只管糊裏糊塗答應了就是。不過開弔出殯兩天，要你應個景兒，沒有什麼道理。」我不覺歎道：「這才是彼以偽來，此以偽應呢。」繼之道：「這不叫做偽，這是權宜之計；倘使你一定不答應，一時鬧起來，又是個笑話；我料定你令伯的意思，不過是為的開弔出殯兩件事，要有個孝子好看點罷了。」又歎道：「我旁觀冷眼看去，你們骨肉之間，實在難說。」我道：「可不是嗎？我看著有許多朋友，講交情的，拜個把子，比自己親人好得多著呢。」

繼之道：「你說起拜把子，我說個笑話給你聽：半個月前，那時候恰好你回去了，這裏鹽巡道的衙門外面，有一個賣帖子的，席地而坐。面前鋪了一大張帖子的訴詞，上寫著：從某年某月起，識了這麼個朋友；那時大家在困難之中，那個朋友要做生意，他怎麼為難，借給他本錢；誰知虧折盡了，那朋友又要出門去謀事，缺了盤費，他又怎麼為難，借給他盤費，才得動身，因此兩個換了帖，說了許多『貧賤相為命，富貴毋相忘』的話。那朋友一去幾年，絕跡不回來，又沒有個錢寄回來，他又怎麼為難，代他養家。……像這麼亂七八糟的寫了一大套，我也記不了那許多了。後頭寫的是：那朋友此刻闊了，做了道臺，補了實缺了；他窮在家鄉，依然如故。屢次寫信和那朋友借幾個錢，非但不借，連信也不回；因此湊了盤費，來到南京衙門裏去拜見。誰知去了七八十次，一次也見不著。可見那朋友嫌他貧窮，不認他是換帖的了。他存了這帖也無用，因此情願把那帖子拿出來賣幾文錢回去。你們有錢的人，盡可買了去，認一位道臺是換帖；既是有錢的人，那道臺自然也肯認是個換帖朋友……云云。末後攤著一張帖子，上面寫的姓名，籍貫，生年月日，祖宗三代，你道是誰？就是那一位現任的鹽巡道！你道拜把子的靠得住麼？」我道：「後來便怎麼了？」繼之道：「賣了兩天，就不見了。大約那位觀察知道了，打發了幾個錢，叫他走了。」我道：「虧他這個法子想得好！」

繼之道：「他這個有所本的。上海招商局有一個總辦，是廣東人，他有一個兄弟，很不長進，吃酒，賭錢，吃鴉片煙，嫖，無所不為，屢屢去和他哥哥要錢，又不是要的少，一要就是幾百元；要了過來，就不見了他了，在外面糊裏糊塗的花完了，卻又來了。如此也不知幾十次了，他哥哥恨的沒法。一天他又來要錢，他哥哥恨極了。給了他一吊銅錢，他卻並不嫌少，拿了就走。他拿了去，買上一個爐子，幾斤炭，再買幾斤山芋，天天早起，跑到金利源棧房門口，擺個攤子，賣起煨山芋來。」我道：「想是他改邪歸正了。」繼之道：「什麼改邪歸正！那金利源是招商局的棧房，棧房的人，那個不認得他是總辦的兄弟；見他蓬頭垢面那副形狀，那個不是指前指後的，傳揚出去，連那推車扛抬的小工都知道了。來來往往，必定對他看看。他哥哥知道了，氣得暴跳如雷，叫了他去罵。他反說道：『我從前嫖賭，你說我不好罷了；我此刻安分守己的做小生意，又怪我不好，叫我怎樣才好呢？』氣得他哥哥回答不上來。好容易請了同鄉出來調停，許了他多少錢，要他立了永不再到上海的結據，才把他打發回廣東去。你道奇怪不奇怪呢？」我道：「這兩件事雖然有點相像，然而負心之人不同。」繼之道：「本來善抄藍本的人，不過套個調罷了。」我道：「朋友之間，是富貴的負心；骨肉之間，倒是貧窮的無賴；這個只怕是個通例了。」繼之道：「倒也差不多。只是近來很有拿交情當兒戲的，我曾見兩個換帖的，都是膏粱子弟，有一天鬧翻了臉，這個便找出那份帖子來，嗤的撕破了，拿個火燒了，說你不配同我換帖。……」說到這裏，母親打發春蘭出來叫我。我就辭了繼之，走進去。正是：

蓮花方燦舌，蘐室又傳呼。

不知進去又何事，且待下回再記。

第二十四回 臧獲私逃釀出三條性命 翰林伸手裝成八面威風

當下我到裏面去，只見已經另外騰出一間大空房，支了四個床鋪，被褥都已開好。老太太和繼之夫人，都不在裏面，只有我們的一家人。問起來，方知老太太酒多了，已經睡了。繼之夫人有點不好過，我姊姊強他去睡了。當下母親便問我今天見了伯父，他說什麼話？我道：「沒有什麼，不過就說是叫我兼祧，將來的家當便是我的；縱使他將來生了兒子，我也是個長子。這兼祧的話，伯母病的時候，先就同我說過；那時候我還當他是病中心急的話呢。」姊姊道：「只怕不只這兩句話呢！」我道：「委實沒有別的話。」姊姊道：「你不要瞞，你今日回來的時候，臉上顏色，我早看出來了。」母親道：「你不要為了那金子銀子去淘氣，那個有我和他算帳。」我道：「這個孩兒怎敢！其實母親也不必去算他，有的自然伯父還我們，沒有的，算也是白算。只要孩兒好好的學出本事來，那裏希罕他幾個錢！」姊姊道：「你的志氣自然是好的，然而老人家一生勤儉，積攢下來的，也不可拿來蹧蹋了。」我笑道：「姊姊向來說話，我都是最佩服的；今日這句話，我可要大膽駁一句了。這錢不錯是我父親一生勤儉積下來的。然而兄弟積了錢，給哥哥用了，還是在家裏一般，並不是叫外人用了。這又怕什麼呢？」母親道：「你便這麼大量，我可不行！」我道：「這又何苦算起帳來，未免總要傷了和氣，我看這件事暫時且不必提起。倒是兼祧這件事，母親看怎麼樣？」母親便和姊姊商量。姊姊道：「這個只得答應了他。只是繼之這裏又有事，必得要商量一個兩便之法方好！」母親對我說道：「你聽見了，明日你商量去。」我答應了，退了出來，繼之還在那裏看書呢。我便道：「大哥怎麼還不去睡？」繼之道：「早呢，只怕你路上受辛苦，要早點睡了。」我道：「在船上沒事只是睡，睡得太多了，此刻倒也不倦。」兩個人又談了些家鄉的事，方才安歇。一宿無話。

次日，我便到伯父那裏去，告知已同母親說過，就依伯父的辦法就是了。只是繼之那裏書啓的事，丟不下，怕不能天天在這裏。伯父道：「你可以不必天天在這裏，不過空了的時候來看看；到了開弔出殯那兩天，你來招呼就是了。」因為今天是頭七，我便到靈前行過了禮，推說有事，就走了回來。去看看工匠人收拾房子。進去見了母親，告知一切。母親正在那裏料理，要到伯父那裏去呢。我問道：「嬸嬸，姊姊，都去麼？」姊姊道：「這位伯娘，我們又不曾見過面的，他一輩子不回家鄉，我去他靈前叩了頭，他做鬼也不知有我這個姪女，倒把他們糊塗了呢，去做什麼？至於伯父呢，也未必記得著這個弟婦姪女，不消說，更不用去了。」

一時我母親動身，出來上轎去了。我便約了姊姊，去看收拾房子，又同到書房裏看看。姊姊道：「進去罷！回來有客來。」我道：「繼之到關上去了，沒有客；

就是有客，也在外面客堂裏，這裏不來的，我有話和姊姊說呢。」姊姊坐下，我便把昨日兩次見伯父說的話，告訴了他。姊姊道：「我就早知道的，幸而沒有去做討厭人，伯娘要去，我娘也說要去呢，被我止住了；不然，都去了，還說我母女沒處投奔，到他那裏去討飯吃呢。」說著，便進去了。

將近吃飯的時候，母親回來了。我等吃過飯，便騎了馬，到關上去拜望各同事，彼此敘了些別後的話。傍晚時候，仍舊趕了入城。過得一天，那邊房子收拾好了，我便置備了些木器，搬了過去。老太太還忙著張羅，送蠟燭鞭炮。雖不十分熱鬧，卻也大家樂了一天。下半天，繼之回來了，我便把那滙票交給他；連我那二千，也叫他存到莊上去。晚上仍在書房談天。我想起一事，因問道：「昨日家母到家伯那邊去回來，說著一件奇事：家伯那邊本有兩個姨娘，卻都不見了！家母問得一聲，家伯便回說不必提了。這兩個姨娘，我都見過來，不知到底怎麼情節？」繼之道：「這件事我本來不知道，卻是酈士圖告訴我的。令伯那位姨娘，本來就是秦淮河的人物，和一個底下人幹了些曖昧的事，只怕也不是一天的事了。那天忽然約定了要逃走，他便叫那底下人，僱一隻船在江邊等著；卻把衣服首飾箱籠偷著交給那底下人，叫他運到船上去。等到了晚上，自己便偷跑了出來到得江邊，誰知人也沒了！船也沒了！不必說是那底下人撇了他，把東西拐走了。到了此時，他卻又回去不得，沒了主意，便跳到水裏去死了。你令伯直到第二日天亮，才知道丟了人，查點東西，卻也失了不少。連忙著人四處找尋，到了下午，那救生局招人認屍的招帖，已經貼遍了城鄉內外。令伯叫人去看看，果然那位姨娘。既然認了，又不能不要，只得買了一口薄棺，把他殮了。令伯母的病，本來已漸有起色，出了這一件事，他一氣一個死。說：『這些當小老婆的，沒有一個好貨。』那時不是還有一個姨娘麼？那姨娘聽了這話，便回嘴說：『別人幹了壞事，偷了東西，太太犯不著連我也罵在裏面。』這裏頭不知又鬧了個怎麼樣的天翻地覆，那姨娘便吃生鴉片煙死了。夫妻兩個，又大鬧起來。令伯又偏偏找了兩件偷不盡的首飾，給那姨娘陪裝了去。令伯母知道了，硬要開棺取回；令伯急急叫人抬了出去。夫妻兩個，整整的鬧了三四天，令伯母便倒了下來。這回的死，竟是氣死的！」

我聽了心中暗暗慚愧。自己家中出了這種醜事，叫人家拿著當新聞去傳說，豈不是個笑話？因此默默無言。繼之便用別話岔開，又談起那換帖的事。我便追問下去。要問那燒了帖子之後便怎樣。繼之道：「這一個被他燒了帖子，也連忙趕回去。要拿他那一份帖子也來燒了。誰知找了半天，只找不著，早就不知那裏去了。你道這可沒了法了罷，誰知他卻異想天開，另外弄一張紙燒了，卻又拿紙包起，叫人送去還他。」我笑道：「法子倒也想得好，只是和人家換了帖，卻把人家的帖子丟了，就可見得不是誠心相好的了。」繼之道：「丟了算什麼？你還不看見那些新翰林呢！出京之後，到一處打一處把勢，就到一處換一處帖。他要存起來，等到『衣錦還鄉』

的時候，還要另外僱人抬帖子呢。」我道：「難道隨處丟了。」繼之道：「豈敢！我也不懂那些人騙不怕的，得那些新翰林同他點了點頭，說了句話，便以為榮幸的了不得；求著他一副對子，一把扇子，那就視同拱璧，也不管他的字好歹。這個風氣，廣東人最利害。那班洋行買辦，他們向來都是羨慕外國人的，無論什麼，都說是外國人好；甚至於外國人放個屁，也是香的。說起中國來，是沒有一樣好的；甚至連孔夫子也是個迂儒。他也懂得八股不是槍炮，不能仗著他強國的；卻不知怎麼見了這班新翰林，又那樣崇敬起來；轉彎託人去認識他，送錢給他用，請他吃，請他喝，設法同他換帖。不過為的是求他寫兩個字。」我道：「求他寫字，何必要換帖呢？」繼之道：「換了帖，他寫起上下款來，便是如兄如弟的稱呼，好誇耀於人呢。最奇怪的：這班買辦，平日都是一錢如命的，有什麼窮親戚窮朋友，投靠了他，承他的情，薦在本行做做西崽，賺得幾塊錢一個月；臨了，在他帳房裏吃頓飯，他還要按月算飯錢呢。到見了那班新翰林，他就一百二百的濫送。有一位廣東翰林，叫做吳日昇，路過上海，住了幾個月。他走了之後，打掃的人，在他床底下掃出來兩大籮帖子。後來一個姓蔡的，也在上海住了幾時，臨走的時候，多少把兄把弟，都送他到船上。他卻把一個箱子，扔到黃浦江裏去。對眾人說：『這箱子裏都是諸君的帖，我帶了回去沒處放，不如扔了的乾淨。』弄得那一班把兄把弟，一齊掃興而去。然而過得三年，新翰林又出產了，又到上海來了，他們把前事卻又忘了，你道奇怪不奇怪？」我道：「原來點了翰林，可以打一個大把勢，無怪那些人下死勁的去用功了！可惜我不是廣東人，我若是廣東人，我一定用功去點個翰林，打個把勢。」

繼之笑道：「不是廣東人何嘗不能打把勢？還有一種靠著翰林，周遊各省去打把勢的呢。我還告訴你一個笑話，有一個廣東姓梁的翰林，那時還是何小宋做浙閩總督，姓梁的是何小宋的晚輩親戚，他仗著這個靠山，就跑到福州去打把勢。他是制臺的親戚，自然大家都送錢給他了。有一位福建糧道姓謝，便送了他十兩銀子。誰知他老先生嫌少了；當時雖受了下來，他卻換了一個封筒的簽子，寫了『代茶』兩個字，旁邊注上一行小字寫的是：『翰林院編修梁某，借糧道庫內盈餘，代賞。』叫人送給糧道衙門門房。門房接著了，不敢隱瞞，便拿上去回了那位謝觀察。那位謝觀察笑了一笑，收了回來，便傳伺候，即刻去見制臺。拿這封套銀子，請制臺看了，還請制臺的示，應該送多少？何小宋大怒，即刻把他叫了來，一頓大罵，逼著他親到糧道衙門請罪；又逼著他把滿城文武所送的禮，都一一退了，不許留下一份；不然，你單退了糧道的，別人的不退，是什麼意思？他受了一場沒趣，整整的哭了一夜。明日只得到糧道那邊去謝罪，又把所收的禮，一一的都退了，悄悄的走了。你說可笑不可笑？」我道：「這件事，自然是有的，然而內中恐怕有不實不盡之處。」繼之道：「怎麼不實不盡？」我道：「他整整的哭了一夜，是他一個人的事，有誰見來？這不是和那作小說的一般，故意裝點出來的麼？」繼之道：「那時候他就住在總督衙門裏，他哭的時候，還有兩個師爺在旁邊勸著他呢；不然，人家怎麼會知道？你原來疑心這個！」我道：「這個人就太沒骨氣了！退了禮，不過少用幾兩銀子罷了；便是謝罪一層，也是他自取其辱，何必哭呢？」繼之道：「你說他沒有骨氣麼？他可曾經上摺子參過李中堂。誰知非但參不動他，自己倒把一個翰林幹掉了。摺子上去，皇上怒了，說他末學新進，妄議大臣，交部議處。部議得降五級調用。」我道：「編修降了五級，是個什麼東西？」繼之道：「那裏還有什麼東西；這明明是部裏拿他開心罷了。」我屈著指頭算道：「降級是降正不降從的，降一級便是八品，兩級九品，三級未入流；四級就是個平民。還有一級呢？哦！有了！平民之下，還有娼優隸卒四種人，也算他四級。他那第五級，剛剛降到娼上，是個婊子了。」繼之道：「沒有男婊子的。」我道：「那麼就是個王八。」繼之道：「你說他王八，他卻自以為榮耀得很呢。把這降五級調用的字樣，做了銜牌，豎在門口呢。」我道：「這有什麼趣味？」繼之道：「有什麼趣味呢？不過故作偃蹇，鬧他那狂士派頭罷了。其實他又不是真能狂的，他得了處分回家鄉去，那些親戚朋友，有來慰問他的，他便哭了，說這件事不是他的本意，李中堂那種闊佬，巴結他也來不及，那裏敢參他。只因住在廣州會館，那會館裏住著有狐仙，長班不曾知照他，他無意中把狐仙得罪了，那狐仙便迷惘了他，不知怎樣幹出來的？」我道：「這個人倒善哭。」

我因為繼之說起「狂士」兩個字，想起王伯述的一番話，遂逐一告訴了他。繼之道：「他是你的令親麼？我雖不認得他，卻也知道這個人，料不到倒是一位有心人呢。」我道：「大哥怎麼知道他呢？」繼之道：「他前年在上海打過一回官司，很奇怪的！是我一個朋友經手審問，所以知道詳細。又因為太健訟了，所以把這件案當新聞記著。後來那朋友到了南京，我們談天，就談起來，我的朋友姓竇，那時上海縣姓陸，你那位令親有三千兩的款子，存在莊上；也不是存的，是在京裏滙出來；已經照過票，不過暫時沒有拿去。誰知這一家錢莊，恰在這一兩天內倒閉了，於是各債戶都告起來，他自然也告了。他告時，卻把一個知府藏起來，只當一個平民。上海縣斷了個七成還帳。大家都具了結領了，他也具結領了。人家領去了沒事；他領了去，卻到松江府上控。告的是上海縣意存偏袒。府裏自然仍發到縣裏來再問。這回上海縣不曾親審，就是我那朋友姓竇的審的。官問他：『你為甚告上海縣意存偏袒？怎麼叫做偏袒？』他道：『子程子曰：不偏之謂中，可見得不中之謂偏。』問：『何以見得不中？』他道：『若要中時，便當殺人償命，欠債還錢，我交給他三千銀子，為什麼只斷他還我二千一呢？』問道：『你既然不服，為甚又具結領去？』他道：『我本來不願領，因為我所有的，就是這一筆銀子；我若不領出來，客店裏飯店裏欠下的錢沒得還；不還，他們就要打我，只得先領了來開發他們。』

問道：『你既領了，為甚又上控？』他道：『斷得不公，自然上控。』官只得問被告怎樣。被告加了個八成。官再問他。他道：『就是加一成也好，我也領的；只是領了之後，怨不得我再上控。』官倒鬧得沒法，判了個交差理楚，卒之被他收了個十足。差人要向他討點好處，他倒滿口應承，卻伸手拉了差人，要去當官面給。嚇得那差人縮手不迭。後來打聽了，才知道他是個開缺的大同府。從前就在上海公堂上，鬧過玩笑的。」正是：

不怕狼官兼虎吏，卻來談笑會官司。

不知王伯述從前，又在上海公堂上鬧過什麼玩笑，且待下回再記。

第二十五回 引書義破除迷信 較資財釁起家庭

我聽說王伯述以前曾在上海公堂上，鬧過一回玩笑，便急急的追問。繼之道：「他放了大同府時，往山西到任。路過上海，住在客棧裏。一天鄰近地方失火。他便忙著搬東西。匆忙之間，和一個棧裏的夥計拌起嘴來。那夥計拉了他一把辮子。後來火熄了，客棧並沒有波累著，他便頂了那知府的官銜，到會審公堂去告那夥計。問官見是極細微的事，便判那夥計，罰洋兩元充公。他聽了這種判法，便在身邊掏出兩塊錢，放在公案上道：『大老爺是朝廷命官，我也是朝廷命官，請大老爺下來，也叫他拉一拉辮子，我代他出了罰款。』那問官出其不意的被他這麼一頂，倒沒了主意。反問他要怎麼辦。他道：『這一座法堂，權不自我操，怎麼問起我來？』問官沒了法，便把那夥計送縣，叫上海縣去辦。卻寫一封信知照上海縣，說明原告的出身來歷，又是怎麼個刁鑽古怪。上海縣得了信，便到客棧去拜訪他。問他要怎樣辦法。他道：『我非要十分難為他，不過看見新衙門判得太輕描淡寫了，有意和他作難。誰知他是個膿包，這一點他就擔不起了。隨便怎樣辦一辦就是了。』上海縣回去，就打了那夥計一百小板，又把他架到客棧門口，示了幾天眾，這才罷了。他是你令親，怎樣這些事都不知道？」我道：「從前我並不出門，這門姻親遠得很，不常通信；不是先君從前說過，我還不知道呢。這個人在公堂上又能掉文，又能取笑，真是從容不迫。」繼之道：「掉文一層，還許是早先想好了主意的；這馬上拿出兩塊錢來，叫他也下來受辱，這個倒是虧他的急智。」我又把他在山西的一段故事，告訴了繼之。此時夜色已深，安排歇息。

過了幾天，伯父那邊定了開弔出殯的日子，又租定了殯房，趕著年內辦事。又請了母親去照應裏面事情，到了日子，我便去招呼了兩天。繼之這邊，又要寫多少的拜年信；家裏又忙著要過年；因此忙了些時。到了新年上，方才空點。繼之老太太又起了忙頭，要請春酒；請了不算，還叫繼之夫人，又做東請了一回；又要叫繼之再請。我母親嬸娘，也分著請過。老太太又提起乾娘乾兒子的事情，說去年白說了這句話，因為事情忙，沒有辦到。此刻大家空了，要擇日辦起來了。於是辦這件事，又忙了兩天。已是過了元宵，我便到關上去。

此時家中人多了，熱鬧起來，不必十分照應，我便在關上盤桓幾天。一天晚上，有兩個同事，約著扶乩。這天，繼之進城去了。我便約了述農，看他們鬼混。只見他們香花燈燭的供起來，在那裏叩頭膜拜。拜罷，又在那裏書符念咒，鬼混已畢，便一人一面的用指頭扶起那乩。憩了半天，亂動起來，卻只在乩盤內畫大圈子。鬧了半夜，不曾寫出一個字來。我便拉了述農回房，議論這件事。我道：「這都是虛無縹緲的事，那有什麼神仙鬼怪？我卻向來不信這些。還有一說，最可笑的，說什麼『信則有，不信則無』。照這樣說起來，那鬼神的有無，是憑人作主的了。譬如你是信的，我是不信的，我兩個同在這屋裏，這屋裏還有鬼神呢，還是沒有呢？」述農道：「這個我看將來必有一個絕世聰明的人，去考求出來的。這件事，我是不敢斷定了，因為我看見了幾件稀奇古怪的事。那年我在福建，幾個同事也歡喜玩這個，差不多天天晚上要弄。請了仙來，卻是作詩唱和的，從來不談禍福。」我道：「這個我也會，不信，我到外面扶起來；我只要自己作了：往上寫，我還成了個仙呢。」述農道：「這倒不盡然。那回扶乩的兩個人，一個是做買賣出身，只懂得三一三十一的打算盤，那裏會作詩；一個是秀才，卻是八股朋友，作起八韻詩來，連平仄卻鬧不明白。」我道：「那麼他那裏能進學？」述農道：「他到了考場時，是請人槍替做的，他卻情願代人家作八股去換。你想這麼個人，那裏能作古近體詩呢？並且作出來很有些好句子，內中也有不通的，他們都抄起來，訂成本子。我看見有兩首很好，也抄了下來。」我道：「抄的是什麼詩，可否給我看看？」述農道：「抄的是簾鉤詩，我只謄在一張紙上，不知道可還找得出來？」說罷，取過護書，找了一遍，沒有；又開了書櫥，另取出一個護書來，卻檢著了。交給我看，只見題目是「簾鉤」二字，那詩是：

銀蒜雙垂碧房中，櫻桃花下約簾櫳。樓東乙字初三月，亭北丁當廿四風。

翡翠倒含春水綠，珊瑚返掛夕陽紅。雙雙燕子驚飛處，鸚鵡無言倚玉籠。
綠楊深處最關情，十二紅樓界碧城。似我勾留原有約，殢人消息久無聲。
帶三分暖收丁字，隔一重紗放午晴。卻是太真含笑入，釵光鬢影可憐生。
丫叉扶上碧樓闌，押住爐煙玳瑁斑，四面有聲珠落索，一拳無力玉彎環。
攀來桃竹招紅袖，買去楊花上翠環。記得昨宵踏歌處，有人連臂唱刀鐶。
曲璚猶記楚人詞，落日偏宜子美詩；一樣書空摹蠆尾，三分月影卻蛾眉。
玲瓏腕弱嬌無力，宛轉繩輕風不知。玉鳳半垂釵半墮，簪花人去未移時。

我看了便道：「這幾首詩好像在那裏見過的。」述農道：「奇怪！人人見了，都說是好像見過的；就是我當時見了，也是好像見過的；卻只說不出在那裏見過。有人說在什麼專集上；有人說在隨園詩話上；我想隨園詩話，是人人都看見過的，不過看了就忘了罷了。這幾首詩，也許是在那上頭，然而誰有這些閒工夫，為了他再去把隨園詩話念一遍呢。」我一面聽說，一面取過一張紙來，把這四首詩抄了，放在衣袋裏。述農也把原稿收好。

我道：「像這種當個玩意兒，不必問他真的假的，倒也無傷大雅；至於那一種妄談禍福的，就要不得。」述農道：「那談禍福的還好，還有一種開藥方，代人治病的，才荒唐呢！前年我在上海賦閒時，就親眼看見一回壞事的，一個什麼洋行的買辦，他的一位小姐，得了個乾血癆的毛病，總醫不好。女眷們信了神佛，便到一家什麼『報恩堂』去扶乩，求仙方。外頭傳說得那報恩堂的乩壇，不知有多少靈驗，及至求出來，卻寫著：『大紅柿子，日食三枚，其病自癒』云云，女眷們信了，就照方給他吃。吃了三天之後，果然好了！」我道：「奇了！怎麼真是吃得好的呢？」述農道：「氣也沒了，血也冷了，身子也硬了，永遠不要再受癆病的苦了，豈不是好了麼？然而也有靈的很奇怪的，我有一個朋友，叫倪子枚，是行醫的；他家裏設了個呂仙的乩壇。有一天我去看子枚，他不在家，只有他的兄弟子翼在那裏。我要等子枚說話便在那裏和子翼談天。忽然來了一個鄉下人，要請子枚看病，說是他的弟媳婦，肚子痛的要死，可奈子枚不在家。子翼便道：『不如同你扶乩，求個仙方罷。』那鄉下人沒法，只得依了。子翼便扶起來寫的是：『病雖危，莫著急，生化湯，加料吃。』便對那鄉下人道：『說加料吃，你就撮兩服罷！那生化湯，是藥店裏懂得的。』鄉下人去了，我便問這扶乩靈麼？子翼道：『其實這東西，並不是自己會動，原是人去動他的；然而往往靈驗得非常。大約是因人而靈的。我看見他那個慌張樣子，說弟婦肚痛得要死，我看女人肚子痛得那麼利害，或者是作痛要生小孩子，也未可知，所以給他開了個生化湯。』我聽了，正在心中暗暗怪他荒唐。恰好子枚回來，見爐上有香，便道：『扶乩來著麼？』子翼道：『方才張老五來請你看病，說他的弟婦肚痛得要死；你又不在家，我便同他扶乩，寫了兩服生化湯。』

子枚大驚道：『怎麼開起生化湯來？』子翼道：『女人家肚痛得那麼利害，怕不是生產；這正是對症發藥呢！』子枚跺足道：『該死！該死！他兄弟張老六，出門四五年了，你叫他弟婦拿什麼去生產？』子翼呆了一呆道：『也許他是血痛，生化湯未嘗不對。』子枚道：『近來外面鬧絞腸痧，鬧得利害呢，你倒是給他點痧藥也罷了。』說過這話，我們便談我們的事；談完了，我剛起來要走，只見方才那鄉下人怒氣衝天，滿頭大汗的跑了來，一屁股坐下，便在那裏喘氣。我心中暗想不好了，一定闖了禍了，且聽他說什麼。只見他喘定了，才說道：『真真氣煞人！今天那賤人忽然嚷起肚子痛來，嚷了個神嚎鬼哭。我見他這樣辛苦，便來請先生；偏偏先生不在家，二先生和我扶了乩，開了個什麼生化湯，我忙著去撮了兩服，趕到家去，一氣一個死。原來他的肚子痛不是病，趕我到了家時，他的私孩子已經下地了。』這才大家稱奇道怪起來。照這一件事看起來，又怎麼說他全是沒有的呢！」我的心裏本來是全然不信的，被述農這一說，倒鬧得半疑半信起來。當下夜色已深，各各安歇。

次日繼之出來，我便進城去。回到家時，卻不見了我母親。問起方知是到伯父家去了。我吃驚便問：「怎麼想著去的？」嬸娘道：「也不知他怎麼想著去的。忽然一聲說要去，馬上就叫打轎子。」我聽了，好不放心，便要趕去。姊姊道：「你不要去！好得伯娘只知你在關上，你不去也斷不怪你。這回去，不定是算帳，大家總沒有好氣，你此刻趕了去，不免兩個人都要拿你出氣。」我問：「幾時去的？」姊姊道：「才去了一會；等一等再不來時，我代你請伯娘回來。」我只得答應了，到繼之這邊上房去走了一遍。

此時乾娘，嫂子，乾兒子，叔叔的，叫得分外親熱。坐了一會，回到自己家去。把那四首詩，給姊姊看。姊姊看了，便問：「那裏來的？這倒像是閨閣詩。」我道：「不要褻瀆了他，這是神仙作的。」姊姊又問：「端的那裏來的？」我就把扶乩的話說了一遍。姊姊又把那詩看了再看，道：「這是神仙作的，也說不定。」我道：「姊姊真是奇人，說奇話，怎麼看得出來呢？」姊姊道：「這並不奇，你看這四首詩，鍊字鍊句及那對仗，看著雖像是小品，然而非真正作手作不出來：但是講究咏物詩，不重在描摹，卻重在寄託。是一位詩人，他作了四首之多，內中必有幾聯寫他的寄託的，他這個卻是絕無寄託，或者仙人萬慮皆空，所以用不著寄託。所以我說是仙人作的，也說不定。」我不覺歎了一口氣。姊姊道：「好端端的為什麼歎氣？」我道：「我歎婦人女子，任憑怎麼聰明才幹，總離不了『信鬼神』三個字。天下那裏有許多神仙？」姊姊笑道：「你說我信鬼神，可見你是不信的了；我問你一句，你為什麼不信？」我道：「這是沒有的東西，我所以不信。」姊姊道：「怎見得沒有？也要還一個沒有的憑據出來。」我道：「只我不曾看見過，我便知道一定是沒有的。」姊姊道：「你這個又是中了宋儒之毒。什麼六合之外，存而勿論；

凡自己眼睛看不見的，都說是沒有的。天上有個玉皇大帝，你是不曾看見過的，你說沒有；北京有個皇帝，你也沒有見過，你也說是沒有的麼？」我道：「這麼說，姊姊是說有的了。」姊姊道：「惟其我有了，那沒有的憑據，才敢考你。」我連忙問：「憑據在那裏？」姊姊道：「我問你一句書，『先王以神道設教』，怎麼解？」我想了一想道：「先王也信他，我們可以不必談了。」姊姊道：「是不是呢？這樣粗心的人，還讀書麼？這句書重在一個『設』字，本來沒有的，比方出來，就叫做設。猶如我此刻沒有死，要比方我死了，行起文來，便是『設我死』或是『我設死』，人家見了，就明知說我沒有死了。所以神道本來是沒有的，先王因為那些愚民有時非王法所能及，並且王法只能治其身，不能治其心；所以先王設出一個神道來，教化愚民。我每想到這裏，就覺得好笑。古人不過閒閒的撒了一個謊，天下後世多少聰明極頂之人，一齊都被他瞞住了，你說可笑不可笑呢？我再問你這個『如』怎麼解？」我道：「如，似也，就是俗話的『像』字，如何不會解！」姊姊道：「『祭神如神在』這兩句，你解解看！」我想了一想，笑道：「又像在，又像神在，可見得都不在，這也是沒有的憑據了。」姊姊道：「既然沒有，為什麼孔子還祭呢？兩個『祭』字，為什麼不解？」我道：「這就是神道設教的意思了，難道還不懂麼？」姊姊道：「又錯了！兩個『祭』字，是兩個講法，上一個『祭』字是祭祖宗，是追遠的意思；鬼神可以沒有，祖宗不可以沒有；雖然死了一樣是沒有的，但念我身之所自來，不敢或忘，祖宗雖沒了，然而孝子慈孫，追遠起來，便如在其上，如在其左右。下一個『祭』字是祭神，那才是神道設教的意思呢。」我不禁點頭道：「我也不敢多說了，明日我送一份門生帖子來，拜先生罷！」姊姊道：「什麼先生門生？我這個又是誰教的，還不是自己體會出來？大凡讀書，總要體會出古人的意思。方不負了古人作書的一番苦心。」講到這裏，姊姊忽然看了看錶，道：「時候到了！叫他們打轎子罷！」我驚問甚事。姊姊道：「我直對你說罷！伯娘是到那邊算帳去的，我死活勸不住，因約了到了這個時候不回來，我便去。倘使有甚爭執，也好解勸解勸。」談談不覺過了時候了，此刻不知怎樣鬧呢？」我道：「還是我去罷！」姊姊道：「使不得！你去白討氣受，伯娘也說過，你回來了，也不叫你去。」說罷，匆匆打轎去了。正是：

要憑三寸蓮花舌，去勸爭多論寡人。

不知此去如何，且待下回再記。

第二十六回　乾嫂子色笑代承歡　老捕役潛身拿臬使

當下我姊姊匆匆的上轎去了。忽報關上有人到，我迎出去看時，原來是帳房裏的同事多子明。到客堂裏坐下，子明道：「今日送一筆款到莊上去，還要結算去年的帳；天氣不早了，恐怕多耽擱了，來不及出城；所以我先來知照一聲，倘來不及出城，便到這裏寄宿。」我道：「謹當掃榻恭候！」子明道：「何以忽然這麼客氣？」大家笑了一笑。子明便先到莊上去了。等了一會，母親和姊姊回來了。只見母親面帶怒容。我正要上前相問，姊姊對我使了個眼色，我便不開口。只見母親一言不發的坐著，又沒有說話好去勸解。想了一會，仍退到繼之這邊。進了上房，對繼之夫人道：「家母到家伯那邊去了一次回來，好像發了氣，我又不敢勸，求大嫂子代我去勸勸如何？」繼之夫人聽說，立起來道：「好端端的發什麼氣呢？」說著，就走。忽然又站著道：「沒頭沒腦的怎麼勸法呀！」低了頭一會兒，再走到裏間，請了老太太同去。我道：「怎麼驚動了乾娘？」繼之夫人忙對我看了一眼，我不解其意，只得跟著走。繼之夫人道：「你到書房去憩憩罷！」我就到書房裏看了一回書。

憩了好一會，聽得房外有腳步聲音，便問：「那個？」外面答道：「是我！」這是春蘭的聲音。我便叫他進來，問作什麼。春蘭道：「吳老太太叫把晚飯開到我們那邊去吃。」我問：「此刻老太太做什麼？」春蘭道：「打牌呢。」我便走過去看看。只見四個人圍著打牌，姊姊在旁觀局。母親臉上的怒氣，已是沒有了。姊姊見了我，便走到母親房裏去，我也跟了進來。姊姊道：「乾娘，大嫂子，是你請了來的麼？」我道：「姊姊怎麼知道？」姊姊道：「不然，那裏有這麼巧？並且大嫂子向來是莊重的，今天走進來，便大說大笑，又倒在伯娘懷裏，撒嬌撒癡的要打牌。這會又說不過去吃飯了，要搬過來一起吃；還說今天這牌要打到天亮呢。」我道：「這可來不得，何況大嫂子身體又不好。」姊姊道：「說說罷了！這麼冷的天氣，誰高興鬧一夜？」我道：「姊姊到那邊去，到底看見鬧得怎麼樣？」姊姊道：「我也不知道，我到那裏，已經鬧完了。一個在那裏哭，一個在那裏嚇眉唬眼的。我勸住了哭，便拉著回來。臨走時，伯父說了一句話道：『總而言之：我不曾提挈姪兒子陞官發財，是我的錯處。』」我道：「這個奇了，那裏鬧出這麼一句蠻話來？」姊姊道：「我那裏得知？我教你，你只不要向伯娘問起這件事；只等我便中探討出來告訴你，也是一樣。」

說話之間，外面牌已收了。點上燈，開上飯，大家圍坐吃飯。繼之夫人仍是說說笑笑的。吃過了飯，大家散坐。忽見一個老媽子，抱了一個南瓜進來。原來是繼之那邊用的人，過了新年，便請假回去了幾天。此刻回來，從鄉下帶了幾個南瓜來送與主人，也送我這邊一個。母親便道：「生受你的，多謝了！但是大正月裏，怎麼就有了這個？」繼之夫人道：「這還是去年藏到此刻的呢；見了他，倒想起一個笑話來：有一個鄉下姑娘，嫁到城裏去，生了個兒子，已經七八歲了。一天，那鄉下姑娘帶了兒子，回娘家去住了幾天；及至回到夫家，有人問那孩子，你到外婆家去，吃些什麼？孩子道：『外婆家好得很，吃菜當飯。』你道什麼叫吃菜當飯？原來鄉下人苦得很，種出稻子，都賣了，自己只吃些雜糧。這回幾天，正在那裏吃南瓜。那孩子，便鬧了個吃菜當飯。」說得眾人笑了。他又道：「還有一個城裏姑娘，嫁到鄉下去，也生下一個兒子，四五歲了。一天，男人們在田裏抬了一個南瓜回來，那南瓜有多大，我也比他不出來。婆婆便叫媳婦煮了吃。那媳婦本來是個城裏姑娘，從來不曾煮過；但婆婆叫煮，又不能不煮，把一個整瓜，也不削皮，也不切開，就那麼煮熟了。婆婆看見了，也沒法，只得大家圍著那大瓜來吃。」說到這裏，眾人已經笑了。他又道：「還沒有說完呢。吃了一會，忽然那四五歲孩子不見了，婆婆便吃了一驚，說『好好同在這裏吃瓜的，怎麼就丟了？』滿屋子一找，都沒有。那婆婆便提著名兒叫起來，忽聽得瓜的裏面答應道：『奶奶呀！我在這裏磕瓜子呢。』原來他把瓜吃了一個窟窿，扒到瓜瓤裏面去了。」說得眾人一齊大笑起來。

老太太道：「媳婦今天為甚這等快活起來？引得我們大家也笑笑。我見你向來都是沈默寡言的，難得今天這樣，你只常常如此便好。」繼之夫人道：「這個只可偶一為之，代老人家解個悶兒；若常常如此，不怕失了規矩麼？」老太太道：「哦！

原來你為了這個！你須知我最恨的規矩，一家人只要大節目上不錯就是了；餘下來便要大家說說笑笑，才是天倫之樂呢。處處立起規矩來，拘束得父子不成父子，婆媳不成婆媳，明明是自己一家人，卻鬧得同極生的生客一般，還有什麼樂處？你公公在時，也是這個脾氣。繼之小的時候，他從來不肯抱一抱，問他時，他說禮經上說的：『君子抱孫不抱子。』我便駁他：『莫說是幾千年前古人說的話，就是當今皇帝降的聖旨，他說了這句話，我也要駁他；他這個明明是教人父子生疏，照這樣辦起來，不要把父子的天性都泯滅了麼？』這樣說了，他才抱了兩回。等著繼之長到了十二三歲，他卻又擺起老子的架子來了。見了他，總是正顏厲色的；我同他本來在那裏說著笑著的，兒子來了，他登時就正其衣冠，尊其瞻視起來。同兒子說起話來，總是呼來喝去的；見一回教訓一回。兒子見了他，就和一根木頭似的，挺著腰站著。除了一個『是』字，沒有回他老子的話。你想這種規矩怎麼能受？後來也被我勸得他改了，一般的和兒子說說笑笑。」我道：「這個脾氣，虧乾娘有本事勸得過來。」老太太道：「他的理沒有我長，他就不得不改。他每每說為人子者，要色笑承歡。我只問他，你見了兒子，便擺出那副閻王老子的面目來，他見了你，就同見了鬼一般，如何敢笑？他偶然笑了，你反罵他沒規矩，那倒變了『色笑逢怒』了，那裏是『承歡』呢？古人『斑衣戲綵』你想四個字當中，就著了一個『戲』字，倘照你的規矩，雖斑衣而不能戲，那只好穿了斑衣，直挺挺的站著，一動也不許動，那不成了廟裏的菩薩了麼？」說得眾人都笑了。

老太太又道：「男子們只要在那大庭廣眾之中，不要越了規矩就是了；回到家來，仍然是這般，怎麼叫做父子有恩呢？那父子的天性，不要叫這臭規矩磨滅盡了麼？何況我們女子，婆媳妯娌姑嫂圍在一處，第一件要緊的是和氣，其次就要大家取樂了。有了大事，當了生客，難道也叫你們這般麼？」姊姊道：「乾娘說的是和氣，我看和氣兩個字最難得；這個肯和，那個不肯和，也是沒法的事。所以家庭之中，不能和氣的，十居八九。像我們這兩家人家，真是十中無一二的呢。」老太太道：「那不和的只是不懂道理之過，能把道理解說給他聽了，自然就好了。」姊姊道：「我也曾細細的考究過來；不懂道理，固然不錯，然而還是第二層，還有第一層的講究在裏頭。大抵家庭不睦，總是婆媳不睦居多。今天三位老人家都是明白的，我才敢說這句話。人家聽說婆媳不睦，總要派媳婦的不是。據我看來：媳婦不是的固然也有，然而總是婆婆不是的居多。大抵那個做婆婆的，年輕時也做過媳婦來，做媳婦的時候，不免受了他婆婆的氣，罵他不敢回口，打他不敢回手，捱了若干年，他婆婆死了，才敢把腰伸一伸。等到自己的兒子大了，娶了媳婦，他就想這是我出頭之日了，把自己從前所受的，一一拿出來向媳婦頭上施展。說起來，他還說是應該如此的。我當日也曾受過婆婆氣來。你想叫那媳婦怎樣受？那裏還講什麼和氣？他那媳婦呢，將來有了做婆婆的一天，也是如此。所以天下的家庭，永遠不會和睦的了。除非把女子叫來，一齊都讀起書來，大家都明了理，這才有得可望呢。我常說過一句笑話：凡婆媳不睦的，不必說是不睦，只當他是報仇，不過報非其人，受在上代，報在下代罷了。」我笑道：「姊姊的婆婆，有報仇沒有？」姊姊道：「我的婆婆，我起先當是天下獨一無二的；到這裏來，見了乾娘，恰是一對。自從我寡了，他天天總對我哭兩三次，卻並不是哭兒子，哭的是我。只說怪賢德的媳婦，年紀又輕，怎麼就叫他做了寡婦。其實我這麼個人，少點過處就了不得了；那裏配稱到『賢德』兩個字。若是那個報仇的婆婆，一個寡媳婦，那裏肯放他常回娘家，還跟著你跑幾千里路呢！不硬留在家裏，做一個出氣的傢伙麼？」我道：「這報仇之說，不獨是女子，男子也是這樣。我聽見大哥說，凡是做官的，上衙門碰了上司釘子，回家去卻罵底下人出氣呢。」姊姊道：「我這個不過是通論，大約是這樣的居多罷了；怎麼加得上『凡是』兩個字，去一網打盡？」說到這裏，繼之的家人來回說：「關上的多師爺又來了，在客堂裏坐著。」

我取錶一看，已經亥正了。暗想何以此刻才來，一面對姊姊道：「這個你明日問大哥去，不是我要一網打盡的。」說著，出來，會了子明，讓到書房裏坐。子明道：「還沒睡麼？」我道：「早呢，你在那裏吃的晚飯？」子明道：「飯是在莊上吃的，倒是弄擰了一筆帳，算到此刻，還沒有鬧清楚。明日破天亮就要出城，去查總冊子。」我道：「何必那麼早呢？」子明道：「還有別的事呢。」我道：「那麼早點睡罷！時候不早了！」子明道：「你請便罷！我有個毛病，有了事在心上，要一夜睡不著的。我打算看幾篇書，就過了這一夜了。」我道：「那麼我們談一夜好麼？」子明道：「你又何必客氣呢，只管請睡罷！」我道：「此刻我還不睡，我和你談到要睡時，自去睡便了。我和繼之談天，往往談到十二點一點，不足為奇的。」子明笑道：「我也聽見繼之，述農，都說你歡喜嬲人家說新聞故事。」我道：「你倘是有新聞故事和我說，我就陪你談兩三夜都可以。」子明道：「那裏有許多好談！」我道：「你先請坐，我去去再來。」

說罷，走到我那邊去。只見老太太們已經散了，大家也安排睡覺。便對姊姊道：「我們家可有乾點心，弄點出去；有個同事來了，說有事睡不著，在那裏談天。恐怕半夜裏要餓呢。」姊姊道：「有的！你去陪客罷！就送出來。」我便回到書房，扯七扯八的和子明談起來。偶然說起我初出門時，遇見那扮官做賊，後來繼之說他居然是官的那個人來。子明道：「區區一個候補縣，有什麼稀奇？還有做賊的現任臬臺呢！」我道：「是那個臬臺？幾時的事？」子明道：「事情是好多年了，只怕還是初平『長髮軍』時的事呢。——你信星命不信？」我道：「奇了！怎麼憑空岔著問我這麼一句？」子明道：「這件事因談星命而起，所以問你。」我道：「你只管談，不必問我信不信？」子明道：「這個人本來是一個飛簷走壁的賊。有一天，不知那裏來了一個算命先生，說是靈得很，他也去算。那先生把他八字排起來，開口便說你是個賊。他倒吃了一驚，問：『怎樣見得？』那先生道：『我只據書論命，但你雖然是個賊，可也還官星高照。你若走了仕路，可以做到方面大員；只是你要記著我一句話：做官到了三品時，就要急流湧退，不然就有大禍臨頭。』他聽了那先生的話，便去偷了一筆錢，捐上一個大八成知縣，一樣的到省當差。然而他還是偷。等到補了缺，他還是偷。只怕他去偷了治下的錢，人家來告了，他還比差捉賊呢。可憐那差役倒是被賊比了。你說不是笑話麼？那時正是有軍務的時候，連捐帶保的，升官格外快。等到他升了道臺時，他的三個兒子，已經有兩個捐了道員知府出身去了。那捐款無非是偷來的。後來居然放了安徽臬臺。到任之後，又想代第三的兒子捐道員了；只是還短三千銀子。要去偷呢，安慶雖是個省城，然而兵燹之後，元氣未復，那裏有個富戶，有現成的三千銀子給他偷呢？他忽然想著一處好地方，當夜便到藩庫裏偷了一千兩。到得明天，庫吏知道了，立刻回了藩臺，傳了懷寧縣，要立刻查辦。懷寧縣便傳了通班捕役，嚴飭查拿。誰知這一天沒有查著，這一夜藩庫裏又失了一千銀子。藩臺大怒，又傳了首縣去，立限嚴比。首縣回到衙門，正要比差，內中一個老捕役說道：『請老爺再寬一天的限，今夜小人就可以拿到這賊。』知縣道：『莫非你已經知道他蹤跡了麼？』捕役道：『蹤跡雖然不知，但是這賊前夜偷了，昨夜再偷，一定還在城內。這小小的安慶城，儘今天一天一夜，總要查著了。』官便准了一天限。誰知這老捕役，對官說的是假話，他那裏去滿城查起來，他只料定他今夜一定再來偷的。到了夜靜時，他便先到藩庫左近的房子上伏定了。到了三更時，果然見一個賊，飛簷走壁而來，到藩庫裏去了。捕役且不驚動他，連忙跑在他的來路上伏著。不一會，見他來了，捕役伏在暗處，對準他臉部，颼的飛一片碎瓦過來；他低頭一躲，恰中在額角上，仍是如飛而去。捕役趕來，忽見他在一所高大房子上，跳了下去。捕役正要跟著下去時，低頭一看，吃了一驚。……」

正是：

正欲投身探賊窟，誰知足下是官衙。

不知那捕役驚的什麼，且待下回再記。

第二十七回　管神機營王爺撤差　升鎮國公小的交運

「那老捕役往下一看，賊不見了，那房子卻是臬臺衙門，不免吃了一驚，不敢跟下去，只得回來。等到了散更時，天還沒亮，他就請了本官出來回了，把昨夜的事，如此這般的都告訴了。又說道：『此刻知道了賊在臬署，老爺馬上去上衙門，請臬臺大人把闔署一查，只要額上受了傷的，就是個賊。他昨夜還偷了銀子，老爺此刻不要等藩臺傳，先要到藩臺那裏去回明了；可見得我們辦公事未嘗怠慢。』知縣聽得有理，便連忙梳洗了，先上藩臺衙門去。藩臺正在那裏發怒呢。知縣見了，便把老捕役的話說了一遍。藩臺道：『法司衙門裏面，藏著賊，還了得麼？趕緊去要了來！』知縣便忙到了臬署。只見自己衙門裏的通班捕役，都分佈在臬署左右，要想等有打傷額角的出來捉他呢。知縣上了官廳，號房拿了手版上去。一會下來，說大人頭風發作，不能見客，擋駕。知縣只得仍回藩署裏去，回明藩臺。藩臺怒不可遏，便親自去拜臬臺。知縣嚇得不敢回署，只管等著。等了好一會，藩臺回來了，也是見不著。便叫知縣把那老捕役傳了來，問了幾句話，便上院去。叫知縣帶著捕役跟了來，到得撫院；見了撫臺，把上項事回了一遍。撫臺大怒，叫旗牌官快快傳臬司去，說無論什麼病，必要來一次；不然，本部院便要親到臬署查辦事件了。幾句話到了臬署，闔署之人，都驚疑不定。那臬臺沒法，只得打轎上院去。到了那裏時，只見藩臺以下，首道，首府，首縣，都在那裏，還有保甲局總辦委員，黑壓壓的擠滿一花廳。眾官見他來，都起立相迎。只見他頭上紮了一條黑帕，說是頭風痛得利害，紮上了稍為好些。眾官都信以為實。撫臺便告訴了以上一節。他便答應了，馬上回去就查。只見那老捕役脫了大帽，跑上來對著臬臺請了個安道：『大人的頭風病，小人可以醫得！』臬臺道：『莫非是個偏方？』捕役道：『是一個家傳的秘方，只求大人把帕子去了，小人看看頭部，方好下藥。』臬臺聽了，顏色大變，勉強道：『這個帕子去不得的，去了痛得利害。』捕役道『只求大人開恩，可憐小人受本官比責的夠了。』臬臺面無人色的說道：『你說些什麼？我不懂呀！』當下眾官聽見他二人一問一答，都面面相覷。那捕役一回身，又對首縣跪下稟道：『小人該死！昨夜飛瓦打傷的，正是臬臺大人』！首縣正要喝他胡說，那臬臺早倉皇失措的道：『你！你！你可是瘋了？』說著，也不顧失禮，立起來便想踢他。當時首道坐在他下手，便攔住道：『大人貴恙未痊，不宜動怒！』那位藩臺見了這副情形，也著實疑心。撫臺只是呆呆的看著，在那裏納悶。捕役又過來對他說道：『好歹求大人把昨夜的情形說了，好脫了小人干係；不然，眾位大人在這裏，莫怪小人無禮！』臬臺又驚，又慌，又怒道：『你敢無禮！』捕役走進一步道：『小人要脫干係，說不得無禮也要做一次！』說時，便要動手。眾官一齊喝住。首縣見他這般鹵莽，更是手足無措；連連喝他，卻只喝不住。捕役回身對撫臺跪下道：『求大人請臬臺大人升一升冠，露一露頭部；倘沒有受傷痕跡，小人死而無怨。』

「此時藩臺也有九分信是臬臺做的了，失了庫款，責罪非輕，不如試他一試。倘使不是的，也不過同寅面上失了禮，罪名自有捕役去當；倘果然是他，今日不驗明白，過兩天他把傷痕養好了，豈不是沒了憑據？此時捕役正對撫臺跪著回話。藩臺便站起來對臬臺道：『閣下便升了一升冠，把帕子去了，好治他個誣攀大員的重罪。』臬臺正待支吾，撫臺已吩咐家人，代臬臺大人升冠。一個家人走了過來，嘴裏說請大人升冠，卻不動手。此時官廳上亂烘烘的，鬧了個不成體統。捕役便乘亂溜到臬臺背後，把他的大帽子往前一掀，早掉了；乘勢把那黑帕一扯，扯了下來。臬臺不知是誰，忙回過頭來看，恰好把那額上所受一寸來長的傷痕，送到捕役眼裏。捕役颺起了黑帕，走到當中，朝上跪下，高聲稟道：『盜藩庫銀子的真賊，已在這裏，求列位大人老爺作主！』一時撫臺怒了，藩臺樂了，首道首府驚的呆了，首縣卻一時慌的沒了主了。那位臬臺，卻氣得直挺挺的坐在椅子上，嘴裏只說罷了罷了。一時之間，倒弄得人聲寂然，大家面面相覷。卻是藩臺先開口，請撫臺示下辦法。撫臺便叫傳中軍來，先看管了他。一時之間，中軍到了。那捕役等撫臺吩咐了話，便搶上一步，對中軍稟道：『臬臺大人飛簷走壁的功夫很利害，請大人小心！』那臬臺跺足道：『罷了！不必多說了！待我當堂直供了，你們上了刑具罷！』於是跪下來，把自從算命先生代他算命供起，一直供到昨夜之事；當堂畫了供，便收了府監。撫臺一面拜摺參辦。這位臬臺，辦了個盡法不必說；兩個兒子的功名，也就此送了；還不知道了個什麼軍流的罪。你說天下事不是無奇不有麼？」此時已響過三礮許久，我正要到裏面催點心，回頭一看，那點心早已整整的擺了四盤在那裏，還有雞鳴壺燉上了一壺熱茶，便讓子明吃點心，兩個對坐下來。

子明問道：「近來這城裏面，晚上安靜麼？」我道：「還沒聽見什麼，你這問，莫非城外有什麼事？」子明道：「近來外面賊多得很呢，只因和局有了消息，這裏便先把新募的營勇，遣散了兩營。」我道：「要用就募起來，不用就遣散了，也怨不得那些散勇作賊；其實平時營裏的缺額，只要補足了到了要用時，只怕也夠了。」子明道：「那裏會夠，他倒正想借個題目，招募新勇，從中沾光呢。莫說補些足了額，就是溢出額來，也不夠呢。」我笑道：「不缺已經好了。那裏還有溢額的？」子明道：「你真是少見多怪！外面的營裏，都是缺額的，差不多照例只有六成勇額。到了京城的神機營，卻一定溢額的；並且溢額的不少，總是溢個加倍。」我詫道：「那麼這糧餉怎麼呢？」子明笑道：「糧餉卻沒有溢額的。但是神機營每出起隊子來，是五百成了一千了麼？」我道：「軍器怎麼也加倍呢？」子明道：「每一個家人，都代他老爺帶著一桿鴉片煙槍，合了那五百枝火槍，不成了一千了麼？並且火槍也是家人代拿著，他自己的手裏，不是拿了鵪鶉囊，便是臂了鷹，他們出來，無非是到操場上去操。到了操場時，他們各人先把手裏的鷹安置好了，用一根鐵條兒，或插在樹上，或插在牆上，把鷹站在上頭，然後肯歸隊伍。操起來的時候，他的眼睛邊還是望著自己的鷹，偶然那鐵條兒插不穩，掉了下來，那怕操到要緊的時候，他也先把火槍擊下，先去把他那鷹弄好了，還代他理好了毛，再歸到隊裏去。你道這種操法奇麼？」我道：「那帶兵的，難道就不管？」子明道：「那裏肯管他！帶兵的，還不是同他們一個道兒上的人麼？那管理神機營的，都是王爺。前年有一位郡王，奉旨管理神機營，他便對人家說：『我今天得了這個差使，一定要把神機營整頓起來。當日祖宗入關的時候，神機營兵士，臨陣能站在馬鞍上放箭的，此刻鬧得不成樣子了；倘再不整頓，將來不知怎樣了。』旁邊有人勸他說：『不必多事罷：這個是不能整頓的了。』他不信。到差那一天，就點名閱操，揀那十分不像樣的，照管例辦了兩個。這一辦可不是了，不到三天，那王爺便又奉旨撤去管理神機營的差使了。你道他們的神通大不大？」我道：「他們既然是宗室，又是王爺都幹得下來，那麼大的神通，何必還去當兵？」子明道：「當兵還是上等的呢。到了京城裏，有一種化子，手裏拿一根香，跟著車子討錢。」我道：「討錢拿一根香作什麼？」子明道：「他算是送火給你吃煙的。這種化子，你可不能得罪他，得罪了他時，他馬上把外面的衣服一擘，裏邊束著的不是紅帶子，便是黃帶子，那就被他訛一個不得了。」我道：「他的帶子，何以要束在裏層呢？」子明道：「束在裏層，好叫人家看不見；得罪了他，他才好訛人呀。倘使束在外層，誰也不敢惹他了。其實也可憐得很，他們又不能作買賣，說是說得好聽得很，『天潢貴冑』呢！誰知一點生機都沒有，所以就只能靠著那帶子上的顏色去行詐的時候，還裝死呢。」我道：「裝死只怕也是為的訛人。」子明道：「他們死了，報到宗人府去，照例有幾兩殯葬銀子；他窮到不得了，又沒有法想的時候便裝死了；叫老婆兒子喪著臉兒去報。報過之後，宗人府還派委員來看呢。委員來看時，他便直挺挺的躺著；老婆兒子，對他跪著哭。委員見了，自然信以為真，那個還伸手去摸他，仔細去驗他呢；只望望是有個躺著的就算是了。他領了殯葬銀，頓時又活過來。這才是個活僵屍呢。」我道：「他已經騙了這回，等他真正死了的時候，還有得領沒有呢？」子明道：「這可是不得而知了。」我道：「他們雖然定例是不能作買賣，然而私下出來幹點營生，也可以過活，宗人府未必就查著了。」子明道：「這一班都是好吃懶做的人，你叫他幹什麼營生？只怕趕車是會的，京城裏趕車的車夫裏面，這班人不少；或者當家人也有的。除此之外，這班人只怕幹得來的，只有訛詐討飯了。所以每每有些謠言，說某大人和車夫換帖；某大老和底下人認了乾親家；起先聽見，總以為是蹧蹋人的話，誰知竟是真的。他們闊起來，也快得很；等他闊了，認識了大人先生，和他往來，自然是不免的。那些人卻把他從前的事業提出來作個笑話。」

我道：「他們怎麼又很闊得快呢？」子明道：「上一科，我到京裏去考北闈，住在我舍親宅裏。舍親是個京官，自己養了一輛車，用了一個車夫，有好幾年了；一向倒還相安無事。我到京那幾天，恰好一天舍親要去拜兩個要緊的客，叫套車，卻不見車夫，徧找沒有。不得已，僱了一輛車去拜客。等拜完客回來，他卻來了，在門口站著。舍親問他一天到那裏去了。他道：『今兒早起，我們宗人府來傳了去問話，所以去了大半天。』舍親問他問什麼話。他道：『有一個鎮國公缺出了，應該輪到小的補，所以傳了去問話。』舍親問此刻補定沒有了。他道：『沒有呢，此刻正在想法子。』問他想什麼法子。他道：『要化幾十兩銀子的使費，才補得上呢。可否求老爺賞借給小的六十兩銀子，去打點個前程，將來自當補報。』說罷跪下去，就磕頭，起來，又請了個安。舍親正在沈吟，他又左一個安，右一個安的亂請，嘴裏只道老爺的恩典，並求老爺再賞半天的假。舍親道：『既如此，你趕緊去打點罷！』他歡歡喜喜的去了。我還埋怨我舍親，太過信他了，那裏有窮到出來當車夫的，平白地會做鎮國公起來。舍親對我說：『這是常有的事。』我還不信呢。到得明天，他又歡歡喜喜的來了說：『一切都打點好了，明天就要謝恩！』並且還帶了一個車夫來說是他的朋友，很靠得住的，薦給老爺試用用罷。舍親收了這車夫，他再千恩萬謝的去了。到了明天，他車也有了，馬也有了，戴著紅頂子花翎到四處去拜客。到了舍親門口，他不好意思遞片子進來，就那麼下了車進來了。還對舍親請了個安說：『小的今天是鎮國公了！老爺的恩典，永不敢忘！』你看這不是他們闊得很快麼？」

我道：「這麼一個鎮國公，有多少俸銀一年呢？」子明道：「我不甚了了，聽說大約三百多銀子一年。」我笑道：「這個給我們就館的差不多，闊不到那裏去。」子明道：「你要知道他得了鎮國公，那訛人的手段更大了；他天天跑到西苑門裏去，在廊簷底下站著，專找那些引見的人去嚇唬。那嚇唬不動的，他也沒有法子。他那嚇唬的話，總是這是說什麼地方，你敢亂跑。倘使被他嚇唬動了，他便說你今日幸而遇了我，還不要緊，你謹慎點就是了。這個人自然感激他，他卻留著神看你是第幾班第幾名，記了你的名字，打聽了你的住處，明天他卻來拜你，向他借錢。」我道：「鎮國公天天要到裏面的麼？」子明道：「何嘗要他們去？不過他們可以去得。他去了時，遇見值年旗王大臣到了。他過去站一個班，只算是他來當差的。」我道：「他們雖是天潢貴冑，卻是出身寒微得很，自然不見得多讀書的了，怎麼會當差辦事？」子明道：「他們雖不識字，然而很會說話；他們那黃帶子，都是四品宗室，所以有人送他們一副對聯是：『心中烏黑嘴明白，腰上鵝黃頂暗藍。』」我道：「對仗倒很工的。」說話之間，外面已放天明礮。子明便要走。我道：「太早了，洗了臉去。」便到我那邊，叫老媽子，燉了熱水出來，讓子明盥洗，他匆匆洗了便去。正是：

一夕長談方娓娓，五更歸去太匆匆。

未知子明去後如何，且待下回再記。

第二十八回　辦禮物攜資走上海　控影射遣夥出京師

我送子明去了，便在書房裏隨意歪著，和衣稍歇。及至醒來，已是午飯時候。自此之後，一連幾個月，沒有甚事。忽然一天在轅門抄上，看見我伯父請假赴蘇。我想自從母親去過一次之後，我雖然去過幾次，大家都是極冷淡的，所以我也不很常去了。昨天請了假，不知幾時動身，未免去看看。走到公館門前看時，只見高高的粘著一張招租條子，裏面闃其無人。暗想動身走了，似乎也應該知照一聲，怎麼悄悄的就走了？回家去對母親說知，母親也沒甚話說。又過了幾天，繼之從關上回來，晚上約我到書房裏去，說道：「這兩天我想煩你走一次上海，你可肯去？」我道：「這又何難，但不知辦什麼事？」繼之道：「下月十九是藩臺老太太生日，請你到上海去辦一份壽禮。」我道：「到下月十九，還有一個多月光景，何必這麼急？」繼之道：「這裏頭有個原故，去年你來的時候，代我滙了五千銀子來，你道我當真要用麼？我這裏多少還有萬把銀子，我是要立一個小小基業，以為退步，因為此地的錢不夠，所以才叫你滙那一筆來。今年正月裏，就在上海開了一間字號，專辦客貨，統共是二萬銀子下本。此刻過了端節，前幾天他們寄來一筆帳，我想我不能分身，所以請你去對一對帳。老實對你說：你的二千，我也同你放在裏頭了。

一層做生意的官息，比莊上好；二層多少總有點盈餘。這字號裏面，你也是個東家。所以我不煩別人，要煩你去。再者這份壽禮，也與前不同，我這裏已經辦得差不多了，只差一個如意。這裏各人送的，也有翡翠，也有羊脂的；甚至於黃楊，竹根，紫檀，瓷器，水晶，珊瑚，瑪瑙，無論整的，鑲的，都有了；我想要辦一個出乎這幾種之外的，價錢又不能十分大，所以要你早去幾天，好慢慢搜尋起來。還要辦一個小輪船，……」我道：「這辦來作什麼？大哥又不常出門。」繼之笑道：「那裏是這個，我要辦的是一尺來長的玩意兒。因為藩署花園裏，有一個池子，從前藩臺買過一個，老太太歡喜的了不得，天天叫家人放著玩。今年春上，不知怎樣翻了，沈了下去，好容易撈起來，已經壞了；被他們七攪八攪，越是鬧得個不可收拾，所以要買一個送他。」我道：「這個東西從來沒有買過，不知要多少價錢呢？」繼之道：「大約百把塊錢是要的。你收拾收拾，一兩天裏頭走一趟去罷。」我答應了，又談些別話，就各去安歇。

次日，我把這話告訴了母親，母親自是歡喜。此時五月裏天氣，帶的衣服不多，行李極少，繼之又拿了銀子過來，問我幾時動身。我道：「來得及今日也可以走得。」繼之道：「先要叫人去打聽了的好，不然老遠的白跑一趟。」當即叫人打聽了。果然今日來不及，要明日一早。又說這幾天江水溜得很，恐怕下水船到得早，最好是今日先到洋篷上去住著。於是我定了主意，這天吃過晚飯，別過眾人，就趕出城，到洋篷裏歇下。果然次日天才破亮，下水船到了，用舢舨渡到輪船上。次日早起，便到了上海，叫了小車，推著行李，到字號裏去。繼之先已有信來知照過，於是同眾夥友相見。那當事的叫做管德泉，連忙指了一個房間，安歇行李。我便把繼之要買如意，及小火輪的話說了。德泉道：「小火輪只怕還有覓處，那如意他這個不要，那個不要，又不曾指定一個名色，怎麼辦法呢？明日待我去找兩個珠寶掮客來問問罷！那小火輪呢，只怕發昌還有。」

當下我就在字號裏歇住。到了下午，德泉來約了我同到虹口發昌裏去。那邊有一個小東家，叫方佚廬，從小就專考究機器；所以一切製造等事，都極精明。他那鋪子，除了門前專賣銅鐵機件之外，後面還有廠房，用了多少工匠，自己製造各樣機器。德泉同他相識，當下彼此見過，問起小火輪一事。佚廬便道：「有是有一個，只是多年沒有動了，不知可還要得？」說罷，便叫夥計在架子上拿了下來，掃去了灰土，拿過來看，加上了水，又點了火酒，機件依然活動；只是舊的太不像了。我道：「可有新的麼？」佚廬道：「新的沒有，其實銅鐵東西，沒有新舊，只要拆開來擦過，又是新的了。」我道：「定做一個新的，可要幾天？」佚廬道：「此刻廠裏忙得很，這些小件東西，來不及做了。」我問他這個舊的價錢，他要一百元。我便道：「再商量罷！」同德泉別去，回到字號裏。早有夥計們代招呼了一個珠寶掮客來，叫做辛若江，說起要買如意，要別緻的，所有翡翠，白玉，水晶，珊瑚，瑪瑙，一概不要。若江道：「打算出多少價呢？」我道：「見了東西再講罷！」說著，他辭去了。是日天氣甚熱，吃過晚飯。德泉同我到四馬路昇平樓，泡茶乘涼，帶著談天。可奈茶客太多，人聲嘈雜。我便道：「這裏一天到晚，都是這許多人麼？」德泉道：「上半天人少，早起更是一個人沒有呢。」我道：「早起他不賣茶麼？」德泉道：「不過沒有人來吃茶罷了；你要吃茶，他如何不賣？」坐了一會，便回去安歇。

次日早起，更是炎熱，我想起昨夜到的昇平樓，甚覺涼快，何不去坐一會呢。早上各夥計都有事，德泉也要照應一切，我便不去驚動他們，一個人逛到四馬路。只見許多鋪家，都沒有開門。走到昇平樓看時，門是開了，上樓一看，誰知他那些杌子都反過來，放在桌子上。問他泡茶時，堂倌還在那裏揉眼睛，答道：「水還沒有開呢。」我只得惘惘而出。取出錶看時，已是八點鐘了。在馬路逛蕩著，走了好一會，再回到昇平樓，只見地方剛才收拾好。還有一個堂倌，在那裏掃地。我不管他，就靠闌干坐了。又歇了許久，方才泡上茶來。我便憑闌下視，慢慢的清風徐來，頗覺涼快。忽見馬路上一大羣人，遠遠的自東而西，走將過來，正不知因何事故。及至走近樓下時，仔細一看，原來是幾個巡捕，押著一起犯人走過，後面圍了許多閒人跟著觀看。那犯人當中，有七八個蓬頭垢面的，那都不必管他；只有兩個好生奇怪，兩個手裏都拿著一頂瓜皮小帽；一個穿的是京醬色寧綢狐毛袍子，天青緞天馬出風馬褂；一個是二藍寧綢羔皮袍子，白灰色寧綢羔皮馬褂，腳上一式的穿了棉鞋。我看了老大吃一驚。這個時候，人家赤膊搖扇還是熱，他兩個怎麼鬧出一身大毛來？這才是千古奇談呢！看他走得汗流被面的，真是何苦！然而此中必定有個道理，不過我不知道罷了。

再坐一會，已是十點鐘時候，遂惠了茶帳回去。早有那辛若江在那裏等著，拿了一枝如意來看，原是水晶的，不過水晶裏面，藏著一個蟲兒，可巧坐在如意頭上。我看了不對，便還他去了。德泉問我到那裏去。我告訴了他。又說起那個穿皮衣服的，煞是奇怪可笑。德泉道：「這個不足為奇；這裏巡捕房的規矩，犯了事捉進去時穿什麼，放出來時仍要他穿上出來，這個只怕是在冬天犯事的。」旁邊一個管帳的金子安，插嘴道：「不錯！去年冬月裏，那一夥打房間的，內中有兩個不是判了押半年麼？恰是這個時候該放，想必是他們了。」我問什麼叫做打房間。德泉道：「到妓館裏，把妓女的房裏東西打毀了，叫打房間。這裏妓館裏的新聞多呢：那逞強的便去打房間；那下流的，便去偷東西。」我道：「我今日看見那個人穿的很體面的，難道在妓院裏鬧點小事，巡捕還去拿他麼？」德泉道：「莫說是穿的體面，就是認真體面人，他也一樣要拿呢。前幾年有一個笑話，一個姓朱的，是個江蘇同知，在上海當差多年的了；一個姓袁的知縣，從前還做過上海縣丞的。兩個人同到棋盤街么二妓館裏去玩。那姓朱的是官派十足的人，偏偏那么二妓院的規矩，凡是客人，不分老小，一律叫少爺的。妓院的丫頭，叫了他一聲朱少爺。姓朱的劈面就是一個巴掌打過去道：『我明明是老爺，你為什麼叫我少爺？』那丫頭哭了，頓時就兩下裏大鬧起來。妓館的人，便暗暗的出去叫巡捕。姓袁的知機，乘人亂時，溜了出去，一口氣跑回城裏花園衖公館裏去了。那姓朱的，還在那裏『羔子』『王八蛋』的亂罵。一時巡捕來了，不由分曉，拉到了巡捕房裏去，關了一夜。到明天解公堂，他和公堂問官是認得的，到了堂上，他搶上一步，對著問官拱拱手，彎彎腰道：『久違了！』那問官吃了一驚，站起來也彎彎腰道：『久違了！呀！這是朱大老爺，到這裏什麼事？』那捉他的巡捕見問官和他認得，便一溜煙走了。妓館的人，本來照例要跟來做原告的，到了此時，也嚇的抱頭鼠竄而去。堂上陪審的洋官，見是華官的朋友，也就不問了。姓朱的才徜徉而去。當時有人編出了一個小說的回目，是：『朱司馬被困棋盤街，袁大令逃回花園衖。』」

我道：「那偷東西的便怎麼辦法呢？」德泉道：「那是一案一案不同的。」我道：「偷的還是賊呢，還是嫖客呢？」德泉道：「偷東西自是個賊，然而他總是扮了嫖客去的多；若是撬窗挖壁的，那又不奇了。」子安插嘴道：「那偷水煙袋的，真是一段新聞。這個人的履歷，非但是新聞，簡直可以按著他編一部小說，或者編一齣戲來。」我忙問什麼新聞。德泉道：「這個說起來話長，此刻事情多著呢，說得連連斷斷的無味，莫若等到晚上，我們說著當談天罷。」於是各幹正事去了。

下午時候，那辛若江又帶了兩個人來，手裏都捧著如意匣子，卻又都是些不堪的東西。鬼混了半天，才去。我乘暇時，便向德泉要了帳冊來，對了一篇，不覺晚了。晚飯過後，大家散坐乘涼。復又提起妓館偷煙袋的事情來。

德泉道：「其實就是那麼一個人，到妓館裏偷了一支銀水煙袋，妓館報了巡捕房，被包探查著了，捉了去。後來卻被一個報館裏的主筆保出來，並沒有重辦。就是這麼回事了。若要知道他前後的細情，卻要問子安。」子安道：「若要細說起來，只怕談到天亮也談不完呢，可不要厭煩？」我道：「那怕今夜談不完，還有明夜，怕什麼呢？」子安道：「這個人姓沈，名瑞，此刻的號是經武。」我道：「第一句通名先奇，難道他以前不號經武麼？」子安道：「以前號輯五，是四川人，從小就在一家當鋪裏學生意。這當鋪的東家，是姓山的，號叫仲彭。這仲彭的家眷，就住在當鋪左近。因為這沈經武年紀小，時時叫到內宅去使喚，他就和一個丫頭鬼混上了。後來他升了一個小夥計，居然也一樣的成家生子。卻心中只忘不了那個丫頭。有一天，事情鬧穿了，仲彭便把經武攆了，拿丫頭嫁了。誰知他嫁到人家去，鬧了個天翻地覆。後來竟當著眾人，把衣服脫光了，人家說他是個瘋子，退了回來。這沈經武便設法拐了出來，帶了家眷，逃到了湖北，住在武昌，居然是一妻一妾，學起齊人來。他的神通可也真大，又被他結識了一個現任通判，拿錢出來，叫他開了個當鋪。不上兩年，就倒了。他還怕那通判同他理論，卻去先發制人，對那通判說：

『本錢沒了，要添本；若不添本，就要倒了。』通判說：『我無本可添，只得由他倒了。』他說：『既如此倒了下來，要打官司，不免要供出你的東家來，你是現任地方官，做了生意要擔處分的。』那通判急了，和他商量。他卻乘機要借三千兩銀子訟費，然後關了當鋪門。他把那三千銀子，一齊交給那拐來的丫頭。等到人家告了，他就在江夏縣監裏挺押起來，那丫頭拿了他的三千銀子，卻往上海一跑。他的老婆，便天天代他往監裏送飯，足足的挺了三年。實在逼他不出來，只得取保把他放了。他被放之後，撇下了一個老婆、兩個兒子，也跑到上海來了。虧他的本事，被他把丫頭找著了。然而那三千銀子，卻一個也不存了。於是兩個人又過起日子來，在胡家宅租了一間小小的門面，買了些茶葉，攙上些紫蘇防風之類，貼起一張紙，寫的是出賣藥茶。兩個人終日在店面坐著，每天只怕也有百十來個錢的生意。誰知那位山仲彭，年紀大了，一切家事都不管，忽然高興，卻從四川跑到上海來逛一趟。這位仲彭，雖是個當鋪東家，卻也是個風流名士，一到上海，便結識了幾個報館主筆。有一天，在街上閒逛，從他門首經過，見他二人雙雙坐著，不覺吃了一驚，就踱了進去。他二人也是吃驚不小。只道捉拐子逃婢的來了，所以一見了仲彭，就連忙雙雙跪下，叩頭如搗蒜一般。仲彭是年高之人，那禁得他兩個這種乞憐的模樣，長歎一聲道：『這是你們的孽緣。我也不來追究了！』二人便才放了心。仲彭問起經武的老婆，經武便詭說他死了，那丫頭又千般巴結，引得仲彭歡喜，便認做了女兒。那丫頭本來粗粗的識得幾個字，仲彭自從認了他做女兒之後，不知怎樣，就和一個報館主筆胡繪聲說起，繪聲本是個風雅人物，聽說仲彭有個識字的女兒，就要見見；仲彭帶去見了，又叫他拜繪聲做先生；這就是他後來做賊得保的來由了。從此之後，那經武便搬到大馬路去，是個一樓一底房子。胡亂弄了幾種丸藥，掛上一個京都同仁堂的招牌，又在報上登了京都同仁堂的告白。誰知這告白一登，卻被京裏的真正同仁堂看見了，以為這是假冒招牌，即刻打發人到上海來告他。……」正是：

影射須知干例禁，衙門準備會官司。

未知他這場官司勝負如何，且待下回再記。

第二十九回　送出洋強盜讀西書　賣輪船局員造私貨

「京都大柵欄的同仁堂，本來是幾百年的老鋪；從來沒有人敢影射他招牌的。此時看見報上的告白，明明說是京都同仁堂分設上海大馬路。這分明是影射招牌。遂專打發了一個能幹的夥計，帶了使費出京，到上海來，和他會官司。這夥計既到上海之後，心想不要把他冒冒失失的一告，他其中怕別有因由，而且明人不作暗事，我就明告訴了他要告，他也沒奈我何，我何不先去見見這個人呢？想罷，就找到他那同仁堂裏去。他一見了之後，問起知道真正同仁堂來的，早已猜到了幾分。又連用說話去套那夥計。那夥計是北邊人，直爽脾氣，便直告訴了他。他聽了要告，倒連忙堆下笑來，和那夥計拉交情。又說：『我也是個夥計，當日曾經勸過東家，說寶號的招牌，是冒不得的，他一定不信，今日果然寶號出來告了。好在吃官司，不關夥計的事。』又拉了許多不相干的話，和那夥計纏著談天。把他耽擱到吃晚飯時候，便留著吃飯，又另外叫了幾樣菜，打了酒，把那夥計灌得爛醉如泥，便扶他到床上睡下。」

子安說到這裏，兩手一拍道：「你們試猜他這是什麼主意？那時候，他鋪子裏只有門外一個橫招牌，還是寫在紙上，糊在板上的；其餘豎招牌，一個沒有。他把人家灌醉之後，便連夜把那招牌取下來，連塗帶改的，把當中一個『仁』字另外改了一個別的字。等到明日，那夥計醒了，向他道歉。他又同人家談了一會，方才送他出門。等那夥計出了門時，回身向他點頭，他才說道：『閣下這回到上海來打官司，必要認清楚了招牌方才可告。』那夥計聽說，抬頭一看，只見不是同仁堂了，不禁氣得目定口呆。可笑他火熱般出京，準備打官司，只因貪了兩杯，便鬧得冰清水冷的回去。從此他便自以為足智多謀了，無忌憚起來。上海是個花天酒地的地方，跟著人家出來逛逛，也是有的。他不知怎樣逛的窮了，沒處想法子，卻踱到妓館裏打茶園，把人家的一支銀水煙袋偷了；人家報了巡捕房，派了包探一查，把他查著了，捉到巡捕房，解到公堂懲辦。那丫頭急了，走到胡繪聲那裏，長跪不起的哀求。胡繪聲卻不過情面，便連夜寫一封信到新衙門裏，保了出來。他因為輯五兩個字的號，已在公堂存了竊案，所以才改了個經武。混到此刻，聽說生意還過得去呢。這個人的花樣也真多，倘使常在上海，不知還要鬧多少新聞呢？」德泉道：「看著罷！好得我們總在上海。」我笑道：「單為看他留在上海，也無謂了。」大家笑了一笑，方才分散安歇。

自此每日無事便對帳，或早上，或晚上，也至外頭逛一回。這天晚上，忽然想起王伯述來，不知可還在上海？遂走到謙益棧去望望，只見他原住的房門鎖了。因到帳房去打聽。乙庚說：「他今年開河頭班船就走了，說是進京去的；直到此時，沒有來過。」我便辭了出來。正走出大門，迎頭遇見了伯父。伯父道：「你到上海作什麼？」我道：「代繼之買東西，那天看了轅門抄，知道伯父到蘇州；趕著到公館裏去送行，誰知伯父已動身了！」伯父道：「我到此地，有事耽擱住了，還不曾去得；你且到我房裏去一趟！」我就跟著進來。到了房裏，伯父道：「你到這裏找誰呢？」我道：「去年住在這裏，遇見了王伯述姻伯。今晚沒事，來看看他；誰知早就動身了。」伯父道：「我們雖是親戚，然而這個人尖酸刻薄，你可少親近他；你想放著現成的官不做，卻跑來販書，成了個什麼樣子？」我道：「這是撫臺要撤他的任，他才告病的。」伯父道：「撤任也是他自取的，誰叫他批評上司？我問你：我們家裏有一個小名叫土兒的，你記得這個人麼？」我道：「記得！年紀小，卻同伯父一輩的，我們都叫他小七叔。」伯父道：「是那一房的？」我道：「是老十房的，到了姪兒這一輩，剛剛出服。我父親才出門的那一年，伯父回家鄉去，還逗他玩呢。」伯父道：「他不知怎麼，也跑到上海來了，在某洋行裏。那洋行的買辦，是我認得的，告訴了我。我沒有去看他，我不過這麼告訴你一聲罷了，不必去找他。家裏出來的人，是惹不得的。」

正說話時，只見一個人，拿進一張條子來，卻是把字寫在紅紙背面的。伯父看了，便對那人道：「知道了！」又對我道：「你先去罷，我也有事，要出去。」我便回到字號裏。只見德泉也才回來，我問道：「今天有半天沒見呢，有什麼貴事？」

德泉歎口氣道：「送我一個舍親到公司船上，跑了一次吳淞。」我道：「出洋麼？」德泉道：「正是！出洋讀書呢。」我道：「出洋讀書，是一件好事，又何必歎氣呢？」德泉道：「小孩子不長進，真是沒法，這送他出洋讀書，也是無可奈何的。」我道：「這也奇了！這有什麼無可奈何的事？既是小孩子不長進，也就不必送他去讀書了。」德泉道：「這件事說出來，真是出人意外。舍親是在上海做買辦的，多了幾個錢，多討了幾房姬妾，生的兒子有七八個，從小都是驕縱的，所以沒有一個好好的學得成人。單是這一個最壞，才上了十三四歲，便學得吃喝嫖賭，無所不為了。在家還時時闖禍，他老子惱了，把他鎖起來；鎖了幾個月，他的娘代他討情放了，他得放之後，就一去不回，他老子倒也罷了，說只當沒有生這個孽障。有一夜無端被強盜明火執杖的搶了進來，一個個都是塗了面的，搶了好幾千銀子的東西；臨走還放了一把火，虧得救得快，沒有燒著。事後開了失單，報了官，不久就捉住了兩個強盜，當堂供出那為首的來。你道是誰？就是他這個兒子！他老子知道了，氣得一個要死。自己當官銷了案，把他找了回去，要親手殺他；被多少人勸住了。又把他鎖起來。然而終究不是可以長監不放的，於是想出法子來，送他出洋去。」我道：「這種人，只怕就是出洋，也學不好的了。」德泉道：「誰還承望他學好？只當把他攆走了罷。」

子安道：「方才我有個敝友，從貴州回來的，我談起買如意的事，他說有一支很別緻的，只怕大江南北的玉器店，找不出一個來；除非是人家家藏的，可以有一兩個。」我問是什麼的。子安道：「東西已經送來了，不妨拿來大家看看，猜是什麼東西？」於是取出一個紙匣來，打開一看，這東西顏色很紅，內中有幾條冰裂紋，不是珊瑚，也不是瑪瑙，拿起來一照，卻是透明的；這東西好像常常看見，卻一時說不出他的名來。子安笑道：「這是雄精雕的。」這才大家明白了。我問價錢。子安道：「便宜得很！只怕東家嫌太賤了。」我道：「只要東西人家沒有的，這倒不妨。」子安道：「要不是透明的，只要幾吊錢；他這是透明的，來價是三十吊錢光景；不過貴州那邊錢貴，一吊錢差不多一兩銀子，就合到三十兩銀子了。」我道：「你的貴友還要賺呢。」子安道：「我們買，他不要賺；倘是看對了，就照價給他就是了。」我道：「這可不好，人家老遠帶來的，多少總要叫他賺點；就同我們做生意一般，那裏有照本買的道理。」子安道：「不妨，他不是做生意的；況且他說是原價三十吊，焉知他不是二十吊呢？」我道：「此刻燈底，怕顏色看不真，等明天看再說罷。」於是大家安歇。

次日，再看那如意，顏色甚好，就買定了；另外去配紫檀玻璃匣子。只是那小輪船，一時沒處買。德泉道：「且等後天禮拜，我有個朋友說有這個東西，要送來看，或者也可以同那如意一般，撈一個便宜貨。」我問是那裏的朋友。德泉道：「是一個製造局畫圖的學生，他自己畫了圖便到機器廠裏，叫那些工匠代他做起來的。」

我道：「工匠們都有正經公事的，怎麼肯代他做這玩意東西？」德泉道：「他並不是一口氣做成功的，今天做一件，明天做一件；都做了來，他自己裝配上的。」這天我就到某洋行去，見那遠房叔叔。談起了家裏一切事情。方知道自我動身之後，非但沒有修理祠堂，並把祠內的東西，都拿出去賣。起先還是偷偷做，後來竟是彰明昭著的了。我不覺歎了口氣道：「倒是我們出門的，眼底裏乾淨。」叔叔道：「可不是麼？我母親因為你去年回去，辦事很有點見地；說是到底出門歷練的好。姑娘們一個人，出了一次門，就把志氣練出來了。恰好這裏買辦，我們沾點親，寫信問了他，得他允了就來，也是迴避那班人的意思。此刻不過在這裏閒住著，只當學生意，看將來罷了。」我道：「可有錢用麼？」叔叔道：「才到了幾天，還不曾知道。」談了一會，方才別去。我心中暗想，我伯父是什麼意思，家裏的人，一概不招接，真是莫明其用心之所在。還要叫我不要理他，這才奇怪呢！

過了兩天，果然有個人拿了個小輪船來。這個人叫趙小雲，就是那畫圖學生。看他那小輪船時，卻是油漆的嶄新，是長江船的式子。船裏的機器，都被上面裝的房艙望臺等件蓋住。這房艙望臺，又都是活動的，可以拿起來，做得十分靈巧。又點火試過，機器也極靈動。德泉問他價錢。小雲道：「外頭做起來，只怕不便宜，我這個只要一百兩。」德泉笑道：「這不過一個玩意罷了，誰拿成百銀子去買他？」小雲道：「這也難說。你肯出多少呢？」德泉道：「我不過偶然高興，要買一個玩玩，要是二三十塊錢，我就買了他，多可出不起，也犯不著。」我見德泉這般說，便知道他不曾說是我買的，索性走開了，等他去說。等了一會，那趙小雲走了。我問德泉說的怎麼。德泉道：「他減到了一百元，我沒有還他實價，由他擺在這裏罷，他說去去就來。」我道：「發昌那個船舊的不堪，並且機器一切都露在外面的，他還要一百元呢。」德泉道：「這個不同，人家的是下了本錢做的；他這個是拿了皇上家的錢，吃了皇上家的飯，教會了他本事，他卻用了皇上家的工料，做了這個私貨來換錢，不應該殺他點價麼？」我道：「照這樣做起私貨來，還了得！」德泉道：「豈但這個，去年外國新到了一種紙捲煙的機器，小巧得很，賣兩塊錢一個；他們局裏的人，買了一個回去。後來局裏做出來的，總有二三千個呢。拿著到處去送人。卻也做得好，同外國來的一樣，不過就是殼子上不曾鍍鎳。」我問什麼叫鍍鎳。德泉道：「據說這鎳是中國沒有的，外國名字叫Nickel，中國譯化學書的時候，便譯成一個『鎳』字。所有小自鳴鐘，洋燈等件，都是鍍上這個東西。中國人不知，一切都說他是鍍銀的，那裏有許多銀子去鍍呢？其實我看雲南白銅，就是這個東西；不然，廣東瓊州嶚峒的銅，一定是的。」我道：「銅只怕沒有那麼亮。」德泉笑道：「那是鍍了之後，擦亮；你看元寶，又何嘗是亮的呢。」我道：「做了三千個私貨，照市價算，就是六千洋錢，還了得麼？」德泉道：「豈止這個！有一回局裏的總辦，想了一件東西，照插鑾駕的架子樣，縮小了，做一個銅架子插筆；不到幾時，合局一百多委員司事的公事桌上，沒有一個沒有這個東西的。已經一百多了，還有他們家裏呢，還有做了送人的呢；後來鬧到外面銅匠店，仿著樣子也做出來了，要買四五百錢一個呢。其餘切菜刀，劈柴刀，杓子，總而言之，是銅鐵東西，是局裏人用的，沒有一件不是私貨。其實一個人·做一把刀，一個杓子，是有限得很；然而積少成多，這筆帳就難算了！何況更是歷年如此呢？私貨之外，還有一個偷。……」

說到這裏，只見趙小雲又匆匆走來道：「你到底出什麼價錢呀？」德泉道：「你到底再減多少呢？」小雲道：「罷罷！八十元罷。」德泉道：「不必多說了，你要肯賣時，拿四十元去。」小雲道：「我已經減了個對成，你還要折半，好狠呀！」德泉道：「其實多了我買不起。」小雲道：「其實講交情呢。應該送給你；只是我今天等著用。這樣罷，你給我六十元，這二十元算我借的，將來還你。」德泉道：「借是借，買價是買價，不能混的；你要拿五十元去罷，恰好有一張現成的票子。」說罷，到裏間拿了一張莊票給他。小雲道：「何苦又要我走一趟錢莊，你就給我洋錢罷。」德泉叫子安點洋錢給他，他又嫌重，換了鈔票，才去。臨走對德泉道：「今日晚上，請你吃酒去麼？」德泉道：「那裏？」小雲道：「不是沈月卿，便是黃銀寶。」說著，一逕去了。

德泉道：「你看！賣了錢，又這樣花法。」我道：「你方才說那偷的，又是什麼？」德泉道：「只要是用得著的，無一不偷。他那外場面做得實在好看，大門外面，設了個稽查處，不准拿一點東西出去呢。誰知局裏有一種燒不透的煤，還可以再燒小爐子的，照例是當煤渣子的不要的了，所以准局裏人拿到家裏去燒。這名目叫做『二煤』，他們整籮的抬出去。試問那煤籮裏，要藏多少東西？」我道：「照這樣說起來，還不把一個製造局偷完了麼？」說話時，我又把那輪船揭開細看。德泉道：「今日禮拜，我們寫個條子，請佚廬來，估估這個價，到底值得了多少？」我道：「好極！好極！」於是寫了條子去請，一會到了。正是：

要知真價值，須俟眼明人。

不知估得多少價值，且待下回再記。

第三十回　試開車保民船下水　誤紀年製造局編書

當下方佚廬走來，大家招呼坐下。德泉便指著那小輪船，請他估價。佚廬離座過來，德泉揭開上層，又注上火酒，點起來，一會兒船機轉動。佚廬一一看道：「買定了麼？」德泉道：「買定了，但不知上當不上當？所以請你來估估價。」佚廬道：「要三百兩麼？」德泉笑道：「只花了一百兩銀子。」佚廬道：「那裏有這個話？這裏面的機器，何等精細！他這個何嘗是做來玩的，簡直照這個小樣，放大了，可以做大的，裏面沒有一樣不全備，只怕你們雖買了來，還不知他的竅呢！」說罷，把機簧一撥，那機件便轉得慢了。又道：「你看！這是慢車。」又把一個機簧一撥，那機件全停了。又道：「你看這是停車了。」說罷，又另撥一個機簧，那機件又動起來。佚廬問道：「你們看得出來麼？這是倒車了。」留神一看，兩旁的明輪，果然倒轉。佚廬又仔細再看道：「只怕還有汽筒呢！」向一根小銅絲上輕輕的拉了一下，果然嗚嗚的放出一下微聲，就像簫上的「乙」音。佚廬不覺歎道：「可稱精極了！三百兩的價，我是估錯的。此刻有了這個樣子，就叫我照做，三百兩還做不起來呢。但是白費了工夫，那倒車，慢車，停車，放汽，都要人去弄的，那裏找個小人去弄他呢？到底買了多少？」德泉道：「的確是一百兩買來的。」佚廬道：「沒有的話，除非是賊贓。」德泉笑道：「雖不是賊贓，卻也差不多。」遂把畫圖學生私造的話說了。佚廬歎道：「這也難怪他們，人家聽見說他們做私貨，就都怪學生不好，依我說起來，實在是總辦不好，你所說的趙小雲，我也認識他，我並且出錢請他畫過圖。他在裏面當了上十年的學生，本事學得不小了；此刻要請一個人，照他的本事，大約百把銀子一個月，也沒有請處。他在局裏，卻還是當一個學生的名目，一個月賺四吊錢的膏火。你叫他怎麼夠用？可不要出這些花樣了？可笑那些總辦，眼光比綠豆還小，有一回畫圖教習，上去回總辦，說這個趙小雲本事學出了，求總辦派他個差事，起點薪水。你猜總辦說句什麼話？他說：『起上十兩、八兩的薪水，不夠他坐馬車呢。』」我道：「奇了！怎麼發出這一句話來？」

佚廬道：「總是趙小雲坐了馬車，被他碰見了一兩次，才有這話呢。本來為的是要人才，才教學生；教會了，就應該用他；用了他，就應該給他錢；給了他錢，他花他的，你何必管他坐牛車馬車呢！就如從前派到美國去的學生，回來了也不用，此刻有多少在外頭當洋行買辦，當律師翻譯的；我花了錢，教出了人，卻叫外國人去用，這才是楚材晉用呢！此刻局裏有本事的學生不少，聽說一個個都打算向外頭謀事。你道這都不是總辦之過麼？」德泉道：「其實那做總辦的，那一個懂得這些，幾時得能夠你去做了總辦就好了。」佚廬道：「我又懂得什麼呢！不過有一層，是考究過工藝的做起來，雖不敢說十分出色，也可以少上點當。你們知道的保民船，才笑話呢！未開工之前，單為了這條船，專請了一個外國人去做工師；打出了船樣，總辦看了，叫照樣做。那時鍋爐廠有一個中國工師，叫梁桂生，是廣東人，他說這樣子不對，照他的龍骨，恐怕走不動；照他的舵，怕轉不過頭來。鍋爐廠的委員，就去回了總辦。那總辦倒惱起來了，說：『梁桂生他有多大的本領！外國人打的樣子，還有錯的麼？不信他比外國人還強。』

「委員碰了釘子，便去埋怨梁桂生。桂生道：『不要埋怨！有一天我也會還他一個釘子，就照他做罷！』於是乎勞民傷財的做起來，好容易完了工，要試車了；總辦請了上海道，及多少官員，到船上去；還有許多外國人，也來看，出了船塢，便向閔行駛去。足足走了六七點鐘之久，才望見閔行的影子。及至要回來時，卻回不過頭來；憑你把那舵攀足了，那個船只當不知；無可奈何，只得打倒車回來，益發走得慢了。各官員都有事的，不覺都焦躁起來，於是打發人放舢舨登岸，跑回局裏去，招呼放了小輪船去，把主人接回。那保民船直到天黑後，才捱了回來。這一來總辦急了，問那外國人。那外國人說修得好的。誰知修了個把月，依然如故。無可奈何，只得叫了梁桂生去商量。桂生道：『這個都是依了外國人圖樣做的；但不知有走了樣沒有？如果走了樣，少不得工匠們都要受罰。』總辦道：『外國人說過，並不曾走樣。』桂生道：『那麼就問外國人。』總辦道：『他總弄不好，怎樣呢？』桂生道：『外國人有通天的本事，那裏會做不好。既然外國人也做不好，我們中國人更不敢做了！』總辦碰了他這麼一個軟釘子，氣得又不敢惱出來，只得和他軟商量。他卻始終說是沒有法子。總辦沒奈何，等他去了，又叫了委員去商量，那些委員，懂得什麼，除了磕頭請安之外，便是拿錢吃飯；還有的是逢迎總辦的意旨罷了。所以商量了半天，仍舊沒法，只得仍然和桂生商量。桂生道：『這個有什麼法子呢？只好另做一個。』委員吐了舌頭出來道：『那麼怎樣報銷？』這件事被桂生作難了許久，把他前頭受的惡氣，都出盡了，才換上一門舵，把船後頭的一段龍骨改了，這才走得動回得轉，然而終是走得慢。你們看這不是笑話麼？倘使懂得工藝的總辦，何至於上這個當？」我道：「最奇的他們只信服外國人，這是什麼意思？」佚廬道：「這些製造法子，本來都是外國來的，也難怪他們信服外國人；但是外國人也有懂的，也有不懂的，譬如我們中國人專門會作八股，然而也必要讀書人才會，讀書人當中，也還有作得好，作得醜之分呢。叫我們生意人看著他，就一竅不通的了。難道是個中國人就會作八股麼？他們的工藝，也是這樣，然而官場中人，只要看見一個沒辮子的，那怕他是個外國化子，也看得他同天上神仙一般。這個全是沒有學問之過。」

我問道：「佚翁才說的，那裏面的委員，什麼都不懂，他們辦些什麼事呢？」

佚廬道：「其實那裏頭無所謂委員，一切都是司事，不過兩個管廠的，薪水大點，就叫他委員罷了。他們無非是記個工帳，還有什麼事辦呢？還有連工帳都記不來的，一個字不識的人，都有在裏面，要問起他們的來歷，卻是當過兵的也有，當過底下人的也有。我小號和局裏常有交易，所以我也常常到局裏去。前幾年裏頭，有個笑話，我到了局裏，只看見一個司事，抱著一塊虎頭牌，在那裏嚎啕大哭著跑來跑去，一面哭著，嘴裏嚷著叫老太太。」我道：「只怕是他老太太沒了。」德泉道：「只怕是的！」佚廬道：「沒了老太太，他何必抱著虎頭牌呢？」我道：「不然！這個辦公事的地方，何以忽然叫起個女人來？」佚廬道：「便是我當日也疑惑得很，後來打聽了他的同事，方才知道。那時候的總辦，是李勉林，這個司事叫什麼周寄芸，從前兵燹的時候，曾經背負了那位李老太太，在兵火裏逃出來的；後來這位李總辦得了這個差，便栽培他，在局裏派他一件事，這天不知為了什麼事，李總辦掛出牌來，開除了他，所以他抱著那塊牌子哭。」我道：「哭便怎樣？這也無謂極了！」佚廬道：「你聽我說呢，那時那位李老太太迎養在局裏。他哭跳了一回，扛著那牌，去見老太太，果然被他把那事情哭回來了。你想代人家背負了女眷逃難的，是什麼出身？」我道：「講究實業的地方，用了這種人，那裏會攪得好。那李總辦也無謂得很，你要報私恩，就送他幾兩銀子罷了，這種人那裏辦得事來？」佚廬道：「你說他不能辦事，他卻是越弄越紅起來呢；今年現在的這位總辦，給他一個札子，叫他管理船廠，居然是委員了！」我笑了笑道：「偏是這樣人他會紅，真是奇事！」佚廬道：「船廠的工師，告訴了我一件事，大家笑了好幾天。他奉了札子，到了船廠，便傳齊了一切工匠小工護勇等人，當面吩咐說：『今天蒙總辦的恩典，做了委員，你們從此要叫我「周老爺」了，不能再叫我「周師爺」的了。』」說得我和德泉都哈哈大笑起來。

金子安在帳房裏，也出來問笑什麼。佚廬道：「還有好笑的呢，他到了船廠之日，先調了眾工匠小工花名冊來看；這本來是一件公事，你道他看什麼？他看過之後，就指了幾名工匠來，勒逼著他們改了名字，說你的名字犯了總辦祖上的諱；他的名字，犯了總辦的諱；雖然不是這個字，然而同音也是不應該的。你們怎麼這等沒王法，那怕你犯了我的諱，倒不要緊。」說得眾人又是一場好笑。佚廬道：「還有好笑的呢，局裏有一個裁縫，叫做馮滌生。有一回，這裁縫承辦了一票號衣，未免寫個承攬單簽上名字。不知怎樣被他看見了，嚇得他面無人色。」說到這裏，頓住了道：「你們猜他為什麼吃驚？」大家想了一會，都猜不出，催他快點說。佚廬道：「他指著那裁縫的名字道：『你好大膽！沒規矩！沒王法的！犯了這製造局的開山始祖曾中堂，曾文正公的諱；況且曾中堂又是現任總辦的丈人，你還想吃飯麼？』裁縫道：『曾中堂叫曾國藩，不叫滌生。』他聽了，登時暴跳如雷起來，大喝道：『你可反了！提了曾中堂的正諱叫起來，你知道這兩個字除了皇帝，誰敢提在口裏。你用的兩個字，雖不是正諱，卻是個次印，你快快換寫一張，改了名字。這個拿上去，總辦看了，也要生氣的。』」眾人又是一笑。佚廬道：「那裁縫只得換寫一張，胡亂改了個什麼阿貓，阿狗的名字，他才快活了。還拿這個話去回了總辦請功呢。」眾人更是狂笑不止。我道：「這個人不料有許多笑話，還有沒有？何妨再說點我們聽聽。」佚廬道：「我不過道聽塗說罷了，倘使他們局裏的人說起來，只怕新鮮笑話多著呢。」此時已是晚飯的時候，便留佚廬便飯。他同德泉是極熟的，也不推辭。

一時飯罷，大家坐到院子裏乘涼。閒閒的又談起製造局來。我問起這局的來歷。佚廬道：「製造局開創的總辦是馮竹儒；守成的是鄭玉軒，李勉林；以後的就平常得很了。到了現在這一位，更是百事都不管，天天只在家裏念佛；你想那個局如何會辦得好呢？」我道：「開創的頗不容易。」佚廬道：「正是！不講別的，偌大的一個局，定那章程規則，就很不容易。馮總辦的時候，規矩極嚴，此刻寬的不像樣子了。據他們說：當日馮總辦，每天親巡各廠去查工，晚上還查夜。有一夜極冷，有兩三個司事，同住在一個房裏，大家燒了一小爐炭禦寒；可巧馮總辦查夜到了，嚇得他們什麼似的，內中一個，便把這個炭爐子藏在椅子底下，把身子擋住。偏偏他老先生又坐下來談了幾句天才去。等他去後，連忙取出炭爐時，那椅面已經烘焦了；倘使他再不走，坐這把椅子的那位先生，屁股都要燒了呢。此刻一到冬天，那一個司事房裏，沒有一個煤爐，只舉此一端，其餘就可想了。這位總辦，別的事情不懂，一味的講究節省。局裏的司事，穿一件新衣服，他也不喜歡，要說閒話。你想趙小雲坐馬車，被他看見了，他也不願意，就可想而知了。其實我看是沒有一處不糜費。單是局裏用的幾個外國人，我看就大可以省的。他們拿了一百二百的大薪水，遇了疑難的事，還要和中國工師商量，這又何苦用著他呢？還有廣方言館那譯書的，二三百銀子一月，還要用一個中國人同他對譯。一天也不知譯得上幾百個字。成了一部書之後，單是這筆譯費就了不得。」

我道：「卻譯些什麼書呢？」佚廬道：「都有。天文，地理，機器，算學，聲光，電化，都是全的。」我道：「這些書倒好，明日去買他兩部看看，也可以長點學問。」佚廬搖頭道：「不中用！他所譯的書，我都看過，除了天文我不懂，其餘那些聲光電化的書，我都看遍了，都沒有說得完備。說了一大篇，到了最緊要的竅眼，卻不點出來；若是打算看了他作為談天的材料，是用得著的；若是打算從這上頭長學問，卻是不能。」我道：「出了偌大薪水，怎麼譯成這麼樣？」佚廬道：「這本難怪。大凡譯技藝的書，必要是這門技藝出身的人去譯；還要中西文字兼通的才行。不然，必有個詞不達意的毛病。你想他那裏譯書，始終是這一個人，難道這個人就能曉盡了天文，地理，機器，算學，聲光，電化各門麼？外國人單考究一門學問，有考了一輩子考不出來，或是兒子，或是朋友，去繼他志才考出來的。談何容易，就胡亂可以譯得！只怕許多名目，還鬧不清楚呢！何況又兩個人對譯，這又多隔了一層膜了。」我道：「胡亂看看，就是做了談天的材料也好。」佚廬道：「也未嘗不可以看看，然而也有誤人的地方，局裏編了一部四裔編年表，中國的年代，卻從帝嚳編起；我讀的書很少，也不敢胡亂批評他，但是我知道的中國年代，從唐堯元年甲辰起，才有個甲子可以紀年，以前都是含含糊糊的。不知他從那裏考得來。這也罷了，誰知到了周朝的時候，竟大錯起來。你想拿年代合年代的事，不過是一本中西合曆，只費點翻檢的工夫罷了，也會錯的，何況那中國從來未曾經見的學問呢！」我道：「是怎麼錯法呢？是把外國年份，對錯了中國年份不是？」佚廬道：「這個錯不錯，我還不曾留心。只是中國自己的年份錯了，虧他還刻出來賣呢。你要看，我那裏有一部，明日送過來你看。我那書頭上，把他的錯處，都批出來的。」正是：

不是山中無曆日，如何歲月也模糊。

當下夜色已深，大家散了。要知他錯的怎麼，且待我看過了再記。

第三十一回 論江湖揭破偽術 小勾留驚遇故人

到了次日午後，方佚廬果然打發人送來一部四裔編年表。我這兩天帳也對好了，東西也買齊備了，只等那如意的裝璜匣子做好了，就可以動身。左右閒著，便翻開來看；見書眉上果然批了許多小字，原書中國曆數，是從少昊四十年起的；卻又註上壬子兩個字。我便向德泉借了一部綱鑑易知錄，去對那干年。從唐堯元年甲辰起，逆推上去，帝摯在位九年，帝嚳在位七十年，顓頊氏在位七十八年，少昊氏在位八十四年；從堯元年扣至少昊四十年，共二百零一年。照著甲辰干支逆推上去，至二百零一年應該是癸未，斷不會變成壬子之理。這是開篇第一年的中國干支已經錯了。他底下又注著西曆前二千三百四十九年；我又檢查一檢查，耶穌降生，應該在漢哀帝元壽二年；逆推至漢高祖乙未元年，是二百零六年，又加上秦四十二年，周八百七十二年，商六百四十四年，夏四百三十九年，舜五十年，堯一百年，帝摯九年，帝嚳七十年，顓頊七十八年，少昊共在位八十四年；扣至四十年時，西曆應該是耶穌降生前二千五百五十五年。其中或者有兩回改換朝代的時候，參差了三兩年，也說不定的。然而照他那書上，已經差了二百年了。開卷第一年，就中西都錯，真是奇事。又翻到第三頁上，見佚廬書眉上的批寫著：「夏帝啓在位九年，太康二十九年，帝相二十八年。自帝啓五年，至帝相六年，中間相距五十一年，今以帝啓五年，作一千九百七十四年，帝相六年，作一千九百三十七年，中間相距才三十七年耳，此處即舛誤十四年之多矣」云云。以後逐篇翻去，都有好些批，無非是指斥編輯的，算去卻都批的不錯。金子安跑過來對我一看道：「呀！你莫非在這裏打鐵算盤？」我此時看他錯誤的太多，也就無心去看。想來他把中西的年歲，做一個對表，尚且如此錯誤；中間的事跡，我更無可稽考的，看他做什麼呢。

正在這麼想著，聽得金子安這話，我便笑問道：「怎麼叫個鐵算盤？我還不懂呢！」金子安道：「這裏又擺著曆本，又擺著算盤，又堆了那些書，不是打鐵算盤麼？」我問到底什麼叫鐵算盤。子安道：「不是拿算盤算八字麼？」我笑道：「我不會這個，我是在這裏算上古的年數。」子安道：「上古的年數還算他做什麼？」我問道：「那鐵算盤到底是什麼？」子安道：「是算命的一個名色；大概算命的都是排定八字，以五行生剋推算，那批出來的詞句，都是隨他意寫出來的。惟有這鐵算盤的詞句，都在書上刻著，排八字又不講五行，只講數目，把八字的數目疊起來，往書上去查，不知他怎樣的加法，加了又查，每查著的，只有一個字，慢慢加上，自然成文，判斷的很有靈驗呢！」我道：「此刻可有懂這個的？何妨去算算！」

說話間，管德泉走過來說道：「江湖上的事，那裏好去信他！從前有一個什麼吳少瀾，說算命算得很準，一時哄動了多少人。這裏道臺馮竹儒，也相信了，叫他到衙門裏去算；把合家男女的八字，都叫他算起來。他的兄弟吉雲有意要試那吳少瀾靈不靈，便把他家一個底下人，和一個老媽子的八字，也寫了攙在一起。及至他批了出來，底下人的命也是什麼正途出身，封疆開府；那老媽子的命，也是什麼恭人淑人，夫榮子貴的。你說可笑不可笑呢？」子安道：「這鐵算盤。不是這樣的。拿八字給他看了，他先要算父母在不在，全不全，兄弟幾人；父母不全的，是那一年丁的憂，或喪父或喪母；先把這幾樣算的都對了，才往下算；倘有一樣不對，便是時辰錯了，他就不算了。」

德泉道：「你還說這個呢，你可知前年京裏，有一個算隔夜數的，他說今日有幾個人來算命，他昨夜已經先知道的，預先算下。要算命的人，到他這裏，先告訴了他八字；又要把自己以前的事情，和他說知；如父母全不全，兄弟幾個，那一年有什麼大事之類，都要直說出來。他聽了，說是對的，就在抽屜裏取出一張批就的八字來。上面批的詞句，以前之事，無一不應。以後的事，也批好了，應不應，靈不靈，是不可知的了。」我道：「這豈不是神奇之極了麼？」德泉笑道：「誰知後來卻被人家算去了！他的生意非常之好，就有人算計要拜他為師，他只不肯教人。後來來了一個人，天天請他吃飯，起先還不在意，後來看看，每吃過了之後，到櫃上去結帳，這個人取出一包碎銀子給掌櫃的，總是不多不少，恰恰如數。這算命的就起了疑心，怎麼他能預先知道吃多少的呢？忍不住就問他。他道：『我天天該用多少銀子，都是隔夜預先算定的。該在那裏用多少，那裏用多少，一一算好秤好包好了；不過是省得臨時秤算的意思。』算命的道：『那裏有這個術數？』他道：『豈不聞「一飲一啄，莫非前定」；既是前定，自然有術數可以算得出了。』算命的求他教這法子。他道：『你算命都會隔夜算定，難道這個小小術數都不會麼？』算命的求之不已，他總是拿這句話回他。算命的沒法，只得直說道：『我這個法子是假的；我的住房，同隔壁的房，只隔得一層板壁，在板壁上挖了一個小小的洞，我坐位的那個抽屜桌子，便把那小洞堵住，堵小洞的那橫頭桌子上的板，也挖去了，我那抽屜，便可以通到隔壁房裏。有人來算命時，他一一告訴我的話，隔壁預先埋伏了人，聽他說一句，便寫一句。這個人筆下飛快，一面說完了，一面也寫完了。至於那以後的批評，是糊裏糊塗預寫下的，靈不靈那個去管他呢。寫完了，就從那小洞口遞到抽屜裏。我取了出來給人，從來不曾被人窺破。這便是我的法子了。』

「那人大笑道：『你既然懂得這個，又何必再問我的法子呢？我也不過預先算定，明日請你吃飯，吃些什麼菜，應該用多少銀子？預先秤下罷了。』算命的還不信，說道：『吃的菜也有我點的，你怎麼知道我點的是什麼菜多少價呢？』那人笑道：『我是本京人，各館子的情形爛熟，比方我打算定請你吃四個菜，每個一錢銀子。你點了一個錢二的：我對點一個八分的來就你；你點了個六分的，我也會點一個錢四的來湊數；這有什麼難處呢！』算命的呆了一呆道：『然則你何必一定請我？』那人笑道：『我何嘗要請你？不過拿我這個法子，騙出你那個法子來罷了。』說罷一場乾笑。那算命的被他識穿了，就連忙收拾出京去了，你道這些江湖上的人，可以信得麼？」

一席話說得大家一笑，德泉道：「我今年活了五十多歲，這些江湖上的事情，見得多了。起先我本來是極迷信的，後來聽見一班讀書人都斥為異端邪術，我反起了疑心。這等神奇之事，都有人不信的，我倒怪那些讀書人的不是呢。後來慢慢的聽得多了，方才疑心到那江湖上的事情，不能盡信，卻被我設法查出了他許多作假法子。從此以後，我的不信，是有憑據可指的；那一班讀書先生，倒成了徒託空言了。我說一件事給你兩位聽：當日我有一位舍親，五十多歲，只有一個兒子，才十一二歲，得了個痫症，請了許多醫生，都醫不好。後來請了幾個茅山道士來打醮禳災。那為頭的道士說他也懂得醫道，舍親就請他看了脈。他說這病是因驚而起，必要吃金銀湯才鎮壓得住。問他什麼叫金銀湯，可是拿金子、銀子煎湯？他說：『煎湯吃沒有功效，必要拿出金銀來，待他作了法事，請了上界真神，把金銀化成仙丹，用開水沖服，才能見效。』舍親信了，就拿出一枝金簪，兩元洋錢，請他作法。他道：『現在打醮，不能做這個；要等完了醮，另作法事，方能辦到。』舍親也依了。等完了醮，請他做起法事來，他又說：『洋錢不能用，因為是外國東西，菩薩不鑑的；必要錠子上剪下來的碎銀。』舍親又叫人拿洋錢去換了碎銀來，交與他，他卻不用手接，先念了半天的經，又是什麼通誠；通過了誠，才用一個金漆盤子，託了一方黃緞，緞上面畫了一道符；叫舍親把金簪碎銀放在上面。他捧到壇上去，又念了一回經卷，才把他包起來放在桌子上，撤去金漆盤子，道眾大吹大擂起來，一面取二升米，撒在緞包上面，二升米撒完了，那緞包也蓋沒了。他又戟指在米上畫了一道符，又拜了許久，念了半天經咒，方才拿他那牙笏把米掃開，現出緞包。他捲起衣袖，把緞包取來，放在金漆盤子裏；輕輕打開；說也奇怪，那金簪銀子都不見了，緞子上的一道符，還是照舊，卻多了一個小小的黃紙包兒。拿下來打開看時，是一包雪白的末子。他說：『這就是那金銀化的，是請了上界真神，才化得出來；把開水沖來服了，包管就好。』此時親眷朋友，在座觀看的人，總有二三十，就是我也在場同看，明明看著他手腳極乾淨，不由得不信。然而吃了下去，也不見好；後來還是請了醫生看好的。在當時人人都疑是真有神仙，便是我也還在迷信時候上。多少讀書人，卻一口咬定是假的，他一定掉了包去；然而幾人虎視眈眈的看著他，拿緞包時，總是捲起袖子。如果掉包，豈沒有一個人看穿的道理？後來卻被我考了出來，明明是假的，他仗著這個法子去拐騙金錢，又樂得人人甘心被他拐騙，這才是神乎其技呢。」我連忙問：「是怎麼假法？」德泉取一張紙，裁了兩方，摺了兩個包，給我們看。看官！當日管德泉是當面做給我看的，所以我一看就明白；此刻我是筆述這件事，不能做了紙包，夾在書裏面，給看官們看。只能畫個圖出來，讓看官們好按圖去演做出來，方知這騙法神妙。圖如下：

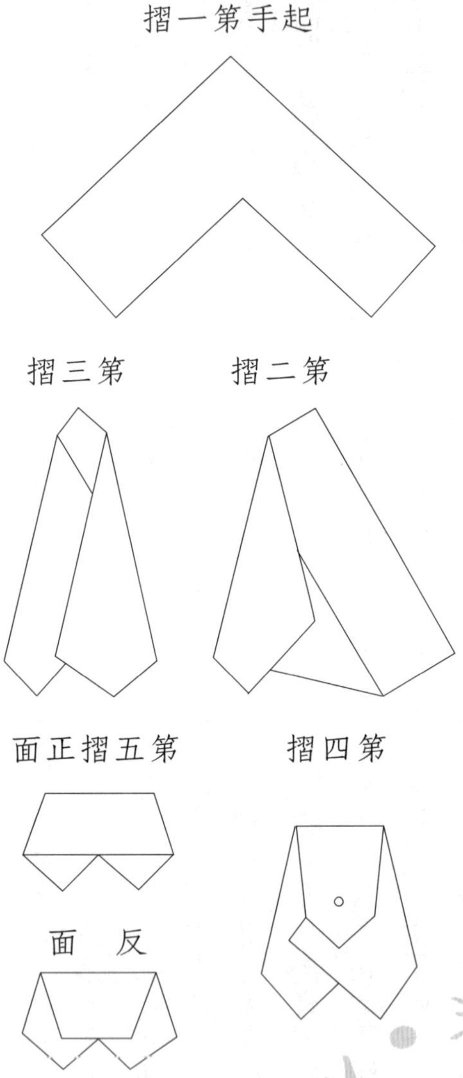

德泉摺了這一式的兩個紙包道：「你們看這兩個紙包，是一式無異的了。他把兩個包的反面對著反面，用膠水黏連起來，不成了兩面都是正面，都有了包口的了麼？他在那一面先藏了別的東西，卻拿這一面包你的金銀。縱使看的人疑心他做手腳，也不過留神在他身上袖子裏；那知道他在金漆盤裏拿到桌子上，或在桌子上拿回金漆盤裏時，輕輕翻一個身，已經掉去了呢！」我道：「這個法子，說穿了也不算什麼稀奇。」德泉道：「說穿了，自然不稀奇；然而不說穿是再沒有人看得出的。

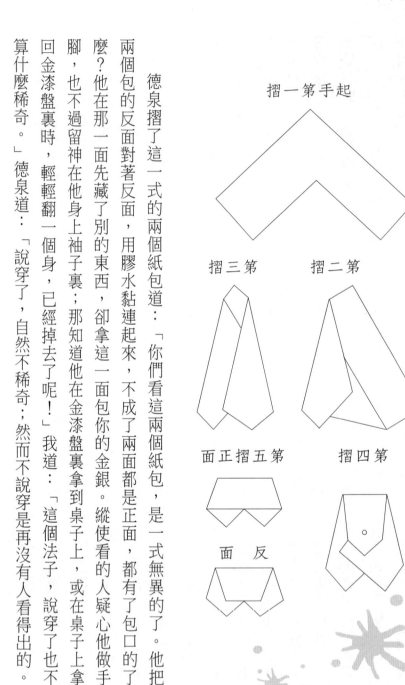

我初考得這個法子時，便小試其技，拿紙來做了一個小包，預包了一角小洋錢在裏面；卻叫人家給一個銅錢，我包在這一面。攢在手裏，假意叫他吹一口氣，把紙包翻過來，就變了個小洋錢。有一個年輕朋友看了，當以為真，一定要我教他。我要他請我吃了好幾回小館子，才教了他。他懊悔的了不得。」我道：「教會了他，為甚倒懊悔起來呢？」德泉道：「他以為果然一個銅錢，能變做一角小洋錢，他想學會了，就可以發財。所以才破費了請我吃那許多回館子。誰知說穿了是假的，他那得不懊悔？」子安和我，不覺一齊笑起來。

我又問道：「還有什麼作假的呢？」德泉道：「不必說起，沒有一件不是作假的，不過一時考不出來。我只說一兩件，就可以概其餘了。那『祝由科』代人治病，不用吃藥，只畫兩道符就好了；最驚人的，用小刀割破舌頭取血畫符，看他割得血淋淋的，又行所無事，人人都以為神奇。其實不相干，你試叫他拿刀來把舌頭橫割一下，他就不能。原來這舌頭豎割是不傷的，隨割隨就長合，並且不甚痛；常常割它，割慣了，竟是毫無痛苦的。若是橫割了，就流血不止，極難收口的。只要大著膽，人人都可以做得來。不信你試細細的一想，有時吃東西，偶然大牙咬了舌邊，雖有點微痛，卻不十分難受；倘是門牙咬了舌尖，就痛的了不得。論理，大牙的咬勁，比門牙大得多，何以反為不甚痛，這就是一橫一豎的道理了。又有那茅山道士，探油鍋的法子；看看他作起法來，燒了一鍋油，沸騰騰的滾著，放了多少銅錢下去，再伸手去一個一個的撈起來；他那隻手只當不知。看了他，豈不是仙人了麼？豈知他把些硼砂，暗暗的放在油鍋裏，只要得了些須暖氣，硼砂在油裏面要化水；化不開，便變了白沫，浮到油面。人家看了，就猶如那油滾了一般，其實還沒有大熱呢。」

說話之間，已到了晚飯時候。這一天格外炎熱，晚飯過後，便和德泉到黃浦灘邊，草皮地上乘了一回涼，方才回來安歇。這一夜，熱得睡不著，直到三點多鐘，方才退盡了暑氣，朦朧睡去。忽然有人叫醒，說是有個朋友來訪我，連忙起來，到堂屋一看。見了這個人，不覺吃了一驚。正是：

昨聽江湖施偽術，今看骨肉出新聞。

未知此人是誰，且聽下回再記。

第三十二回　輕性命天倫遭慘變　豁眼界北里試嬉遊

哈哈！你道那人是誰？原來是我父親當日在杭州開的店裏一個小夥計，姓黎，表字景翼，廣東人氏。我見了他，為甚吃驚呢？只因見他穿了一身的重孝，不由得不吃一個驚。然而敘起他來，我又為什麼哈哈一笑？只因我這回見他之後，曉得他鬧了一件喪心病狂的事，笑不得，怒不得，只得乾笑兩聲，出出這口惡氣。

看官們聽我敘來：這個人，他的父親，是個做官的；官名一個達字，表字鴻甫，本來是福建的一個巡檢。署過兩回事，弄了幾文，就在福州省城，蓋造了一座小小花園，題名叫做水鷗小榭。生平歡喜做詩，在福建結交了好些官場名士。那水鷗小榭，就終年都是冠蓋往來，日積月累的，就鬧得虧空起來。大凡理財之道，積聚是極難，虧空是極易的。然而官場中的習氣，又看得那虧空是極平常的事。所以越空越大，慢慢的鬧得那水鷗小榭的門口，除了往來冠蓋之外，又多添了一班討債鬼。這位黎鴻甫少尹，明知不得了，他便一不做二不休，索性帶了一妻兩妾三個兒子，逃了出來，撇了那水鷗小榭也不要了。走到杭州，安頓了家小，加捐了一個知縣；進京辦了引見，指省浙江，又到杭州候補去了。我父親開著店的時候，也常常和官場交易，因此認識了他的三個兒子：大的叫慕枚，第二的就是這個景翼，第三的叫希銓。你道他們兄弟，為甚取了這麼三個別致名字？只因他老子歡喜做詩，做名士，便望他的兒子也學他那樣；因此大的叫他仰慕袁枚，就叫慕枚；第二的叫他景企趙翼，就叫景翼；第三的叫他希冀蔣士銓，就叫希銓；他便這般希望兒子。誰知他的三個兒子，除了大的還略為通順，其次兩個，連字也認不得多少，卻偏又要謅兩句歪詩。當年鴻甫把景翼薦到我父親店裏，我到杭州時，他還在店裏，所以認得他。當下相見畢，他就敘起別後之事來。原來鴻甫已經到了天津，在開平礦務局當差，家眷都搬到上海，住在虹口源坊衖。慕枚到臺灣去謀事，死在臺灣。鴻甫的老婆，上月在上海寓所死了，所以景翼穿了重孝。景翼把前事訴說已畢，又說道：「舍弟希銓，不幸昨日又亡故了；家父遠在開平，我近來又連年賦閒，所以一切後事，都不能舉辦。我們忝在世交，所以特地來奉求借幾塊洋錢，料理後事。」我問他要多少。景翼道：「多也不敢望，只求借十元罷了。」我聽說，就取了十元錢給他去了。今天早上，下了一陣雨，天氣風涼，我閒著沒事，便到謙益棧看伯父。誰知他已經動身到蘇州去了。又去看看小七叔，談了一回，出來到虹口源坊衖，回看景翼，並弔乃弟之喪。到得他寓所時，恰好他送靈柩到廣肇山莊去了，未曾回來，只有同居的一個王端甫在那裏，代他招呼。

這王端甫是個醫生，我請問過姓氏之後，便同他閒談，問起希銓是什麼病死的。端甫只歎一口氣，並不說是什麼病。我不免有點疑心，正要再問，端甫道：「聽景翼說起，同閣下是世交，不知交情可深厚？」我道：「這也無所謂深厚不深厚，總算兩代相識罷了。」端甫道：「我也是和鴻甫相好，近來鴻甫老得糊塗了，這黎氏的家運，也鬧了個一敗塗地。我們做朋友的，看著也沒奈何，偏偏慕枚又先死了；這一家人只怕從此沒事的了。」我道：「究竟希銓是什麼病死的？」端甫歎道：「那裏是病死的，是吃生鴉片煙死的呀！」我驚道：「為著什麼事？」端甫道：「竟是鴻甫寫了信來叫他死的。」我更是大驚失色，問是什麼原故？端甫道：「這也一言難盡！鴻甫的那一位老姨太太，本是他夫人的陪嫁丫頭，他弟兄三個，都是嫡出；這位姨太太，也生過兩個兒子，卻養不住。鴻甫夫人，便把希銓指給他；所以這位姨太太十分愛惜希銓。希銓又得了個癱瘓的病，總醫不好。上前年，就和他娶了個親，這種癱子，有誰肯嫁他，只娶了人家一個粗丫頭。去年那老姨太太不在了，把自己的幾口皮箱，都給了希銓。這希銓也索作怪。娶了親來，並不曾圓房，卻同一個朋友同起同臥。這個朋友是一個下等人，也不知他姓什麼，只知道名字叫阿良。家裏人都說希銓和那阿良，有甚曖昧的事。希銓又本來生得一張白臉，柔聲下氣，就和女人一般的，也怪不得人家疑心。然而這總是房幃瑣事，我們旁邊人卻不敢亂說。這一位景翼先生，他近來賦閒得無聊極了；手邊沒有錢花，便向希銓借東西當。希銓卻是一毛不拔的，因此弟兄們鬧不對了。景翼便把阿良那節事寫信給鴻甫，信裏面總是加了些油鹽醬醋。鴻甫得了信，便寫了信回來，叫希銓快死。又另外給景翼信，叫他逼著兄弟自盡。我做同居的，也不知勸了多少。誰知這位景翼，竟是別有肺腸的，他的眼睛，只看著老姨太太幾口皮箱，那裏還有什麼兄弟，竟然親自去買了鴉片煙來，立逼著希銓吃了，一頭咽了氣，他便去開那皮箱。誰知竟是幾口空箱子，裏面塞滿了許多字紙磚頭瓦石，這才大失所望。大家又說是希銓在時，都給了阿良了。然而這個卻又毫無憑據的，不好去討。只好啞子吃黃連，自家心裏苦罷了。」

我聽了一番話，也不覺為之長歎。一會兒，景翼回來了，彼此周旋了一番，我便告辭回去。過了兩天，王端甫忽然氣沖沖的走來，對我說道：「景翼這東西，真是個畜生！豈有此理！」我忙問什麼事。端甫道：「希銓才死了有多少天，他居然把他的弟婦賣了。」我道：「這還了得！賣到了什麼地方去了？」端甫道：「賣到妓院裏去了。」我不覺頓足道：「可曾成交？」端甫道：「今天早起，人已經送去了；成交不成交，還沒知道。」我道：「總要設法止住他才好。」端甫道：「我也為了這個，來和你商量。我今天打聽了一早起，知道他賣在虹口廣東妓院裏面。我想不必和景翼那廝說話，我們只到妓院裏，和他把人要回來再講。所以特地來約同你去；因為你懂得廣東話。」原來端甫是孟河人，不會說廣東話。我笑問道：「你怎麼知道我懂廣東話呢？」端甫道：「你前兩天和景翼說的，不是廣東話麼？」我道：「只怕他成了交，就是懂話也不中用。」端甫道：「所以要趕著辦，遲了就怕誤事。」我道：「把人要了出來，作何安置呢？也要預先籌畫好了呀！」端甫道：「且要了出來再說，嫁總是要嫁的；他還沒有圓過房，並且一無依靠的；又有了景翼那種大伯子，那裏能叫人家守呢？」我道：「此刻天氣不早了，你就在這裏吃了晚飯，我同你去走走罷。左右救出這個女子來，總是一件好事。」端甫答應了。飯後便叫了兩輛東洋車，同到虹口去。那一條巷子，叫同順里。走了進去，只見兩邊的人家，都是烏裏八糟的。

走到一家門前，端甫帶著我進去，一直上到樓上。這一間樓面，便隔做了兩間。樓梯口上，掛了一盞洋鐵洋油燈，黑暗異常。入到房裏，只見安設著一張板床，高高的掛了一頂洋布帳子，床前擺了一張杉木抽屜桌子，靠窗口一張杉木八仙桌，桌上放著一盞沒有磁罩的洋燈，那玻璃燈筒兒，已是薰得漆黑焦黃的了；還有一個大瓦鉢，滿滿的盛著一鉢切碎的西瓜皮，七橫八豎的放著幾雙毛竹筷子。我頭一次到這等地方，不覺暗暗稱奇，只得將就坐下。便有兩上女子上來招呼，一般的都是生就一張黃面，穿了一套拷綢衫袴，腳下沒有穿襪，拖了一雙皮鞋；一個眼皮上還長了一個大疤。都前來問貴姓。我道：「我們不是來打茶圍的，要來問你一句話，你去把你們鴇母叫了上來！」那一個便去了。

我便問端甫，可認得希銓的妻子？端甫道：「我同他同居，怎麼不認得？」一會兒，那鴇婦上來了。我問他道：「聽說你這裏新來一個姑娘，為什麼不見？」鴇婦臉上現了錯愕之色，回眼望一望端甫又望著我道：「沒有呀！」說話時，那兩個妓女，又在那裏交頭接耳。我冷笑道：「今天姓黎的送來一個人，還沒有麼？」鴇婦道：「委實沒有！我家現在只有這兩個。」我道：「這姓黎的所賣的人，是他自己的弟婦，如果送到這裏，你好好的實說。交了出來，我們不難為你，如果已經成交，我們還可以代你追回身價。你倘是買了不交出來，你可小心點！」鴇婦慌忙道：「沒有！沒有！你老爺吩咐過，如果他送來我這裏，也斷不敢買了。」我把這番問答，告訴了端甫。端甫道：「我懂得！我打聽得明明白白的，怎麼說沒有？」我對鴇婦道：「我們是打聽明白了來的。你如果不交出人來，我們先要在這裏搜一搜。」鴇婦笑道：「兩位要搜，只管搜就是。難道我有這麼的大膽，敢藏過一個人。我老實說了罷，人是送來看過的，因為身價不曾講成，我不知道這裏面還有別樣葛藤；幸得兩位今夜來；不然，等買成了才曉得，那就受累了。」我道：「他明明帶到你這裏來的，怎麼不在這裏？你這句話有點靠不住！」鴇婦道：「或者他又帶到別處去看，也難說的。吃這個門戶飯的，不只我這一家。」我聽了，又告訴了端甫。只得罷休。當下又交代了幾句萬不可買的話；方才出來，與端甫分手。約定明日早上，我去看他，順便覷景翼動靜，然後分頭回去。

德泉問事情辦得妥麼；我道：「事情不曾辦妥，卻開了個眼界；我向來不曾到過妓院，今日算是頭一次。常時聽見人說什麼花天酒地，以為是一個好去處，卻不道是這麼一個地方，真是耳聞不如目見了。」德泉道：「是怎麼樣地方？」我就把所見的，一一說了。德泉笑道：「那是最壞的地方。有好的，你沒有見過；我同你去打一個茶圍，你便知道了。」說時，恰巧有人送了一張條子來，德泉看了笑道：「那有這等巧事！說要打茶圍，果然就有人請你吃花酒了。」說罷，把那條子遞給我看。原來是趙小雲請德泉和我到尚仁里黃銀寶處吃酒。那一張請客條子，是用紅紙反過來寫的。德泉便對來人說：「就來！」原來趙小雲自從賣了那小火輪之後，曾來過兩次，同我也相熟了。所以請德泉，便順帶著請我。我意思要不去，德泉道：「這吃花酒，本來不是一件正經事，不過去開開眼界罷了。只去一次，下次不去，有什麼要緊呢？」看看鐘才九點一刻，於是穿了長衣，同德泉慢慢的走去。在路上，德泉說起小雲近日總算翻了一個大身，被一個馬礦師聘了去；每月薪水二百二十兩，所以就闊起來了。這是製造局裏幾吊錢一個月的學生，你想值得到二百多兩的價值；才給人家幾吊錢，叫人家怎麼樣肯呢？我道：「然而既是倒貼了他的膏火教出來的，也要念念這個學得本事的源頭。」德泉道：「自然做學生的，也要想念本源，但是你要用他呀！擱著他不用，他自然不能不出來謀事了。」我道：「花了錢，教出了人材，卻被外人去用，其實也不值得。」德泉道：「這個豈止一個趙小雲。曾文正和李合肥，從前派美國的學生，回來之後，去做洋行買辦，當律師翻譯的，不知多少呢！」一面說著話，不覺走到了，便入門一逕登樓。這一登樓，有分教：

涉足偶來花世界，猜拳酣戰酒將軍。

不知此回赴席，有無怪現狀，且待下回再記。

第三十三回　假風雅當筵呈醜態　真俠義拯人出火坑

當下我兩人走到樓上，入到房中，趙小雲正和眾人圍著桌子吃西瓜。內中一個方佚廬是認得的；還有一個是小雲的新同事，叫做李伯申；一個是洋行買辦，姓唐，表字玉生，起了個別號，叫做嘯廬居士，畫了一幅嘯廬吟詩圖，請了多少名士題詩；又另有一個外號，叫做酒將軍，因為他酒量好，所以人家送他這麼一個外號，他自己也居之不疑。當下彼此招呼過了，小雲讓吃西瓜。那黃銀寶便拿瓜子敬客，請問貴姓。我抬頭看時，大約這個人的年紀，總在二十以外了，雞蛋臉兒，兩顴上現出幾點雀斑，搽了粉也蓋不住，鼻準上及兩旁，又現出許多粉刺，厚厚的嘴唇兒，濃濃的眉毛兒；穿一件廣東白香雲紗衫子，束一條黑紗百襉裙，裏面襯的是白官紗袴子。卻有一樣可奇之處，他的舉動，甚為安祥，全不露著輕佻樣子。敬過瓜子之後，就在一旁坐下。

他們吃完了西瓜，我便和佚廬說起那四裔編年表，果然錯得利害，所以我也無心去看他的事跡了。他一個年歲都考不清楚，那事跡自然也靠不住了，所以無心去看他。佚廬道：「這個不然！他的事跡，都是從西史上譯下來的；他的西曆，並不曾錯，不過就是錯了華曆。這華曆有兩個錯處：一個是錯了甲子，一個是合錯了西曆。只為這一點，就鬧得人家眼花撩亂了。」唐玉生道：「怎的都被你們考了出來，何妨去糾正他呢？」佚廬笑道：「他們都是大名家編定的，我們縱使糾正了，誰來信我們；不過考了出來，自己知道罷了！」玉生道：「做大名家也極容易，像我小弟，倘使不知自愛，不過是終身一個買辦罷了。自從結交了幾位名士，畫了那嘯廬吟詩圖，請人題詠；那題詠的詩詞，都送到報館裏登在報上，此刻那一個不知道區區的小名？從此出來交結個朋友也便宜些。」說罷，呵呵大笑。又道：「此刻我那吟詩圖，題的人居然有了二百多人；詩詞歌賦，什麼體都有了，寫的字也是真草隸篆，式式全備；只少了一套曲子，我還想請人拍一套曲子在上頭，就可以完全無憾了。」說罷，又把題詩的人名字，屈著手指頭數出來；說了許多什麼生，什麼主人，什麼居士，什麼詞人，什麼詞客，……滔滔汩汩，數個不了。

小雲道：「還是辦我們的正經罷！時候不早了，那兩位怕不來了，擺起來罷！我們一面寫局票！」房內的丫頭老媽子，便一迭連聲叫擺起來。小雲叫寫局票。一一都寫了，只有我沒有。小雲道：「沒有就不叫也使得。」玉生道：「無味！無味！我來代一個。」就寫了一個西公和沈月英。一時起過手巾，大眾坐席。黃銀寶上來篩過一巡酒，敬過瓜子，方在旁邊侍坐。我們一面吃酒，一面談天。我說起這裏妓院，既然收拾得這般雅潔，只可惜那叫局的紙條兒，太不雅觀。上海有這許多的詩人墨客，為什麼總沒有人提倡，同他們弄些好箋紙。玉生道：「好主意！我明天就到大吉樓買幾盒送他們。」我道：「這又不好！總要自己出花樣，或字或畫，或者貼切這個人名，或者貼切吃酒的事，才有趣呢。」玉生道：「這更有趣了，畫畫難得求人，還是想幾個字罷。」說著，側著頭想了一會道：「『燈紅酒綠』好麼？」我道：「也使得！」玉生又道：「『騷人韻士，絮果蘭因』，八個字更好。」我笑道：「有誰名字叫韻蘭的，這兩句，倒是一幅現成對子。」玉生道：「你既然會出主意，何妨想一個呢。」我道：「現成有一句西廂，又輕飄，又風雅，又貼切，何不用呢？」玉生道：「是那一句？」我道：「管教那來人探你一遭兒。」玉生拍手道：「好好！妙極！妙極！」又閉著眼睛，慢聲念道：「管教那人來探你一遭兒！妙極！妙極！」小雲道：「你用了這一句，我明日用西法畫一個元寶刻起來，用黃箋紙刷印了，送給銀寶。不是『黃銀寶』三個字都有了麼？」說罷，大家一笑。

叫的局陸續都到；玉生代我叫的那沈月英，也到了。只見他流星送目，翠黛舒眉，倒也十分清秀。玉生道：「寡飲無味，我們何不豁拳呢？」小雲道：「算了罷！你酒將軍的拳，沒有人豁得過！」玉生不肯，一定要豁。於是打起通關來。一時履舄交錯，釧動釵飛。我聽見小雲說他拳豁得好，便留神去看他出指頭。一路輪過來到我，已被我看得差不多了。同他對豁五拳，卻贏了他四拳。他不服氣，再豁五拳，卻又輸給我三拳，他還不服氣，要再豁，又拿大杯來賭酒，這回他居然輸了個「直落五」。小雲呵呵大笑道：「酒將軍的旗倒了！」我道：「豁拳太傷氣，我們何妨賭酒對吃呢。一樣大的杯子，取兩個來，一人一杯對吃，看誰先叫饒，便是輸了。」玉生道：「倒也爽快！」便叫取過兩個大茶杯來，我和他兩個對飲。一連飲過二十多杯，面才稍歇。過了一會，又對吃起來，又是一連二三十杯。德泉道：「少吃點罷！天氣熱呀！」於是我兩人方才住了。一會兒，席散了，各人都辭去。一同出門，好好的正走著，玉生忽然哇的一聲吐了。連忙站到旁邊，一隻手扶著牆，一面盡情大吐，吐完了，取手巾拭淚。說道：「我今天沒有醉，這……這是他……他們的酒太……太新了！」一句話還未說完，腳步一浮，身子一歪，幾乎跌了個筋斗。幸得方佚廬，李伯申兩個，連忙扶住。出了巷口，他的包車夫，扶了他上車去了。各人分散，我和德泉兩個回去，在路上說起玉生不濟。我道：「在南京時，聽繼之說上海的斗方名士，我總以為繼之蹧蹋人，今日我才親眼看見了。我惱他那酒將軍的名字，時常謅些歪詩，登在報上，我以為他的酒量有多大，所以要和他比一比；是你勸住了，又是天熱；不然，再吃上十來杯，他還等不到出來才吐呢。天底下竟有這些狂人，真是奇事！」當下回去，洗澡安歇。

次日，我惦著端甫處的事。一早起來，便叫車到虹口去。只見景翼正和端甫談天。端甫和我使個眼色，我就會了意，不提那件事。只說二位好早。景翼道：「我因為和端甫商量一件事，今日格外早些。」我問什麼事。景翼歎口氣道：「家運頹敗起來，便接二連三的出些古怪事。舍弟沒了，才得幾天，舍弟婦又逃走去了。」

我只裝不知道這事，故意詫異道：「是幾時逃走的？」景翼道：「就是昨天早起的事。」我道：「倘是出去好好的嫁一個人呢，倒還罷；只不要葬送到那不相干的地方去，那就有礙府上的清譽了。」景翼聽了我這句話，臉上漲得緋紅。好一會才答應道：「可不是！我也就怕的這個。」端甫道：「景兄還說要去追尋；依我說，他既然存了去志，就尋回來，也未必相安；況且不是我得罪的話，黎府上的境況也不好，去了可以省了一口人吃飯；他婦人家坐在家裏，也做不來什麼事。」我道：「這倒也說得是，這一傳揚出去，尋得著尋不著，還不曉得；先要鬧得通國皆知了。」景翼一句話也不答。看他那樣子，很是侷促不安。我向端甫使個眼色，起身告辭。端甫道：「你還到那裏去？」我道：「就回去。」端甫道：「我們學學上海人，到茶館裏吃碗早茶罷！」我道：「左右沒事，走走也好。」又約景翼，景翼託故不去。我便同端甫走了出來。端甫道：「我昨夜回來，他不久也回來了；那臉上現了一種驚惶之色，不住的唉聲歎氣，我未曾動問他，今天一早，他就來和我說，弟婦逃走了。這件事你看怎樣？」我道：「我也籌算過來，我們既然沾了手，萬不能半途而廢，一定要弄他個水落石出才好。只怕他已經成了交，那邊已經叫他接了客，那就不成話了。」

端甫道：「此刻無蹤無影的，往那裏去訪尋呢？只得破了臉，追問景翼。」我道：「景翼這等行為，就是同他破臉，也不為過；不過事情未曾訪明，似乎太早些。

我們最好是先在外面訪著了，再和他講理。」端甫道：「外面從何訪起呢？」我道：「昨天那鴇婦雖然嘴硬，那形色甚是慌張，我們再到他那裏問去。」端甫道：「也是一法。」於是同走到那妓院裏去。那鴇婦正在那裏掃地呢，見了我們，便丟下掃帚，說道：「兩位好早，不知又是什麼事？」我道：「還是來尋黎家媳婦。」鴇婦冷笑道：「昨天請兩位在各房裏去搜，兩位又不搜；怎麼今天又來問我？在上海開妓院的，又不是我一家，怎見得便在我這裏？」我聽了，不覺大怒。把桌一拍道：「姓黎的已經明白告訴了我，說他親自把弟婦送到你這裏的，你還敢賴！你再不交出來，我也不和你講，只到新衙門裏一告，等老爺和你要。看你有幾個指頭捱拶子？」鴇婦聞了這話，才低頭不語。我道：「你到底把人藏在那裏？」鴇婦道：「委實不知道，不干我的事！」我道：「姓黎的親身送他來，你怎麼委說不知？你果然把他藏過了，我們不和你要人，那姓黎的也不答應。」鴇婦道：「是王大嫂送來的，我看了不對，他便帶回去了，那裏是什麼姓黎的送來？」我道：「什麼王大嫂？是個什麼人？」鴇婦道：「是專門做媒人的。」我道：「他住在什麼地方？你引我去問他。」鴇婦道：「他住在廣東街，你兩位自去找他便是，我這裏有事呢。」我道：「你好糊塗！你引了我們去，便脫了你的干係，不然，我只向你要人。」鴇婦無奈，只得起身引了我們到廣東街。指了門口，便要先回去。我道：「這個不行！我們不認得他，要你先去和他說。」鴇婦只得先行一步進去。我等也跟著進去。

只見裏面一個濃眉大眼的黑面肥胖婦人，穿著一件黑夏布小衣，兩袖勒得高高的，連胳膊肘子也露了出來；赤著腳，穿了一雙拖鞋，那袴子也勒高露膝，坐在一張矮腳小櫈子上。手裏拿著一把破芭蕉扇，在那裏搧著取涼。鴇婦道：「大嫂！秋菊在你這裏麼？」我暗問端甫道：「秋菊是誰？」端甫道：「就是他弟婦的名字。」我不覺暗暗稱奇。此時不暇細問，只聽得那王大嫂道：「不是在你家裏麼？怎麼問起我來？你又帶了這兩位來做什麼？」鴇婦漲紅了臉道：「不是你帶了他出來的，怎麼說在我家？」王大嫂站起來大聲道：「天在頭上，你平白地含血噴人，自己做事不機密，卻想把官司推在我身上。」鴇婦也大聲道：「都是你帶了這個不吉利剋死老公的貨來帶累我，我明明看見那個貨頭不對，當時還了你的，怎麼憑空賴起來？」王大嫂丟下了破芭蕉扇，口裏嚷道：「天殺的！你自己膽小，和黎二少交易不成，我們當場走開；好好的一個秋菊在你房裏，怎麼平白地賴起我來？我同你拚了命，和你到十王殿裏，請閻王爺判這是非。」說時遲，那時快，他一面嚷著，早一頭撞到鴇婦懷裏去。鴇婦連忙用手推開，也嚷著道：「你昨夜被鬼遮了眼睛，他兩個同你一齊出來，你不看見麼？」我聽他兩個對罵的話裏有因，就勸住道：「你兩個且不要鬧！這個不是拚命的事，昨夜怎麼他兩個一同出來？你且告訴了我！我自有主意，可不要遮三瞞四的，說得明白，找人出來，你們也好脫累。」王大嫂道：「你兩位不厭煩瑣，等我慢慢的講來。」又指著端甫道：「這位王先生，我認得你；

你只怕不認得我。我時常到黎家去，總見你的。前天黎二少來，說三少死了，要把秋菊賣掉，做盤費到天津尋黎老爺，越快越好。我道：『賣人的事，要等有人要買才好講得；那裏性急得來。』他說：『妓院裏是隨時可以買人的。』我還對他說：『恐怕不妥當，秋菊是丫頭出身，然而卻是你們黎公館的少奶奶。賣到那裏去，須不好聽；怕與你們老爺做官的面子有礙。』他說：『秋菊何嘗算什麼少奶奶！三少在日，並不曾和他圓房，只有老姨太太在時，叫他一聲媳婦兒。老太太雖然也叫過兩聲，後來聞得他做丫頭的名叫秋菊，就把他叫著玩，後來就叫開了。闔家人等，那個當他是個少奶奶。今日賣他，只當賣丫頭。』他說得這麼斬截，我才答應了他。」又指著鴇婦道：「我素知這個阿七媽，要添個姑娘，就來和他說了。昨天早起，我就領了秋菊到他家去看。到了晚上，我又帶了黎二少去，等他們當面講價。黎二少要他一百五十元，阿七媽只還他八十。還是我從中說合，說當日娶他的時候，也是我的原媒，是一百元財禮。此刻就照一百元的價罷。兩家都依允了，契據也寫好了，只欠未曾交銀。忽然他家姑娘來說，有兩個包探在樓上，要阿七媽去問話。我也吃了一驚，跟著到樓上去，在門外偷看，見你兩位問話。我想王先生是他同居，此刻出頭邀了包探來，這件事沾不得手。等問完了話。阿七媽也不敢買了，我也不敢做中了。當時大家分散，我便回來。他兩個往那裏去了，我可不曉得了。」

我問端甫道：「難道回去了。」端甫道：「斷未回去！我同他同居，統共只有兩樓兩底的地方，我便占了一底；回去了，豈有不知之理？」我道：「莫非景翼把他藏過了，然而這種事，正經人是不肯代他藏的，藏到那裏去呢？」端甫猛然省悟道：「不錯！他有一個鹹水妹相好，和我去坐過的，不定藏在那裏。」我道：「如此，我們去尋他。」端甫道：「此刻不過十點鐘，到那些地方太早。」我道：「我們只說有要緊事找景翼，怕什麼？」說罷，端甫領了路，一同去。好得就在虹口一帶地方，不遠就到了。打開門進去，只見那鹹水妹蓬著頭，像才起來的樣子。我就問景翼有來沒有。鹹水妹道：「有個把月沒有來了，他近來發了財，還到我們這裏來麼？要到四馬路嫖長三去了。」我道：「他發了什麼財？」鹹水妹道：「他的兄弟死了，八口皮箱裏的金珠首飾細軟衣服，怕不都是他的麼？這不是發了財了？」我見這情形，不像是同他藏著人的樣子，便和端甫起身出來。端甫道：「這可沒處尋了，我們散了罷！慢慢再想法子。」正想要分散，我忽然想起一處地方來道：「一定在那裏！」便拉著端甫同走。正是：

踏破鐵鞋無覓處，得來全不費工夫。

不知想著什麼地方，且待下回再記。

第三十四回　蓬蓽中喜逢賢女子　市井上結識老書生

當下正要分手，我猛然想起那個什麼王大嫂，說過當日娶的時候，也是他的原媒，他自然知道那秋菊的舊主人的了。或者他逃回舊主人處，也未可知，何不去找那王大嫂，叫他領到他舊主人處一問呢。當下對端甫說了這個主意，端甫也說不錯。於是又回到廣東街，找著了王大嫂，告知來意。王大嫂也不推辭，便領了我們，走到靖遠街，從一家後門進去。門口貼了「蔡宅」兩個字，王大嫂一進門，便叫著問道：「蔡嫂！你家秋菊有回來麼？」我等跟著進去，只見屋內安著一床鋪，床前擺著一張小桌子，這邊放著兩張竹杌，地下爬著兩個三四歲的孩子；廣東的風爐，以及沙鍋瓦罐等，縱橫滿地。原來這家人家，只住得一間破屋，真是寢於斯，食於斯的了。我暗想這等人家也養著丫頭，也算是一件奇事。只見一個骨瘦如柴的婦人，站起來應道：「我道是誰，原來是王大嫂。那兩位是誰？」王大嫂道：「是來尋你們秋菊的。」那蔡嫂道：「我搬到這裏來，他還不曾來過，只怕他還沒有知道呢！要找他有什麼事？何不到黎家去？昨天我聽見說他的男人死了，不知是不是？」王大嫂道：「有甚不是！此刻只怕屍也化了呢。」蔡嫂道：「這個孩子好命苦，我很悔當初不曾打聽明白，把他嫁了個癱子。誰知他癱子也守不住。這兩位怎麼忽然找起他來？」一面說，一面把孩子抱到床上。一面又端了竹杌子過來讓坐。

王大嫂便把前情後節，詳細說了出來。蔡嫂不甚錯愕道：「黎二少枉算是個讀書人。怎麼做了這種禽獸事？無論他出身微賤，總是明媒正娶的，是他的弟婦；怎麼要賣到妓院裏去？縱使不遇見這兩位君子仗義出頭，我知道了也是要和他講理的，有他的禮書婚帖在這裏。我雖然受過他一百元財禮，我辦的陪嫁，也用了七八十。我是當女兒嫁的；不信，你到他家去查那婚帖。我們寫的是義女，不是什麼丫頭；就是丫頭，這賣良為娼，我告到官司去，怕輸了他？你也不是個人，怎麼平白地就和他幹這個喪心的事？須知這事若成了，被我知道，連你也不得了；你四個兒子死賸了一個，還不快點代他積點德，反去作這種孽。照你這種行徑，只怕連死賸那個小兒子，還保不住呢！」一席話，說得王大嫂啞口無言。我不禁暗暗稱奇，不料這蓽門圭竇中，有這等明理女子，真是十步之內，必有芳草。因說道：「此刻幸得事未辦成，也不必埋怨了。先要找出人來要緊。」蔡嫂流著淚道：「那孩子笨得很，不定被人拐了；不但負了兩位君子的盛心，也枉了我撫養他一場。」又對王大嫂道：「他在青雲里舊居時，曾拜了同居的張嬸嬸做乾娘。他昨夜不敢回夫家去，一定找我，我又搬了，張嬸嬸一定留住了他；然而為什麼今天還不送他來我處呢？要就到他那裏去看看，那裏沒有，就絕望了。」說著，不住的拭淚。我道：「既然有了這個地方，我們就去走走。」蔡嫂站起來道：「恕我走路不便，不能奉陪了，還是王大嫂領路去罷！兩位君子，做了這個好事，公侯萬代！」說著，居然嗚嗚的哭起來，嘴裏叫著「苦命的孩子」。我同端甫走了出來，王大嫂也跟著，我對端甫道：「這位蔡嫂很明白，不料小戶人家裏面，有這種人才！」端甫道：「不知他的男人，是做什麼的？」王大嫂道：「是一個廢人，文不文，武不武，窮得沒飯吃，還穿著一件長衫，說什麼不要失了斯文體統。兩句書只怕也不曾讀通，所以教了一年館，只得兩個學生，第二年連一個也不來了。此刻窮得了不得，在三元宮裏面測字。」

我對端甫道：「其婦如此，其夫可知，回來倒可以找他談談。看是什麼樣的人？」端甫道：「且等把這件正經事辦妥了再講！只是最可笑的是這件事，我始終不曾開一句口，是我鬧起來的，卻累了你。」我道：「這是什麼話？這種不平之事，我是赴湯蹈火，都要做的；我雖不認得黎希銓，然而先君認得鴻甫，我同他便是世交；豈有世交的妻子被辱也不救之理？承你一片熱心知照我，把這個美舉分給我做，我還感激你！」端甫道：「其實廣東話，我句句都懂，只是說不上來；像你便好，不拘那裏話都能說。」我道：「學兩句話，還不容易麼？我是憑著一卷詩韻學說話，倒可以有舉一反三的效驗。」端甫道：「奇極了！學說話怎麼用起詩韻來？」我道：「並不奇怪！各省的方音，雖然不同，然而讀到有韻之文，卻總不能脫韻的。比如此地上海的口音，把歌舞的歌字讀成『孤』音，凡五歌韻裏的字，都可以類推起來：『搓』便一定讀成『粗』音，『磨』字一定讀成『模』音的了。所以我學說話，只要得了一個字音，便這一韻的音都可以貫通起來，學著似乎比別人快點。」端甫道：「這個可謂神乎其用了！不知廣東話又是怎樣？」我道：「上海音是五歌韻，混了六魚七虞；廣東音卻是六魚七虞，混了四豪；那『都』『刀』兩個字是同音的，這就可以類推了。」端甫道：「那麼『到』『妒』也同音了。」我道：「自然。」端甫道：「『道』『度』如何？」我道：「也同音。」端甫喜道：「我可得了這個學話求音的捷徑了。」

一面說著話，不覺到了青雲里。王大嫂認準了門口，推門進去，我們站在他身後。只見門裏面一個肥胖婦人翻身就跑了進去，還聽得咯噔咯噔的樓梯響。王大嫂喊道：「秋菊！你的救星恩人到了，跑什麼！」我心中一喜道：「好了！找著了！」就跟著王大嫂進去。只見一個中年婦人，在那裏做針黹，一個小丫頭在旁邊打著扇，見了人來，便站起來道：「甚風吹得王大嫂到？」王大嫂道：「不要說起了！我為了秋菊，把腿都跑斷了，卻沒有一些好處！張嬸嬸！你叫他下來罷！」那張嬸嬸道：「怎麼秋菊會跑到我這裏來？你不要亂說！」王大嫂道：「好張嬸嬸！你不要瞞我，我已經看見他了。」張嬸嬸道：「聽見說你做媒，把他賣了到妓院裏去，怎麼會跑到這裏？你要秋菊還是問你自己！」王大嫂道：「你還說這個呢，我幾乎受了個大累。」說罷，便把如此長短的說了一遍。張嬸嬸才歡喜道：「原來如此！秋菊昨夜慌慌張張的跑來，說又說得不甚明白。只說有兩個包探，要捉他家二少，這兩位想是包探了。」王大嫂道：「這一位是他們同居的王先生；那一位是包探。」我聽了，不覺哈哈大笑道：「好奇怪，原來你們只當我是包探。」王大嫂呆了臉道：「你不是包探麼？」我道：「我是從南京來的，是黎二少的朋友，怎麼是包探？」王大嫂道：「你既然和他是朋友，為什麼又這樣害他？」我笑道：「不必多說了，叫了秋菊下來罷！」張嬸嬸便走到堂屋門口，仰著臉叫了兩聲，只聽得上面答道：「我們大丫頭，同他到隔壁李家去了。」

原來秋菊一眼瞥見了王大嫂，只道是妓院裏尋他；忽然又見他身後站著我和端甫兩個，不知為了什事，又怕是景翼央了端甫拿他回去。一發慌了，便跑到樓上。樓上同居的，便叫自己丫頭悄悄的陪他到隔壁去躲避。張嬸嬸叫小丫頭去叫了回來；那樓上的大丫頭自上樓去了。只見那秋菊生得腫胖臉兒，兩條線縫般的眼，一把黃頭髮，腰圓背厚，臀聳肩橫；不覺心中暗笑：這種人怎麼能賣到妓院裏去，真是無奇不有的了。又想這副尊容，怎麼配叫秋菊？這「秋菊」兩個字，何等清秀；我們家的春蘭，相貌甚是嬌好，我姊姊還說他不配叫「春蘭」呢。這個人的尊範，倒可以叫做「冬瓜」。想到這裏，幾乎要笑出來。忽又轉念，我此刻代他辦正經事，如何暗地裏調笑他，顯見得是輕薄了。連忙止了妄念道：「既然找了出來，我們且把他送回蔡嫂處罷！他那裏惦記得很呢！」張嬸嬸道：「便是我清早就想送他回去，因為這孩子嘴舌笨，說什麼包探咧、妓院咧！又是二少也嚇慌了咧，我不知是什麼事，所以不敢叫他露臉。此刻回去罷！但不知還回黎家不回？」我道：「黎家已經賣了他出來了，還回去作什麼？」於是一行四個人，出了青雲里，叫了四輛車，到靖遠街去。那蔡嫂一見了秋菊，沒有一句說話，摟過去便放聲大哭。秋菊不知怎的，也哀哀的哭起來。哭了一會，方才止住。問秋菊道：「你謝過了兩位君子不曾？」秋菊道：「怎的謝？」蔡嫂道：「傻丫頭！磕個頭去。」我忙說不必了，他已經跪下磕頭。那房子又小，擠了一屋子的人，轉身不得，只得站著的受了他。他磕完了，又向端甫磕頭。

我便對蔡嫂道：「我辦這件事時，正愁著找了出來，沒有地方安插他；我們兩個，又都沒有家眷在這裏。此刻他得了舊主人，最好了！就叫他暫時在這裏住著罷。」蔡嫂道：「這個自然，黎家還去得麼？他就在我這裏守一輩子，我們雖是窮，該吃飯熬了粥吃，也不多這一口。」我道：「還講什麼守的話？我聽說希銓是個癱廢的人，娶親之後，並未曾圓房；此刻又被景翼那廝賣出來，已是義斷恩絕的了，還有什麼守節的道理。趕緊的同他另尋一頭親事，不要誤了他的年紀是真！」蔡嫂道：「人家明媒正娶的，圓房不圓房，誰能知道？至於賣的事，是大伯的不是。翁姑丈夫，並不曾說過什麼。倘使不守，未免禮上說不過去；理上也說不過去。」我道：「他家何嘗把他當媳婦看待呢？個個都提著名兒叫，只當到他家當了幾年丫頭罷了。」蔡嫂沈吟了半晌道：「這件事還得與拙夫商量；婦道人家，不便十分作主。」我聽了，又叮囑了兩句，好生看待秋菊的話。與端甫兩個，別了出來。取出錶一看，已經十二點半了。我道：「時候不早了！我們找個地方吃飯去罷！」端甫道：「還有一件事情，我們辦了去。」我訝道：「還有什麼？」端甫道：「這個蔡嫂，煞是來得古怪，小戶人家裏面，那裏出生這種女子，想來他的男人，一定有點道理的。我們何不到三元宮去看看他。」我喜道：「我正要看他，我們就去來，只是三元宮在那裏，你可認得？」端甫向前指道：「就在這裏去不遠。」於是一同前去。

走到了三元宮，進了大門，卻是一條甬道，兩面空場，沒有什麼測字的。再走到廟裏面，廊下擺了一個測字攤；旁邊牆上，貼了一張紅紙條子，寫著「蔡侶笙論字處」。攤上坐了一人，生得眉清目秀，年紀約有四十上下，穿了一件捉襟見肘的夏布長衫。我對端甫道：「只怕就是他！我們且不要說穿，叫他測一個字看。」端甫笑著，點了點頭。我便走近一步，只見攤上寫著「論字四文」。我順手取了一個紙捲遞給他。他接在手裏，展開一看，是個「捌」字。他把字寫在粉板上，便問叩什麼事，我道：「走了一個人，問可尋得著？」他低頭看了一看道：「這個字左邊現了個『拐』字，當是被拐去的；右邊現了個『別』字，當是別人家的事，與問者無干；然而『拐』字之旁，只賸了個側刀，不成為利，主那拐子不利；『別』字之旁，明現『手』字，若是代別人尋覓，主一定得手。卻還有一層：這個『別』字，不是好字眼，或者主離別；雖然尋得著，只怕也要離別的意思。並且這個『捌』字，照字典的注，含著有『破』字『分』字的意思，這個字義也不見佳。」我笑道：「先生真是斷事如神！但是照這個斷法，在我是別人的事，在先生只怕是自己的事呢。」他道：「我是照字論斷，休得取笑！」我道：「並不是取笑，確是先生的事。」他道：「我有什麼事，不要胡說！」一面說著，便檢點收攤。我因問道：「這個時候就收攤，下半天不做生意麼？」他也不言語，把攤上東西，寄在香火道人處道：「今天這時候還不送飯來，我只得回去吃了再來。」我跟在他後頭道：「先生！我們一起吃飯去，我有話告訴你。」他回過頭來道：「你何苦和我胡纏！」我道：「我是實話，並不是胡纏。」端甫道：「你告訴了他罷；你只管藏頭露尾的，他自然疑心你同他打趣。」他聽了端甫的話，才問道：「二位何人？有何事見教？」我問道：「尊府可是住在靖遠街？」他道：「正是。」我指著牆上的招帖道：「侶笙就是尊諱？」他道：「是。」我道：「可是有個尊婢嫁在黎家？」他道：「是。」我便把上項事，從頭至尾，說一遍。侶笙連忙作揖道：「原來是兩位義士！失敬失敬！適間簡慢，望勿見怪！」

正在說話時，一個小女孩，提了二個籃，籃內盛了一盂飯，一盤子豆腐，一盤子青菜，走來說道：「蔡先生！飯來了！你家今天有事，你們阿杏也沒有工夫，叫我代送來的。」我便道：「不必吃了！我們同去找個地方吃罷。」侶笙道：「怎好打攪！」我道：「不是這樣講，我兩個也不曾吃飯，我們同去談談，商量個善後辦法。」侶笙便叫那小孩子把飯拿回去，三人一同出廟。端甫道：「這裏虹口一帶，沒有好館子，怎麼好呢？」我道：「我們只要吃兩碗飯罷了，何必講究好館子呢！」端甫道：「也要乾淨點的地方；那種蘇州飯館，髒的了不得，怎樣坐得下？還是廣東館子乾淨點。不過這個要蔡先生才在行。」侶笙道：「這也沒有什麼在行不在行，我當得引路。」於是同走到一家廣東館子裏，點了兩樣菜，先吃起酒來。我對侶笙道：「尊婢已經尋了回來了；我聽說他雖嫁了一年多，卻不曾圓房；此刻男人死了，景翼又要把他賣出來，已是義斷恩絕的了。不知尊意還是叫他守，還是遣他嫁？」侶笙低頭想了一想道：「講究女子從一而終呢，就應該守；此刻他家庭出了變故，遇了這種沒廉恥滅人倫的人，叫他往那裏守？小孩子今年才十九歲，豈不是誤了他後半輩子？只得遣他嫁的了。只是有一層，那黎景翼弟婦都賣得的，一定是個無賴；倘使他要追回財禮，我卻沒得還他。這一邊任你說破了嘴，總是個再醮之婦；那裏還領得著多少財禮，抵還給他呢？」我籌思了半晌道：「我有個法子，等吃過了飯，試去辦辦罷。」只這一設法，有分教：

憑他無賴橫行輩，也要低頭服了輸。

不知是甚法子，如何辦法，且待下回再記。

第三十五回　聲罪惡當面絕交　聆怪論笑腸幾斷

我因想起一個法子，可以杜絕景翼索回財禮，因不知辦得到與否，未便說穿，當下吃完了飯，大家分散。侶笙自去測字，端甫也自回去。我約道：「等一會，我或者仍要到你處說話，請你在家等我。」端甫答應去了。我一個人走到那同順里妓院裏去，問那鴇婦道：「昨天晚上，你們幾乎成交，契據也寫好了，卻被我來衝散，未曾交易，姓黎的寫下那張契據在那裏？你拿來給我！」鴇婦道：「我並未有接收他的，說聲有了包探，他就匆匆的走了，只怕他自己帶去了。」我道：「你且找找看！」鴇婦道：「往那裏找呀？」我現了怒色道：「此刻秋菊的舊主人出來了，要告姓黎的，我來找這契據做憑據，你好好的拿了出來便沒事；不然，呈子上便帶你一筆，叫你受點累！」鴇婦道：「這是那裏的晦氣！事情不曾辦成，倒弄了一窩子的是非口舌。」說著，走到房裏去，拿了一個字紙簍來道：「我委實不曾接收他的，要就摶在這裏，沒有便是他帶去了。你自己找罷！我不識字。」我便低下頭去細檢，卻被我檢了出來，已是撕成了七八片了。我道：「好了！尋著了！只是你還要代我弄點漿糊來，再給我一張白紙。」鴇婦無奈，叫人到裁縫店裏，討了點漿糊，又給了我一張白紙。我就把那撕破的契據，細細的粘補起來。那上面寫的是：「立賣婢契人黎景翼，今將婢女秋菊一口，年十九歲，憑中賣與阿七媽為女。當收身價洋二百元。自賣之後，一切婚嫁，皆由阿七媽作主；如有不遵教訓，任憑為良為賤，兩無異言，立此為憑。」下面注了年月日，中保人等；景翼名字底下，已經簽了押。我一面粘補，一面問道：「你們說定了一百元身價，怎麼寫上二百元？」鴇婦道：「這是規矩如此；恐怕他翻悔起來，要來取贖，少不得要照契上的價，我也不至吃虧。」我補好了，站起來要走。鴇婦忽然發了一個怔，問道：「你拿了這個去做憑據，不是倒像已經交易過了麼？」我笑道：「正是！我要拿這個呈官，問你要人。」鴇婦聽了，要想來奪，我已放在衣袋裏，脫身便走。鴇婦便嚎啕大哭起來。

我走出巷口，便叫一輛車，直到源坊衖去。見了端甫，我便問景翼在家麼？端甫道：「我回來還不曾見著他，說是吃醉酒睡了；此刻只怕已經醒了罷？」說話時，景翼果然來了。我猝然問道：「令弟媳找著了沒有？」景翼道：「只好由他去，我也無心去找他了；他年紀又輕，未必能守得住；與其他日出醜，莫若此時由他去了的乾淨。」我冷笑道：「我倒代你找著了！只是他不肯回來，大約要你做大伯伯的去接他才肯來呢。」景翼吃驚道：「找著在那裏？」我在衣袋裏，取出那張契據，攤在桌上道：「你請過來一看便知！」景翼過來，一看，只嚇得他唇青面白，一言不發。原來昨夜的事，他只知是兩個包探，並不知是我和端甫幹的。端甫道：「你怎麼把這個東西找了出來？」我一面把契據收起，一面說道：「我方才吃飯的時候，說有法子，就是這個法子。」回頭對景翼道：「你是個滅絕天理的人，我也沒有閒氣和你說話；從此之後，我也不認你是個朋友。今日當面，我要問你討個主意；我得了這東西，有三個辦法；第一個是拿去交給蔡侶笙，叫他告你個賣良為賤；第二個是仍然交還給阿七媽，叫他拿了這個憑據，和你要人；沒有人交，便要追還身價；第三個是把這件事的詳細情形，寫一封信，連這個憑據，寄給你老翁看。問你願從那一個辦法？」景翼只是目定口呆，無言可對。我又道：「你這種沒天理的人，向你講道理，就同向狗講了一般，我也不值得向你講。只是不懂道理，也還應該要懂點利害；你既然被人弄穿了，衝散了，這個東西為什麼還不當場燒了？留下這個禍根，你不要怨我設法收拾你，只怨你自己粗心荒唐。」端甫道：「你三個辦法，第一個累他吃官司不好；第三個累他老子生氣，也不好；還是用了第二個罷。」景翼始終不發一言。到了此時，站起來走出去。才到了房門口，便放聲大哭，一直走到樓上去了。

端甫笑向我道：「虧你沈得下這張臉！」我道：「這種沒天理的人，不同他絕交等什麼？他嫡親的兄弟尚且可以逼得死，何況我們朋友！」端甫道：「你拿了這個憑據，當真打算怎麼辦法？」我悄悄的道：「才說的三個辦法，都可以行得；只是未免太狠了。他與我無怨無仇，何苦逼他到絕地上去。我只把這東西交給侶笙，叫他收著；遣嫁了秋菊，怕他還敢放一個屁！」端甫道：「果然是個好法子！」我又把對鴇婦說謊，嚇得他大哭的話，告訴了端甫。端甫大笑道：「你一會工夫，倒弄哭了兩個人，倒也有趣。」我略坐了一會，便辭了出來。坐車到了三元宮，把那契據交給侶笙道：「你收好了，只管遣嫁秋菊！如他果然囉唆，你便把這個給他看，包他不敢多事！」侶笙道：「已蒙拯救了小婢，又承如此委曲成全，真是令人感入骨髓！」我道：「這是成人之美的事情，何必言感！如果有暇，可到我那裏談談。」說罷，取一張紙，寫了住址給他。侶笙道：「多領盛情，自當登門拜謝！」我別了出來，便叫車回去。我早起七點鐘出來，此刻已經下午三點多鐘了。德泉接著道：「到那裏暢遊了一天？」我道：「不是暢遊，倒是亂鑽。」德泉笑道：「這話怎講？」我道：「今天汗透了，叫他們舀水來擦了身再說。」小夥計們舀上水來。德泉道：「你向來不出門，坐在家裏沒事；今天出了一天的門，朋友也來了，請吃酒的條子也到了，求題詩的也到了，南京信也來了。」我一面擦身，一面說道：「別的都不相干，先給南京信我看。」德泉取了出來，我拆開一看，是繼之的信，叫我把買定的東西，先託妥人帶去。且莫回南京，先同德泉到蘇州去，辦一件事；那件事只問德泉便知云云。我便問德泉。德泉道：「他也有信給我，說要到蘇州開一家坐莊，接應這裏的貨物。」我道：「到蘇州走了一次倒好，只是沒有妥人送東西去；並且那個如意匣子，不知幾時做得好？」德泉道：「匣子今天早起送來了，妥人也有，你只寫封回信，我包你辦妥。」說罷，又遞了一張條子給我；卻是唐玉生的，今天晚上請在薈芳里花多福家吃酒；又請題他的那嘯廬吟詩圖。我笑道：「一之為甚，其可再乎？」德泉道：「豈但是再，方才小雲，佚廬都來過，佚廬說明天請你呢。上海的吃花酒，只要三天吃過，以後便無了無休的了。」我道：「這個了不得，我們明天就動身罷，且避了這個風頭再說。」德泉笑道：「你不去，他又不來捉你，何必要避呢！你才說今天亂鑽，是鑽什麼來？」我道：「所有虹口那些什麼青雲里靖遠街都叫我走到了，可不是亂鑽？」德泉道：「果然，你走到那些地方做什麼？」我就把今天所辦的事，告訴了他一遍。德泉也十分歎息。

我到房裏去，只見桌上擺了一部大冊子，走近去一看，卻是唐玉生的嘯廬吟詩圖。翻開來看，第一張是小照，佈景的是書畫琴棋之類，以後便是各家的題詠，全是一班上海名士。我無心細看，便放過一邊。想起他那以吟詩命圖，殊覺可笑。這四個字的字面，本來很雅的，不知怎麼叫他搬弄壞了，卻一時想不出個所以然來。那裏有心去和他題。今日走的路多，有點倦了，便躺在醉翁椅上憩息。不覺天氣晚將下來，方才吃過夜飯，玉生早送請客條子來。德泉向來人道：「都出去了，不在家，回來就來。」我忙道：「這樣說累他等，不好，等我回他。」遂取過紙筆，揮了個條子，只說昨天過醉了，今天發了病，不能來。德泉道：「也代我寫上一筆。」我道：「你也不去麼？」德泉點頭。我道：「不能說兩個都有病呀，怎麼說呢？」想了一想，只寫著說德泉忙著收拾行李貨物，明日一早往蘇州，也不得來。寫好了交代來人，過了一會，玉生親自來了，一定拉著要去。我推說身子不好，不能去，玉生道：「我進門就聽見你說笑了，身子何嘗不好，不過你不賞臉罷了。我的臉你可以不賞，今日這個高會，你可不能不到。」我問是什麼高會。玉生道：「今天請的是詩人，這個會叫做『竹湯餅會』。」我道：「奇了！什麼叫做『竹湯餅會』？」玉生道：「五月十三是竹生日，到了六月十三，不是竹滿月了麼？俗例小孩子滿月要請客，叫做『湯餅宴』；我們商量到了那天，代竹開湯餅宴，嫌那『宴』字太俗，所以改了個『會』字，這還不是個高會麼？」我聽了幾乎忍不住笑，被他纏不過，只得跟著他走。

出門坐了車，到四馬路，入薈芳里，到得花多福房裏時，卻已經黑壓壓的擠滿一屋子人。我對玉生道：「今天才初九，湯餅還早呢！」玉生道：「我們五個人都要做，若是併在一天，未免太侷促了，所以分開日子做。我輪了第一個，所以在今天。」我請問那些人姓名時，因為人太多，一時混的記不得許多了。卻是個個都有別號的，而且不問自報，離奇古怪的別號，聽了也覺得好笑。一個姓梅的，別號叫做幾生修得到客；一個遊過南嶽的，叫做七十二朵青芙蓉最高處遊客；一個姓賈的，起了個樓名，叫做前生端合住紅樓，別號就叫了前身端合住紅樓舊主人；又叫做我也是多情公子；只這幾個最奇怪的，叫我聽了一輩子都忘不掉的。其餘那些什麼詩人詞客侍者之類，也不知多少。眾人又問我的別號，我回說沒有。那姓梅的道：「詩人豈可以沒有別號？倘使不弄別號，那詩名就湮沒不彰了。所以古來的詩人，如李白叫青蓮居士，杜甫叫玉溪生。」我不禁撲嗤一聲笑了出來。忽然一個高聲說道：「你記不清楚，不要亂說，被人家笑話。」我忽然想起當面笑人，不是好事，連忙斂容正色。又聽那人道：「玉溪生是杜牧的別號，只因他兩個都姓杜，你就記錯了。」姓梅的道：「那麼杜甫的別號呢？」那人道：「樊川居士不是麼？」這一問一答，聽得我咬著牙，背著臉，在那裏忍笑。忽然又一個道：「我今日看見一張顏魯公的墨跡，那古董掮客，要一千元，字寫得真好；看了他，再看那石刻的碑帖，便毫無精神了。」一個道：「只要是真的，就是一千元也不貴，何況他總還要讓點呢？但不知寫的是什麼？」那一個道：「寫的是蘇東坡前赤壁賦。」這一個道：「那麼明日叫他送給我看。」我方才好容易把笑忍住了，忽然又聽了這一問一答，又害得我咬牙忍住；怎奈肚子裏偏要笑出來，倘再忍住，我的肚腸可要脹裂了。姓賈的便道：「你們都不必談古論今，趕緊分了韻，作『竹湯餅會』詩罷。」玉生道：「先要擬定了詩體才好。」姓梅的道：「只要作七絕，那怕作兩首都不要緊，千萬不要作七律，那個對仗我先怕；對工了，不得切題；切了題，又對不工；真是吟成七個字，撚斷幾根髭呢。」我戲道：「怕對仗，何不作古風呢？」姓梅的道：「你不知道古風要作得長，這個『竹湯餅』是個僻典，那裏有許多話說呢！」我道：「古風不必一定要長，對仗也何必要工呢？」姓梅的道：「古風不長，顯見得肚子裏沒有材料；至於對仗，豈可以不工？甚至杜少陵的『香稻啄餘鸚鵡粒，碧梧棲老鳳凰枝』，我也嫌他那『香』字對不得『碧』字；代他改了個『白』字。上海這一般名士，那一個不佩服；還說我是杜少陵的一字師呢！」忽然一個問道：「前兩個禮拜，我就託你查查杜少陵是什麼人，查著了沒有？」姓梅的道：「什麼書都查過，卻只查不著；我看不必查，一定是杜甫的老子無疑的了。」那個人道：「你查過幼學句解沒有？」姓梅的撲嗤一聲，笑了出來道：「虧你只知得一部幼學句解，我連龍文鞭影都查過了。」我聽了這些話，這回的笑，真是忍不住了；任憑咬牙切齒，總是忍不住。

正在沒奈何的時候，忽然一個人走過來遞了一個茶碗，碗內盛了許多紙鬮道：「請拈韻！」我倒一錯愕道：「拈什麼韻？」那個人道：「分韻做詩呢。」我道：「我不會做詩，拈什麼韻呢？」那個人道：「玉生打聽了足下是一位書啓老夫子，豈有書啓老夫子不會做詩的；我們遇了這等高會，從來不請不做詩的人，玉生豈是亂請的麼。」我被他纏的不堪，只得拈了一個鬮出來；打開一看，是七陽，又寫著「竹湯餅會即席分韻，限三天交卷」。那個人便高聲叫道：「沒有別號的新客七陽。」那邊便有人提筆記帳。那個人又遞給姓梅的，他卻拈了五微，便悔恨道：「偏是我拈了個窄韻。」那個人又高聲報道：「幾生修得到客五微。」如此一起遞去。我對姓梅的道：「照了尊篆的意思，倒可以加一個字，贈給花多福。」姓梅的道：

「怎麼講？」我道：「代他起個別號，叫做幾生修得到梅客，不是隱了他的『花』字麼？」姓梅的道：「妙極妙極！」忽又頓住口道：「要不得，女人沒有稱客的，應該要改了這個字。」我道：「就改了個女史，也可以使得。」姓梅的忽然拍手道：「有了！就叫幾生修得到梅詞史，他們做妓女的，本來叫做詞史；我們男人，又有了詞人詞客之稱，這不成了對了麼？」說罷，一迭連聲，要找花多福，卻是出局未回；他便對玉生道：「嘯廬居士，你的貴相好一定可以成個名妓了；我們送他一個別號，有了別號，不就成了名妓了麼？」忽又聽得妝臺旁邊有個人大聲說道：「這個蹧蹋得還了得，快叫多福不要用。」原來上海妓女，行用名片，同男人的一般起一個單名，平帶叫的只算是號；不知那一個客人同多福寫了個名片，是「花錫」二字，這明明是把「錫」貼切「福」字的意思，這個人不懂這個意思，一見了便大驚小怪的說道：「富貴人家的女子，便叫千金小姐；這上海的妓女，也叫小姐，雖比不到千金；也該叫百金；縱使一金都不值，也該叫個『銀』字，怎麼比起『錫』來！」我聽了，又是忍笑不住。忽然號裏一個小夥計來道：「南京有了電報到來，快請回去了！」我聽了此信，吃了一大驚，連忙辭了眾人，匆匆出去。正是：

才苦笑腸幾欲斷，何來警信擾芳筵。

不知此電有何要事，且待下回再記。

第三十六回　阻進身兄遣弟譖　破奸謀婦棄夫逃

我從前在南京接過一回家鄉的電報，在上海接過一回南京的電報，都是傳來可驚之信；所以我聽見了電報兩個字，便先要吃驚。此刻聽到南京有了電報，便把我一肚子的笑，都嚇回去了。匆匆向玉生告辭。玉生道：「你有了正事，不敢強留，不知可還來不來？」我道：「翻看了電報，沒有什麼要緊事，我便還來；如果有事，就不來了。客齊了請先生不要等！」說罷，匆匆出來，叫了車子回去。入門，只見德泉、子安陪侶笙坐著。我忙問：「什麼電報？可曾翻出來？」德泉道：「那裏是有什麼電報，我知道你不願意赴他的席，正要設法請你回來，恰好蔡先生來看你，我便撒了個謊，叫人請你。」我聽了，這才放心。蔡侶笙便過來道謝。我謙遜了幾句，又對德泉道：「我從前接過兩回電報，都是些惡消息，所以聽了電報兩個字，便嚇得魂不附體。」德泉笑道：「這回總算是個虛驚，然而不這樣說，怕他們不肯放你走。」我道：「還虧得這一嚇，把我笑都嚇退了；不然，我迸了一肚子的笑，又不敢笑出來。倘使沒有這一嚇，我的肚子只怕要迸破了呢。」侶笙道：「有什麼事，這樣好笑？」我方把方才聽得那一番高論，述了出來。侶笙道：「這班人可以算得無恥之尤了！要叫我聽了，怒還來不及呢，有什麼可笑？」我道：「他平空把李商隱的玉溪生，送給杜牧；又把牧之的樊川，加到老杜頭上；又把少陵杜甫，派做了兩個人，還說是父子；如何不好笑？況且唐朝顏清臣又寫起宋朝蘇子瞻的文章來；還不要笑死人麼？」侶笙笑道：「這個又有所本的，我曾經見過一幅史湘雲醉眠芍藥裀圖，那題識上，就打橫寫了這九個字，下面的小字是：『曾見仇十洲有此粉本，偶背臨之』。明朝人能畫清朝小說的故事，難道唐朝人不能寫宋朝人的文章麼？」子安道：「你們讀書人的記性真了不得，怎麼把古人的姓名，來歷，朝代，都記得清清楚楚的。」我道：「這個又算什麼呢。」侶笙道：「索性做生意人不曉得，倒也罷了，也沒甚可恥；譬如此刻叫我做生意，估行情，我也是一竅不通的，人家可不能說我什麼；我原是讀書出身，不曾學過生意，這不懂是我分內的事。偏是他們那一班人，胡說亂道的，鬧了個斯文掃地；聽了也令人可惱。」

我又問起秋菊的事。侶笙道：「已和內人說定，擇人遣嫁了。可笑那王大嫂，引了個阿七媽，百般的哭求，求我不要告他。我對他說，並不告他。他一定不信，求之不已，好容易才打發走了。我本來收了攤就要來拜謝，因為白天沒有工夫，卻被他纏繞得耽擱到此刻。」我道：「我們豁去虛文，且談談正事。那阿七媽是我嚇唬他的，也不必談他；不知閣下到了上海幾年，一向辦些什麼事？這個測字攤，每天能混多少錢？」侶笙道：「說來話長。我到上海有了十多年了。同治末年，這裏的道臺姓馬，是敝同鄉；從前是個舉人，在京城裏就館，窮的了不得，先父那時候在京當部曹，和他認得，很照應他。那時我還年紀輕，老在京裏同他相識，事以父執之禮。他對了先父，卻又執子姪之禮。人是十分和氣的，日子久了，京官的俸薄，也照應不來許多；先母也很器重他，常時拿了釵釧之類，典當了，周濟他；後來先父母都去世了；我便奉了靈柩回去。服滿之後，僥倖補了個廩，聽見他放了上海道，我仗著從前那點交情，要出來謀個館地。誰知上了二三十次衙門，一回也不曾見著。在上海住得窮了，不能回去。我想這位馬道臺，不像這等無情的，何以這樣拒絕？後來仔細一打聽，才知道是我舍弟，先見了他，在他跟前，痛痛的說了我些壞話；因他最恨的是吃鴉片煙，舍弟便頭一件說我吃上了煙癮；以後的壞話，也不知他怎麼說的了，因此他惱了；我又見不著他，無從分辯，只得歎口氣罷了。後來另外自己謀事，就了幾回小館地，都不過僅可糊口。舍眷便尋到上海來，更加了一層累。這幾年失了館地，更鬧得不得了，因看見敝同鄉，多有在虹口一帶設蒙館的，到了無聊之時，也想效顰一二，所以去年就設了個館。誰知那學生，全憑引薦的，我一則不懂這個竅，二來也怕求人。因此只教得三個學生，所得的束脩，還不夠房租。到了今年，就不敢幹了。然而又不能坐吃，只得擺個攤子來胡混，那裏能混出幾個錢呢！」

我聽了這話，暗想原來是個仕宦書香人家，怪不得他的夫人那樣明理。因問道：「你令弟此刻怎樣了呢？」侶笙道：「他是個小班子的候補，那時候馬道臺和貨捐局說了，委了他瀏河釐局的差使。不多兩年，他便改捐了個鹽運判，到兩淮候補；近來聽說可望補缺了。」我道：「那測字斷事，可有點道理的麼？」侶笙道：「有什麼道理，不過胡說亂道，騙人罷了；我從來不肯騙人，不過此時到了日暮途窮的時候，不得已而為之；好在測一個字，只要人家四個錢，還算取不傷廉；倘使有一個小小館地，我也絕不幹這個的了。」我道：「是胡說亂道的，何以今日測那個『捌』字，又這樣靈呢？」侶笙笑道：「這不過偶然說著罷了，況且『測』字本是『窺測』『揣度』的意思。俗人卻誤了個『拆』字。取出一個字來，拆得七零八落，想起也好笑。還有一個測字的老笑話。說是：有人失了一顆珍珠，去測字，取了個『酉』字，這個測字的斷不出來，旁邊一個朋友笑道：『據我看這個「酉」字，那顆珠子，是被雞吃了，你回去殺了雞，在雞肚裏尋罷。』那失珠的，果然殺了家裏幾隻雞，在雞肚子裏，把珠子尋出來。歡喜得了不得，買了彩物去謝測字的，測字的也歡喜，便找了那天在旁邊的朋友，要拜他做先生，說是他測的字靈。過兩天，一個鄉下人，失了一把鋤頭，來測字，也取了個『酉』字。測字的猝然說道：『這一把鋤頭，一定是雞吃了。』鄉人驚道：『雞怎的會吃下鋤頭去？』測字的道：『這是我先生說過，不會錯的。你只回去，把所養的雞殺了，包你在雞肚裏找出鋤頭來。』鄉人那裏肯信，測字的便帶了他去見先生說明原故。先生道：『這把鋤頭在門裏面，你家裏有什麼常關著不開的門麼？』鄉人道：『有了門那裏有常關著的呢？

只有田邊看更的草房，那兩扇門是關的時候多。』先生道：『你便往那裏去找。』鄉人依言，果然在看更草房裏找著了。

又一天，鐵店裏失了鐵錘，也去測字，也拈了個『酉』字。測字的道：『是雞吃了！』鐵匠怒道：『憑你牛也吃不下一個鐵錘去，莫說是雞！』測字的道：『你家裏有常關著的門，在那門裏找去，包你找著！』鐵匠又怒道：『我店裏的排門，是天亮就開，卸下來倚在街上的；我又不曾倒了店，那裏有常關著的門？』測字的道：『這是我先生說的，無有不靈；別的我不知道。』鐵匠不依，又同去見先生，說明原故。先生道：『起先那失珠的，因為十二生肖之中，酉生肖雞，那珠子又是一樣小而圓的東西，所以說是雞吃了；後來那把鋤頭，因為酉字像掩上的兩扇門，所以那麼斷；今天這個鐵錘，他鐵匠店裏終日敞著門的，那裏有常關的門呢！這個酉字，豎看像鐵碪，橫看像風箱。你只往那兩處去找罷。』果然是在鐵碪底下找著了。這可雖是笑話，也可見得是測字，不是拆字。」我道：「測字可有來歷？」侶笙道：「說到來歷，可又是拆字，不是測字了。曾見玉堂雜記內載一條云：『謝石善拆字，有士人戲以乃字為問。石曰：及字不成，君終身不及第。有人遇於塗，告以婦不能產，書日字於地。石曰：日出地上，得男矣。』又夷堅志載『謝石拆字，名聞京師。』這個就是拆字的來歷。」我道：「我曾見過一部書，專講占卜的，我忘了書名；內中分開門類，如六壬課，文王課之類，也有測字的一門。」侶笙道：

「這都是後人附會的，還託名邵康節先生的遺法。可笑一代名人，千古之後，負了這個冤枉。」

我暗想這位先生，甚是淵博，連玉堂雜記那種冷書都看了。想要試他一試，又自顧年紀比他輕得多，怎好冒昧。因想起玉生的圖來，便對他說道：「有個朋友，託我題一個圖；我明日又要到蘇州去了，無暇及此，敢煩閣下代作一兩首詩，不知可肯見教？」侶笙道：「不知是個什麼圖？」我便取出圖來給他看。他一看見題簽，便道：「圖名先劣了；我常在報紙上，見有題這個圖的詩，可總不曾見過一句好的。」我道：「我也不曾細看裏面的詩，也覺得這個圖名不大妥當。」侶笙道：「把這個詩字去了改一個什麼吟嘯圖，還好些。」我道：「便是字面都是很雅的；卻是他們安放得不妥當，便攪壞了。」侶笙翻開圖來看了兩頁，仍舊掩了，放下道：「這種東西，同他題些什麼，題了污了自己筆墨；寫了名字上去，更是污了自己名姓；我只索回了他，說不會作詩罷了。見委代作，本不敢推辭，但是題到這上頭去的，我不敢作。倘有別樣事見委，再當效勞。」我暗想這個人自視高，看來文字總也好的，便不相強。再坐了一會，侶笙辭去。德泉道：「此刻已經十點多鐘了，你快去寫了信，待我送到船上去，帶給繼之。」我道：「還來得及麼？」德泉道：「來得及之至！並且託船上的事情，最好是這個時候；倘使去早了，船上帳房還沒有人呢。」我便趕忙寫了信，又附了一封家信。封好了，交給德泉。德泉便叫人拿了小火輪船，及如意，自己帶著去了。子安道：「方才那個蔡侶笙，有點古怪脾氣，他已經擺測字攤，還要說什麼污了筆墨，污了姓名，不肯題上去；難道題圖，不比測字乾淨麼？」我道：「莫怪他！我今日親見了那一班名士，實在令人看不起；大約此人的脾氣，也過於鯁直，所以才潦倒到這步地位。他的那位夫人，更是明理慈愛。這樣的人，我很愛敬他；回去見了繼之，打算要代他謀一個館地。」子安道：「這種人，只怕有了館地，也不得長呢。」我道：「何以見得？」子安道：「他窮到這種地位，還要看人不起；得了館地，更不知怎樣看不起人了。」我道：「這個不然！那一班人本來不是東西，就是我也看他們不起；不過我聽了他們的胡說要笑，他聽了要恨，脾氣兩樣點罷了。」說著，我又想起他們的說話，不覺笑了一頓。一會，德泉回來了，便議定了明日一准到蘇州。大家安歇，一宿無話。

次日早起，德泉叫人到船行裏僱船。這裏收拾行李。忽然方佚廬走來，約今夜吃酒。我告訴他要動身的話，他便去了。忽然王端甫又走來說道：「有一樁極新鮮的新聞。」我忙問什麼事。端甫道：「昨日你走了之後，景翼還在樓上哭個不了。哭了許久，才不聽見消息。到得晚上八點來鐘，他忽然走下來，找他的老婆和女兒。說是他哭的倦了，不覺睡去。此時醒來，卻不見老婆，所以下來找他；看見沒有，他便仍上樓去。不一會哭喪著臉下來，說是幾件銀首飾綢衣服都不見了。可見得是老婆帶了那五歲的女兒逃走了。」我笑道：「活應該的他把弟婦拐賣了，還要栽他一個逃走的名字。此刻他的妻子真個逃走了，也罷了。」端甫道：「他的妻子，來路本不甚清楚；又不曾聽見他娶妻，就有了這個人。有人說他是個鹹水妹，還有人說他那女孩子也是帶來的。」我一想道：「不錯！我前年在杭州見他時，他還說不曾娶妻；算他說過就娶，這三年的工夫，那裏能養成個五歲孩子呢？」端甫道：「他也是前年到上海的，鴻甫把他們安頓好了，才帶了少妾到天津去。不料就接二連三的死人，此刻竟鬧得家散人亡了。景翼從昨夜到此刻，還沒有睡；今天早起，又不想出去尋找，不知打什麼主意？」我道：「來路不正的，他自然見勢頭不妙，就先奉身以退了。他也明知尋亦無益，所以不去尋了。這倒是他的見識。」端甫見我們行色匆匆，也不久坐，就去了。我同德泉兩個，叫人挑了行李，同到船上，解維向蘇州而去。一路上曉行夜泊，在水面行走，倒覺得風涼，不比得在上海那重樓疊角裏面，熱起來沒處透氣。

兩天到了蘇州，找個客棧歇下。先把客棧住址，發個電報到南京去。因為怕繼之有信沒處寄之故。歇息已定，我便和德泉在熱鬧市上走了兩遍。我道：「我們到此地，人生路不熟，必要找一個人做嚮導才好。」德泉道：「我也這麼想。我有一個朋友，叫做江雪漁，住在桃花塢。只是問路不便。今天晚了，明日早些乘著早涼去。」我道：「怕問路，我有個好法子；不然，我也不知這個法子；因為有一回在南京走迷了路，認不得回去，虧得是騎著馬，得那馬夫引了回去。後來我就買了一張南京地圖，天天沒事便對他看，看得爛熟；走起路來，就不會迷了。我們何不也買一張蘇州地圖看看，就容易找得多了。」德泉道：「你騎了馬走，怎麼會迷路？難道馬夫也不認得麼？」我便把那回在南京看見張大仙「有求必應」的條子，一路尋去的話，說了一遍。德泉便到書坊店裏要買蘇州地圖，卻問了兩家，都沒有。

到了次日，只得先從棧裏問起，一路問到桃花塢，果然會著了江雪漁，只見他家四壁都釘著許多畫片，桌子上堆著許多扇面，也有畫成的，也有未畫成的；原來這江雪漁是一位畫師，生得眉清目秀，年紀不過二十多歲。當下彼此相見，我同他通過姓名，雪漁便問：「幾時到的，可曾到觀前逛過？」原來蘇州的玄妙觀，算是城裏的名勝。凡到蘇州的人，都要去逛。蘇州人見了外來的人，也必問去逛過沒有。當下德泉便回說昨日才到，還沒去過。雪漁道：「如此我們同去吃茶罷！」說罷，相約同行。我也久聞玄妙觀是個名勝，樂得去逛一逛。誰知到得觀前，大失所望，真是百聞不如一見。正是：

徒有虛名傳齒頰，何來勝地足遨遊。

未知逛過玄妙觀之後，又有何事，且待下回再記。

第三十七回　說大話謬引同宗　寫佳畫偏留笑柄

我當日只當蘇州玄妙觀是個什麼名勝地方，今日親身到了，原來只是一座廟；廟前一片空場，廟裏擺了無數牛鬼蛇神的畫攤；兩廊開了些店舖，空場上也擺了幾個攤。這種地方好叫名勝，那六街三市，沒有一處不是名勝了。想來實在好笑。山門外面，有兩家茶館；我們便到一家茶館裏去泡茶，團坐談天。德泉便說起要找房子，請雪漁做嚮導的話。雪漁道：「本來可以奉陪，因為近來筆底下甚忙，加之夏天的扇子又多，夜以繼日的應酬不下，實在騰不出工夫來。」德泉便不言語。雪漁又道：「近來蘇州竟然沒有能畫的，所有求畫的，都到我那裏去。這裏潘家彭家兩處，竟然沒有一幅不是我的。今年端午那一天，潘伯寅家預備了節酒，前三天先來關照，說請我吃節酒。到了端午那天，一早就打發轎子來請，立等著上轎，抬到潘家，一直到儀門裏面，方才下轎。座上除了主人之外，先有一位客，我同他通起姓名來，才知道是原任廣東藩臺姚彥士方伯，官名上頭是個『覲』字，底下是個『元』字，是嘉慶己未狀元，姚文僖公的嫡孫。那天請的只有我們兩個。因為伯寅係軍機大臣，雖然丁憂在家，他自避嫌疑，絕不見客。因為伯寅令祖文恭公，是嘉慶己未會試房官，姚文僖公是這科的進士，兩家有了年誼，所以請了來。你道他好意請我吃酒？原來他安排下紙筆顏料，要我代他畫鍾馗。人家端午日畫的鍾馗，不過是用硃筆大寫意，鈎兩筆罷了。他又偏是要設色的；又要畫三張之多；都是五尺紙的。我既然入了他的牢籠，又礙著交情，只得提起精神，同他趕忙畫起來；從早上八點鐘趕到十一點鐘，畫好三張，方才坐席吃酒。吃到了十二點鐘正午，方才用泥金調了硃砂，點過眼睛。這三張東西，我自己畫得也覺得意，真是神來之筆。我點過眼睛，姚方伯便題贊。我方才明白請他吃酒，原來是為的要他題贊。這一天直吃到下午三點鐘才散。我是吃得酩酊大醉。伯寅才叫打轎子送我回去，足足害了三天酒病。」

德泉等他說完了道：「回來就到我棧房裏吃中飯，我們添兩樣菜，也打點酒來吃，大家敘敘也好。」雪漁道：「何必要到棧裏，就到酒店裏不好麼？」德泉道：「我從來沒有到過蘇州，不知酒店裏可有好菜？」雪漁道：「我們講吃酒，何必考究菜，我覺得清淡點的好。所以我最怕和富貴人家來往，他們總是一來燕窩，兩來魚翅的，吃得人也膩了。」我因為沒有話好說，因請問他貴府那裏。雪漁道：「原籍是湖南新寧縣。」我道：「那麼是江忠烈公一家了。」雪漁道：「忠烈公是五服內的先伯。」我道：「足下倒說的蘇州口音。」雪漁道：「我們這一支從明朝萬歷年間，由湖南搬到無錫；康熙末年，再由無錫搬到蘇州：到我已經八代了。」我聽了，就同在上海花多福家聽那種怪論一般，忍不住笑，連忙把嘴唇咬住；暗想今天又遇見一位奇人了，不知蔡侶笙聽了，還是怒還是笑。因忍著笑道：「適在尊寓，拜觀大作，佩服得很。」雪漁道：「實在因為應酬太忙，草草得很。幸得我筆底下還快；不然，就真正來不及了。」德泉道：「我們就到酒店裏吃兩杯如何？」雪漁道：「也罷！我許久不吃早酒了；翁六先生由京裏寄信來，要畫一張丈二紙的壽星，待我吃兩杯回去，乘興揮毫。」說著，德泉惠了茶錢，相將出來。轉央雪漁引路，到酒店裏去。坐定，要了兩壺酒來，且斟且飲。雪漁的酒量，卻也甚豪。酒至半酣，德泉又道：「我們初到此地，路徑不熟，要尋一所房子，求你指引指引！難道這點交情都沒有麼？」雪漁道：「不是這樣說。我實在一張壽星，明天就要的。你一定要我引路，讓我今天把壽星畫了，明天再來奉陪。」德泉又灌了他三四大碗，說道：「你今天可以畫得好麼？」雪漁道：「要動起手來，三個鐘頭就完了事了。」德泉又灌了他兩碗，才說道：「我們也不回棧吃飯了，就在這裏叫點飯菜吃飯。同到你尊寓，看你畫壽星，當面領教你的筆法。在上海時，我常看你畫；此刻久不看見了，也要看看。」雪漁道：「這個使得。」於是交代酒家，叫了飯菜來，吃過了，一同仍到桃花塢去。

到了雪漁家，他叫人舀了熱水來，一同洗過臉。又拿了一錠大墨，一個墨海，到房裏去。又到廚下取出幾個大碗來，親自用水洗淨；把各樣顏色，分放在碗裏，用水調開，又用大海碗盛了兩大碗清水；一面張羅，一面讓我們坐。我也一面應酬他，一面細看他牆上畫就的畫片；也有花卉翎毛，也有山水，也有各種草蟲小品，筆法十分秀勁，然而內中失了章法的也不少；雖然如此，也不能掩其所長。我暗想此公也可算得多才多藝了。我從前曾經要學畫兩筆山水，東塗西抹的，鬧了多少時候，還學不會呢。不知他這是從那裏學來的。因問道：「足下的畫，不知從那位先生學的？」雪漁道：「先師是吳三橋。」我暗想吳三橋是專畫美人的，怎麼他畫出這許多門來？可見此人甚是聰明，雖然喜說大話，卻比上海那班名士高的多了。我一面看著畫，一面想著，德泉在那裏同他談天。過了一會，只聽見房裏面一聲墨磨好了，雪漁便進去，把墨海端了出來，站在那裏想了一想，把椅子板櫈，都搬到旁邊。又央著德泉，同他把那靠門口的一張書桌，搬到天井裏去，自己把地掃乾淨了，拿出一張丈二紙來，舖在地下，把墨海放在紙上，又取了一碗水，一方乾淨硯臺，都放下；拿一枝條幅筆，脫了鞋子，走到紙上，跪下彎著腰，用筆蘸了墨，試了濃淡，先畫了鼻子，再畫眼睛，又畫眉毛畫嘴，鈎了幾筆鬍子，方才框出頭臉，補畫了耳朵，就站起來。自己看了一看。我站在旁邊看著，這壽星的頭，比巴斗還大。只見他退後看了看地步，又跪下去，鈎了半個大桃子，才畫了一隻手；又把桃子補完全了，恰好是托在手上。方才起來，穿了鞋子，想了半天，取出一枝對筆一根頭繩，一枝帳竿竹子，把筆先洗淨了，紮在帳竿竹子上，拿起地下的墨水等，把帳竿竹子，扛在肩膀上，手裏拿著對筆，蘸了墨，試了濃淡然後隻手拿起竹子，就送到紙上去。站在地上，一筆一筆的畫起來；雙腳一進一退的，以補手腕所不及。不一會兒，全身衣褶都畫好了，把帳竿竹子倚在牆上，說道：「見笑見笑！」我道：「果然畫法神奇！」雪漁道：「不瞞兩位說，自我畫畫以來，這種大畫，連這張才兩回；上回那個是借裱畫店的裱臺畫的，還不如今日這個爽快。」德泉道：「虧你想出這個法子來！」雪漁道：「不由你不想，家裏那裏有這麼大的桌子呢！莫說桌子，你看鋪在地下，已經佔了我半間堂屋了。」一面談著天，等那墨筆乾了；他又拿了楂筆，蹲到畫上，著了顏色；等到半乾時候，他便把釘在牆上的畫片，都收下來；到隔壁借了個竹梯子，把一把杌子放在桌上，自己站上去，央德泉拿畫遞給他；又央德泉上梯子去，幫他把畫釘起來。我在底下看著，果然神采奕奕。

又談了一會，我取錶一看，才三點多鐘。德泉道：「我們再吃酒去罷！」雪漁道：「此刻就吃，未免太早！」德泉道：「我們且走著玩，到了五六點鐘再吃也好。」於是一同走了出來，又到觀前去吃了一回茶，才一同回棧。德泉叫茶房去買了一罈原罈花雕酒來，又去叫兩樣菜，開罈燉酒，三人對吃。德泉道：「今天看房子來不及了，明日請你早點來，陪我們同去。」雪漁道：「這蘇州城大得很，像這種大海撈針一般，往那裏看呢？」德泉道：「只管到市上去看看，或者有個空房子，或者有店家召盤的，都可以。」雪漁道：「召盤的或者還可以碰著，至於空房子，市面上是不會有的。到明日再說罷。」於是痛飲一頓，雪漁方才辭去。德泉笑道：「幾碗黃湯買著他了！」我道：「這個人酒量很好！」德泉道：「他生平就是歡喜吃酒，畫兩筆畫也過得去，就是一個毛病，第一歡喜嫖，又是歡喜說大話。」我想起他在酒店裏的話，不覺笑起來道：「果然是個說大話的人，然而卻不能自圓其說。他認了江忠源做五服內的伯父，卻又說是明朝萬曆年間由湖南遷江蘇的，豈不可笑？以此類推，他說的話，都不足信的了。」德泉道：「本來這扯謊說大話，是蘇州的專長。有個老笑話，說是一個書獃子，要到蘇州，先向人訪問蘇州風俗。有人告訴他，蘇州人專會說謊，所說的話，只有一半可信。書獃子到了蘇州，到外面買東西，買賣人要十文價，他還了五文，就買著了。於是信定了蘇州人的說話，只能信一半的了。一天問一個蘇州人貴姓，那蘇州人說姓伍。書獃子心中暗暗稱奇道，原來蘇州人有姓『兩個半』的！這個雖是形容書獃子，也可見蘇州人之善於扯謊，久為別處人所知的了。」我道：「他今天那張壽星的畫法，卻也難為他，不知多少潤筆？」德泉道：「上了這樣大的，只怕是面議的了；他雖然定了仿單，然而到了他窮極渴酒的時候，只要請他到酒店裏吃兩壺酒，他就什麼都肯畫了。」我道：「他說忙得很，家裏又畫下了那些，何至於窮到沒酒吃呢？」德泉笑道：「你看他有一張人物麼？」我道：「沒有！」德泉道：「凡是畫人物，才是人家出潤筆請他畫的；其餘那些翎毛，花卉，草蟲，小品，都是畫了賣給扇子店裏的；不過幾角洋錢一幅中堂，還不知幾時才有人來買呢。他們這個，叫做『交行生意』。」

我道：「喜歡扯謊的人，多半是無品的，不知雪漁怎樣？」德泉道：「豈但扯謊的無品，我眼睛裏看見畫得好的畫家，沒有一個有品的。任伯年是兩三個月不肯剃頭的，每剃一回頭，篦下來的石青石綠，也不知多少。這個還是小節。有一位任立凡，畫的人物極好，並且能畫小照；劉芝田做上海道的時候，出五百銀子，請他畫一張合家歡，先差人拿了一百兩，放了小火輪到蘇州來接他去；他到了衙門裏，只畫了一個臉面，便借了二百兩銀子，到租界上去玩，也不知他玩到那裏，足三個月沒有見面；一天來了，又畫了一隻手，又借了一百兩銀子，就此溜回蘇州來了。那位劉觀察，花了四百銀子只得了一張臉，一隻手；你道這個成了什麼品格呢？又吃的頂重的煙癮，人家好好的出錢請他畫的，卻擱著一年兩年不畫；等窮的急了，沒有煙吃的時候，只要請他吃二錢煙，要畫什麼是什麼；你想這種人是受人抬舉的麼？說起來他還是名士派呢。還有一個胡公壽，是松江人，詩書畫都好，也是赫赫有名的；這個人人品倒也沒甚壞處，只是一件，要錢的太認真了；有一位松江府知府任滿進京引見，請他寫的畫的不少，打算帶進京去送大人先生的禮的；開了上款，買了紙送去，約了日子來取。他應允了，也就寫畫起來；到了約定那一天，那位太守，打發人拿了片子去取。他對來人說道：『所寫所畫的東西，照仿單算要三百元的潤筆，你去拿了潤筆來取！』來人說道：『且交我拿去，潤筆自然送來！』他道：『我向來是先潤後動筆的，因為是太尊的東西，先動了筆，已經是個情面，怎麼能夠一文不看見，就拿東西去？』來人沒法，只得空手回去，果然拿了三百元來，他也把東西交了出來。過了幾天，那位太守交卸了，還住在衙門裏。定了一天，大宴賓客，請了滿城官員，以及各家紳士，連胡公壽也請在內；飲酒中間，那位太守極口誇獎胡公壽的字畫，怎樣好，怎樣好；又把他前日所寫所畫的，都拿出來彼此傳觀。大家也都讚好。太守道：『可有一層，像這樣好東西，自然應該是個無價寶了。卻只值得三百元；我這回拿進京去，送人要當一份重禮的；倘使京裏面那些大人先生，知道我僅花了三百元買來的，卻送幾十家的禮，未免要怪我慳吝，所以我也不要他了。』說罷，叫家人拿火來一齊燒了。羞得胡公壽逃席而去。從此之後，他遇了求書畫的，也不敢孳孳計較了，還算他的好處。」我道：「這段故事，好像儒林外史上有的，不過沒有這許多曲折。這位太守，也算善抄藍本的了。」說話之間，天色晚將下來，一宿無話。

次日起來，便望雪漁，誰知等到十點鐘，還不見到。我道：「這位先生，只怕靠不住了！」德泉道：「有酒在這裏，怕他不來。這個人酒便是他的性命；再等一等，包管就到了！」說聲未絕，雪漁已走了進來，說道：「你們找房子，再巧也沒有；養育巷有一家小錢莊，只有一家門面；後進卻是三開間，四廂房的大房子，此刻要把後進租與人家；你們要做字號，那裏最好了。我們就去看來！」德泉道：「費心得很！你且坐坐，我們吃了飯去看。」雪漁道：「先看了罷，吃飯還有一會呢；而且看定了，吃飯時便好痛痛的吃酒。」德泉笑道：「也罷！我們去看了來！」於是一同出去，到養育巷看了，果然甚為合適。說定了，明日再來下定。於是一同回棧，德泉沿路買了兩把團扇，幾張宣紙，又買了許多顏料畫筆之類。雪漁道：「你又要我畫什麼了？」德泉道：「隨便畫什麼都好。」回到棧裏，吃午飯時，雪漁又吃了好些酒。飯後，德泉才叫他畫了一幅中堂。雪漁道：「是你自己的，還是送人的？」德泉道：「是送一位做官的，上款寫『繼之』罷！」雪漁拿起筆來，便畫了一個紅袍紗帽的人，騎了一匹馬，馬前畫一個太監，雙手舉著一頂金冠。畫完了，在上面寫了「馬上陞官」四個字。問道：「這位繼之是什麼官？」德泉道：「是知縣。」他便寫「繼之明府大人法家教正」。我暗想繼之不懂畫，何必稱他法家呢？正這麼想著，只見他接著又寫「質諸明眼，以為何如」這「明眼」兩個字，又是抬頭寫的。我心中不覺暗暗可惜道，畫得很好，這個款可下壞了！再看他寫下款時，更是奇怪。正是：

偏是胸中無點墨，喜從紙上亂塗鴉。

要知他寫出什麼下款來，且待下回再記。

第三十八回　畫士攘詩一何老臉　官場問案高坐盲人

只見他寫的下款是：「吳下，雪漁，江笠醉筆，時同客姑蘇臺畔。」我不禁暗暗頓足道，這一張畫，可蹧蹋了。然而當面又不好說他，只得由他去罷。此時德泉叫人買了水果來醒酒。等他畫好了，大家吃西瓜，旁邊還堆著些石榴蓮藕。吃罷了，雪漁取過一把團扇，畫了雞蛋大的一個美人臉，就放下了。德泉道：「要畫就把他畫好了，又不是殺強盜示眾，單畫一個腦袋做什麼呢？」雪漁看見旁邊的石榴，就在團扇上也畫了個石榴，又加上幾筆衣褶，就畫成了一個半截美人，手捧石榴。畫完，就放下了道：「這是誰的？」德泉道：「也是繼之的。」雪漁道：「可惜我今日詩興不來，不然，題上一首也好。」我心中不覺暗暗好笑，因說道：「我代作一首如何？」雪漁道：「那就費心了！」我一想，這個題目頗難，美人與石榴什麼相干，要把他扭在一起，也頗不容易。這個須要用作無情搭的鈎挽釣渡法子，才可以連得合呢。想了一想，取過筆來寫出四句，是：

蘭閨女伴話喃喃，摘果拈花笑語憨；聞說石榴最多子，何須諼草始宜男。

雪漁接去看了道：「萱草是宜男草，怎麼這蘐草也是宜男草麼？」他卻把這「蘐」字念成「爰」音。我不覺又暗笑起來，因說道：「這個『蘐』字同『萱』字是一樣的，並不念做『爰』音。」雪漁道：「這才是呀！我說的天下不能有兩種宜男草呢。」說罷，便把這首詩寫上去。那上下款竟寫的是：「繼之明府大人兩政，雪漁並題。」我心中又不免好笑，這竟是當面搶的。我雖是答應過代作，這寫款又何妨含糊些，便老實到如此，倒是令人無可奈何。只見他又拿起那一把團扇道：「這又是誰的？」德泉指著我道：「這是送他的！」雪漁便問我歡喜什麼。我道：「隨便什麼都好。」他便畫了一個美人，睡在芭蕉葉上；旁邊畫了一度紅欄，上面用花青烘出一個月亮。又對我說道：「這個也費心代題一首罷！」我想這個題目還易，而且我作了，他便攘為己有的，就作得不好也不要緊。好在作壞了，由他去出醜，不干我事。我提筆寫道：

一天涼月洗炎熇，庭院無人太寂寥；撲罷流螢微倦後，戲從欄外臥芭蕉。

雪漁見了，就抄了上去，卻一般的寫著「兩政」「並題」的款。我心中著實好笑，只得說了兩聲費心。此時德泉又叫人去買了三把團扇來。雪漁道：「一發拿過來，都畫了罷；你有本事把蘇州城裏的扇子都買了來，我也有本事畫了他。」說罷，取過一把，畫了個潯陽琵琶，問寫什麼款。德泉道：「這是我送同事金子安的，寫『子安』款罷！」雪漁對我道：「可否再費心題一首？」我心中暗想，德泉與他是老朋友，所以向他作無厭之求；我同他初會面，怎麼也這般無厭起來了！並且一作了，就攘為己有，真可以算得涎臉的了。因笑了笑道：「這個容易。」就提筆寫出來：

四絃彈起一天秋，淒絕潯陽江上頭；我亦天涯傷老大，知音誰是白江州？

他又抄了，寫款不必贅，也是「兩政」「並題」的了。德泉又遞過一把道：「這是我自己用的，可不要美人。」他取筆就畫了一幅蘇武牧羊。畫了又要我題。我見他畫時，明知他畫好又要我題的了，所以早把稿子想好在肚裏，等他一問，我便寫道：

雪地冰天且耐寒，頭顱雖白寸心丹；眼前多少匈奴輩，等作群羊一例看。

雪漁又照抄了上去，便丟下筆不畫了。德泉不依道：「只賸這一把了，畫完了，我們再吃酒。」我問德泉道：「這是送誰的？」德泉道：「我也不曾想定，但既買了來，總要畫了他；這一放過，又不知要擱到什麼時候了。」我想起文述農，因對雪漁道：「這一把算我求你的罷；你畫了，我再代你題詩。」雪漁道：「美人人物委實畫不動了，畫兩筆花卉還使得。」我道：「花卉也好！」雪漁便取過來，畫了兩枝夾竹桃。我見他畫時，先就把詩作好了；他畫好了，便拿過去，抄在上面。詩云：

林邊斜綻一枝春，帶笑無言最可人！欲為優婆宣法語，不妨權現女兒身。

卻把「宣」字寫成了個「宜」字。又問我上款。我道：「述農。」他便寫了上去。寫完，站起來，伸一伸腰道：「夠了！」我看看錶時，已是五點半鐘。德泉叫茶房去把藕切了，燉起酒來，就把藕下酒。吃到七點鐘時，茶房開上飯來，德泉叫添了菜，且不吃飯，仍是吃酒。直吃到九點鐘，大家都醉了，胡亂吃些飯，便留雪漁住下。次日早起，便同到養育巷去；立了租摺，付了押租，方才回棧。我便把一切情形，寫了封信，交給棧裏帳房，代交信局，寄與繼之。及至中飯時，要打酒吃。誰知那一罎五十斤的酒，我們三個人，只吃了三頓，已經吃完了。德泉又叫去買一罎。飯後央及雪漁做嚮導，叫了一隻小船，由山塘搖到虎丘去，逛了一次。那虎丘山上，不過一座廟；半山上有一堆亂石，內中一塊石頭，同饅頭一般，上面鑿了「點頭」兩個字。說這裏是生公說法臺的故址，那一塊便是點頭的頑石。又有劍池，二仙亭，真娘墓。還有一塊吳王試劍石，是極大的一個石卵子，截做兩段的，同那點頭石，一般都是後人附會之物。明白人是不言而喻的。不過因為他是個古蹟，不便說破他去殺風景。那些無知之人，便嘖嘖稱奇，想來也是可笑。

過了一天，又逛一次范墳。對著的山，真是萬峰齊起，半山上鑿著錢大昕寫的「萬笏朝天」四個小篆。又逛到天平山上去。因為天氣太熱，逛過這回，便不再到別處了。這天接到繼之的信，說電報已接到，囑速尋定房子，隨後便有人來辦事云云。

這兩天閒著，我想起伯父在蘇州，但不知住在那裏，何不去打聽打聽呢！他到此地，無非是要見撫臺，見藩臺，我只到這兩處的號房裏打聽，自然知道了。想罷，便出去問路，到撫臺衙門號房裏打聽，沒有。因為天氣熱，只得回棧歇息。過一天，又到藩臺衙門去問，也沒有消息，只得罷了。這天雪漁又來了。嚇著要吃酒，還同著一個人來。這個人叫做許澄波，是一個蘇州候補佐雜。相見過後，我和德泉便叫茶房去叫了幾樣菜，買些水果之類，燉起酒來對吃。這位許澄波，倒也十分倜儻風流，不像個風塵俗吏。我便和他談些官場事情，問些蘇州吏治。澄波道：「官場的事情，有什麼談頭，無非是靠著奧援及運氣罷了。所以官場吏治，本來是一件事；晚近官場風氣日下，官場與吏治。變成東西背馳的兩途了。只有前兩年的譚中丞還好，還講究些吏治；然而又嫌他太精細事了，甚至於賣燒餅的攤子，他也叫人逐攤去買一個來；每個都要記著是誰家的。他老先生拿天平來逐個秤過，揀最重的賞他幾百文；那最輕的，便傳了來大加申斥。」我道：「這又何必呢！未免太瑣屑了！」澄波道：「他說這些燒餅，每每有貧民買來抵飯吃的，重一些是一些；做買賣的人，只要心平點，少看點利錢，那些貧民便受惠多了。」我笑道：「這可謂體貼入微了。」

澄波道：「他有一件小事，卻是大快人意的。有一個鄉下人，挑了一擔糞，走過一家衣莊門口，不知怎樣，把糞桶打翻了，濺到衣莊的裏面去；嚇得鄉下人情願代他洗，代他掃，只請他拿水拿掃帚出來。那衣莊的人也不好，欺他是鄉下人，不給他掃帚，要他脫下身上的破棉襖來揩；鄉下人急了，只是哭求，頓時就圍了許多人觀看；把一條街都塞滿了。恰好他老先生拜客走過，見許多人，便叫差役來問是什麼事。差役過去把一個衣莊夥計，及鄉下人，帶到轎前；鄉下人哭訴如此如此。他老先生大怒，罵鄉下人道：『你自己不小心，弄齷齪了人家地方，莫說要你的破棉襖來揩，就要你舐乾淨，你也只得舐了，還不快點揩了去！』鄉下人見是官吩咐的，不敢違拗，哭哀哀的脫下衣服去揩。他又叫把轎子抬近衣莊門口，親自督看。衣莊裏的人，揚揚得意。等那鄉下人揩完了，他老先生卻叫衣莊夥計來，吩咐在你店裏取一件新棉襖賠還鄉下人。衣莊夥計稍為遲疑，他便大怒，喝道：『此刻天冷的時候，他只得這件破棉襖禦寒，為了你們弄壞了，還不應該賠他一件麼？你再遲疑，我辦你一個欺壓鄉愚之罪。』衣莊裏只得取了一件綢棉襖，給了鄉下人。看的人沒有一個不稱快。」我道：「這個我也稱快。但是那衣莊裏，就給他一件布的也夠了，何必要給他綢的，格外討好呢？」澄波笑道：「你須知大衣莊裏，不賣布衣服的呀。」

我不覺拍手道：「這鄉下人好造化也！」澄波道：「自從譚中丞去後，這裏的吏治，就日壞了。」雪漁道：「譚中丞非但吏治好，他的運氣也真好；他做蘇州府的時候，上海道是劉芝田。正月裏，劉觀察上省拜年，他是拿手版去見的；不兩多個月，他放了糧道，還沒有到任；不多幾天，又陞了臬臺，便交卸了府篆，進京陛見；在路上又奉了上諭，著毋庸來京；陞了藩臺，就回到蘇州來到任。不上幾個月，撫臺出了缺，他就護理撫臺。那時劉觀察仍然是上海道，卻要上省來拿手版同他叩喜。前後相去不過半年，就顛倒過來。你道他運氣多好！」說罷，滿滿的乾了一杯，面有得意之色。澄波道：「若要講到運氣，沒有比洪觀察再好的了！」雪漁愕然道：「是那一位？」澄波道：「就是洪瞎子！」雪漁道：「洪瞎子不過一個候補道罷了，有什麼好運氣？」澄波道：「他兩個眼睛都全瞎了，要是別人一百個也參了；他還是絡繹不絕的差使，還要署臬臺，不是運氣好麼？」我道：「認真是瞎子麼？」澄波道：「怎麼不是？難道這個好造他謠言的麼。」雪漁笑道：「不過是個大近視罷了，怎麼好算全瞎？倘使認真全瞎了，他又怎樣還能夠行禮呢？不能行禮，還怎樣能做官？」澄波道：「其實我也不知他還是全瞎，還是半瞎。有一回撫臺請客，坐中也有他，飲酒中間，大家都往盤子裏抓瓜子磕，他也往盤子裏抓，可抓的不是瓜子，抓了一手的溏黃皮蛋。鬧了個哄堂大笑，你若是說他全瞎，他可還看見那黑黑兒的皮蛋，才誤以為瓜子，好像還有一點點的光。可是他當六門總巡的時候，有一天差役拿了個地棍來回他，他連忙陞了公座，那地棍還沒有帶上來，他就『混帳』『羔子』『王八蛋』的一頓臭罵；又問你一共犯過多少案子了？又問你姓什麼？叫什麼？是那裏人？問了半天，那地棍還沒有帶上來，誰去答應他呢。兩旁差役，只是抿著嘴暗笑。他見沒有人答應，忽然拍案大怒，罵那差役道：『你這個狗才，我叫你去訪拿地棍；你拿不來，倒也罷了；為什麼又拿一個啞子來搪塞我？』」澄波這一句話，說得眾人大笑。澄波又道：「若照這件事論，他可是個全瞎的了。若說是大近視，難道公案底下有人沒有，都分不出麼？」我道：「難道上頭不知道他是個瞎子，這種人雖不參他，也該叫他休致了。」澄波道：「所以我說他運氣好呢。」德泉道：「俗語說的好，『朝裏無人莫做官』，大約這位洪觀察，是朝內有人的了。」四個人說說笑笑，吃了幾壺酒，就散了。雪漁澄波辭了去。

次日繼之打發來的人，已經到了，叫做錢伯安。帶了繼之的信來；信上說蘇州坐莊的事，一切都託錢伯安經管。伯安到後，德泉可回上海。如已看定房子，叫我也回南京，還有別樣事情商量云云。當下我們同伯安相見過後，略為憩息，就同他到養育巷去看那所房子，商量應該怎樣裝修。看過了後，伯安便去，先買幾件木器動用傢伙，先送到那房子裏去。在客棧歇了一宿，次日伯安即搬了過去。我們也叫客棧裏，代叫一隻船，打算明日動身回上海去。又託了德泉到桃花塢去看雪漁，告訴他要走的話。雪漁道：「你二位來了，我還不曾稍盡地主之誼，卻反擾了你二位幾遭；正打算過天風涼點敘敘，怎麼就走了？」德泉道：「我們至好，何必拘拘這個；你幾時到上海去，我們再敘。」德泉在那裏同他應酬，我抬頭看見他牆上，釘了一張新畫的美人，也是捧了個石榴，把我代他題的那首詩，寫在上面；一樣的是「兩政」「並題」的上下款，心中不覺暗暗好笑。雪漁又約了同到觀前吃了一碗茶，方才散去。臨別，雪漁又道：「明日恕不到船上送行了！」德泉道：「不敢！不敢！你幾時到上海去，我們痛痛的吃幾頓酒。」雪漁道：「我也想到上海許久了，看幾時有便，我就來；這回我打算連家眷一起都搬到上海去了。」說罷，作別，我們回棧。

次日早起，就結算了房飯錢，收拾行李上船，解纜開行，向上海進發。回到上海。金子安便交給我一張條子，卻是王端甫的。約著我回來即給他信；他要來候我，有話說云云。我暫且擱過一邊，洗臉歇息。子安又道：「唐玉生來過兩次，頭一次是來催題詩，我回他到蘇州去了；第二次他來把那本冊頁拿回去了。」我道：「拿了去最好！省得他來麻煩！」當下德泉便稽查連日出進各項貨物帳目。我歇息了一會，便叫車到源坊衖去訪端甫，偏他又出診去了；問景翼時，說搬去了，我只得留下一張條子出來。緩步走著，去看侶笙，誰知他也不曾擺攤，只得叫了車子回來。回到號裏時，端甫卻已在座。相見已畢，端甫先道：「你可知侶笙今天嫁女兒麼？」我道：「嫁什麼女兒？可是秋菊？」端甫道：「可不是，他恐怕又像嫁給黎家一樣，夫家仍只當他丫頭，所以這回他認真當女兒嫁了。那女婿是個木匠，倒也罷了；他今天一早帶了秋菊到我那裏叩謝。因知道你去了蘇州，所以不曾來這裏。我此刻來告訴你景翼的新聞。」我忙問：「又出了什麼新聞了？」端甫不慌不忙的說了出來。

正是：

任爾奸謀千百變，也須落魄走窮途。

未知景翼又出了什麼新聞，且待下回再記。

第三十九回　老寒酸峻辭乾館　小書生妙改新詞

我聽見端甫說景翼又出了新聞，便忙問是什麼事。端甫道：「這個人只怕死了！你走的那一天，他就叫了人來，把幾件木器及空箱子等，一齊都賣了；卻還賣了四十多元。那房子本是我轉租給他的，欠下兩個月房租，也不給我，就這麼走了。我到樓上去看，竟是一無所有的了。」我道：「他家還有慕枚的妻子呀，那裏去了？」端甫道：「慕枚是在福建娶的親，一向都是住在娘家，此刻還在福建呢。那景翼拿了四十多元洋錢，出去了三天，也不知他到那裏去的。第四天一早，我還沒有起來，他便來打門；我連忙起來時，家人已經開門放他進來了。蓬著頭，赤著腳，鞋襪都沒有，一條藍夏布袴子，也扯破了，只穿得一件破多羅麻的短衫，見了我，就磕頭，要求我借給他一塊洋錢。問他為何弄得這等狼狽，他只流淚不答。又告訴我說，從前逼死兄弟，圖賣弟婦，一切都是他老婆的主意。他此刻懊悔不及。我問他要一塊洋錢做什麼，他說到杭州去做盤費，我只得給了他。他就去了。直到今天，仍無消息。前天我已經寫了一封信，通知鴻甫去了。」我道：「這種人由他去罷了，死了也不足惜！」端甫道：「後來我聽見人說，他拿了四十多元錢，到賭場上去，一口氣就輸了一半，第二天再賭，卻贏了些。第三天又去賭，卻輸的一文也沒了。出了賭場，碰見他的老婆，他便去盤問。誰知他老婆已經另外跟了一個人，便甜言蜜語的，引他回去；卻叫後跟的男人，把他毒打了一頓。你道可笑不可笑呢。」

我道：「侶笙今日嫁女兒，你有送他禮沒有？」端甫道：「我送了他一元，他一定不收，這也沒法。」我道：「這個人竟是個廉士！」端甫道：「他不廉，也不至於窮到這個地步了！況且我們同他奔走過一次，也更是不好意思受了。他還送給我一副對，寫得甚好；他說也送你一副，你收著了麼？」我道：「不曾。」因走進去問子安。子安道：「不錯！是有的！我忘了！」說著，在架子上取下來。我拿出來同端甫打開來看，寫的是「慷慨丈夫志，跌宕古人心」一聯，一筆好董字，甚是飛舞。我道：「這個人潦倒如此，真是可惜可歎！」端甫道：「你看南京有什麼事，薦他一個也好。」我道：「我本有此意。而且我還嫌回南京去，急不及待，打算就在這號裏安置他一件事，好歹送他幾元銀一月；等南京有了好事，再叫他去。你道如何？」端甫道：「這更好了！」當下，又談了一會，端甫辭了去。我封了四元洋銀賀儀，叫出店的送到侶笙那裏去。一會仍舊拿了回來，說他一定不肯收。子安笑道：「這個人倒窮得硬直！」我道：「可知道不硬直的人，就不窮了。」子安道：「這又不然，難道有錢的人，便都是不硬直的麼？」我道：「不是如此說，就是富翁也未嘗沒有硬直的；不過窮人，倘不是硬直的，便不肯安於窮，未免要設法鑽營；甚至非義之財，也要妄想；就不肯像他那樣擺個測字攤的了。」當下，歇過一宿。

次日我便去訪侶笙，怪他昨日不肯受禮。侶笙道：「小婢受了莫大之恩，還不曾報德，怎麼敢受？」我道：「這些事還提他做什麼？我此刻倒想代你弄個館地，只是我到南京去，不知幾時才有機會；不如先奉屈到小號去，暫住幾時，就請幫忙辦理往來書信。」侶笙連忙拱手道：「多謝提挈！」我道：「日間就請收了攤，到小號裏去！」侶笙沈吟了一會道：「寶號辦筆墨的，向來是那一位？」我道：「向來是沒有的，不過我為足下起見，在這裏擺個攤，終不是事，不如到小號裏去，奉屈幾時，就同乾俸一般。等我到南京去，有了機會，便來相請。」侶笙道：「這卻使不得！我與足下未遇之先，已受先施之惠，及至萍水相遇，怎好為我破格？況且生意中的事情，與官場截然兩路，斷不能多立名目，以致浮費。豈可為我開了此端？這個斷不敢領教！如蒙見愛，請隨處代為留心，代謀一席，那就受惠不淺了。」我道：「如此說，就同我一起到南京去謀事如何？」侶笙道：「好雖好，只是舍眷無可安頓，每日就靠我混幾文回去開銷，一時怎撇得下呢？」我道：「這不要緊，在我這裏，先拿點錢安家便是！」侶笙道：「足下盛情美意，真是令人感激無地！但我向來非義不取，無功不受；此刻便算借了尊款安家，萬一到南京去謀不著事，將何以償還呢？還求足下聽我自便的好！如果有了機會，請寫個信來；我接了信，就料理起程。」

我聽了他一番話，不覺暗暗嗟歎，天下竟有如此清潔的人，真是可敬；只得辭了他出來，順路去看端甫。端甫也是十分歎息道：「不料風塵中有此等氣節之人！你到南京，一定要代他設法，不可失此朋友！但不知你幾時動身？」我道：「打算今夜就走。在蘇州就接了南京信，叫快點回去；說還有事，正不知是什麼事？」說話時，有人來診脈，我就辭了回去。是夜附了輪船動身。第三天一早，到了南京。我便叫挑夫挑了行李上岸，騎馬進城。先到裏面見過吳老太太，及繼之夫人。老太太道：「你回來了！辛苦了！身子好麼？我惦記你得很呢！」我道：「託乾娘的福，一路都好！」老太太道：「你見過娘沒有？」我道：「還沒有呢。」老太太道：「好孩子！快去罷！你娘念你得很。你回來了，怎麼不先見娘，卻先來見我？你見了娘，也不必到關上去，你大哥一會兒就回來了。我今天做東，整備了酒席，賀荷花生日。你回來了，就帶著代你接風了。」我陪笑道：「這個那裏敢當！不要折煞乾兒子罷！」老太太道：「胡說！掌嘴！快去罷！」我便出來，由便門過去，見過母親嬸娘姊姊。

母親問幾時到的。我道：「才到。」母親問見過乾娘和嫂子沒有。我道：「都見過了！我這回在上海，遇見伯父的。」母親道：「說什麼來？」我道：「沒說什麼，只告訴我說小七叔來了。」母親訝道：「來什麼地方？」我道：「到了上海，在洋行裏面。我去見過兩次，他此刻白天學生意，晚上念洋書。」姊姊道：「這小孩子怪可憐的，六七歲上沒了老子，沒念上兩年書，就荒廢了。在家裏養得同野馬一般，此刻不知怎樣了？」我道：「此刻好了，很沈靜，不像從前那種七縱八跳的了。」母親瞅了我一眼道：「你小時候安靜！」姊姊道：「沒念幾年書，就去念洋書，也不中用。」我道：「只怕他自己還在那裏用功呢，我看他兩次，都見他床頭桌上，堆著些古文觀止、分類尺牘之類；有不懂的，還問過我些。他此刻自已改了個號，叫做叔堯，他的小名叫土兒，讀書的名字，就是單名叫一個『堯』字，此刻號也用這個『堯』字。我問他是什麼意思。他說小時候，父母因為他的八字，五行缺土，所以叫做土兒，取『堯』字做名字，也是這個意思；其實是毫無道理的，未必取了這種名字，就可以補上五行所缺。不過要取好的號，取不出來。他底下還有老八老九，所以按孟仲叔季的排次，加一個『叔』字在上面，做了號，倒爽利些。」姊姊訝道：「讀了兩年書的孩子，發出這種議論，有這種見解，就了不得！」我道：「本來我們家裏沒有生出笨人過來！」母親道：「單是你最聰明。」我道：「自然！我們家裏的人，已經聰明了；更是我娘的兒子，所以又格外聰明些！」嬸娘道：「了不得，你走了一次蘇州，就把蘇州人的油嘴學來了；從來拍娘的馬屁，也不曾有過這種拍法。」我道：「我也不是油嘴，也不是拍馬屁，相書上說的『左耳有痣聰明，右耳有痣孝順。』我娘左耳朵上有一顆痣，是聰明人，自然生出聰明兒子來了。」姊姊走到母親前，把左耳看了看道：「果然一顆小痣，我們一向倒不曾留心。」又過來把我兩個耳朵看過，拍手笑道：「兄弟這張嘴真學油了！他右耳上一顆痣，就隨口杜撰兩句相書，非但說了伯娘聰明，還要誇說自己孝順呢！」我道：「娘不要聽姊姊的話，這兩句我的確在麻衣神相上看下來的。」姊姊道：「伯娘不要聽他，他連書名都鬧不清楚，好好的麻衣相法，他弄了個麻衣神相。這麻衣相法是我看了又看的，那裏有這兩句。」我道：「好姊姊！何苦說破我；我要騙騙娘相信我是個天生的孝子，心裏好偷著歡喜，何苦說破我呢！」說得眾人都笑了。

只見春蘭來說道：「那邊吳老爺回來了。」我連忙過去，到書房裏相見。繼之笑著道：「辛苦！辛苦！」我也笑道：「費心！費心！」繼之道：「你費我什麼心來？」我道：「我走了，我的事，自然都是大哥自己辦了，如何不費心？」坐下便把上海，蘇州一切細情都述了一遍。繼之道：「我催你回來，不為別的，我這個生意，上海是個總字號，此刻蘇州分設定了，將來上游蕪湖，九江，漢口，都要設分號；下游鎮江，要設個字號，杭州也是要的；你口音好，各處的話都可以說，我要把這件事煩了你。你只要到各處去開闢碼頭，經理的我自有人。將來都開設定了，你可往來稽查。這裏南京是個中站，又可以時常回來，豈不好麼？」我道：「大哥何以忽然這樣大做起來？」繼之道：「我家裏本是經商出身，豈可忘了本？可有一層：我在此地做官，不便出面做生意，所以一切都用的是某記，並不出名；在人家跟前，我只推說是你的；你見了那些夥計，萬不要說穿；只有管德泉一個知道實情，其餘都不知道的。」我笑道：「名者，實之賓也；吾其為賓乎？」繼之也一笑。我道：「我去年交給大哥的，是整數二千銀子；怎麼我這回去查帳，卻見我名下的股份，是二千二百五十兩？」繼之道：「那二百五十兩，是去年年底帳房裏派到你名下的；我料你沒有什麼用處，就一齊代你入了股。一時忘記了，沒有告訴你。你走了這一次，辛苦了，我給你一樣東西開開心。」說罷，在抽屜裏取出一本極舊極殘的本子來。這本子只有兩三頁，上面濃圈密點的，是一本詞稿。我問道：「這是那裏來的？」繼之道：「你且看了再說，我和述農已是讀得爛熟了。」我看第一闋，是誤佳期，題目是美人嚏。我笑道：「只這個題目便有趣。」繼之道：「還有有趣的呢！」我念那詞：

浴罷蘭湯夜，一陣涼風恁好！陡然嬌嚏兩三聲，消息難分曉。
莫是意中人，提著名兒叫！笑他鸚鵡卻回頭，錯道儂家惱。

我道：「這倒虧他想著。」再看第二闋，是荊州亭，題目是美人孕，我道：「這個可向來不曾見過題詠的，倒是頭一次。」再看那詞是：

一自夢熊占後，惹得嬌慵病久；個裏自分明，羞向人前說有。
鎮日貪眠作嘔，茶飯都難適口，含笑問檀郎：梅子枝頭黃否？

我道：「這句『羞向人前說有』，虧他想出來。」又有第三闋，是解佩令，美人怒，詞是：

喜容原好，愁容也好，驀地間怒容越好：一點嬌嗔，襯出桃花紅小，有心兒使乖弄巧。

問伊聲悄，憑伊怎了，拼溫存解伊懊惱；剛得回嗔，便笑把檀郎推倒，甚來由到底不曉！

我道：「這一首是收處最好。」第四闋是一痕沙，美人乳。我笑道：「美人乳，明明是兩堆肉；他用這一痕沙的詞牌，不通！」繼之笑道：「莫說笑話，看罷！」我看那詞是：

遲日昏昏如醉，斜倚桃笙慵睡；乍起領環鬆，露酥胸。

小簇雙峰瑩膩，玉手自家摩戲，欲扣又還停，儘憨生。

我道：「這首只平平。」。繼之道：「好高法眼！」我道：「不是我的法眼高，實在是前頭三闋太好了；如果先看這首，也不免要說好的。」再看第五闋，是蝶戀花，夫婿醉歸。我道：「詠美人寫到夫婿，是從對面著想；這題目先好了，詞一定好的。」看那詞是：

日暮挑燈閒徙倚，郎不歸來留戀誰家裏？及至歸來沈醉矣，東歪西倒難扶起。
不是貪杯何至此？便太常般難道儂嫌你，只恐瞢騰傷玉體，教人憐惜渾無計。

我道：「這卻全在美人心意上著想，倒也體貼入微。」第六闋是眼兒媚，曉妝。

曉起嬌慵力不勝，對鏡自忪惺；淡描青黛，輕勻紅粉，約略妝成。
檀郎含笑將人戲，故問夜來情；回頭斜眄一聲低啐，你作麼生？

我道：「這一闋太輕佻了，這一句『故問夜來情』，必要改了他方好。」繼之道：「改什麼呢？」我道：「這種香豔詞句，必要使他流入閨閣方好；有了這種猥褻句子，怎麼好把他流入閨閣呢？」繼之道：「你改什麼呢？」我道：「且等我看完了，總要改他出來。」因看第七闋，是憶漢月，美人小字。詞是：

恩愛夫妻年少，私語喁喁輕悄；問到小字每模糊，欲說又還含笑。

被他纏不過，說便說郎須記了！切休說與別人知，更不許人前叫！

我不禁拍手道：「好極！好極！這一闋要算絕唱了，虧他想得出來！」繼之道：「我和述農也評了這闋最好，可見得所見略同。」我道：「我看了這一闋；連那『故問夜來情』也改著了。」繼之道：「改什麼？」我道：「改個『悄地喚芳名』，不好麼？」繼之拍手道：「好極！好極！改得好！」再看第八闋，是憶王孫，閨思：

昨宵燈爆喜情多，今日窗前鵲又過，莫是歸期近了麼？鵲兒呵！再叫聲兒聽若何？

我道：「這無非是晨占喜鵲，夕卜燈花之意，不過癡得好玩！」第九闋是三字令，閨情。我道：「這三字令最難得神，他只限著三個字一句，那得跌宕！」看那詞是：

人乍起，曉鶯鳴，眼猶餳，簾半捲，檻斜凭，綻新紅，呈嫩綠，雨初經。開寶鏡，掃肩輕，淡妝成，才歎息，聽分明，那邊廂，牆角外，賣花聲。

我道：「只有下半闋好。」這一本稿，統共只有九闋，都看完了。我問繼之道：「詞是很好，但不知是誰作的？看這本子殘舊到如此，總不見得是個時人了。」繼之道：「那天我閒著沒事，到夫子廟前閒逛，看見冷攤上有這本東西，只花了五個銅錢買了來，只恨不知作者姓名。這等名作，埋沒在風塵中，也不知幾許年數了；倘使不遇我輩，豈不是徒供鼠嚙蟲傷，終於覆瓿。」我因繼之這句話，不覺觸動了一樁心事。正是：

一樣沈淪增感慨，偉人壞寶其風塵。

不知觸動什麼心事，且待下回再記。

第四十回　披畫圖即席題詞　發電信促歸閱卷

我聽見繼之讚歎那幾闋詞，說是倘不遇我輩，豈不是終於覆瓿。我便忽然想起蔡侶笙來，因把在上海遇見黎景翼，如此這般告訴了一遍。又告訴他蔡侶笙如何廉介，他的夫人如何明理，都說了一遍。繼之道：「原來你這回到上海，幹了這麼一回事，也不虛此一行。」我道：「我應允了蔡侶笙，一到南京，就同他謀事，求大哥代我留意。」繼之道：「你同他寫下兩個名條，我覷便同他薦個事便了。」說話間，春蘭來叫我吃午飯，我便過去；飯後在行李內取出團扇及畫片，拿過來給繼之，說明是德泉送的。繼之先看扇子，把那題的詩念了一遍道：「這回倒沒有抄錯！」我道：「怎麼說是抄的？」繼之道：「你怎麼忘了？我頭回給你看的那把團扇，把題花草的詩，題在美人上，不就是這個人畫的麼？」我猛然想起當日看那把團扇來；並想起繼之說的那詩畫交易的故事，又想起江雪漁那老臉攘詩；才信繼之從前的話，並不曾有意刻薄他們。

因把在蘇州遇見江雪漁的話，及代題詩的話，述了一遍。老太太在旁聽見，便說道：「原來是你題的詩，快念給我聽。」繼之把扇子遞給他夫人。他夫人便念了一遍，又逐句解說了。老太太道：「好口彩！好吉兆！果然石榴多子；明日繼之生了兒子，我好好的請你！」我笑說多謝。繼之攤開那畫片來看，見了那款，不覺笑道：「他自己不通，如何把我也拉到蘇州去？好好的一張畫，這幾個字寫的成了廢物了。」我道：「我也曾想過，只要叫裱畫匠，把那幾個字挖了去，還可以用得。」繼之道：「只得如此的了！」我又回去，把我的及送述農的扇子，都拿來給繼之看。繼之道：「這都是你題的麼？」我道：「是的！他畫一把，我就題一首。」繼之道：「這個人畫的著實可以，只可惜太不通了；但既然不通，就安分些，好好的寫個上下款也罷了，偏要題什麼詩；你看這幾首詩；他將來又不知要錯到什麼畫上去了。」我道：「他自己說是吳三橋的學生呢。」繼之道：「這也說不定的。說起吳三橋，我還買了一幅小中堂在那裏，你既歡喜題詩，也同我題上兩首去。」我道：「畫在那裏？」繼之道：「在書房裏，我同你去看來！」於是一同到書房裏去。繼之在書架上取下畫來，原來是一幅美人。佈景是滿幅梅花，梅梢上烘出一鈎斜月，當中月洞裏，露出美人，斜倚在薰籠上。裱的全綾邊，那綾邊上都題滿了，卻賸了一方。繼之指著道：「這一方就是虛左以待的！」我道：「大哥那裏去找了這些人題？」繼之道：「我那裏去找人題，買來就是如此的了。」我道：「這一方的地位很大，不是一兩首絕詩寫得滿的。」繼之道：「你就多作幾首也不妨。」我想了一想道：「也罷，早上看了絕妙好詞，等我也效顰填一闋詞罷。」繼之道：「隨你便。」我取出詩韻翻了一翻，填了一闋疏影，詞曰：

香消爐歇，正冷侵翠被，霜禽啼徹；斜月三更，譙鼓城笳，一枕夢痕明滅。無端驚起佳人睡；況酒醒天寒時節；算幾回倚遍薰籠，依舊黛眉雙結！良夜迢迢甚伴？對空庭寂寞，花光清絕；驀逗春心，偷數年華，獨自暗傷離別。年來消瘦知何似，應不減素梅孤潔。且待伊塞上歸來，密與擁爐愁說。

用紙寫了出來，遞給繼之道：「大哥看用得，我便寫上去。」繼之看了道：「你倒是個詞章家呢！但何以忽然用出那離別字眼出來？」我道：「這有甚一定的道理，不過隨手拈來，就隨意用去。不然，只管讚梅花的清幽，美人的標緻，有甚意思呢。我只覺得詞句生澀得很！」繼之道：「不生澀！很好！寫上去罷！」我攤開畫，寫了上去，署了款。繼之便叫家人來，把他掛起。日長無事，我便和繼之對了一局圍棋。又把那九闋香奩詞抄了，只把眼兒媚的「故問夜來情」，改了個「悄地喚芳名」，拿去給姊姊看，姊姊看了一遍道：「好便好！只是輕薄些！」我道：「這個只能撇開他那輕薄，看他的巧思。」姊姊笑道：「我最不服氣，男子們動不動拿女子做題目來作詩填詞，任情取笑！」我道：「豈但作詩填詞，就是畫畫，何嘗不是？只畫美人，不畫男子，要畫男子，除非是畫故事；若是隨意坐立的，斷沒有畫個男子之理。」姊姊道：「正是。我才看見你的一把團扇，畫得很好，是在那裏來的？」我道：「在蘇州。姊姊歡喜，我寫信去畫一把來。」姊姊道：「我不要，你幾時便當，順便同我買點顏料來，還要買一份畫碟畫筆；我的丟在家裏，沒有帶來。」我歡喜道：「原來姊姊會畫，是幾時學會的？我也跟著姊姊學。」

正說到這裏，吳老太太打發人來請。於是一同過去。那邊已經擺下點心，吳老太太道：「我今天這個東做得著，又做了荷花生日，又和乾兒子接風。這會請先用點心，晚上涼快些，再吃酒。」我因為荷花生日，想起了「竹湯餅會」來，和繼之說了。繼之道：「這種人只算得現世！」我道：「有愁悶時聽聽他們的問答，也可以笑笑。」於是把在花多福家所聞的話，述了一遍。母親道：「你到妓院裏去來？」我道：「只坐得一坐，就走的！」姊姊道：「依我說到妓院裏去，倒不要緊；倒是那班人少親近些！」我道：「他硬拉我去的，誰去親近他？」姊姊道：「並不是什麼親近不得，只小心被他們薰臭了！」說得大眾一笑。

當夜陪了吳老太太的高興，吃酒到二炮才散。次日繼之出城，我也到關上去。順帶了團扇，送給述農。大家不免說了些別後的話。在關上盤桓了一天。到晚上，繼之設了個小酌，單邀了我同述農兩個吃酒，賞那香奩詞。述農道：「徒然賞他，不免為作者所笑，我們也應該和他一闋。」我道：「香奩體我作不來；並且有他的珠玉在前，我何敢去佛頭著糞！」繼之道：「你今天題畫的那一闋疏影，不是香奩麼？」我道：「那不過是稍為帶點香奩氣。他這個是專寫兒女的，又自不同。」述農道：「說起題畫，一個朋友，前天送來一個手卷，要我題，我還沒工夫去作。不如拿出來，大家題上一闋詞罷。」我道：「這倒使得！」述農便親自到房裏，取了來，簽上題著「金陵圖」三字。展開來看，是一幅工筆青綠山水，把南京的大概畫了上去。繼之道：「用個什麼詞牌呢？」述農道：「詞牌倒不必限。」我道：「限了的好；不限定了，回來有了一句，合這個牌；又有一句，合那個牌；倒把意鬧亂了。」繼之道：「秦淮多麗，我們就用『多麗』罷。」我道：「好！我已經有起句了，『大江橫，古今煙鎖金陵。』」述農道：「好敏捷！」我道：「起兩句便敏捷，這個牌，還有排偶對仗，頗不容易呢！」繼之道：「我也有個起句，是『古金陵，秦淮煙水冥冥』。」我道：「既如此，也限了八庚韻罷。」於是一面吃酒，一面尋思。倒是述農先作好了，用紙謄了出來。繼之拿在手裏，念道：

水盈盈，吳頭楚尾波平；指參差帆檣隱處，三山天外搖青；丹脂銷牆根蛩泣，金粉滅江上煙腥。北固雲頹，中泠泉咽，潮聲怒吼石頭城。只千古後庭一曲，回首不堪聽！休遺恨霸圖銷歇，王謝飄零！但南朝繁華已燼，夢蕉何事重醒？舞臺傾夕烽驚雀，歌館寂燐火為螢。荒徑香理空庭鬼嘯，春風秋雨總愁凝。更誰家秦淮夜月，笛韻寫淒清？傷心處畫圖難足，詞客牽情。

繼之念完了，便到書案上去寫，我站在前面看他。寫的是：

古金陵，秦淮煙水冥冥，寫蒼茫勢吞南北，斜陽返射孤城。泣胭脂淚乾陳井，橫鐵鎖纜繫吳舲。玉樹歌殘，銅琶咽斷，怒潮終古不平聲。算只有蔣山如壁，依舊六朝青；空餘恨鳳臺寂寞，鴉點零星。歎豪華灰飛王謝，那堪鼙鼓重驚！指燈船光銷火蜃，凭水榭影亂秋螢。壞堞荒煙，寒笳夜雨，鬼燐鵑血暗愁生。畫圖中長橋片月，如對碧波明；烏衣巷年年燕至，故國多情。

我等繼之寫完，我也寫了出來，交給述農看。我的詞是：

大江橫，古今煙鎖金陵；憶六朝幾番興廢，恍如一局棋枰。見風颿去來眼底，望樓櫓頹敗心驚。幾代笙歌，十年鼙鼓，不堪回首歎凋零。想昔日秦淮觴詠，似幻夢初醒；空留得一輪明月，漁火零星。最銷魂紅羊劫盡，但餘一座孤城；賸銅駝無言衰草，聞鐵馬淒斷郵亭。舉目滄桑，感懷陵谷，落花流水總關情。偶披圖舊時景象，歷歷可追憑。描摹出江山如故，輸與丹青。

當下彼此傳觀，又吃了一回酒。述農自回房安歇。

繼之對我道：「你將息兩天，到蕪湖走一次；你但找定了屋子，就寫信給我，這裏派人去；你便再到九江，漢口，都是如此。」我道：「這找房子的事，何必一定要我？」繼之道：「你去找定了，回來可以告訴我一切細情；若叫別人去，他們去了，就在那裏辦事了。還有一層：將來你往來稽查，也還可以熟悉些。」我道：「這裏南京開辦麼？」繼之道：「這裏叫德泉派人上來辦，才好掩人耳目。你從上江回來，就可以到鎮江去。」我道：「這裏書啓的事怎樣呢？」繼之道：「我這個差事，上前天奉了札子，又連辦一年；書啓我打算另外再請人。」我道：「那麼何不就請了蔡侶笙呢？」繼之道：「但不知他筆下如何？」我道：「包你好！我雖然未見過他的東西，然而保過廩的人，斷不至於不通；頂多作出來的東西，有點腐八股氣罷了；何況還不見得。他還送我一副對子，一筆好董字。」繼之道：「我就請了他；你明日就寫信去罷！連關書一齊寄去也好。」我聽說不勝之喜，連夜寫好了。次日一早，便叫家人寄去。又另外寄給王端甫一信，囑他勸駕。

我便賃馬進城，順路買了畫碟，畫筆，顏料等件；又買了幾張宣紙，扇面，畫絹等，回來送與姊姊。並央他教我畫。姊姊道：「你只要在旁邊留著心看我畫；看多了，就會了，難道還要把著手教麼？」我道：「我從前學畫山水，學了三個多月，畫出來的山，還像一個土饅頭，我就丟下了。」姊姊便裁了一張小中堂。我道：「畫什麼？」姊姊道：「畫一幅美人，送我乾嫂子。」說罷，坐下，調開顏色，先畫了個美人面，又佈了一樹梅花。我道：「姊姊可是看見了書房那張，要背臨他的稿子？」姊姊道：「大凡作畫，要臨稿本，便是低手；書房裏的那張是我看見的，我卻並不臨他。」我道：「初學時總是要臨的。」姊姊道：「這個自然！但是學會之後，總要胸中有了邱壑，要畫什麼，就是什麼，才能稱得畫家。」說話間，春蘭拿了一卷東西進來，說是他家周二爺從關上帶回來的。拆開看時，原是那幅金陵圖，昨夜的詞，未曾寫上，今天繼之、述農都寫了，拿來叫我寫的。姊姊道：「書房那張，你也題了一闋詞，怎麼這樣詞興大發？我這張也要請教一闋了。」我道：「才題過一張梅花美人，今日再題，恐怕要犯了！」姊姊道：「胡說！我不信你腹儉到如此！我已經填了一闋解語花，在乾嫂子那裏，你去看來！」我道：「既如此，我不看詞，且看畫的是什麼樣子個大局，我好切題做去。」姊姊道：「沒有什麼樣子，就是一個月亮，一個美人，站在梅花樹下。」我便低頭思索一會，問姊姊要紙寫出來。姊姊道：「填的什麼詞牌？不必寫，先念給我聽！」我道：「自然也是解語花。」因念道：

思縈鄧尉，夢遶羅浮，身似梅花瘦；故園依舊。慵梳掠，誰共尋芳攜手？芳心恐負，正酒醒天寒時候，喚丫鬟招鶴歸來，請與冰魂守。羌笛怕聽吹驟，念隴頭人遠，怎堪回首！翠蛾愁皺。相偎處，惹得暗香盈袖，凝情待久。無限恨，癯仙知否？應為伊惆悵江南，月落參橫後。

姊姊聽了道：「大凡填詞，用筆要如快馬入陣，盤旋曲折，隨意所之。我們不知怎的，總覺著有點拙澀，詞句總不能圓轉，大約總是少用功之過。念我的你聽：

芳痕淡抹，粉影含嬌，隱隱雲衣疊，一般清絕。偎花立，空自暗傷離別；銷魂似妾，心上事更憑誰說？倩何人寄語隴頭，鏡裏春難折。寂寞黃昏片月，伴珊珊環佩，滿庭香雪，蛾眉愁切。關情處，怕聽麗譙吹徹，冰姿似鐵。歎爾我，生來孤潔，恐飄殘倦倚風前，一任霜華拂。」

我道：「姊姊這首，就圓轉得多了。」姊姊道：「也不見得！」此時那畫已畫好了，我便把題詞寫上。又寫了那金陵圖的題詞。過得兩天，我便到蕪湖去。看定了房子，等繼之派人來經理了，我又到九江，到漢口，回南京。歇了幾天，又到鎮江，到杭州。從此我便來往蘇、杭及長江上下游。原來繼之在家鄉，提了一筆巨款來，做這個買賣，專收各路的土貨，販到天津，牛莊，廣東等處去發賣。生意倒也十分順手。我只管往來稽查帳目，在路的日子多，在家的日子少。這日子就覺得容易過了。不知不覺過了一個週年，直到次年七月裏，我稽查到了上海，正在上海號裏住下，忽接了繼之的電報，叫速到南京去；電文簡略，也不曾敘明何事。我想繼之大關的差使，留辦一年，又已期滿，莫非叫我去辦交代。然而辦交代用不著我呀。既然電報來叫，必定是一件要事，我且即日動身去罷。正是：

只道書來詢貨殖，誰知此去卻衡文。

未知此去，有何要事，且待下回再記。

第四十一回 破資財窮形極相 感知己瀝膽披肝

我接了繼之電信，便即日動身。到了南京，便走馬進城，問繼之有甚要事。恰好繼之在家裏，他且不說做什麼，問了些各處生意情形，我一一據實回答。我問起蔡侶笙。繼之道：「上月藩臺和我說，要想請一位清客，要能詩，能酒，能寫，能畫的，雜技愈多愈好；又要能談天，又要品行端方，託我找這樣一個人，你想叫我往那裏去找。只有侶笙，他琴棋書畫，件件可以來得；不過就是脾氣古板些；就把他薦去了，倒甚是相得。大關的差事，前天也交卸了。」我道：「述農呢？」繼之道：「述農館地還連下去。」我道：「這回叫我回來，有什麼事？」繼之道：「你且見了老伯母，我們再細談！」

我便出了書房，先去見了吳老太太，及繼之夫人。方才過來，見了母親，嬸娘，姊姊，談了些家常話。我見母親房裏，擺著一枝三鑲白玉如意，便問是那裏來的。母親道：「上月我的生日，蔡侶笙送來的，還有一個董其昌手卷。」我仔細看了那如意一遍，不覺大驚道：「這個東西，怎麼好受他的！雖然我薦他一個館地，只怕他就把這館地一年的薪水，還買不來！這個如何使得！」母親道：「便是我也說是小生日，不驚動人，不肯受。他再三的送來，只得收下。原是預備你來家，再當面還他的。」我道：「他又怎麼知道母親生日呢？」姊姊道：「怕不是大哥談起的；他非但生日那天送這個禮；就是平常日子送吃的，送用的，零碎東西，也不知送了多少。」我道：「這個使不得！偏是我從薦了他的館地之後，就沒有看見過他。」姊姊道：「難道一回都沒見過。」我道：「委實一回都沒見過；他是住在關上的，他初到時，來過一次，那時我到蕪湖去了。嗣後我就東走西走，偶爾回來，也住不上十天八天；我不到關上，他也無從知道；就他知道了，我又動身了；所以從來遇不著。——還有那手卷呢？」姊姊在抽屜裏取出來給我看，是一個三丈多長的綾本。我看了，便到繼之那邊，和繼之說。繼之道：「他感激你得很呢！時時念著你，這兩樣東西，我也曾見來。若講現買起來呢，也不知要值多少錢。他說這是他家藏的東西，在上海窮極的時候，拿去押給人家了。兩樣東西，他只押得四十元；他得了館地之後，就贖了回來，拿來送你。」我道：「是他先代之物，我更不能受；明日待我當面還了他。此刻他在藩署裏，近便得很，我也想看看他去。」繼之道：「你自從丟下了書本以後，還能作『八股』麼？」我笑道：「我就是未丟書本之前，也不見得能作『八股』。」繼之道：「說雖是如此說，你究竟是在那裏作的。我記得你十三歲，考書院，便常常的取在五名前；以後兩年，出了門，可不知道了。」我道：「此刻憑空還問這個做什麼呢？」繼之道：「只管胡亂談談，有何不可。」我道：「我想這個不是胡亂談的，或者另外有什麼道理。」繼之笑著，指著一個大紙包道：「你看這個是什麼？」我拆開來一看，卻是鍾山書院的課卷。我道：「只怕又是藩臺委看的？」繼之道：「正是！這是生卷，童卷是侶笙在那裏看，藩臺委了我，我打算煩勞了你。」我道：「幫著看是可以的；不過我不能定甲乙。」繼之道：「你只管定了甲乙，順著疊起來，不要寫上，等我看過再寫就是了。」我道：「這倒使得！但不知幾時要？這裏又是多少卷？要取幾名？」繼之道：「這裏共是八百多卷，大約取一百五十卷左右。佳卷若多，就多取幾卷也使得。你幾時可以看完，就幾時要；但是越快越好。藩臺交下來好幾天了，我專等著你，你在這裏看，還是拿過去看？」我道：「但只看看，不過天把就看完了；但是還要加批加圈，只怕要三天。我還是拿過去看的好；那邊靜點，這邊恐怕有人來。」繼之道：「那麼你拿過去看罷！」我笑道：「看了使不得，休要怪我！」繼之道：「不怪你就是。」當下又談了一會，繼之叫家人把卷子送到我房裏去，我便過來。看見姊姊正在那裏畫畫。

我道：「畫什麼？」姊姊道：「九月十九，是乾娘五十整壽，我畫一堂海滿壽屏，共是八幅。」我道：「呀！這個我還不曾記得，我們送什麼呢？」姊姊道：「這裏有一堂屏；還有一個多月呢，慢慢辦起來，什麼不好送！」我道：「這分禮，是很難送的。送厚了，繼之不肯收；送薄了，過不去。怎麼好呢？」想了一想道：「有了一樣了！我前月在杭州，收了一尊柴窯的彌勒佛，只花得四吊錢，真的是古貨。只可惜放在上海。回來寫個信，叫德泉寄了來。」姊姊道：「你又來了，柴窯的東西，怎麼只賣得四吊錢？」我道：「不然，我也不知；因為這東西買得便宜，我也有點疑心，特為打聽了來。原來這一家人家，本來是杭州的富戶，祖上在揚州做鹽商的；後來折了本，倒了下來，便回杭州；生意雖然倒了，卻也還有幾萬銀子家資。後來的子孫，一代不如一代，起初是賣田，後來賣房產，賣桌椅東西，賣衣服首飾；鬧的家人僕婦，也用不起了。一天在堆存雜物的樓上看見有一大堆紅漆竹筒子，也不知是幾個。這是揚州戴春林的茶油筒子，知道還是祖上從揚州帶回來的茶油，此刻差不多上百年了。想來油也乾了，留了他無用，不如賣了。打定了主意，就叫了收買舊貨的人來，講定了十來個錢一個，當堂點過，卻是九十九個，都賣了。過得幾天，又在角子上尋出一個，想道，這個東西原是一百個，那天怎樣尋他不出來。搖了一搖，沒有聲響，想是油都乾了。想這油透了的竹子，劈細了生火倒好；於是拿出來劈了。原來裏面並不是油，卻是用木屑藏著一條十兩重的足赤金條子；不覺又驚又喜，又悔又恨。驚的是許久不見這樣東西，如今無意中又見著了；喜的是有了這個又可以換錢花了；悔的是那九十九個，不應該賣了；恨的是那天見了這筒子，怎麼一定當他是茶油，不劈開來先看看再賣，只得先把這金子去換了銀來。有銀在手，又忘懷了；吃喝嫖賭，不上兩個月，又沒了。他自想眼睜睜看著九百九十兩金子，沒福享用，吊把錢把他賣了，還要這些東西作什麼？不如都把他賣了完事。因此索性在自己門口，擺了個攤子，把那眼前用不著的家私什物，都拿出來；只要有人還價就賣。那天我走過他門口，看見這尊佛，問他要多少錢，他並不要價，只問我肯出多少。我說了個四吊，原不過說著玩，誰知他當真賣了。」姊姊道：「不要撒謊！天下那裏有這種獃人？」我道：「惟其獃，所以才能敗家；他不獃，也不至於如此了。這些破落戶，千奇百怪的形狀，也說不盡許多。記得我小時候上學，一天放晚學回家，同著一個大學生走，遇了一個人，手裏提著一把酒壺，那大學生叫我去揭開他那酒壺蓋，看是什麼酒。我頑皮，果然躡足潛蹤在他後頭，把壺蓋一揭；你道裏頭是些什麼？原來不是酒，不是茶，也不是水，不是濕的，是乾的，卻是一壺米！」說的姊姊噗嗤的一聲笑了道：「這是怎麼講？」我道：「那個人當時就大罵起來，要打我，嚇得我摔了酒壺蓋，飛跑回家去。明日我問那大學生，才知道這個人，是就近的一個破落戶，窮的逐頓買米，又恐怕人識笑，所以拿一把酒壺來盛米。有人遇了他，他還說頓頓要吃酒呢。就是前年我回鄉去料理祠堂的一回，有一天在路上遇見子英伯父，抱著一包衣服，在一家當鋪門首東張西望，我知道他要當東西，不好去撞破他，遠遠的躲著偷看。那當門是開在一個轉角子上，他看見沒人，才要進去。誰知角子上轉出一個地保來，看見了他，搶行兩步，請了個安，羞得他臉上青一片紅一片，嘴裏喃喃吶吶的不知說些什麼，就走了；只怕要拿到別家去當了。」姊姊道：「大約越是破落戶，越要擺架子，也是有的。」我道：「非但擺架子，還要貪小便宜呢！我不知聽誰說的，一個破落戶，拾了一個鬪死了的鵪鶉，拿回家去，開了膛，拔了毛，要炸來吃，又嫌費事，家裏沒有那些油。因拿了鶺鴒，假意去買油炸膾；故意把鶺鴒掉在油鍋裏面，還做成大驚小怪的樣子；那油鍋是沸騰騰的，不一會，就熟了。人家同他撈起來，他非但不謝一聲，還要埋怨說，我本來要做五香的，這一炸可炸壞了！五香的吃不成了！」姊姊笑道：「你少要胡說罷！我這裏趕著要畫呢！」

我也想起了那尊彌勒佛，便回到房裏。寫了一封寄德泉的信，叫人寄去。一面取過課本來看，看得不好的，便放在一邊；好的，便另放一處。看至天晚，已看了一半。暗想原來這件事容易的。晚飯後，又潛心去看，不知不覺，把好不好都全分別出來了。天色也微明了，連忙到床上去睡下。一覺醒來，已是十點鐘。母親道：「為什睡到這個時候？」我道：「天亮才睡的呢。」母親道：「晚上做什麼來？」我道：「代繼之看卷子。」母親便不言語了。我便過來，和繼之說了些閒話。飯後，再拿那看過好的，又細加淘汰，逐篇加圈點。又看了一天。晚上又看了一夜，取了一百六十卷，定了甲乙，一順疊起；天色已經大明了，我便不再睡，等繼之起來，便拿去交給他道：「還有許多落卷，叫人去取了來罷！」繼之翻開看了兩卷，大喜道：「妙！妙！怎麼這些批語的字，都摹仿著我的字跡，連我自己粗看去，也看不出來。」我道：「不過偶爾學著寫，正是婢學夫人，那裏及得大哥什一！」繼之道：「辛苦得很！今夜請你吃酒酬勞。」我道：「這算什麼勞呢？我此刻先要出去一次。」繼之問到那裏？我道：「去看蔡侶笙。」繼之道：「正是！他和我說過，你一到了，就知照他；我因為你要看卷子，所以不曾去知照得。你去看看他也好。」我便出來，帶了片子，走到藩臺衙門；到門房遞了，說明要見蔡師爺。門上拿了進去，一會出來，說是蔡師爺出去了，不敢當，擋駕。我想來得不湊巧，只得快快而回。對繼之說侶笙不在家的話。繼之道：「他在關上一年，是足跡不出戶外的，此刻怎麼老早就出去了呢？」話還未說完，只見王富來回說：「蔡師爺來了。」我連忙迎到客堂上，只見蔡侶笙穿了衣冠，帶了底下人，還有一個小廝挑了兩個食盒；侶笙出落得精神煥發，洗絕了從前那落拓模樣；眉宇間還帶幾分威嚴氣象。見了我，便搶前行禮；嚇得我連忙回拜。起來讓坐。侶笙道：「今日帶了贄見，特地叩謁老伯母，望乞代為通稟一聲！」我道：「家母不敢當，閣下太客氣了！」侶笙道：「前月老伯母華誕，本當就來叩祝；因閣下公出，未曾在侍，不敢造次，今日特具衣冠叩謁，千萬勿辭！」我見他誠摯，只得進來，告知母親。母親道：「你回了他就是了！」我道：「我何嘗不回；他誠摯得很，特為具了衣冠，不如就見他一見罷！」姊姊道：「人家既然一片誠心，伯娘何必推託，只索見他一見罷了！」母親答應了，嬸娘，姊姊都迴避過。

我出來領了侶笙進去，侶笙叫小廝挑了食盒，一同進去。端端正正的行了禮。我在旁陪著，又回謝過了。侶笙叫小廝端上食盒道：「區區幾色敝省的土儀，權當贄見，請老伯母賞收！」母親道：「一向多承厚賜，還不曾道謝，怎好又要費心！」我道：「侶笙太客氣了！我們彼此以心交，何必如此煩瑣？」侶笙道：「改日內子還要過來給老伯母請安！」母親道：「我還沒有去拜望，怎敢枉駕？」我道：「嫂夫人幾時接來的？」侶笙道：「上月才來的，沒有過來請安，荒唐得很！」我道：「什麼話？嫂夫人深明大義，一向景仰的；我們書房裏坐罷！」侶笙便告辭母親，同到書房裏來。我忙讓寬衣。侶笙一面與繼之相見。我說道：「侶笙何必這樣客氣，還具起衣冠來？」侶笙道：「我們原可以脫略，要拜見老伯母，怎敢褻瀆？」我道：「上月家母壽日，承賜厚禮，概不敢當，明日當即璧還！」侶笙道：「這是什麼話？我今日披肝瀝膽的說一句話，我在窮途之中，多承援手，薦我館穀，自當感激。然而我從前也就過幾次館，也有人薦的；就是現在這個館，是繼翁薦的；雖是一般的感激，然而總沒有這種激切！須知我這個是知己之感，不是恩遇之感。當我落拓的時候，也不知受盡多少人欺侮；我擺了那個攤，有些居然自命是讀書人的，也三三兩兩常來戲辱。所謂人窮志短，我那裏敢和他較量，只索避了。所以頭一次閣下過訪時，我要待理不理的，連忙收了攤要走，也是被人戲辱的多了，嚇怕了，所以才如此。」我道：「這班人就很沒道理，人家擺個攤，礙他什麼？要來戲侮人家呢？」侶笙道：「說來有個原故，因為我上一年做了個蒙館，虹口這一班蒙師，以為又多了一個，未免要分他們的潤，就很不願意了。次年我因來學者少，不敢再幹，才出來測字。他們已經是你一嘴我一嘴的說是只配測字的，如何妄想坐起館來。我因為坐在攤上閒著，常帶兩本書去看看。有一天，我看的是經世文篇，被一個刻薄鬼看見了，就同我哄傳起來；說是測字先生看經世文篇，看來他還想做官，還想大用呢！從此就三三兩兩，時來挖苦。你想我在這種境地上處著，忽然天外飛來一個絕不相識，絕不相知之人，賞識我於風塵之中，叫我焉得不感！——說到這裏，流下淚來。——所以我當老伯母華誕之日，送上兩件薄禮，並不是表我的心，正要閣下留著，做個紀念。倘使一定要還我，便是不許我感這知己了。」說著，便起身道：「方伯那裏還有事等著，先要告辭了。」我同繼之不便強留，送他出去。我回來對繼之說道：「在我是以為閒閒一件事，卻累他送了禮物，還賠了眼淚，倒叫我難為情起來。」繼之道：「這也足見他的肫摯，且不必談他，我們談我們的正事罷！」我問談什麼正事。繼之指著我看定的課卷，說出一件事來。正是：

只為金篦能刮眼，更將玉尺付君身。

未知繼之說出什麼事來，且待下回再記。

第四十二回 露關節同考裝瘋 入文闈童生射獵

當下繼之對我說道：「我日來得了個闈差，怕是分房，要請一個朋友到裏面幫忙去；所以打電報請你回來。我又恐怕你荒疏了，所以把這課卷試你一試。誰知你的眼睛，竟是很高的。此刻我決意帶你進去。」我道：「只要記得那『八股』的範圍格局，那文章的魄力之厚薄，氣機之暢塞，詞藻之枯腴，筆仗之靈鈍，古文時文，總是一樣的。我時文雖荒了，然而當日也曾入過他那範圍的，怎會就忘了。況且我古文還不肯丟荒的。但是怎能夠同著進去？這個玩意兒，卻沒有幹過。」繼之道：「這個只好要奉屈的了；那天只能扮作家人模樣混進去。」我道：「大約是房官，都帶人進去的了。」繼之道：「豈但房官，是內簾的都帶人進去的。常有到了裏面，派定了，又更動起來的。我曾記得有過一回，一個已經分定了房的，憑空又撤了，換了一個收掌。」我道：「這又為什麼？」繼之道：「他一得了這差使，便在外頭通關節，收門生；誰知臨時鬧穿了，所以弄出這個笑話。」我道：「這科場的防範，總算嚴密的了。然而內中的毛病，我看總不能免。」繼之道：「豈但不能免，並且千奇百怪的毛病，層出不窮！有偷題目出去的，有傳遞文章進號的，有換卷的。」我道：「傳遞先不要說他，換卷是怎樣換法呢？」繼之道：「通了外收掌，初十交卷出場，這卷先不要解，在外面請人再作一篇，謄好了，等進二場時交給他換了。廣東有了闈姓一項，便又有壓卷及私拆彌封的毛病，廣東曾經鬧過一回，一場失了十三本卷子的。你道這十三個人是那裏的晦氣。然而這種毛病，都不與房官相干；房官只有一個關節是毛病。」我道：「這個玩意兒，我沒幹過，不知關節怎麼通法？」繼之道：「不過預先約定了幾個字，用在破題上，我見了，便薦罷了。」我道：「這麼說，中不中還不能必呢？」繼之道：「這個自然，他要中，去通主考的關節。」我道：「還有一層難處，比如這一本不落在他房裏呢？」繼之道：「各房官都是聲氣相通的，不落在他那裏，可以到別房去找；別房落到他那裏的關節卷子，也聽人家來找。最怕遇見一種拘迂古執的，他自己不通關節，別人通了關節，也不敢被他知道。那種人的房，叫做黑房；只要卷子不落在黑房裏，或者這一科沒有黑房，就都不要緊了。」我笑道：「大哥還是做黑房，還是做紅房？」繼之道：「我在這裏，絕不交結紳士；就是同寅中，我往來也少。固然沒有人來通我的關節，我也不要關節；然而到了裏面，我卻不做什麼正顏厲色的君子去討人厭，有人來尋什麼卷子只管叫他拿去。」我笑道：「這倒是取巧的辦法，正人也做了，好人也做了。」繼之道：「你不知道黑房是做不得的。現在新任的江寧府何太尊，他是翰林出身，在京裏時有一回會試分房，他同人家通了關節，就是你那個話，偏偏這本卷子不曾到他房裏；他正在那裏設法搜尋，可巧來了一位別房的房官是個老翰林，著名的是個『清朝孔夫子』，沒有人不畏憚他的。這位何太尊不知怎樣一時糊塗，就對他說，有個關節的話；誰知被他聽了，便大嚷起來，說某房有關節，要去回總裁。登時鬧得各房都知道了，圍過來看，見是這位先生吵鬧，都不敢勸。這位太尊急了，要想個阻止他的法子，那裏想得出來；只得對他作揖打躬的求饒；他那裏肯依，說什麼皇上家掄才大典，怎容得你們為鬼為蜮！照這樣做起來，要屈煞了多少寒酸；這個非回明白了，認真辦一辦，不足以儆將來。何太尊到了此時，人急智生，忽的一下，直跳起來，把雙眼瞪直了，口中大呼小叫，說神說鬼的，便裝起瘋來。那位老先生還冷笑道：『你便裝瘋，也須瞞不過去。』何太尊更急了，便取起桌上的裁紙刀，飛舞起來，嚇得眾人倒退。他又是東奔西逐的，忽然又撩起衣服，在自己肚子上劃了一刀；眾人才勸住了那位老先生，說他果然真瘋了；不然那裏肯自己戳傷身子。那位老先生才沒了說話。當時回明了，開門把他扶了出去，這才了事。你想自己要做君子，立崖岸，卻不顧害人，這又何苦呢！」我道：「這一場風波，確是鬧得不小；那位先生固然太過，然而士人進身之始，即以賄求；將來出身做官的品行，也就可想了。」繼之道：「這個固是正論，然而以『八股』取士，那作『八股』的就何嘗都是正人？」

說話時，春蘭來說午飯已經開了。我就別了繼之，過來吃飯。告訴母親，說進場看卷的話。母親道：「你有本事看人家的卷，何不自己去中一個？你此刻起了服，也該回去趕小考，好歹掙個秀才。」我道：「掙了秀才，還望舉人；掙了舉人，又望進士；掙了進士，又望翰林；不點翰林還好；萬一點了，兩吊銀子的家私，不上幾年，都要光了。再沒有差使，還不是仍然要處館。這些身外的功名，要他做什麼呢？」母親道：「我只一句話，便惹了你一大套。這樣說，你是不望上進的了。然則你從前還讀書做什麼？」我道：「讀書只求明理達用，何必要為了功名才讀書呢？」姊姊道：「兄弟今番以童生進場看卷，將來中了幾個出來，再是他們去中了進士，點了翰林，卻都是兄弟的門生了。」我笑道：「果然照姊姊這般說，我以後不能再考試了。」姊姊道：「這卻為何？」我道：「我去考試，未必就中，倘遲了兩科，我所薦中的，都已出了身，萬一我中在他們手裏，那時候明裏他是我的老師，暗裏實在我是他的老師，那才不值得呢。」

吃過了飯，我打算去回看侶笙。又告訴了他方才的話。姊姊道：「他既這樣說，就不必退還他罷！做人該爽直的地方，也要爽直些才好。若是太古板，也不入時宜。」母親道：「他才說他的太太要來，你要去回拜他，先要和他說明白，千萬不要同他那個樣子，穿了大衣服來，累我們也要穿了陪他。」我道：「我只說若是穿了大衣服，我們擋駕不會他，他自然不穿了。」說罷，便出來。到藩臺衙門裏，會了侶笙，只見他在那裏起草稿。我問他作什麼？侶笙道：「這裏制軍的摺稿，衙門裏幾位老夫子都弄不好，就委了方伯，方伯又轉委我。」我道：「是什麼奏稿？這般煩難！」侶笙道：「這有什麼煩難，不過為了前回法越之役，各處都招募了些新兵；事定了，又遣散了；募時與散時，都經奏聞；此時有個廷寄下來，查問江南軍政，就是這件事要作一個覆摺罷了。」我又把母親的話，述了一遍。侶笙道：「本來應該要穿大衣過去的，既然老伯母吩咐，就恭敬不如從命了。」我又問是幾時來。侶笙道：「本來早該去請安了！因為未曾得先容，所以不敢冒昧。此刻已經達到了，就是明天過來。」我道：「尊寓在那裏？」侶笙道：「這署內閒房盡多著，承方伯的美意，指撥了兩間，安置舍眷。」我道：「秋菊有跟了來麼？」侶笙道：「他已經嫁了人，何能跟得來？前天接了信，已經生了兒子了。這小孩子倒好，頗知道點好歹。據內人說，他自從出嫁之後，不像那般蠢笨了，聰明了許多。他家裏供著端甫和你的長生祿位，旦夕香花供奉，朔望焚香叩頭。」我大驚道：「這個如何使得？快寫信叫他不要如此。況且這件事，是王端甫打聽出來的，我在旁邊不過代他傳了幾句話，怎麼這樣起來。他要供，只供端甫就夠了；攀出我來做什麼呢？」侶笙笑道：「小孩子要這樣，也是他一點窮心，由他去幹罷了；又不費他什麼。」我道：「並且無謂得很！他只管那樣僕僕亟拜，我這裏一點不知，彼有所施，我無所受，徒然對了那木頭牌子去拜，何苦呢！」侶笙道：「這是他出於至誠的，諒來止也止他不住。去年端甫接了家眷到上海，秋菊那小孩子時常去幫忙；家眷入宅時，房子未免要另外裝修油漆，都是他男人做的；並且不敢收受工價，連物料都是送的。這雖是小事，也可見得他知恩報恩的誠心，我倒很喜歡！」我道：「施恩莫望報；何況我這個斷不能算恩，不過是個路見不平，聊助一臂之意罷了。」侶笙道：「你便自己要做君子，施恩不望報；卻不能責他人必為小人，受恩竟忘報呀！」說得我笑了，然而心中總是悶悶不樂。

辭了回家，告訴姊姊這件事。母親嬸嬸一齊說道：「你快點寫信去止住了！不要折煞你這孩子！」姊姊笑道：「那裏便折得煞，他要如此，不過是盡他一點心罷了。」我道：「這樣說起來，我初到南京時，伯父出差去了，伯母又不肯見我，倘不遇了繼之，怕我不流落在南京，幸得遇了他，不但解衣推食，並且那一處不受他的教導。我也應該供起繼之的長生祿位了。」姊姊笑道：「枉了你是個讀書明理之人，這種不過是下愚所為罷了；豈不聞『士為知己者死』？又豈不聞『國士遇我，國士報之』？從古英雄豪傑，受人意外之恩時，何嘗肯道一個『謝』字。等他後來行他那報恩之志時，卻是用出驚天動地的手段。這才是叫做報恩呢！據我看繼之待你，那給你館地招呼你一層，不過是朋友交情上應有之義。倒是他那隨時隨事教誨你，無論文字的紕繆，處世的機宜，知無不言。這一層，倒是可遇不可求的殊恩；不可不報的！」我道：「拿什麼去報他呢？」姊姊道：「比如你今番跟他去看卷子，只要能放出眼光，拔取幾個真才，本房裏中的比別房多些。內中中的還要是知名之士，讓他享一個知文之名；也可以算得報他了。其餘隨時隨事，都可以報得，只要存了心，何時非報恩之時？何地非報恩之地？明人還要細說麼？」我道：「只是我那回的上海走得不好，多了一點事，就鬧得這裏說感激，那裏也說感激，把這種貴重東西送了來，看看他也有點難受。我從此再不敢多事了！」姊姊道：「這又不然！路見不平，拔刀相助，本來是抑強扶弱，互相維持之意。比如遇了老虎吃人，我力能殺虎的，自然奮勇去救；就是力不能殺虎，也要招呼眾人去救，斷沒有坐視之理。你見了他送你的東西難受，不過是怕人說你什麼的意思。其實這是出於他自己的誠心，與你何干呢！」我道：「那一天尋到了侶笙家裏，他的夫人口口聲聲叫君子；見了侶笙，又是滿口的義士；叫得人怪害臊的！」母親道：「叫你君子義士不好，倒是叫你小人混帳行子的好！」姊姊道：「不是的！這是他的天真，也是他的稚氣，以為做了這一點子的事，不值得這樣恭維。你自己看見並沒有出什麼大力量，又沒有花錢，以為是一件極小的事；不知那秋菊從那一天以後的日子，都是你和王端甫給他過的了，如何不感激？莫說供長生祿位，就是天天來給你們磕頭，也是該的！」我搖頭道：「我到底不以為然！」姊姊笑道：「所以我說你又是天真，又是稚氣；你滿肚子要做施恩不受報的好漢，自己又說不出來。照著你這個性子，只要莫磨滅了，再加點學問，將來怕不是個俠士！」我笑道：「我說姊姊不過，只得退避三舍了。」說罷，走了出來。

暗想姊姊今天，何以這樣恭維我，說我可以做俠士，我且把這話問繼之去。走到書房裏，繼之出去了，問知是送課卷到藩臺衙門去的。我便到上房裏去，只見老媽子丫頭在那裏忙著疊錫箔，安排香燭，整備素齋。我道：「乾娘，今天上什麼供？」吳老太太道：「今天七月三十，是地藏王菩薩生日。他老人家，一年到頭，都是閉著眼睛的，只有今天，是張開眼睛。祭了他，消災降福。你這小孩子，怎不省得？」我向來厭煩這些事，只為是老太太做的，不好說什麼，便把些別話岔開去。繼之夫人道：「這一年來，兄弟總沒有好好的在家裏住。這回來了，又叫你大哥拉到場裏去，白白的鬧一個多月，這是那裏說起。」我道：「出闈之後，我總要住到拜了乾娘壽才動身，還有好幾天呢！」老太太道：「你這回進去，幫大哥看卷，要小心些；只要取年輕的，不要取年老的，最好是都在十七歲以內的。」我道：「這是何意？」老太太道：「你才十八歲，倘使那五六十歲的，中在你手裏，不叫他羞死麼？」我笑道：「我但看文章，怎麼知道他的年紀？」老太太道：「考試不要填了三代年貌的麼？」我道：「彌封了的，看不見。」老太太道：「還有個法子，你只看字跡蒼老的，便是個老頭子。」我道：「字跡也看不見，是用謄錄謄過的。」老太太笑道：「這就沒法了。」正說笑著，繼之回來了，問笑什麼。我告訴了，大家又笑了一笑。我談了幾句，便回到自己房裏略睡一會。黃昏時，方才起來吃飯。

一宿無話，次日，蔡侶笙夫人來了；又過去見了吳老太太、繼之夫人；我便在書房陪繼之。他們盤桓了一天，才散。光陰迅速，不覺到了初五日入闈之期。我便青衣小帽，跟了繼之，帶了家人王富，同到公堂伺候。行禮已畢，便隨著繼之入了內簾。繼之派在第三房，正是東首的第二間；外面早把大門封了，加上封條。王富便開鋪蓋。開到我的，忽詫道：「這是什麼？」我一看，原來是一枝風槍。繼之道：「你帶這個來做什麼？」我道：「這是在上海買的，到蘇、杭去，沿路獵鳥，所以一向都是捲在鋪蓋裏的。這回來家了，家裏有現成鋪陳，便沒有打開他，進來時，就順便帶了他，還是在輪船上捲的呢。」說罷，取過一邊。這一天沒有事。第二天早起，主考差人出來，請了繼之去。好一會才出來。我問有什麼事。繼之道：「這是照例的寫題目。」我問什麼題。繼之道：「告訴了你，可要代我擬作一篇的！」我答應了。繼之告訴了我，我便代他擬作了一個次題，一首詩。到了傍晚時候，我走出房外閒走，只見一個鴿子，站在簷上。我忽然想起風槍在這裏，這回用得著了。忙忙到房裏，取了槍，裝好鉛子，跑出來。那鴿子已飛到牆上；我取了準頭，板動機簧，颼的一聲著了。那鴿子便掉了下來。我連忙跑過去拾起一看，不覺吃了一驚。正是：

任爾關防嚴且密，何如一彈破玄機。

不知為了何事大驚，且待下回再記。

第四十三回 試鄉科文闈放榜 上母壽戲綵稱觴

當時我無意中拿風槍打著了一個鴿子。那鴿子從牆頭上掉了下來，還在那裏騰撲。我連忙過去拿住，覺得那鴿子尾巴上有異。仔細一看，果是縛著一張紙；把他解了下來，拆開一看，卻是一張刷印出來已經用了印的題目紙。不覺吃了一驚。丟了鴿子，拿了題目紙，走到房裏，給繼之看。繼之大驚道：「這是那裏來的？」我舉起風槍道：「打來的！我方才進來拿槍時，大哥還低著頭寫字呢。」繼之道：「你說明白點，怎麼打得來？」我道：「是拴在鴿子尾巴上，我打了鴿子，取下來的。」繼之道：「鴿子呢？」我道：「還在外面牆腳下。」說話間，王富點上蠟燭來。繼之對王富道：「外面牆腳下的鴿子，想法子把他藏過了。」王富答應著去了。我道：「這不消說是傳遞了？但是太荒唐些，怎麼用這個笨鴿子傳遞？」繼之道：「鴿子未必笨，只是放鴿子的人太笨了；到了這個時候才放。大凡鴿子，到了太陽下山時，他的眼睛便看不見；所以才被你打著。」說罷，便把題目紙在蠟燭上燒了。我道：「這又何必燒了它呢？」繼之道：「被人看見了，這豈不是嫌疑所在？你沒有從此中過來，怨不得你不知道此中利害。此刻你和我便知道了題目，不足為奇。那外面買傳遞的，不知多少。這一張紙，你有本事拿了出去，包你值得五六百元。所以裏面看這東西很重。聽說上一科，題目已經印了一萬六千零六十張；及至再點數，少了十張。連忙劈了板片，另外再換過題目呢。」我笑道：「防這些士子，就如防賊一般。他們來考試，直頭是來取辱。前幾天家母還叫我回家鄉去應小考，我是再也不去討這個賤的了。」繼之道：「科名這東西局外人看見，似是十分名貴，其實也賤得很！你還不知道中了進士去殿試，那個矮桌子，也有三條腿的，也有兩條腿的，也有破了半個面子的，也有全張鬆動的；總言之：是沒有一張完全能用的。到了殿試那天，可笑一班新進士，穿了衣冠，各人都背著一張桌子進去；你要看見了，管你肚腸也笑斷的，嘴也笑歪了呢！」我笑道：「大哥想也背過的了！」繼之道：「背的又不是我一個！」我道：「背了進去，還要背出來呢？」繼之道：「這是定做的粗東西，考完了，就撂下了，誰還要他！」

閒話少提。到了初十以後，就有硃卷送來了。起先不過幾十本，我和繼之分看，一會就看完了。到後來越弄越多，大有應接不暇之勢；只得每卷只看一個起講；要得的，就留著，待再看下文；要不得的，便歸在落卷一起。揀了好的，給繼之再看；看定了，就拿去薦。頭場才了，二場的經卷又來；二場完了，接著又是三場的策問。可笑這第三場的卷子，十本有九本是空策。只因頭場的「八股」薦了，這個就是空策，也只得薦在裏面，我有心要揀一本好策，卻只沒有好的，只要他不空，已經算好了。後來看了一本好的，卻是頭二場沒有薦過，便在落卷裏對了出來；看他那經卷，也還過得去！只是那「八股」不對。我問繼之道：「這麼一本好策，奈何這個人不會作『八股』？」繼之看了道：「他這個不過枝節太多，大約是個古文家，你何妨同他略為改幾個字，成全了這個人。」我吐出舌，提起筆道：「這個筆，怎麼改得上去？」繼之道：「我文具箱裏帶著有銀硃錠子。」我道：「虧大哥怎麼想到，就帶了來；可是預備改硃卷的？」繼之道：「是內簾的，那一個不帶著；你去看，有兩房還堂而皇之的擺在桌上呢！」

我開了文具箱，取了硃錠硃硯出來，把那本卷子，看了兩遍，同他改了幾個字，收了硃硯。又給繼之看。繼之看過了，笑道：「真是點鐵成金，會者不難；只改得二三十個字，便通篇改觀了。這一份我另外特薦，等他中了，叫他來拜你的老師。」我道：「大哥莫取笑！請你倒是力薦這本策，莫蹧蹋了，這個人是有實學的。」繼之果然把他三場的卷子，疊做一疊，拿進去薦。回來說道：「你特薦的一本，只怕有望了；兩位主考正在那裏發煩，說沒有好策呢。」三場卷子都看完了，就沒有事，天天只是吃飯睡覺。我道：「此刻沒有事，其實應該放我們出去了；還當囚犯一般，關在這裏做什麼呢？此刻倒是應試的比我們逍遙了。」繼之忽地撲嗤的笑了一聲。我道：「這有什麼好笑？」繼之道：「我不笑你，我想著一個笑話，不覺笑了。」我道：「什麼笑話？」繼之道：「也不知是那一省那一科的事，題目是邦君之妻一章，有一本卷子，那破題是：『聖人思邦君之妻，愈思而愈有味焉。』」我聽了，不覺大笑。繼之道：「當下這本卷子，到了房裏，那位房官看見了，也像你這樣一場大笑。拿到隔壁房裏去，當笑話說；一時驚動了各房，都來看笑話；笑得太利害了。驚動了主考，調了這本卷子去看；要看他底下還有甚笑話。誰知通篇都是引用禮經，竟是堂皇典麗的一篇好文章。主考忙又發出去，叫把破題改了薦進去，居然中在第一名。」我道：「既是通篇好的，為何又鬧這個破題兒？」繼之道：「傳說是他夢見他已死的老子，教他這兩句的，還說不用這兩句，不會中。」我道：「那裏有這麼靈的鬼，只怕靠不住。」繼之道：「我也這麼說，這件事沒有便罷，倘若有的，那個人一定是個狂士；恐怕人家看不出他的好處，故意在破題上弄個笑話，自然要彼此傳觀！看的人多了，自然有看得出的。是這個主意也不定。」我道：「這個也難說。只是此刻我們不得出去，怎麼好呢？」繼之道：「你怎麼那麼野性？」我道：「不是野性！在家裏那怕一年不出門，也不要緊；此地關著大門，不由你出去，不覺就要煩燥起來。只要把大門開了，我就住在這裏不出去也不要緊。」繼之道：「這裏左右隔壁，人多得很，找兩個人談天，就不寂寞了。」我道：「這個更不要說！那做房官的，我看見他，都是氣象尊嚴，不苟言笑的。那種官派，我一見先就怕了。那些請來幫閱卷的，又都是些聳肩曲背的，酸得怕人；而且又多半是吃鴉片煙的，那嘴裏的惡氣味，說起話直噴過來，好不難受。裏面第七房一個姓王的，昨天我在外面，同他說了幾句話，他也說了十幾句話，都是滿口之乎者也的；十來句話當中，說了三個『夫然後』。」繼之笑道：「虧你還同他記著帳！」我道：「我昨天拿了風槍出去，掛了裝茶葉的那個洋鐵罐的蓋，做靶子，在那裏打著玩。他出來一見了，便搖頭擺尾的說道：『此所謂有文事者，必有武備。』他正說這話時，我放了一槍，中了靶子，砉的一聲響了。他又說道：『必以此物為靶始妙，蓋可以聆聲而知其中也；不然，此彈太小，不及辨其命中與否矣。』說罷，又過來問我要槍看。又問我如何放法。我告訴了他，又放給他看。他拿了槍，自言自語的，一面試演，一面說道：『必先屈而折之，夫然後納彈；再伸之以復其原，夫然後撥其機簧；機動而彈發，彈著於靶，夫然後有聲。』」繼之笑道：「不要學了，倒是你去打靶消遣罷！」我便取了洋鐵罐蓋和槍，到外頭去打了一回靶，不覺天色晚了。

自此以後，天天不過打靶消遣。主考還要搜遺，又時時要斟酌改幾個硃卷的字；這都是繼之自己去辦了。直等到九月十二，方才寫榜，好不熱鬧。監臨主考之外，還有同考官，內外監試，提調，彌封，收掌，巡緝各官，擠滿了一大堂。一面拆彌封唱名，榜吏一面寫，從第六名寫起，兩旁的人，都點了一把蠟燭來照著，也有點一把香的；只照得一照，便拿去熄了。換點新的上來。這便是什麼「龍門香」「龍門燭」了。寫完了正榜，各官歇息了一回，此時已經四更天光景了，眾官再出來陞座，再寫了副榜，然後填寫前五名。到了此時，那點香點燭的，更是熱鬧。直等榜填好了，捲起來，到天黎明時，開放龍門，張掛全榜。此時繼之還在裏面，我不及顧他，猶如臨死的人得了性命一般，往外一溜，就回家去了。時候雖早，那看榜的人，卻也萬頭攢動。一路上往來飛跑的，卻是報子分頭報喜的；我一面走，一面想著，作了幾篇臭『八股』，把姓名寫到那上頭去，便算是個舉人，到底有什麼榮耀？這個舉人，又有什麼用處，可笑那班人，便下死勁的去爭他，真是好笑！又想道：我何妨也去弄他一個；但是我未進學，必要捐了監生，才能下場。花一百多兩銀子，買那張皮紙，卻也犯不著。

一路想著，回到家，恰好李升打著轎子出來，去接繼之。我到裏面去，家裏卻沒有人，連春蘭也不看見。只有一個老媽子在那裏掃地。我知道都在繼之那邊了，走了過去，果然不出我之所料，上前一一見過。母親道：「怎麼你一個人回來？大哥呢？」我道：「大哥此刻只怕也就要出來了，我被關了一個多月，悶得慌了，開了龍門就跑的。」吳老太太道：「我的兒！你辛苦了！我們昨天晚上也沒有睡，打了一夜牌，一半是等你們，一半也替你們分些辛苦。」說著，自己笑了。姊姊道：「只關一個多月，便說是慌了，像我們終年不出門的怎樣呢？」我道：「不是這樣說！叫我在家裏不出門，也並不至於發悶；因為那裏眼睜睜看著有門口，卻是封鎖了，不能出來的，這才悶人呢。而且他又不是不開，也常常開的；拿伙食東西等進來，卻不許人出進；一個在門外遞入，一個在門裏接收，拿一個碗進來。連碗底都要看過。無論何人，偶然腳踹了門閬，旁邊的人便叱喝起來。主考和監臨說話，開了門，一個坐在門裏，一個坐在門外。」母親道：「怎麼場裏面的規矩，這麼嚴緊？」我道：「什麼規矩，我看著直頭是搗鬼。要作弊時，何在乎這個門口。我還打了一個鴿子，鴿子身上帶著題目呢。」老太太道：「規矩也罷！搗鬼也罷！你不要管了，快點吃點心罷！」說著便叫丫頭：「拿我吃賸下的蓮子湯來。」我忙道：「多謝乾娘！」等了一會，繼之也回來了。與眾人相見過，對我說道：「本房中了幾名，你知道了麼？」我道：「我只管看卷子，不管記帳，那裏知道！」繼之道：「中了十一卷，又撥了三卷給第一房，這回算我這房最多了。你特薦的好策，那一本中在第十七名上。兩位主考，都讚我好法眼，那裏知道是你的法眼呢。」我道：「大哥自己也看得不少，怎麼都推到我身上？」繼之道：「說也奇怪，所中的十一卷，都是你看的，我看的一卷也不曾中。」說罷，吃了點心，又出去了。大約場後的事，還要料理兩天，我可不去幫忙了。

坐了一會，我便回去。母親，嬸嬸，姊姊，也都辭了過來。只見那個柴窯的彌勒佛，已經擺在桌上了。我問壽屏怎樣了。姊姊道：「已經裱好了！但只有這兩件，還配些什麼呢？伯娘意思，要把這如意送去。我那天偶然拿起來看，誰知紫檀柄的背後，鑲了一塊小小的象牙；侶笙把你救秋菊和遇見他的事，詳詳細細的撰了一篇記刻在上面，這如何能送得人？」我聽見連忙開了匣了，取出如意來看，果然一片小牌子，上面刻了一篇記。那字刻得細入毫芒，卻又波磔分明。不覺歎道：「此公真是多才多藝！」姊姊道：「你且慢讚別人，且先料理了這件事，應該再配兩樣什麼？」我道：「急什麼！明日去配上兩件衣料便是。」忽然春蘭拿了一封信來，是繼之給我的。拆開看時，卻是叫我寫請帖的簽條；說帖子都在書房裏。我便過去，見已套好了一大疊帖子，簽條也粘好了。旁邊一本簿子，開列著人名，我便照寫了。這一天功夫，全是寫簽條。寫到了晚上九點鐘，才完了事。交代家人，明日一早去發。一宿無話。

次日我便出去，配了兩件衣料回來，又配了些燭酒麵之類，送了過去。卻只受了壽屏水禮，其餘都退了回來。往返推讓了幾次，總是不受，只得罷了。繼之商通了隔壁，到十九那天，借他的房子用，在客堂外面天井裏，拆了一堵牆，通了過去。那隔壁是一所大房子，前面是五開間大廳，後進的寬大，也相彷彿。不過隔了東西兩間暗房。恰好繼之的上房，開個門，可以通得過去。就把大廳上的屏風撤去，一律掛了竹簾，以便女客在內看戲。前面天井裏，搭了戲臺；在自己的客堂裏，設了壽座。先一天，我備了酒，過去暖壽。又叫了變戲法的來，玩了一天。連日把書房改做了帳房，專管收禮發賞號的事。到了十九那一天，一早我先過去拜壽。只見繼之夫婦，正在盛服向老太太行禮。鋪設得五色繽紛，當中掛了姊姊畫的那一堂壽屏；兩旁點著壽燭；我也上前去行過禮。那邊母親，嬸嬸，姊姊，也都過來了。我恐怕有女客，便退了出來，到外面壽堂上去，只見當中掛著一堂泥金壽屏，是藩臺送的，上面卻是侶笙寫的字；兩旁是道臺，首府，首縣的壽幛；壽座上供了一匣翡翠三鑲如意，還有許多果品之類，也不能盡記。地下設了拜墊，兩旁點了兩排壽燭，供了十多盆菊花。走過隔壁看時，一律掛著壽聯壽幛，紅光耀眼。階沿，牆腳，都供了五色菊花。不一會，繼之請的幾位知客，都衣冠到了；除了上司擋駕之外，其餘各同寅，紛紛都到。各局所的總辦，提調，委員，無非是些官場。到了午間。擺了酒席，一律的是六個人一桌。入席開戲，席間每來一個客，便跳一回加官，後面來了女客，又跳女加官。好好的一本戲，卻被那跳加官占去了時候不少。到了下午時候，我回到後面去解手；方才走到壽座的天井裏，只見一個大腳女人，面紅耳赤，滿頭是汗，直闖過來；家人們連忙攔住道：「女客從這邊走。」就引他到上房裏去。我回家解過手，仍舊過來，只見座上各人，都不看戲，一個個的都回過臉來，向簾內觀看。那簾內是一片叫罵之聲，不絕於耳。正是：

庭前方競笙歌奏，座後何來叫罵聲？

不知叫罵的是誰，又是為著什麼叫罵，且待下回再記。

第四十四回　苟觀察被捉歸公館　吳令尹奉委署江都

當日女客座上，來的是藩臺夫人，及兩房姨太太，兩位少太太，一位小姐；這是他們向有交情的，所以都到了。其餘便是各家官眷，都是很有體面的，一個個都是披風紅裙。當這個熱鬧的時候，那裏會叫罵起來？原來那位苟才，自從那年買囑了那制臺親信的人，便是接二連三的差事；近來又委了南京製造局總辦，又兼了籌防局，貨捐局兩個差使，格外闊綽起來；時常到秦淮河去嫖，看上了一個妓女，花上兩吊銀子，討了回去做妾。卻不叫大老婆得知，另外租了小公館安頓。他那位大老婆，是著名潑皮的；日子久了，也有點風聞；只因不曾知得實在，未曾發作。這回繼之家的壽事，送了帖子去，苟才也送了一份禮。請帖當中，也有請的女客帖子。他老婆便問去不去。苟才說：「既然有了帖子，就去一遭兒也好。」誰知到了十八那天，苟才對他說：「吳家的女帖，是個虛套；繼之夫人病了，不能應酬，不去也罷！」他老婆倒也信了。你道他為何要騙老婆？只因那討來的婊子，知道這邊有壽事唱戲，便撒嬌撒癡的要去看熱鬧。苟才被他纏不過，只得應許了。又怕他同老婆當面不便，因此撒了一個謊，止住了老婆。又想只打發侍妾來拜壽，恐怕繼之見怪。好在兩家眷屬，不曾來往過，他便置備了二品命婦的服式，叫婊子穿上；扮了旗裝，只當是正室。傳了帖子進去，繼之夫人相見時，便有點疑心，暗想他是旗人；為甚裹了一雙小腳，而且舉動輕佻，言語鶻突，喜笑無時，只是不便說出。苟才的公館，與繼之處相去不過五六家；今日開通了隔壁，又近了一家。這邊鑼鼓喧天，鞭炮齊放，那邊都聽得見。家人僕婦，在外面看見女客來的不少，便去告訴了那苟太太。這幾個僕婦之中，也有略略知道這件事的，趁便討好，便告訴他說，聽說老爺今天帶新姨太太到吳家拜壽聽戲，所以昨天預先止住了太太，不叫太太去。他老婆聽了，便氣得三尸亂爆，七竅生煙；趁苟才不在家，便傳了外面家人來拷問。家人們起先只推不知，禁不起那婦人一番恫嚇，一番軟騙，只得說了出來。婦人又問了住處，便叫打轎子。再三吩咐家人，有誰去送了信的，我回來審出來了，先撕下他的皮；再送到江寧縣裏打屁股，因此沒有人敢給信。他帶了一個家人，兩名僕婦，逕奔小公館來。

進了門去，不問情由，打了個落花流水。喝叫：「把這邊的家人僕婦綁了，叫帶來的家人看守，不是我叫放，不准放。」又帶了兩名僕婦，仍上轎子，奔向繼之家來。我在壽座天井裏碰見的，正是他。因為這天女客多，進出的僕婦不少，他雖跟著有兩個僕婦，我可不曾留意。他一逕走到女座裏，又不認得人，也不行禮，直闖進去。繼之夫人也不知是什麼事，只當是誰家的一個僕婦。他竟直闖第一座上，高聲問道：「那一個是秦准河的蹄子？」繼之夫人吃了一驚。我姊姊連忙上去拉他下來，問他找誰？怎麼這樣沒規矩？那首座的是藩臺鹽道的夫人；兩邊陪坐的，都是首府首縣的太太，你胡說些什麼？婦人道：「便是藩臺夫人便怎麼？須知我也不弱！」繼之夫人道：「你到底找誰？」婦人道：「我只找秦淮河的蹄子！」我姊姊怒道：「秦淮河的蹄子是誰？怎麼會走到這裏來？那裏來的瘋婆子，快與我打出去！」婦人大叫道：「你們又下帖子請我：我來了，又打我出去；這是什麼話？」繼之夫人道：「既然如此，你是誰家宅眷？來找誰？到底說個明白！」婦人道：「我找苟才的小老婆！」繼之夫人道：「苟大人的姨太太沒有來，倒是他的太太在這裏。」婦人問是那一個，繼之夫人指給他看。婦人便撇了繼之夫人，三步兩步闖了上去，對準那婊子的臉上，劈面就是一個大巴掌。那婊子沒有提防，被他猛一下打得耳鳴眼熱，禁不得劈拍劈拍接連又是兩下；只打得珠花散落一地。連忙還手去打，卻被婦人一手擋開。只這一擋一格，那婊子帶的兩個鍍金指甲套子，不知飛到那裏去了。婦人順手把婊子的頭髮抓住，拉出座來。兩個扭做一堆，口裏千蹄子，萬淫婦亂罵。婊子口裏也嚷罵老狐狸，老潑貨。我姊姊道：「反了！這成個什麼樣子？」喝叫僕婦把這兩個怪物，連拖帶拽的拉到自己上房那邊去。又叫繼之夫人：「只管招呼眾客，這件事我來安排」；又叫家人快請繼之。此時我正解完了手，回到外面。

聽見裏面叫罵，正不知為著甚事；當中雖然掛的是竹簾，望進去卻隱隱約約的，看不清楚。看見家人來請繼之，我也跟了進去看看。只見他兩個在天井裏仍然扭做一團，婦人伸大腳，去跺那婊子的小腳；跺著他的小腳尖兒，痛的他站立不住，便倒了下來，扭著婦人不放；婦人也跟著倒了；婊子在婦人肩膀上，死命的咬了一口，而且咬住了不放；婦人雙手便往他臉上亂抓亂打，兩個都哭了。我姊姊卻端坐在上面不動；各家的僕婦擠了一天井看熱鬧。繼之忙問什麼事。姊姊道：「連我們都不知道。大哥快請苟大人進來，這總是他的家事，他進來，就明白了，也可以解散了。」繼之叫家人去請。姊姊便仍到那邊去了。

不一會，家人領著苟才進來。那婦人見了，便撇了婊子，盡力掙脫了咬口，飛奔苟才。一頭撞將過去，便動手撕起來，把朝珠扯斷了，撒了一地。婦人嘴裏嚷道：「我同你去見將軍去！問問這寵妾滅妻，是出在大清會典那一條上？你這老殺才，你嫌我老了，須知我也曾有年輕的時候對付過你來！你就是討婊子，也不應該叫他穿了我的命服，居然充做夫人！你把我安放到那裏？須知你不是皇帝，家裏沒有冷宮；你還一個安放我的所在來，隨便你幹去。」

苟才氣得目瞪口呆，連說罷了罷了。那婊子盤膝坐在地上，雙手握著腳尖兒，嘴裏也是老潑貨，老不死的亂罵。一面爬起來，一步一拐的，走到苟才身邊撕住了哭喊道：「你當初許了我，永遠不見潑辣貨的面，我才嫁你；不然，南京地面，怕少了年輕標緻的人，怕少了萬貫家財的人；我要嫁你這個老殺才！你騙了我入門，今天做成這個圈套捉弄我！到了這裏，當著許多人羞辱我！」一邊一個，把苟才纏住，倒鬧得苟才左右為難。我同繼之又不好上前去勸。苟才只有歎氣頓足，被他兩個鬧得衣寬帶鬆，補服也扯了下來。鬧了好一會，方才說道：「人家這裏拜壽做喜事，你們也太鬧得不成話了，有話回家去說呀！」婦人聽說，拉了苟才便走。繼之倒也不好去送，只得由他去了。婊子倒是一鬆手道：「憑你老不要臉的，搶了漢子去，我看你死了也摟他到棺材裏。」繼之對我道：「還是請你姊姊招呼他罷！」說著出去了。我叫僕婦到那邊，請了姊姊過來。姊姊便帶那婊子到我們那邊去，我也到外面去了。此時眾人都卸了衣冠，撤了筵席，桌上只擺了瓜子果碟。眾人看見繼之和我出去，都爭著問是什麼事，只得約略說了點。大家議論紛紛，都說苟才的不是，怎麼把命服給姨娘穿起來，怪不得他夫人動氣；然而未免暴躁些。有個說苟觀察向來講究排場，卻不道今天丟了這個大臉。正在議論之間，忽聽得外面一迭連聲叫報喜。正要叫人打聽時，早搶進了一個人，向繼之請了個安道：「給吳老爺報喜道喜！」繼之道：「什麼事？」那人道：「恭喜吳老爺！署理江都縣，已經掛了牌了！」

原來藩臺和繼之，是幾代的交情，向來往來甚密；只因此刻彼此做了官，反被官禮拘束住了，不能十分往來；也是彼此避嫌的意思。藩臺早就有心給繼之一個署缺，因知道今天是他老太太的整壽，前幾天江都縣出了缺，論理就應該即刻委人；他卻先委了揚州府經歷暫行代理，故意挨到今日掛牌；要博老太太一笑。這來報喜的，卻是藩臺門上。向來兩司門上是很闊的；候補州縣官，有時要望同他拜個把子也夠不上呢？他如何肯親來報喜？因為他知道藩臺和繼之交情深，也知道藩臺今天掛牌的意思，所以特地跑來討好。又出來到壽座前拜了壽。繼之讓他坐，他也不敢就坐，只說公事忙，便辭去了。這話傳到了裏頭去，老太太歡喜不盡。傳話出來，叫這齣戲完了，點一齣連陞三級。戲班裏聽見這個消息，等完了這齣戲，又跳了一個加官討了賞，才唱點戲。到了晚上，點起燈燭，照耀如同白日。重新設席，直到三鼓才散。我便進去向老太太道喜。勞乏了一天，大家商量要早點安歇。我和姊姊，便奉了母親，嬸嬸回家。我問起那位姨太太怎樣了。姊姊道：「那種人真是沒廉恥！我同了他過來，取了奩具給他重新理妝；他洗過了臉，梳掠了頭髻，重施脂粉，依然穿了命服，還過去坐席，毫不羞恥。後來他家裏接連打發三起人接他，他才去了。」我道：「回去還不知怎樣吵呢？」姊姊道：「這個我們管他做甚！」說罷，各自回房歇息。

次日，繼之先到藩署謝委。又到督轅稟知稟謝。順道到各處謝壽。我在家中，幫著指揮家人收拾各處，整整的忙了三天，方才停當。此時繼之已經奉了札子，飭知到任，便和我商量。因為中秋節後，各碼頭都未過去，叫我先到上江一帶，去查一查帳目。再到上海、蘇、杭，然後再回頭到揚州衙門裏相會。我問繼之，還帶家眷去不帶？繼之道：「這署事不過一年就回來了，還搬動什麼呢！我就一個人去，好在有你來往於兩處。這一年之中，我不定因公晉省，也有兩三次，莫若仍舊安頓在這裏罷！」我聽了，自然無甚說話。當下又談談別的事情。

忽然家人來報說：「藩臺的門上大爺來了！」繼之便出去會他。一會兒進來了，我忙問是什麼事。繼之道：「方伯陞了安徽巡撫，方才電報到了，所以他來給我一個信。」說著，便叫取衣服來，換過衣帽，上衙門去道喜。繼之去後，我便到上房裏去，恰好我母親和姊姊也在這邊，大家說起藩臺升官，都是歡喜，自不必說。只有我姊姊，默默無言，眾人也不在意。過了一會。繼之回來了，說道：「我本來日間便要稟辭到任，此刻只得送過中丞再走的了！」我道：「新任藩臺是誰？只怕等新任到了，算交代，有兩個月呢！」繼之道：「新藩臺是浙江臬臺升調的，到這裏本來有些日子；因為安徽撫臺是被參的，這裏中丞接的電諭，是『迅赴新任，毋容來京請訓』。所以制臺打算委巡道代理藩司，以便中丞好交卸赴新任去，大約日子不能過遠的，頂多不過十天八天罷了。」說著話，一面卸下衣冠，又對我說道：「起先我打算等我走後，你再動身；此刻你犯不著等我了，過一兩天，你先到上江去。我們還是在江都會罷！我近來每處都派了自己家裏人在那裏，你順便去留心查察，看有能辦事的，我們便派了他們管理；算來自己家裏人，總比外人靠得住。」我答應了。

過了兩天，附了上水船，到漢口去。稽查一切。事畢，回到九江。一路上倒沒有什麼事。九江事完之後，便附下水船，到了蕪湖，耽擱了兩天。打聽得今年米價甚是便宜，我便譯好了電碼，親自到電報局裏去，打電報給上海管德泉；叫他商量應該辦否。剛剛走到電報局門口，只見一乘紅轎圍的藍呢中轎，在局門口憩下，轎子裏走出一個人來，身穿湖色縐紗密行棉袍，天青緞對襟馬褂，臉上架了一副茶碗口大的墨晶眼鏡，頭上戴著瓜皮紗小帽；下得轎來，對我看了一眼，便把眼鏡摘下，對我拱手道：「久違了！是幾時到的？」我倒吃了一個悶葫蘆，仔細一看，原來不是別人，正是在大關上和挑水阿三著象棋的畢鏡江，面貌豐腴的了不得，他不向我招呼，我竟然要認不得他了。當下只得上前廝見。鏡江便讓我到電報局裏客堂上坐。我道：「我要發個電信呢。」他道：「這個交給我就是。」我只得隨他到客堂裏去，分賓坐下。他便要了我的底子！叫人送進去。一面問我現在在什麼地方？可還同繼之一起？我心裏一想，這種人何犯上給他說真話。因說道：「分手多時了！此刻在沿江一帶跑跑，也沒有一定事情。」他道：「繼之這種人，和他分了手，倒也罷了！這個人刻薄得很，舍親此刻當這局子的老總，帶了兄弟來，當一個收支委員。本來這收支上面，還有幾位司事，兄弟是很空的；無奈舍親事情忙，把一切事都交給兄弟去辦，兄弟倒變了這局子的老總辦了。說來也不值當，拿了收支的薪水，辦的總辦的事，你說冤不冤呢！」我聽了一席話，不覺暗暗好笑，嘴裏只得應道：「這叫做『能者多勞』啊！」正說話時，便來了兩個人，都是趾高氣揚的，嚷著叫調桌子打牌。鏡江便邀我入局，我推說不懂，要了電報收單，照算了報費，便辭了回去。

第二天德泉回電到了，說準定賃船來裝運。我一面交代照辦，便附了下水船，先回南京去一趟。繼之已經送過中丞，自己也到任去了。姊姊交給我一封信，卻是蔡侶笙留別的。大約說此番隨中丞到安徽去，後會有期的話。我盤桓了兩天，才到上海，和德泉商量了一切。又到蘇州走了一趟，才到杭州去。料理清楚，要打算回上海去。卻有一兩件瑣事，不曾弄明白，只得暫時歇下。這天天氣晴明，我想著人家逛西湖，都在二三月裏；到了這個冬天，湖上便冷落得很；我雖不必逛湖，又何妨到三雅園去吃一杯茶，望望這冬天的湖光山色呢。想罷，便獨自一人，緩步前去。剛剛走到城門口，劈頭遇見一個和尚，身穿破衲，腳踏草鞋，向我打了一個問訊。正是：

不是偷閒來竹院，如何此地也逢僧？

不知這和尚是誰，且待下回再記。

第四十五回　評骨董門客巧欺矇　送忤逆縣官託訪察

你道那和尚是誰？原來不是別人，正是那逼死胞弟圖賣弟婦的黎景翼。不覺吃了一驚，便問道：「你是幾時出家的？為甚弄到這個模樣？」景翼道：「一言難盡！自從那回事之後，我想在上海站不住了，自己也看破一切，就走到這裏來，投到天竺寺，拜了師傅做和尚，誰知運氣不好，就走到那裏都不是。那些僧伴，一個個都和我不對；只得別了師傅，到別處去掛單。終日流離浪蕩，身邊的盤費，弄的一文也沒了，真是苦不勝言！」他一面說話，我一面走，他只管跟著，不覺到了三雅園。我便進去泡茶，景翼也跟著進去，坐下。茶博士泡上茶來。景翼又問我到這裏為甚事？住在那裏？我心中一想，這個人招惹他不得，因說道：「我到這裏，沒有什麼事，不過看個朋友，就住我朋友家裏。」景翼又問我借錢，我無奈，在身邊取了一元洋錢給他，他才去了。那茶博士見他去了，對我說道：「客人！怎麼認得這個和尚？」我道：「他在俗家的時候，我就認得他的。」茶博士道：「客人不認他也罷！」我道：「這話奇了！我已經認得他了，怎麼能夠不認得呢？」茶博士道：「客人有所不知，這個和尚，不是個好東西，專門調戲人家婦女；被他師傅說他不守清規，把他趕了出來。他又投到別家廟兒裏去。有一回，城裏鄉紳人家做大佛事，請了一百多僧眾念經，他也投在裏面；到了人家，卻乘機偷了人家許多東西，被人家查出了，送他到仁和縣裏去請辦；辦了個枷號一個月示眾。從此他要掛單，就沒有人家肯留他了。」我聽了這話，只好不做理會。閒坐了一回，眺望了一回湖光山色，便進城來。

忽然想起當年和我辦父親後事的一位張鼎臣，我來到杭州幾次，總沒有去訪他。此時想著訪他談談，又不知他住在那裏。仔細想來，我父親開店的時候，和幾家店鋪有來往，我在帳簿上都看見過的，只是一是時想不起來。猛然想起鼓樓灣保合和廣東丸藥店，是當日來往極熟的。只怕他可以知道鼎臣下落，想罷，便一逕問路到鼓樓灣去，尋到了保合和；只見裏面紛紛發行李出來，不知何故；我便挨了進去，打著廣東話，向一位有年紀的拱手招呼，問他貴姓。那人見我說出廣東話，以為是鄉親，便讓坐送茶。說是姓梁，號展圖。又轉問了我，我告訴了，並說出來意。問他知道張鼎臣下落不知。展圖道：「聽說他做了官了，我也不知底細，等我問問舍姪便知道了。」說罷，便向一個後生問道：「你知道張鼎臣現在那裏？」那後生道：「他捐了個鹽知事，到兩淮候補去了！」只見一個人闖了進來道：「客人！快點下船罷！不然，潮要來了！」展圖道：「知道，我就來！」我道：「原來老丈要動身，打攪了！」說罷，起身。展圖道：「我是要到蘭溪去走一次。」我別了出來，自行回去。

到了次日，便叫了船，仍回上海，耽擱一天，又到鎮江。稽查了兩天帳目，才僱了船渡江到揚州去。入到了江都縣衙門，自然又是一番景象。除了繼之之外，只有文述農是個熟人。我把各處的帳目，給繼之看了。又述了各處的情形。便與述農談天。此時述農派做了帳房，彼此多時未見，不免各訴別後之事。我便在帳房裏設了榻位，從此和述農聯床夜話。好得繼之並不叫我管事，閒了時，便到外面訪訪古蹟，或遊幾處名勝。最好笑的，是相傳揚州的二十四橋，一向我只當是個名勝地方。誰知到了此地問時，那二十四橋竟是一條街名。被古人欺了十多年，到此方才明白。繼之又帶了我去逛花園。原來揚州地方，花園最多；都是那些鹽商蓋造的。上半天任人遊玩，到了下午，園主人就來園裏請客，或做戲不等。

這天述農同了我去逛容園。據說這容園是一個姓張的產業，揚州花園，算這一所最好；除了各處樓臺亭閣之外，單是廳堂，就有了三十八處，卻又處處裝潢不同。遊罷了回來，我問起述農，說這容園的繁華；也可以算絕頂了。久聞揚州的鹽商闊綽，今日到了此地，方才知道是名不虛傳。述農道：「他們還是拿著錢不當錢用；每年冤枉花去的，不知多少；若是懂得的，少花幾個冤枉錢，還要闊呢。」我道：「銀錢都積在他們家裏，也不是事；只要他肯花了出來，外面有得流通便好，管他冤枉不冤枉！擱不住這班人都做了守財奴，年年只有入款，他卻死摟著不放出來，不要把天下的錢，都攏到他家麼？」述農道：「你這個自是正論！然而我看他們花的錢，實在冤枉得可笑！平白無端的，養了一班讀書不成的假名士在家裏，以為是親近風雅，要借此洗刷他那市儈的名字。花了錢，養了幾個寒酸，倒也罷了；那最奇的，是養了兩班戲子，不過供幾個商家家宴之用，每年要用到三萬多銀子。這還說是養了幾個人。只有他那買古董，卻另外成就一種癖性；好好的東西拿去，他不買；只要把東西打破了拿去，他卻出了重價。」我不覺笑道：「這卻為何？」述農道：「這件事你且慢點談，可否代我當一個差，我請你吃酒！」我道：「說得好好的，又當什麼差？」述農在箱子裏，取出一卷畫來，展開給我看，卻是一幅橫披，是阮文達公寫的字。我道：「忽然看起這個做什麼？」述農指著一方圖書道：「我向來知道你會刻圖書，要請你摹出這一個來，有個用處。」

我看那圖書時，卻是節性齋三個字。因說道：「這是刻的近於鄧石如一派，還可以仿摹得來；若是漢印，就難了；但不知你仿來何用？」述農一面把橫披捲起，仍舊放在箱子裏道：「摹下來，自有用處；方才說的那一班鹽商買古董，好東西他不要，打破了送去，他卻肯出價錢，你道他是什麼意思？原來他拿定了一個死主意，說是那東西既是千百年前相傳下來的，沒有完全之理；若是完全的，便是假貨。因為他們個個如此，那一班販古董的知道了，就弄了多少破東西賣給他們。你說冤枉不冤枉？有一個在江西買了一個花瓶仿成化窰的東西，並不見好；不過值上三四元錢。這個人卻叫玉工來，把瓶口磨去了一截，配了座子，販到揚州來，卻賣了二百元。你說奇不奇呢。他那買字畫，也是這個主意；見了東西，也不問真假，先要有名人圖書沒有？也不問這名人圖書的真假，只要有了兩方圖書，便連字畫也是真的了。我有一個董其昌手卷，是假的，藏著他沒用，打算冤給他們，所以請你摹了這方圖書下來，好蓋上去。」我笑道：「這個容易！只要買了石來。但怕他看出是假的，那就無謂了。」述農道：「只要先通了他的門客，便不要緊。」我道：「他的門客，難道倒幫了外人麼？」述農道：「這班東西懂得什麼外人內人，只要有了回用，他便拍合。有一回有個人拿了一幅畫去賣要價一千銀子；那門客要他二成回用；那人以為做生意九五回用，是有規矩的；如何要起二成來？便不答應他。他說若不答應，便交易不成，不要後悔。賣畫的自以為這幅畫是好的，何憂賣不去，便沒有答應他。及至拿了畫去看，卻是畫的一張人物，大約是歲朝圖之類；畫了三四個人，圍著擲骰子；骰盤裏兩顆骰子坐了五點，一個還在盤裏轉；旁邊一個人，舉起了手，五指齊舒；又張開了口，雙眼看著盤內；真是神采奕奕。東家看了，十分歡喜，以為千金不貴。那門客卻在旁邊說道：『這幅畫雖好，可惜畫錯了，便一文不值。』東家問他怎麼畫錯了。他說：『三顆骰子，兩顆坐了五，這一顆還轉著未定，喝骰子的人，不消說也喝六的了；他畫的那喝骰子的，張開了口；這「六」字是合口音，張開了口，如何喝得「六」字的音來？』東家聽了，果然不錯，便價也不還，退了回去。那賣畫的人，一場沒趣，只得又來求那門客。此時他更樂得拿腔了，說已經說煞了，挽回不易，必要三成回用。賣畫的只得應允了。他卻拿了這幅畫，仍然去見東家，說我仔細看了這畫，足值千金。東家問有甚憑據。他說：『這幅畫是福建人畫的，福建口音叫「六」字，猶如揚州人叫「落」字一般。所以是開口的，他畫了開口，正所以傳那叫「六」字之神呢！』他的東家聽了，便打著揚州話『落落』的叫了兩聲，果然是開口的，便樂不可支，說道：『虧得先生淵博，不然幾乎當面錯過。』馬上兌了一千銀子出來，他便落了三百。」

我聽了，不覺笑起來道：「原來多懂兩處方言，卻有這等用處；但不知這班鹽商，怎麼弄得許多錢？我看此中，定有個弊端。」述農道：「這個何消說得！這裏面的毛病，我也弄不清楚！聞得兩淮鹽額，有一千六百九萬多引，叫做『綱鹽』。每引大約三百七十斤，每斤場價不過七八文，課銀不過三釐多。運到漢口，便每斤要賣五六十文不等。愈遠愈貴，並且愈遠愈雜。這裏場鹽是雪白的，運到漢口，便變了半黃半黑的了。有部帖的鹽商，叫做『根窩』；有根窩的，每鹽一引，他要抽銀一兩，運腳公用。每年定額是七十萬，近來加了差不多一倍。其實運腳所用，不及四分之一，漢口的岸費，每引又要派到一兩多，如何不發財？所以鹽院的供應，以及緝私犒賞，贍養窮商子孫，一切費用，都出在裏面。最奇的，他們自己對自己，也要做弊；總商去見運司，這是他們商家的公事了；這運司那個手本，不過幾十文，就買來了，他開起帳來，卻是一千兩，你說奇不奇？」我聽到這裏，不覺吐出了舌頭道：「這還了得！難道眾商家就由得他混鬧麼？」述農道：「這個我們局外人，那裏知道？他自然有許多名目立出來。其實綱鹽之利，不在官不在民，商家獨佔其利，又不能盡享；大約幕友門客等輩，分的不少；甚至用的底下人，丫頭，老媽子，也有餘潤可沾。船戶埠行，有許多代運鹽斤，情願不領腳價，還怕謀不到手的，所以廣行賄賂，連佣人也都賄遍了，以求承攬載運。」我道：「不領腳價，也有甚好處麼？」述農道：「自然有好處！凡運鹽到漢口靠在碼頭上，逐船編了號頭，挨號輪銷，他只要弄了手腳，把號頭編得後些，趕未及輪到他船時，先把鹽偷著賣了；等到輪著他時，卻就地買些私鹽來充數。這個辦法，叫做『過籠蒸糕』。萬一買不著私鹽，他便連船也不要了。等夜靜時，鑿穿了船底，由他沈下去，便報了個沈沒。這個辦法，叫做『放生』。後來兩江總督陶文毅公，知道這種弊端，便創了一個票鹽的辦法：無論那一省的人，都可以領票；也不論數目多少；只要領了票，一樣的到場竈上計引授鹽；卻仍然要按著地行銷。此時一眾鹽商，無弊可作，窘的了不得，於是怨恨陶公，入於骨髓；無可發洩，卻把陶公的一家人，編成了紙牌；我還記得有一張是畫了一個人，拿了一雙斧頭，砍一棵桃樹，藉此以為咒詛之計。你道可笑麼。」我道：「這種不過兒戲罷了！有甚益處？」述農道：「從行了票鹽之後，卻是倒了好幾家鹽商，鹽法為之一變。此時為日已久，又不知經了多少變局了。……」

我因為談了半天鹽務，忽然想起張鼎臣，便想去訪他。因開了他的官階名姓，叫人到鹽運司衙門去打聽。一面踱到繼之簽押房裏來。繼之正在那裏批著公事，見了我，便放了筆道：「我正要找你，你來得恰好！」我道：「有什麼事找我呢？」繼之道：「我到任以後，放告的頭一天，便有一個已故鹽商之妾羅魏氏，告他兒子羅榮統的不孝。我提到案下問時，那羅榮統呆似木雞，一句話也說不出。問他話時，他只是哭。問羅魏氏，卻又說不出個不孝的實據。只說他不聽教訓，結交匪人。問他匪人是那個，他又說不出，只說是都已跑了。只得把羅榮統暫時管押。不過一天，又有他羅氏族長來具結保了去，只說是領回管束。本來就放下了，前幾天我偶然翻檢舊案卷，見前任官內，羅魏氏已經告過他一次忤逆；便問起書吏。據那書吏說：羅榮統委實不孝！有一年，結交了幾個匪徒，謀弒其母；幸而機謀不密，得為防備，那匪徒便逃走了。羅魏氏便把兒子送了不孝，經族長保了出去。從此每一個新官到任，羅魏氏便告一次，一連四五任官，都是如此。我想這個裏面，必定有個緣故。你閒著沒事，何妨到外面去查訪個明白。」我道：「他母親告了不孝；他族長保了去，便罷了。自古說：『清官難斷家務事』。那裏管得許多呢！訪他做什麼？」繼之道：「這件事可小可大。果然是個不孝之子，也應該設法感化他，這是行政上應有之義。萬一他果然是個結交匪類的人，也要提防他，不要在我手裏，出了個逆倫重案，這是我們做官的私話，如何好看輕了。」我道：「既如此，我便去查訪便了，只是怎麼個訪法呢？」繼之道：「這個那裏論得定。好在不是限定日子，只要你在外面，隨機應變的暗訪罷了。茶坊酒肆之中，都可以訪得。況且他羅家也是著名的鹽商，不過近年稍微疲了點罷了；在外面還是赫赫有名的，怕沒人知道麼？」於是我便答應了。談了一會，仍到帳房裏來。述農正在有事，我只在旁邊閒坐。過一會，述農事完了，對我笑道：「我恰才開發廚房裏飯錢，忽然想著一件可笑的事，天下事真是無奇不有。」我忙問是什麼事。述農不慌不忙，說出一件事來。正是：

一任旁人譏齷齪，無如廉吏最難為。

不知述農到底說出什麼事，且待下回再記。

第四十六回　翻舊案借券作酬勞　告賣缺縣丞難總督

當下我笑對述農道：「因為開銷廚子，想出來的話，大約總不離吃飯的事情了？」述農道：「雖然是吃飯的事情，卻未免吃得齷齪一點。前任的本縣姓伍，這裏的百姓起他一個渾名，叫做『五穀蟲』。」我笑道：「本草上的『五穀蟲』，不是糞蛆麼？」述農道：「因為糞蛆兩個字不雅，所以才用了這個別號呀！那位伍大令，初到任時，便發誓每事必躬必親，絕不假手書吏家丁；大門以內的事，無論公私，都要自己經手。百姓們聽見了，以為是一個好官，歡喜的了不得。誰知他到任之後，做事十分刻薄，又且一錢如命。別的刻薄都不說了，這大門裏面的一所毛廁，向來係家丁們包與鄉下人淘去的，每月多少也有幾文好處。這位伍大令說：『是我說過不假手家丁的，還得我老爺自己經手。』於是他把每月這幾文臭錢，也囊括了。卻叫廚子經手去收，拿來抵了飯錢。這不是個大笑話麼？」我道：「那有這等瑣碎的人，真是無奇不有了！」

說話之間，去打聽張鼎臣的人回來了，言是打聽得張老爺在古旗亭地方，租有公館。我聽了便記著，預備明日去拜訪。一面正和述農談天，忽然家人來報說：「繼之接了電報。」我連忙和述農同到簽押房來，問是什麼事。原來前回那江寧藩臺，升了安徽撫臺，未曾交卸之前數天，就把繼之請補了江都縣。此時部覆回來議准了，所以藩署書吏，打個電報來通知。於是大家都向繼之道喜。過了這天，明日一早，我便出了衙門，去拜張鼎臣。鼎臣見了我，十分歡喜，便留著談天。問起我別後的事，我便大略告訴了一遍。又想起當日我父親不在時，十分得他的力。他又曾經攔阻我給電信與伯父，是我不聽他的話，後來鬧到如此。我雖然不把這些事放在心上，然而母親已是大不願意的了。當日若是聽了他的話，何至如此。鼎臣又問起我伯父來，我只得約略說了點。說到自從他到蘇州以後，便杳無音信的話，鼎臣歎了一口氣道：「我拿一樣東西你看！」說罷，引我到他書房去坐。他在文具箱裏，取出一個信封，在信封裏，抽出一張條子來遞給我。我接過來一看，不覺吃了一驚。原來是我伯父親筆寫給他的一百兩銀子借票。我還沒有開口，鼎臣便說道：「那年在上海長發棧令伯當著大眾說謝我一百兩銀子的，我為人爽直，便沒有推拖。他到了晚上，和我說窮得了不得。你令先翁遺下的錢，他又不敢亂用，要和我借這一百銀子。你想當時我怎好回覆他，只好允了，他便給了我這麼一張東西。自別後，他並一封信也不曾有來過。我前年要辦驗看，寄給他一封信，要張羅點盤費，他隻字也不曾回。」我道：「便是小姪別後，也不曾有信給世伯請安，這兩年事情又忙點，還求世伯恕我荒唐！」鼎臣道：「這又當別論。我們是交割清楚的了，彼此沒有首尾，便是事忙路遠，不寫信也極平常。糾葛未清的，如何也好這樣呢？」

此時我要代伯父分辯幾句，卻是辯無可辯，只好不作聲；而且自己家裏人做下這等對不住人的事，也覺得難為情。想到這裏，未免侷促不安。鼎臣便把別話岔開，談談他的官況，又講講兩淮的鹽務，我便說起述農昨天所說綱鹽的話。鼎臣道：「這是幾十年前的話了；自從改了票鹽之後，鹽場的舉動，都大變了。大約當改鹽票之時，很有幾家鹽商吃虧的；慢慢的這個風波定了之後，倒的是倒定了，站住的也站住了。只不過商家之外，又提拔了多少人發財，那就是鹽票之功了。當日曾文正做兩江時，要栽培兩個戚友，無非是送兩張鹽票；等他們憑票販鹽，這裏頭發財的不少。此刻有鹽票的人，自己不願做生意，還可以拿這票子租給人家呢。」我道：「改了票鹽之後，只怕就沒有弊病了。」鼎臣道：「天下事有一利，即有一弊，那裏沒有弊病的道理！不過我到這裏日子淺，統共只住了一年半，不曾探得實在罷了。」當下又談了一會，便辭了回來。

回到衙門口，只見許多轎馬。到裏面打聽才知道繼之補實的信，外面都知道了，此時同城各官以及紳士都來道喜。過得幾天，南京藩臺的飭知到了。繼之便打點到南京去稟謝。我此時離家已久，打算一同前去。繼之道：「我去，頂多前後五天，便要回到此地的；你何不等我回來了再走呢！」我便答應了。過一天，繼之便到府裏稟知動身。我無事便訪鼎臣；或者不出門，便和述農談天。忽然想起繼之叫我訪察羅榮統的事，據說是個鹽商；鼎臣現在是個鹽官，我何不問問鼎臣，或者他知道些，也說不定。想罷，便到古旗亭去，訪著鼎臣，寒暄已畢，我問起羅榮統的事。鼎臣道：「這件事十分奇怪，外面的人言不一，有許多都說是他不孝；又有許多說他母親不好的。大抵家庭不睦是有的，那羅榮統怎麼不孝，只怕不見得！若要知道底細，只有一個人知道！」我忙問是誰。鼎臣道：「大觀樓酒館裏的一個廚子，是他家用的多年老僕，今年不知為著什麼，辭了出來，便投到大觀樓去。他是一定知道的。」我道：「那廚子姓什麼？叫什麼呢？」鼎臣道：「這可不知道了。不過前回有人請我吃館子，說是羅家出來了一個廚子，投到大觀樓去，做得好魚翅。這廚子是在羅家二十多年，專做魚翅的，合揚州城裏的鹽商請客，只有他家的魚翅最出色。後來無論誰家請客，多有借他這廚子的。我不過聽了這句話罷了，那裏去問他姓名呢！」我道：「這就難了！不比館子裏跑堂的，還可以去上館子，假以辭色，問他底細。這廚子是雖上他館子，也看不見的，怎樣打聽呢？」鼎臣道：「你苦苦的打聽他做什麼呢？」我道：「也不是一定要苦苦打聽他，不過為的人家多說揚州城裏有個不孝子，順便問一聲罷了！」當下又扯些別話，談了幾句，便辭了鼎臣回去。和述農商量，有甚法子可以訪察得出的？述農道：「有了這廚子，便容易了。幾時繼翁請客，叫他傳了那廚子來，當一次差；我們在旁邊假以辭色，逐細盤問他，怕問不出來！」我道：「這卻不好。我們這裏是衙門，他那裏敢亂說，不怕招是非麼？」述農道：「除此之外，可沒有法子了！」我道：「因為那廚子，我又想起一件事來：他羅家用的僕人，一定不少，總有辭了出來的，只要打聽著一個，便好商量。」述農道：「這又從何打聽起來呢？」我道：「這個只好慢慢來的了。」當時，便把這件事暫行擱下。

不多幾天，繼之回來了，又到本府去稟知，即日備了文書，申報上去，即日作為到任日子。一班書吏衙役，都來叩賀；同城文武官和鄉紳等，重新又來道賀。繼之一一回拜謝步，忙了幾天，方才停當。我便打算回南京去走一遭。繼之便和我商量道：「日子過得實在是快，不久又要過年了；你今番回去，等過了年，便到上江一帶去查看。我陸續都調了些自己本族人在各號裏，你去查察情形，可以叫他們管事的，就派了他們管事；左右比外人靠得住些。回頭便到下江一帶去，也是如此。都辦好了，大約二月底三月初，可以到這裏，我到了那時，預備和你接風。」我笑道：「一路說來，都是正事，忽然說這麼一句收梢，倒像唱戲的好好一齣正戲，卻藉著科諢下場，格外見精神呢。」說得繼之也笑了。我因為日內要走，恐怕彼此有什麼話說，便在簽押房和繼之盤桓。

談談說說。我問起新任方伯如何。繼之搖頭道：「方伯倒沒有什麼，所用的人，未免太難了！到任不到兩個月，便鬧了一場大笑話。」我道：「是什麼事呢？」繼之道：「總不過為補缺的事。大約做藩臺，照例總有一個手摺，開列著各州縣姓名；都捐班人員，另有一個輪補的規矩。這件事，連我也鬧不清楚。大抵每出了一個缺，看應該是那一個輪到，這個輪到的人，才具如何，品行如何，藩臺都有個成見的；或者雖然輪到，做藩臺的也可以把他捺住。那捺住之故，不是因這個人才具不對，品行不好；便是調劑私人，應酬大帽子了。他擬補的人，便開在手摺上面；所開又不只一個人，總開到兩三個，第一個總是應該補的，第二三個是預備督撫揀換的。然而歷來督撫，揀換的甚少。藩臺寫了這本手摺，預備給督撫看的，本來辦得十分機密。這一回那藩臺開了手摺，不知怎樣被他帳房裏一位師爺偷看見了，便出來撞木鐘。聽說是鹽城的缺，藩臺擬定一個人，被他看見了，便對那個人說：『此刻鹽城出了缺，你只消給我三千銀子，我包你補了。』那個人信了他，兌給他三千銀子。誰知那藩臺不知怎樣，忽然把那個人的名字換了，及至掛出牌來，竟不是他。那個人便來和他說話。他暗想這個鐘撞啞了；然而句容的缺也要出快了，這個人總是要輪到的，不如且把些說話搪塞過去再說。便說道：『這回本來是你的，因為制臺交代，不得不換一個人；幾天句容出缺，一定是你的了。』句容與鹽城都是好缺，所以那個人也答應了。過了幾天，掛出句容的牌來，又不是的。那個人又不答應了。他又把些話搪塞過去。再過了幾天，忽然掛出一張牌來，把那個人補了安東。這可不得了了，那個人跑到官廳上去，大鬧起來，說安東這個缺，每年要貼三千的，我為甚反拿三千銀子去買？他鬧得個不得了，藩臺知道了，只得叫那帳房師爺還了他三千銀子，並辭了他的館地，方才了事。」我道：「凡贓私的銀，是與受同科的，他怎敢鬧出來？」繼之道：「所以這才是笑話啊！」我道：「這個人也可謂膽大極了！倘使藩臺是有脾氣的，一面撵了帳房，一面詳參了他，豈不把功名送掉了。大不了藩臺自己也自行檢舉起來，失察在先，正辦在後；頂多不過一個罰俸的處分罷了。」繼之笑道：「照你這樣火性，還能出來做官麼？這個人鬧了一場，還了他銀子便算了，還算好的呢。前幾年福建出了個笑話，比這個還利害，竟是總督敵不過一個縣丞，你說奇不奇呢？」我道：「這一定又是一個怪物了。」

繼之道：「這件事我直到此刻，還有點疑心，那福建侯官縣縣丞的缺，怎麼個好法，竟有人拿四千銀子買他？我彷彿記得這縣丞姓彭，他老子是個提督，那回侯官縣丞是應該他輪補的，被人家拿四千銀子買了去。他便去上制臺衙門，說有要緊公事稟見；制臺不知是什麼，便見了他。他見了面，不說別的，只訴說他這個縣丞捐了多少錢；辦驗看指省又是多少錢；從某年到省，直到如今，候補費又用了多少錢；要制臺照數還了他，注銷了這個縣丞，不做官了。制臺大怒，說他是個瘋子。又說都照你這樣候補得不耐煩，便要還銀注銷，那裏還成個體統？他說還銀注銷不成體統，難道買缺倒是個體統麼？這回侯官縣丞，應該是卑職輪補的，某人花了四千銀子買了去，這又是個什麼體統？制軍一想，這回補侯官縣丞的，卻是自己授意藩司，然而並未得錢，這句話是那裏來的。不覺又大怒起來說道：『你說的話可有憑據麼？』他道：『沒有真憑實據，卑職怎敢放恣！』制臺就叫他拿憑據出來。他道：『憑據是可以拿得！但是必要請大帥發給兩名親兵，方能拿到！』制臺便傳了兩名親兵來，叫他帶去。他當著制臺，對兩名親兵說：『這回我是奉了大帥委的，我叫你拿什麼人，便拿什麼人！』制臺也吩咐，只管聽彭縣丞的指揮去拿人。他帶了兩個親兵，只走到麒麟門外，便把一個裁縫拿了，翻身進去回話，說這個便是憑據。制臺又大怒起來，說：『這是我從家鄉帶來的人，最安分，那有這等事？並且一個裁縫，怎麼便做得動我的主？』他卻笑道：『大帥何必動怒！只要交委員問他的口供，便知真假！他是大帥心愛的人，承審委員，未必敢難為他。等到問不出憑據時，大帥便把卑職參了，豈不乾淨！』制臺一肚子沒好氣，只發交閩縣問話。他便意氣揚揚的跑到閩縣衙門，立等著對質。閩縣知縣那裏肯就問。他道：『堂翁既是不肯問，就請同我一起去辭差。這件事非同小可，我在這裏和制軍拼命拼出來的。稍遲一會，便有了傳遞，要鬧不清楚了。這件事鬧不清楚我一定丟了功名；我的功名不要緊，只怕京控起來，那時就是堂翁也有些不便。』知縣被他逼的沒法，只得升座提審，他卻站在底下對質。那裁縫一味抵賴。他卻嬉皮笑臉的，對著裁縫蹲了下來，說道：『你不要賴了！某日有人來約你在某處茶樓吃茶；某日又約你某處酒樓吃酒；某日你到某人公館裏去；某日某人引你家裏來，送給你四千兩銀子的票子，是某家錢莊所出的票，號碼是第幾號，你拿到莊上去照票，又把票打散了一千的一張，幾百的幾張，然後拿到衙門裏面去。你好好的說了，免得又要牽累見證。

你再不招，我可以叫一個人來，連你們在酒樓上面，坐那一個座，吃那幾樣菜，說的什麼話，都可以一一說出來的呢。』那裁縫沒得好賴，只得供了，說所有四千銀子，是某人要補侯官縣丞缺的使費，小姐得了若干，某姨太太得了若干，某姨太太得了若干，太太房裏大丫頭得了若干，孫少爺的奶媽得了若干，一一招了，畫了供。閩縣知縣便要去稟覆。他說問明了，便不必勞駕，我來代回話罷。說罷攫取了那張親供便走。」正是：

取來一紙真憑據，準備千言辯是非。

要知那縣丞到底鬧到什麼樣子，且待下回再記。

第四十七回　恣兒戲末秩侮上官　忒輕生薦人代抵命

繼之說到這裏，我便插嘴道：「法堂上的親供，怎麼好攫取？這不成了兒戲麼？」繼之道：「他後來更兒戲呢！拿了這張親供去見制臺，卻又不肯交過手，只自己拿著張開了，給制臺看。嘴裏說道：『憑據有在這裏，請教大帥如何辦法？』制臺見了，倒不能奈何他，只得說道：『我辦給你看！』他道：『不知大帥幾時辦呢？』制臺沒好氣的說道：『三天之內，總辦了。』說罷，不睬他，便進去了。他出來等了三天，不見動靜，又去上衙門。制臺給他一個不見。他等了衙門期，那天司道進見的時候，卻跟著司道搶了進去。人家正在拱揖行禮的時候，他突然走近制臺跟前，把制臺的衣裳一拉，說道：『喂！你說三天辦給我看啊！今天第幾天了？我看見那裁縫，又在那裏安安穩穩的做衣裳了！』此時他闖在前面，藩臺恰好在他後頭，看見這種情形，便輕輕的拉他一把；他回頭看時，藩臺又輕輕的說道：『沒規矩！』他聽見藩臺說這句話，便大聲道：『沒規矩！沒規矩！賣缺的便沒規矩！我不像一般奴顏婢膝的，只知道巴結上司，自以為規矩的了不得。我明日京控起來，看誰沒規矩！』說罷，又把那裁縫的親供背誦了一遍，對臬臺說道：『你是司刑名的，畫了這過付贓私的供，只要這裏姨太太一句話，便要了出來，是有規矩是沒規矩？』

此時一眾官員，面面相覷，沒奈他何。制臺是氣得三尸亂爆，七竅生煙，一迭連聲叫：『把裁縫鎖了，交首縣去，是誰叫他出來的？』他卻冷笑道：『是七姨太太叫出來的！我也知道了，還裝糊塗呢！』說著，便揚長而出。嘴裏自言自語道：『擱不住我不幹了，看你咬掉了我的□□！什麼叫個規矩？』走到了大堂以外，看見兩個戈什哈，正押著那裁縫要走。那裁縫道：『太爺，你何苦定要和我作對呢！』他笑道：『卻是難為了你，你再求七姨太太去罷！』戈什哈道：『好大的縣丞！』他道：『大也罷，小也罷，豁著我這縣丞和總督去碰，總碰得他過。』說著，自去了。到了下半天，忽然藩臺傳他去見。對他說：『制軍也知道這回老兄受了委屈了，交代給你老兄一個缺。』他卻呵呵大笑起來道：『我若是要了缺，我便是為私不為公了；我一心要和他整頓整頓吏治，個把缺何足以動我心。他若不照例好好的辦，我便到京裏上控，方見得我始終是為公事。我此刻受了一個缺，一年半載之後，他何難把我奏參了；他雖然年紀大，須知我年紀雖不及他，然而也不是個小孩子，他不要想把這點小甜頭來哄我。我只等三天不見明文，或者他的辦法不對；我便打算進京去上控，你叫他小心點就是！』說罷，竟就不別而行的去了。」

我道：「這個人倒是有心要整頓的！」繼之道：「什麼有心整頓，不過乘機訛詐，故為刁難罷了！你想這件事，牽涉到上房姨太太小姐，叫那制臺怎樣辦法呢？那裁縫的親供，又落在他手裏。所以後來反是制臺託人出來說話，同他講和。據說那侯官縣丞缺，一年有八千的好處，三年一任，共是二萬四千金，被他訛的一定要了一任好處才罷了手呢。」我笑道：「這倒是椿爽快事！假使候補官個個如此，那賣缺之風，可以絕了。」繼之也笑道：「你這句話，只好在這裏說；若到外面說了，人家就要說此風不可長了。其實官場上面的笑話，車載斗量，也不知多少。前年和法蘭西打仗的時候，福建長門炮臺，沒有人敢去守，只有一個姓藍的都司肯去。他叫做藍寶堂，得了札子到差之後，便去見總督。回說向來當炮臺統領的，都是提督總兵，此刻卑職還是個都司，鎮壓不住，求大帥想法子。總督說：『你本是個都司，有甚法子好想呢？』他說：『大帥不能想法子，卑職駕馭不來，只好要辭差了。』制臺一想，那法蘭西虎視眈眈的看著福建，這個差事大家都不肯當，若准他辭了，又委那個呢！只得答應他道：『你且退去，我這裏同你想法子便了！』他道：『頂色不紅，一天也駕馭不住；卑職只得在這裏等著！等大帥想了法子之後，再回防次去的了！』制臺被他嬲的沒了法，便發氣道：『那麼你去戴個紅頂子，暫算一個總兵罷！』他便打了個千，說：『謝過大帥！』居然戴起紅頂子來。」

我道：「這竟是無賴了！」繼之道：「這個人聽說從小就無賴。他小時候和他娘住在娘舅家裏，大約是沒了老子的了；卻又不安分，一天偷了他娘舅四十元銀，沒處安放，怕人在身上搜出，卻拿到當鋪裏當了兩元。他娘舅疑心到他，卻又搜不出贓證。他娘等他睡著了，搜他衣袋，搜出當票來，便去贖了出來，正是四十元的原贓。他娘未免打了他一頓，他便逃走了，走到夾板船上去當水手，幾年沒有音信回去。過了三四年，他忽然託人帶了八十元銀送給他母親。他母親盤問來人，知道他在夾板船上；並且船也到了，便要見他一面！叫來人去說。來人對他說了，他又打發人去說，說道：『我今生今世不回家的了！要見我，可到岸邊來見。』他娘念子情切，便飛奔岸邊來。他卻早已上岸，遠遠望見他母親來了，便爬上樹去。那棵樹又高又大，他一直爬到樹梢。他娘來了，他便問：『你要見我做什麼？』他娘說：『你爬到樹上做什麼？快下來相見！』他說：『我下來了，你要和我煩瑣。我是發過誓不回家的了；從前為了四十元銀，你已經和我絕了母子之情，我此刻加倍還了你，從此義絕恩絕了。你要見我，無非是要看看我的面貌，此刻看見了，你可回去了。』他娘說：『我守在此處，你終要下來！』他說：『你再不走，我這裏一撒手，便跌下來死了，看你怎樣？』他娘沒了法，哀求他下來，他始終不下，哭哭啼啼的去了。他便笑嘻嘻的下來。對著娘，他還這等無賴呢！」

我道：「這不獨無賴，竟是滅盡天性的了！」繼之道：「他還有無賴的事呢！他管帶『海航』差船的時候，有一個福建船政局的提調，奉了船政大臣的委，到臺灣去公幹。及至回福州時，坐了他的船。那提調也不好，好好的官艙他不坐，一定要坐管帶的房。若是別人，也沒有不將就的。誰知遇了他這個寶貨，一聽說提調要坐他的房，他馬上把一房被褥傢伙，都搬了出來，只剩下一所空房，便請那提調去住。騙得提調進房，他卻把門鎖了，自己帶了鑰匙，然後把船駛到澎湖附近，浪頭最大的地方，顛簸了一日一夜。又不開飯給他吃。那提調被他顛簸得嘔吐狼藉，腹中又是饑餓不堪，房門又鎖著，叫人也沒得答應。同他在海上飄了三天，才駛進口。進口之後，還不肯便放，自己先去見船政大臣，說此番提調坐了船來，卑職伺候不到，被提調大人動了氣，在船上任情蹧蹋；自己帶了爨具，便在官艙燒飯，卑職勸止，提調又要到卑職房裏去燒飯，卑職只得把房讓了出來。下次遇了提調的差，請大人另派別人云云。告訴了一遍，方才回船，把他放了。那提調狼狽不堪，到了岸上，見了欽差，回完了公事話，正要訴苦，才提到了海航管帶四個字，被欽差拍著桌子，狗血噴頭的一頓大罵。」我笑道：「雖然是無賴，卻倒也爽快！」繼之道：「雖然是爽快，然而出來處世，究竟不宜如此。我還記得有一個也是差船管帶，卻忘記了他的姓名了；帶的是『伏波』輪船。他是廣東人，因為『伏波』輪常時駐紮福州，便回廣東去接取家眷，到福州居住。在廣東上輪船時，恰好閩浙總督何小宋的兒子，中了舉，也帶著家眷到福州。海船的房艙，本來甚少，都被那位何孝廉定去了。這位管帶，也不管是誰，便硬佔了人家定下的兩個房艙。那何孝廉打聽得他是『伏波』管帶，只笑了一笑，不去和他理論。等到了福州，沒有幾天，那管帶的差事就撤掉了。你想取快一時的，有甚益處麼？不過這藍寶堂雖然無賴，卻有一回無賴得十分爽快的；是前年中法失和時，他守著長門炮臺。忽然有一天來了一艘外國兵船。我忘了是那一國的了，總而言之：不是法蘭西的。他見了，以為我們正在海疆戒嚴的時候，別國兵輪，如何好到我海裏來，便拉起了旗號，叫他停輪。那船上不理，仍舊前行。他又打起了旗號，知照他；再不停輪，便開炮了。那船上仍舊不理。他便開了一炮，轟的一聲，把那船上的望臺打毀了；吊橋打斷了；一個大副受了重傷，只得停了輪。到了岸上來，驚動了他的本國領事，打官司。一時福建的大小各官，都嚇得面無人色，戰戰兢兢的出來會審。領事官也氣忿忿的來到。這藍寶堂卻從從容容的，到了法堂之上，侃侃直談，據著公理爭辯；竟被他得了贏官司。豈不爭氣？誰知當時閩省大吏，非獨不獎他，反責備他，交代說這一回是僥倖的，下次無論何國船來，不准如此。後來法國船來了，他便不敢做主，打電報到裏面去請示，回電來說不准開炮；等第二艘來了，再請示，仍舊不准；於是法蘭西陸續來了二十多號船，所以才有那馬江之敗呢。」

我道：「說起那馬江之敗，近來臺灣改了行省，說的是要展拓生番的地方；頭回我在上海經過，聽得人說，這件事頗覺得有名無實。不知到底是怎麼回事？」繼之道：「便是我這回到省裏去，也聽得這樣說。有個朋友從那邊來，說非但地方弄不好，並且那一位劉省三大帥，自己害了自己！」我道：「這又為何？」繼之道：「那劉省三大帥向來最恨的是吃鴉片煙，這是那一班中興名將公共的脾氣，惟有他恨的最利害。凡是屬下的人，有煙癮的，被他知道了，立刻撤差驅逐，片刻不許停留。是他帳下的兵弁犯了這個，還要以軍法從事呢。到了臺灣，瘴氣十分利害，凡是內地的人，大半都受不住，又都說是鴉片煙可以銷除瘴氣，不免要吃幾口，又恐怕被他知道，於是設出一法，要他自己先上了癮。」我道：「他不吃的，如何會上癮？」繼之道：「所以要設法呀。設法先通了他的家人，許下了重謝。省帥向來用長煙筒吃旱煙，叫他家人代他裝旱煙時，偷攙了一個鴉片煙泡在內，天天如是。約過了一個多月，忽然一天不攙煙泡了，老頭子便覺得難過，眼淚鼻涕，流個不止。那家人知道他癮來了，便乘機進言，說這裏瘴氣重得很，莫非是瘴氣作怪，何不吃兩口鴉片試試看。他那裏肯吃，說既是瘴氣，自有瘴氣的方子，可請醫生來診治。那裏禁得醫生也是受了賄囑的，診過了脈，也說是瘴氣；非鴉片不能解。他還是不肯吃。熬了一天，到底熬不過，雖然吃了些藥，又不見功效，只得拿鴉片煙來吃了幾口下肚，便見精神。從此竟是一天不能離的了。這不是自害麼？」我道：「這種小人，真是防不勝防；然而也是吃旱煙之過，倘使連這旱煙都不吃，他又從何下手呢？」

繼之道：「就是連旱煙不吃，也可以有法子的。我初到省那一年，便當了一個洋務局的差事。一個同寅是廣東人，他對我說：香港有一個外國人，用了一個廚子，也不知用了多少年了，一向相安無事，忽然一天，把那廚子辭掉了，便覺得合家人都無精打彩起來，吃的東西，都十分無味。以為新來的廚子不好；再換一個，也是如此。沒了法，只得再叫那舊廚子來，說也奇怪，他一回來，可合家都好了。」我道：「難道酒菜裏面也可以下鴉片煙麼？」繼之道：「酒菜裏面，雖不能下；外國人飯後，必吃一杯咖啡；他煮咖啡之時，必用一個煙泡放在裏面；等滾了兩滾，再撈起來；這咖啡本來是苦的，又攙上糖才吃，如何吃得出來。久而久之，就上了癮了。」我道：「鴉片煙本是他們那裏來的，就叫他們吃上了，不過是即以其人之道，還治其人之身。但不知那劉省帥吃上了之後，怎麼樣？」繼之道：「已經吃上了，還怎麼樣呢？」

我道：「他說要開拓生番的地方，到底不知開拓了多少？」繼之道：「頭回看見京報，有他的奏章，說是已經降了多少；每人給與雉刀一把，大約總有些降服的。然而究竟是未開化的人，縱然降服了，也不見得是靠得住。他那殺人不眨眼的野性，忽然高興，又殺個把人頭來玩玩，如何約束得住他呢！而且他殺人專殺的是我們那些人，自己卻不肯相殺的；殺了人，把腦袋帶回去，弄些酒來，在死人腦袋的嘴裏灌進去；等他在嗓子裏流出來，卻擄在自己嘴裏吃了。吃了之後，便出去打獵。若是這回獵得禽獸多的，回來便把這腦袋敬如神明；若是獵不著什麼回來，便把這腦袋盡情的亂摔亂踢了。他還有一層，絕不怕死，說出來還要令人可笑呢。那生番裏面，也有個頭目，省帥因為生番每每出來殺人，便委員到裏面去，和他的頭目，立了一個約：如果我們這些人殺了生番，便是一人抵一命；若是生番殺了我們這些人，卻要他五個人抵一個命。這不過要嚇得他不敢再殺人的意思。他那頭目也應允了。誰知立了約不多幾天，就有了生番殺人的事。地方官便捉拿兇手。誰知這個生番，只有夫妻兩個，父母兄弟子女都沒有的，雖捉了來，還不夠抵命。也打算將就了結了。誰知過得幾天，有三個生番自行投到，說是兇手的親戚，薦他來抵命，以符五人之數的。你說奇不奇？」正是：

義俠捐生踐然諾，鴻毛翻重泰山輕。

要知後事如何，且待下回再記。

第四十八回　內外吏胥神姦狙猾　風塵妓女豪俠多情

我正和繼之說著話時，只見刑房書吏拿了一宗案卷進來；繼之叫且放下，那書吏便放下，退了出去。我道：「人家都說衙門裏書吏的權，比官還大，差不多州縣官竟是木偶，全憑書吏做主的，不知可有這件事？」繼之道：「這看本官做得怎樣罷了，何嘗是一定的？不過此輩舞弊起來，最容易上下其手。這一邊想不出法子，便往那一邊想；那一邊又想不出來，他也會別尋門路。總而言之，做州縣官的，只能把大出進的地方防閒住了；那小節目，不能處處留心，只得由他去的了。」我道：「把大出進的防閒住了，他們縱在小節目上出些花樣，也不見得能有多少好處了。怎麼我見他們都是很闊綽的呢？」繼之道：「這個那裏說得定？他們遇了機會，只要輕輕一舉手，便是銀子。前年蘇州接了一角刑部的釘封文書，凡是釘封文書，總是斬決要犯的居多。拆開來一看，內中卻是雲南的一個案件；大家看見，莫名其妙，只得把他退回去。直等到去年年底，又來了一角，卻是處決一名斬犯。事後大家傳說，才知道這裏面一個大毛病。原來這一名斬犯，本來是個富家之子，又是個三代單傳，還沒有子女，不幸犯了個死罪。起先是百計出脫，也不知費了多少錢，無奈證據確鑿，情真罪當，無可出脫，就定了個斬立決，通詳上去。從定罪那天起，他家裏便弄盡了神通，先把縣署內監買通了，又出了重價，買了幾個鄉下姑娘，都是身體朏壯的，輪流到內監去陪他住宿，希圖留下一點血脈。然而這件事遲早卻不由人做主的，所以多耽擱一天好一天，於是又在臬司和撫臺那裏，設法耽擱。這裏面已經不知捺了多少日子了。卻又專差了人到京裏去，在刑部裏打點。鐵案如山的；雖打點也無用。於是用了鉅款，賄通了書吏，求他設法，不求開脫死罪，只求延緩日子。刑部書吏得了他的賄賂，便異想天開的，設出一法來。這天該發兩路釘封文書，一路是雲南的，一路是江蘇的。他便輕輕的把江蘇案卷，放在雲南文書殼裏；把雲南案卷放在江蘇文書殼裏；等一站站的遞到了江蘇，拆開看過，知道錯了，又一站站的退回刑部。刑部堂司各官，也是莫名其妙，跟查起來，知道是錯封了，只好等雲南的回來再發。又不知等了多少時候，雲南的才退回來，然後再封發了。這一轉換間，便耽擱了一年多。你說他們的手段利害麼？」我道：「耽擱了這一年多，不知這犯人有生下子女沒有？」繼之道：「這個誰還打聽他呢？」

我道：「文書何以要用釘封？這卻不懂，並且沒有看見過這樣東西。」繼之道：「兒戲得很！那文書不用漿糊封口，只用錐子在上面札一個眼兒，用紙撚穿上，算是一個釘子；算是這件事情非常緊急，來不及封口的意思。」我道：「不怕人家偷拆麼？」繼之道：「怕什麼！拆看釘封公文，是照例的。譬如此刻有了釘封公文到站，遇了空的時候只管拆開看看，有什麼要緊！只要不把他弄殘缺了就是了。」我道：「弄殘缺了就怎樣呢？」繼之道：「此刻譬如我弄殘缺了，倒有個現成的法子了；從前有一個出過事的，這個州縣官，是個鴉片鬼，接到了這件東西，他便抽了出來，躺在煙炕上看。不提防發了一個煙迷，把裏面文書燒了一個角。這一來嚇急了，忙請了老夫子來商量。這個老夫子好得很，他說幸而是燒了裏面的，還有法子好想；若是燒了殼子，就沒法想了。然而這個法子要賣五千銀子呢！那鴉片鬼沒法，只得依了他。他又說這個法子，做了出來，便不稀奇；怕東翁耍賴，必得先打了票子再說出來。鴉片鬼沒法，只得打了票子給他。他接了票子，拿過那燒不盡的文書，索性放在燈頭上燒了。可笑那鴉片鬼嚇得手足無措，只說這回坑死我了。他卻不慌不忙，拿一張空白的文書紙，放在殼子裏面；仍舊釘好，便發出去。那鴉片鬼還不明白，扭著他拚命。他偏不肯就說出這裏面的道理來，故意取笑，由得那鴉片鬼著急。鬧了半天，他方才說道：『這裏發出去，交到下站，下站拆開看了，是個空白，請教他敢聲張麼，也不過照舊封好發去罷了；以下站站如此，直等到了站頭，當堂開拆，見了個空白，他那裏想得到，是半路掉換的呢？無非是怪部吏粗心罷了。如此便打回到部裏去。部裏少不免要代你擔了這粗心疏忽的罪過；縱不然，他便行文到各站來查，試問所過各站，誰肯說是我私下拆開來看過的呢？還不是推一個不知。就是問到這裏，也把不知兩個字還了他，這件事不就過去了麼？』可笑那鴉片鬼，直到此時，才恍然大悟；沒命的去追悔那五千銀子。」我笑道：「大哥說話，一向還是這樣，只管形容別人。」繼之也笑道：「這一個小小玄虛，說穿了一文不值的，被他硬訛了五千銀子，如何不懊悔！便是我憑空上了這個當，我也要懊悔的，何嘗是形容人家呢！」

說話時，述農著人來請我到帳房裏，我便走了過去。原來述農已買了一方青田石來，要我仿刻那一方「節性齋」的圖書。我笑道：「你真要幹這個麼？」述農道：「無論幹不幹，仿刻一個，總不是犯法的事。」說著，取出那幅橫披來。我先把圖書石驗了大小，嫌他大了些。取過刀來，修去了一道邊；驗得大小對了，然後摹了那三個字，鐫刻起來。刻了半天，才刻好了。取過印色，蓋了一個，看有不對的去處；又修改了一會，蓋出來看，卻差不多了。述農看了，說像得很。另取一張薄貢川紙來，蓋了一個；蒙在那橫披的圖書上去對。看了又看道：「好奇怪！竟是一絲不走的。」不覺手舞足蹈起來，連橫披一共拿給繼之看去。繼之也笑道：「居然充得過了！」述農笑道：「繼翁！你提防他私刻你的印信呢！」我笑道：「不合和你作了這個假，你倒要提防我做賊起來了。」繼之道：「只是印色太新了，也是要看出來的。」述農道：「我學那書畫家，撒上點桃丹，去了那層油光，自然不新了。」我道：「這個不行！要弄舊他，也很容易；只是賣了東西，我要分用錢的。」述農笑道：「阿彌陀佛！人家窮得要賣字畫了，你還要分用錢呢！」我笑道：「可惜不是福建人畫的擲骰子圖，不然，我還可望個三七分用呢！」述農笑道：「罷罷，我賣了好歹請你。你說了那什麼法子罷！說了出來，算你是個金石家！」我道：「這又不是什麼難事；你蓋了圖書之後，在圖書上鋪上一層頂薄的桑皮紙，在紙上撒點石膏粉，叫裁縫拿熨斗來熨上幾熨，那印色油自然都乾枯了，便是舊的。若用桃丹，那一層鮮紅，火氣得很，那裏充得過呢？」述農道：「那麼我知道了！你那裏是什麼金石家，竟是一個製造贋鼎的工匠！」說得繼之也笑了道：「本來作假是此刻最趨時的事；方才我這裏才商量了一起命案的供詞，你想命案供詞，還要造假的，何況別樣！」我詫道：「命案怎麼好造假的？」繼之道：「命案是真的！因這一起案子牽連的人太多，所以把供詞改了，免得牽三搭四的；左右殺人者死，這兇手不錯就是了。」

述農道：「不錯！從前我到廣東去就事，恰好就碰上一回，幾乎鬧一個大亂子，也是為的是真命假案。」我道：「什麼又是真命假案呢？」述農道：「就是方才說的，改供詞的話了。總而言之：出了一個命案，問到結案之後，總要把本案牽涉的枝葉，一概刪除淨盡，所以這案就不得不假了。那回廣東的案子，實在是械鬥起的；然而敘起械鬥來，牽涉的人自然不少，於是改了案卷，只說是因為看戲碰撞，彼此扭毆致斃的。這種案卷，總是臬司衙門的刑名主稿。那回奏報出去之後，忽然刑部裏來了一封信，要和廣州城大小各衙門借十萬銀子。制臺接了這封信，吃了一大驚，卻又不知為了什麼事。請了撫臺來商量，也沒有頭緒。一時兩司道府都到了，彼此詳細思索，才想到了奏報這案子，聲稱某月某日看戲肇事，所以說這一天恰好是忌辰，凡忌辰是奉禁鼓樂的日子，省會地方，如何做起戲來？這個處分如何擔得起？所以部裏就藉此敲詐了。當下想出這個原故，制臺便狠命的埋怨臬司，臬司受了埋怨，便回去埋怨刑名老夫子，那刑名老夫子，檢查一檢查，果然不錯。因笑道：『我當是什麼大事，原來為了這個，也值得埋怨起來！』臬臺見他說得這等輕描淡寫，更是著急。說道：『此刻大部來了信，要和合省官員，借十萬銀子。這個案是本衙門的原詳，鬧了這個亂子，怕他們不向本衙門借錢，卻怎生發付？』那刑名師爺道：『這個容易！只要大人去問問制臺，他可捨得三個月俸？如果捨得，便大家沒事；如果捨不得，那就只可以大家攤十萬銀子去應酬的了。』臬臺問他捨得三個月俸，便怎麼辦法。他又不肯說，必要問明了制臺，方才肯把辦法說出來。臬臺無奈，只得又去見制臺；制臺聽說只要三個月俸，如何不肯；便一口應承了。交代說：只要辦得妥當，莫說三個月，便是三年也願意的。臬司得了意旨，便趕忙回衙門去說明原委。他卻早已擬定一個摺稿了。那摺稿起首的帽子，是：『奏為自行檢舉事，某月日奏報某案看戲肇事句內，看字之下，戲字之上，誤脫落一猴字』云云。照例奏摺內錯一個字，罰俸三個月，於是乎熱烘烘的一件大事，輕輕的被他弄的瓦解冰銷。你想這種人利害麼？」我笑道：「原來這等大事，也可以假的；區區一個圖章，更不要緊了。」

當下談了一會，各散。我到鼎臣處，告訴他要到南京，順便辭行。到了次日，我便收拾行李，渡江過去。到得鎮江號裏，卻得了一封繼之的電報，說上海有電來，叫我先到上海去一次。我便附了下水輪船，逕奔上海。料理了些生意的事，盤桓了兩天，又要動身。這天晚上，正要到泉利源碼頭上船，忽然金子安從外面走來，說道：「且慢著走罷！此刻黃浦灘一帶嚴緊得很！」管德泉吃了一驚道：「為著什麼事？」子安道：「說也奇怪，無端來了幾十個人去打劫有利銀行，聽說當場拿住了兩個。此刻派了通班巡捕，在黃浦灘一帶稽查呢。」我道：「怎麼銀行也去打劫起來，真是無奇不有了。」子安道：「在上海倒是頭一次聽見！」德泉道：「本來銀行最易起歹人的覬覦，莫說是打劫，便是冒取銀子的，也不少呢。他們的那取銀的規矩，是上半天送了支票去，下半天才拿銀子，所以取銀的人，放下票子就先走了，到下半天才去拿。等再去拿的時候，是絕無憑據的了，倘被一個冒取了去，更從那裏追尋呢？」子安道：「這也說說罷了，那裏便冒得這般容易？」德泉道：「我不是親眼見過的，也不敢說；前年我一個朋友，到有利去取銀，便被人冒了。他先知道了你的數目，知道你送了票子到裏面去了，他卻故意和你拉殷勤，請你吃茶吃酒，設法絆住你一點半點鐘，卻另差一個人去冒取了來，你奈他何呢？」

這裏正在說話，忽然有人送來一張條子，德泉接來看了，轉交於我，原來是趙小雲請到黃銀寶處吃花酒；請的是德泉，子安和我三個人。德泉道：「橫豎今夜黃浦灘路上不便，緩一天動身，也不要緊，何妨去擾他這一頓呢！」我是無可無不可的，便答應了。德泉又叫子安。子安道：「我奉陪不起，你二位請罷！替我說聲心領謝謝！」我和德泉便不再強。二人出來，叫了車，到當仁里黃銀寶家，與趙小雲廝見。此時座上已有了四五個客，小雲便張羅寫局票，內中只有我沒有叫處。小雲道：「我來薦給你一個。」於是舉筆一揮而就。我看時，卻是寫的：「東公和里沈月卿」一一寫過了，發了去，這邊便入席吃酒。不一會，諸局陸續到了。沈月卿坐在我背後。我回頭一看，見是個瘦瘦的臉兒，倒還清秀！只見他和了琵琶，唱了一支小曲。又坐了一會，便轉坐到小雲那邊去，與我恰好是對面。起先在我後面時，不便屢屢回頭看他。此時倒可以任我盡情細看了。只見他年紀約有二十來歲，清俊面龐，眉目韶秀，只是隱隱含著憂愁之色。更有一層奇特之處，此時十一月天氣，明天已是冬至，所來的局，全都穿著細狐洋灰鼠之類，那面子更是五光十色；頭上的首飾，亦都甚華燦。只有那沈月卿只穿了一件玄色縐紗皮襖，沒有出鋒，看不出什麼統子。後來小雲輸了拳，他伸手取了酒杯代吃，我這邊從他袖子裏看去，卻是一件羔皮統子。頭上戴了一頂烏絨女帽，連帽準也沒有一顆。我暗想這個想是很窮的了。

正在出神之時，諸局陸續散去，沈月卿也起身別去。他走到房門口，我回眼一望，頭上紮的是白頭繩，押的是銀押髮，暗想他原來是穿著孝在這裏。正在想著，猛聽得小雲問道：「我這個條子薦得好麼？」我道：「很靜穆！也很清秀！」小雲道：「既然你賞識了，回來我們同去坐坐！」一時席散了，各人紛紛辭去。小雲留下我和德泉，等眾人散完了，便約了同到沈月卿家去。於是出了黃銀寶家，逕向東公和里來。一路上只見各妓院門首，都是車馬盈門，十分熱鬧。及到了沈月卿處，他那院裏，各妓房內也都是有人吃酒。只有月卿房內，是靜悄悄的。三人進內坐定，月卿過來招呼。小雲先說道：「我薦了客給你，特為帶他來認認門口，下次他好自己來。」月卿一笑道謝。小雲又道：「那柳老爺可曾來？」月卿見問，不覺眼圈兒一紅。正是：

骨肉每都乖背事，風塵翻遇有情人。

未知月卿為著甚事傷心，且待下回再記。

第四十九回　串外人同胞遭晦氣　擒詞藻嫖界有機關

當下我看見沈月卿那種神情，不禁暗暗疑訝。只見他用手向後面套房一指道：「就在那裏！」小雲道：「怎麼坐到小房間裏去？我們是熟人，何妨請出來談談！」月卿道：「他怕有人來吃酒，不肯坐在這裏。」小雲道：「吃過幾檯酒？」月卿搖搖頭。小雲訝道：「怎麼說？」我笑道：「你又怎麼說？難道必要有人吃酒的麼？」小雲道：「你不懂得！明天冬至，今天晚上，叫冬至夜；他們的規矩，這一夜以酒多為榮，視同大典的。」我聽了，方才明白沿路上看見熱鬧之故。小雲又對月卿道：「不料你為了柳老爺，弄到這個樣子！」月卿道：「我已是久厭風塵，看著這等事，絕不因之動心；只是外間的飛短流長，未免令人聞而生厭罷了！」我聽了這幾句話，覺得他吐屬閒雅，又不覺納罕起來，小雲道：「我倒並不為飛短流長所動，你就叫他們擺起一桌來。」小雲這句話才說出來，早有一個十七八歲的丫頭，走近一步問道：「趙老爺可是要吃酒？」小雲點點頭。那丫頭便請點菜。小雲說：「不必點！」他便咯蹬咯蹬的走到樓上去了。

小雲笑著對我道：「這一桌酒，應該讓了你；你應酬了他這個大典，也是我做媒人的面子。」我道：「我向來沒幹過這個。」小雲笑道：「誰是出世便幹的？總是從沒幹過上來的啊！」月卿道：「這位老爺是初交，趙老爺！何必呢！」小雲又對我道：「你不知道這位月卿，是一個又豪俠，又多情的人，並且作得好詩；你要是知道了他的底細，還不知要怎樣傾倒呢！」月卿道：「趙老爺不要謬奬，令人慚愧！」我問小雲道：「你要吃酒，還不趕緊請客？況且時候不早了。」小雲道：「時候倒不要緊，上海本是個不夜天，何況今夜！客倒是不必請了，大眾都有應酬，難請得很，就請了柳采卿過來罷？」說著，又對月卿道：「就央及你去請一聲罷，難道還要寫請客票麼？」月卿便走到後房去，一會兒，同著柳采卿過來。只見那采卿，生得一張紫色胖臉兒，唇上疏疏的兩撇八字黑鬚。身裁是癡肥笨重，步履蹣跚，身穿著一件大團花二藍線縐皮袍，天青緞灰鼠馬褂。當下各人一一相見，通過姓名；小雲道過違教，方才坐下。

外場早已把席面擺好，小雲忙著要寫局票。采卿不叫外局，只寫了本堂沈月卿。小雲道：「客已少了，局再少，就太寂寞了！」我道：「人少點，清談也很好；並且你同采翁兩位，都是月卿的老客，你說月卿豪俠多情，何妨趁此清談，把那豪俠多情之處，告訴我呢！」小雲道：「你要我告訴你也容易，不過你要把今日這一席，賞賞他那豪俠多情之處才好呢！」我一想，我前回買他那個小火輪船時，曾經擾過他一頓，今夜又是他請的；我何妨借此作為還席呢。因說道：「就是我的，也沒甚要緊。」小雲大喜，便亂七八糟，自己寫了多少局票，嘴裏亂叫起手巾。於是大家坐席。我坐了主位，月卿招呼過一陣，便自坐向後面唱曲。我便急要請問這沈月卿豪俠多情的梗概。小雲猛然指了采卿一下道：「你看采翁這副尊範，可是能取悅婦人的麼？」我被他突然這一問，倒楞住了；不懂是什麼意思。小雲又道：「外間的人，傳說月卿和采卿是恩相好。」我道：「什麼叫做恩相好？」小雲笑道：「這是上海的一句俗話；就是要好得很的意思。」我道：「就是要好，也平常得很！」小雲道：「不是這等說，凡做妓女的，看上了一個客人，只一心向他要好，置他客於不顧，這才叫『恩相好』。凡做恩相好的，必要這客人長得體面，合了北邊一句話，叫做『小白臉兒』，才夠得上呢。你看采翁這副尊範，像這等人不像？」我道：「然則這句話，從何而來的呢？」小雲道：「說來話長。你要知底細，只問采翁便知。」柳采卿這個人，倒也十分爽快；不等問，便一五一十的告訴了我。

原來采卿是一個江蘇候補府經歷，分在上海道差遣。公館就在城內。生下兩個兒子，大的名叫柳清臣，才一十八歲，還在家裏讀書；資質向來魯鈍，看著是不能靠八股獵科名的了；采卿有心叫他去學生意，卻又高低不就。忽然一天，他公館隔壁一個姓方的，帶了一個人來相見，說是姓齊，名明如，向做洋貨生意，專和外國人交易。此刻有一個外國人，要在上海開一家洋行，要請一個買辦；這買辦只要先墊出五千銀子，不懂外國話也使得；因聽姓方的說起，說柳清臣要做生意，特地來推薦。采卿聽了，一想，向來做買辦，是出息甚好的，不禁就生了個僥倖之心。當下便對那齊明如說：「等商量定了，過一天給回信！」於是就出來和朋友商量，也有說好的。采卿終是發財心勝，聽了那說不好的，以為人家妒忌；聽了那說好的，就十分相信。便在沈月卿家請齊明如吃了一回酒，準定先墊五千銀子，叫兒子清臣去做買辦。又叫明如帶了清臣去見過外國人，問答的說話，都是由明如做通事。過了幾天，便訂了一張洋文合同，清臣和外國人都簽了字，齊明如做見證，也簽了字。采卿先自己拼湊了些，又向朋友處通融挪借，又把他夫人的金首飾，拿去兌了，方才湊足五千銀子，交了出去。就在五馬路租定了一所洋房，取名叫景華洋行。開了不到三個月，五千銀子，被外國人支完了不算；另外還虧空了三千多；那外國人忽然不見了，也不知他往別處去了，還是藏起來。這才著了忙，四面八方去尋起來，那裏有個影子。便是齊明如也不見了。虧空的款子，人家又來催逼，只得倒閉了，往英國領事處去告。那外國人，英領事在冊籍上一查，沒有這個人的名字，更是著忙；託了人各處一查，總查不著，這才知道他是一個沒有領事管束的流氓。也不知他是那一國的，還不知他是外國人不是。於是只得到會審公堂去告齊明如。誰知齊明如是一個做外國衣服的成衣匠，本是個光蛋，官向他追問外國人的來歷，他只供說是因來買衣服認得，並且不知他的來歷。官便判他一個串騙，押著他追款。俗語說得好：「不怕兇，只怕窮。」他光蛋般一個人，任憑你押著，粃糠那裏榨得出油來？此刻這件事已拖了三四個月，還未了結，討債的卻是天天不絕。急得采卿走頭無路，家裏坐不住，便常到沈月卿家避債。這沈月卿今年恰好二十歲，從十四歲上，采卿便叫他的局，一向不曾再叫別人。纏頭之費，雖然不多，卻是節節清楚。如今六七年之久，積算起來，也不為少了。前兩年月卿向鴇母贖身時，采卿曾經幫了點忙，因此月卿心中十分感激。這回看見采卿這般狼狽，便千方百計，代采卿湊借了一千元；又把自己的金珠首飾，盡情變賣了，也湊了一千元；一齊給與采卿，打點債務。這種風聲，被別個客人知道了，因此造起謠言來，說他兩人是恩相好……。采卿覼縷述了一遍，我不覺抬頭望了月卿一眼，說道：「不圖風塵中有此人，我們不可不賞一大杯！」

正待舉杯要吃，小雲猛然說道：「對不住你！你花了錢請我，卻倒裝了我的體面！」我舉眼看時，只見小雲背後，珠圍翠繞的，坐了七八個人。內中只有一個黃銀寶，是認得的，卻是滿面怒容，冷笑對我道：「費你老爺的心！」我聽了小雲的話，已是不懂。又聽了這麼一句，更是茫然。便問怎麼講。小雲道：「無端的在這裏吃寡醋，說這一席是我吃的，怕他知道，卻屈你坐了主位，遮他耳目，你說奇不奇？」我不禁笑了一笑道：「這個本來不算奇，律重主謀，怪了你也不錯。」那黃銀寶不懂得律重主謀之說，只聽得我說怪得不錯，便自以為料著了。沒好氣起身去了。小雲道：「索性虛題實做一回。」

便對月卿道：「叫他們再預備一席，我請客！」我道：「時候太晚了，留著明天吃罷。」小雲道：「你明天動身，我給你餞行；二則也給采翁解解悶。今夜四馬路的酒，是吃到天亮不稀奇的。」我道：「我可不能奉陪了。」管德泉道：「我也不敢陪了，時候已經一點鐘了。」小雲道：「只要你二位走得脫！」說著，便催著草草終席。我和德泉要走，卻被小雲苦苦拉著，只得依他。小雲又去寫局票，問我叫那一個。我道：「去年六月間，唐玉生代我叫過一個，我卻連名字也忘了，並且那一個局錢，還沒有開發他呢。」德泉道：「早代你開發了，那是西公和沈月英。」小雲道：「月英過了年後，就嫁人了。」我道：「那可沒有了。」小雲道：「我再給你代一個。」我一定不肯，小雲也就罷了，仍叫了月卿。大家坐席。此時人人都飽得要脹了，一樣一樣的菜拿上來，只擺了一擺，便撤了下去，就和上供的一般，誰還吃得下。幸得各人酒量還好，都吃兩片梨子，蘋果之類下酒。

我偶然想起小雲說月卿作得好詩的話，便問月卿要詩看。月卿道：「這是趙老爺說的笑話，我何嘗會作詩！」小雲聽說，便起身走向梳粧檯的抽屜裏，一陣亂翻，卻翻不出來，采卿對月卿道：「就拿出來看看何妨！」月卿才親自起身，在衣橱裏取出薄薄的一個本子來，遞給采卿。采卿轉遞給我。我接在手裏，翻開一看，寫的小楷，雖不算好，卻還端正。內中有批的，有改的，有圈點的。我道：「這是誰改過的？」月卿接口道：「柳老爺改的，便是謅兩句，也是柳老爺教的。」我對采卿道：「原來你二位是師徒，怪不得如此相待了。」采卿道：「說著也奇！我初識他時，才十四歲；我見他生得很聰明，偶爾教他識幾個字；他認了，便都記得；便買了一部唐詩教教他。近來兩年，居然被他學會了。我想女子學作詩，本是性之所近；蘇、常一帶的妓女，學作詩更應該容易些。」我道：「這句話很奇！倒要請教是怎麼講？」采卿道：「他們從小學唱那小調，本來就是七字句的有韻之文；並且那小調之中，有一種馬如飛撰的叫做馬調，詞句之中，很有些雅馴的；他們從小就輸進了好些詩料在肚子裏，豈不是學起來更容易麼？」我點頭道：「這也是一理！」因再翻那詩本，揀一首濃圈密點的一看，題目是無題，詩是：

自憐生就好豐裁，疑是雲英謫降來；弄巧試調鸚鵡舌，學愁初孕杜鵑胎；銅琶鐵板聲聲恨，賸馥殘膏字字哀。知否有人樓下過，一腔心事暗成灰。

好春如夢釀愁天，何必能癡始可憐！楊柳有芽初蘸水，牡丹才蕊不勝煙；從知眼底花皆幻，聞說江南月未圓；人靜漏殘燈慘綠，碧紗窗外一聲鵑。

我看了，不覺暗暗驚奇。古來才妓之說，我一向疑為後人附會，不圖我今日親眼看見了。據這兩首詩，雖未必便可稱才；然而在閨秀之中，已經不可多得，何況在北里呢？因對采卿道：「這是竭力要練字練句的，真難為他！」月卿接口道：「這都是柳老爺改過才謄正的。」采卿道：「這裏面有兩首野花詩，我始終未改一字，請你批評批評。」說罷，取過本子去，翻給我看。只見那詩是：

蓬門莫笑託根低，不共楊花逐馬蹄；混跡自憐依曠野，添妝未許入深閨；榮枯有命勞噓植，聞達無心謝品題。……

我看到這裏，不覺擊節道：「好個聞達無心謝品題！往往看見報上，有人登了些詩詞，去提倡妓女；我看著那種詩詞，也提倡不出什麼道理來。」采卿道：「姑勿論提倡出什麼道理，先問他被提倡的，懂得不懂，再提倡不遲。」月卿聽說，忽然嗤的一聲笑。我問笑什麼。月卿道：「前回有一位客人，叫什麼遯叟，填了一闋長相思詞，贈他的相好吳寶香；登了報，過得一天，那遯叟到寶香家去，忽然被寶香扭住了不依。」我笑道：「這又為何？」月卿道：「總是被那些識一個字不識一個字的人見了，念給他聽，他聽了題目贈吳寶香調寄長相思一句，所以惱了。說遯叟造他謠言，說他害相思病了，所以和他不依。」說得我和小雲都笑了。我再看那野花詩是：

……惆悵秋風明月夜，荒煙蔓草助淒淒。

慚愧飄零古道旁，本來無意綻青黃，東皇曾許分餘潤，村女何妨理儉妝。

詎藉馨香迷蛺蝶，不勝蹂躪怨牛羊。可憐車馬分馳後，賸粉殘脂弔夕陽！

我看畢道：「寄託恰合身分，居然名作了！」只見月卿附著采卿耳朵說了兩句話。采卿便問我和唐玉生可是相識。我道：「只去年六月裏，同過一回席；這兩回到上海都未遇著！」采卿道：「倘偶然遇見了，請不必談起月卿作詩的事。」我道：「作詩又不是什麼壞事，何必要秘密呢？」采卿道：「不是要秘密，是怕他們鬧不清楚。」我想起那一班人的故事，不覺又好笑。便道：「也怪不得月卿要避他們，他們那死不通的材料，實在令人肉麻！」說著，便把他們『竹湯餅會』的故事，略略述了一遍。月卿也是笑不可仰。采卿道：「我教月卿識幾個字，雖不是有意秘密；卻除了幾個熟人之外，沒有人知道；不像那堂哉皇哉，收女弟子的。」我道：「不錯。我常在報上看見有個什麼侍者，收什麼女弟子；弄了好些詩詞之類，登在報上面；還有作詩詞賀他的。」采卿道：「可不是！這都是那輕薄少年做出來的；要借這報紙做他嫖的機關。」我道：「嫖還有什麼機關，這說奇了。」采卿道：「這一班本是寒酸，擲不起纏頭，便弄些詩詞，登在報上，算揄揚他，以為市恩之地，叫那些妓女們好巴結他，不敢得罪他；倘得罪了他時，他又弄點譏刺的詩詞去登報，這還不是機關麼？其實有幾個懂得的？所以有遡叟與吳寶香那回事。」說猶未了，忽聽得樓下外場，高叫一聲客來，便聽得咯蹬咯蹬上樓梯的聲音，房裏丫頭便迎了出去。正是：

毀譽方聞憑喜怒，蹣跚又聽上梯階。

未知那來人是誰，且待下回再記。

第五十回 溯本源賭徒充騙子 走長江舅氏召夫人

那丫頭掀簾出去，便聽得有人問道：「趙老爺在這裏麼？」丫頭答應在，那人便掀簾進來。抬頭看時，卻是方佚廬。大家起身招呼；只見他吃的滿面通紅，對眾人拱一拱手，走到席邊一看，呵呵大笑道：「你們整整齊齊的擺在這裏，莫非是擺來看的；不然，何以熱炒盤子，也不動一動呢！」小雲便叫取櫈子，讓他坐。佚廬道：「我不是赴席的，是來請客的，請你們各位一同去！」小雲道：「是你請客？」佚廬道：「不是我請，是代邀的。」小雲在身邊取出錶來一看，吐出舌頭道：「三點一刻了，是你請客，我便去；你代邀的，我便少陪了！」月卿插嘴道：「便是方老爺也可以不必去了；外面西北風大得很，天已陰下來，提防下雪。並且各位的酒都不少了，到外面去吹了風，不是玩的！」佚廬道：「果然；我方才在外面走動，很作了幾個噁心，頭腦子生疼，到了屋裏，暖和多了。」說著，便坐下，叫拿紙筆來，寫個條子，回了那邊。只說尋不著朋友，自己也醉了，要回去了。寫畢，叫外場送去。方才和采卿招呼，彼此通過姓名。坐了一會便散席。月卿道：「此刻天要快亮了，外面寒氣逼人，各位不如就在這裏談談，等天亮了去；或者要睡，床榻被窩，都是現成的。」眾人或說走，或說不走，都無一定。只有柳采卿住在城裏，此時叫城門不便，準定不能走的。便說道：「不然，我再請一席，就可以吃到天亮了。」小雲道：「這又何苦呢！方才已經上了一回供了，難道再要上一回麼？」月卿道：「那麼各位都不要走，我叫他們生一盆炭火來。昨天有人送給我一瓶上好的雨前龍井茶，叫他們釃釃的泡上一壺。我們圍爐品茗，消此長夜，豈不好麼？」眾人聽說，便都一齊留下。佚廬道：「月卿一發做了秀才了，說起話來，總是掉文。」月卿笑道：「這總是識了幾個字，看了幾本書的不好，不知不覺的就這樣說起；其實並不是有意的。」小雲道：「有一部小說，叫做花月痕，你看過嗎？」月卿道：「看過的！」小雲道：「那上頭的人，動輒嘴裏就念詩，你說他是有意，是無意？」月卿道：「天下那裏有這等人，這等事；就是掉文，也不過古人的成句，恰好湊到我這句說話上來，不覺衝口而出的，借來用用罷了。不拘在枕上，在席上，把些陳言老句，吟哦起來；偶一為之，倒也罷了；卻處處如此，那有這個道理！這部書作得甚好，只這一點，是他的疵瑕。」采卿道：「聽說這部書，是福建人作的；福建人本有這念詩的毛病。」小雲忽然呵呵大笑起來。眾人忙問他笑什麼？小雲道：「我才聽了月卿說什麼疵瑕，心中正在那裏想：『疵瑕者，毛病之文言也；』這又是月卿掉文。不料還沒有想完，采翁就說出『毛病』兩個字來，所以好笑。」

說話間，丫頭早把火盆生好，茶也泡了，一齊送了進來，眾人便圍爐品茗起來。佚廬與采卿談天，采卿又談起被騙一事。佚廬道：「我們若是早點相識，我斷不叫采翁去上這個當。你道齊明如是個什麼人？他出身是個外國成衣匠，卻不以成衣匠為業，行徑是個流氓，事業是靠局賭；從前犯了案，在上海縣監禁了一年多；出來之後，又被我辦過他一回。」采卿道：「辦他什麼？」佚廬道：「他有一回帶了兩個合肥口音的人來，說是李中堂家裏的帳房，要來定做兩艘小輪船，叫我先打了樣子看過，再定價錢。這兩艘小輪船，倒有七八千銀子的生意，自然要應酬他；未免請他們吃一兩回酒；他們也回請我；卻是吃花酒。吃完之後，他們便賭起來，邀我入局。我只推說不會，在旁邊觀看，見他們輸贏很大；還以為他們是豪客。後來見一個輸家，輸得急了，竟拿出莊票來賭，也輸了，又在身邊掏出金條來。我心裏才明白了，這是明明局賭，他們都是通同一氣的，要來引我。須知我也是個老江湖，豈肯上你的當？然而單是避了你，我也不為好漢，須給點顏色你看看。當夜局散之後，我便有意說這賭牌九很有趣；他們便又邀我入局。我道今天沒有帶錢，過天再來，於是散了。我一想這兩艘小輪船，不必說是不買的了；不過藉此好入我的門。但是無端端的要我打那個圖樣，雖是我自己動手，不費本錢，可是耽擱了我多少事；若是別人請我畫起來，最少也要五十兩銀子。我被他們如此玩弄，那裏肯甘心？到明天齊明如一個人來了，我便向他要七十兩畫圖銀，請他們來看圖。明如邀我出去，我只推說有事。一連幾天，不會他們。於是齊明如又同了他們來，看過圖樣，略略談了一談船價；我又先向他要這畫圖錢。齊明如從中答應，說傍晚在一品香吃大菜面交，又約定了是夜開局。我答應了，送了他們去。到了時候，我便到一品香取了他七十兩的莊票。看看他們一班人，都齊了，我推說還有點小事，去去就來。出來上了馬車，到後馬路照票，卻是真的；連忙回到四馬路，先到巡捕房裏去；那巡捕房捕頭是我向來認得的，我和他說了這班人的行徑，叫他捉人；捕頭便派了幾名包探巡捕，跟我去捉人。我和那探捕約好，恐怕他們這班人未齊，被他跑了一個，也不值得；不如等我先上去，好在坐的是靠馬路的房間，如果他們人齊了，我擲一個酒杯下來，這邊再上去，豈不是好？那探捕答應了，守在門口。我便走了上樓，果然內中少了一個人，問起來，說是取本錢去的。一面讓我點菜，俄延了一會，那個人來了；手裏提了一個外國皮夾，嘴裏嚷道：『我如果再輸，我便從此戒賭了！』我看見人齊，便悄悄拿了一個玻璃杯，走到欄杆邊，輕輕往下一丟。四五名探捕，一擁上樓，入到房間，見人便捉。我一同到了捕房，做了原告；在他們身邊，搜出了不少的假票子，假金條。捕頭對我說：『這些假東西，告他們騙則可以；告他們賭，可沒憑據。』說時，恰好在那皮夾裏搜出兩顆象牙骰子。我道：『這便是賭具！』捕頭看了看，問怎麼賭法。我道：『單拿這個賭，還不算騙人；我還可以在他這裏，拿出騙人的憑據。』捕頭疑訝起來，拿起骰子細看。我道：『把他打碎了，這裏面有鉛。』捕頭不信。我問他要了個鐵錘，把骰子打碎了一顆，只見一顆又白又亮的東西，骨碌碌滾到地下，卻不是鉛，是水銀。捕頭這才信了。這個案子，兩個合肥人，辦了遞解；還有兩個辦了監禁一年，期滿驅逐出境，齊明如僥倖沒有在身上搜出東西，只辦了個監禁半年。你想這種人結交出什麼好外國人來。」

采卿道：「此刻這外國人逃走了，可有什麼法子去找他？」佚廬道：「往那裏找呢？並且找著了，也沒用；我們中國的官，見了外國人，比老子還怕些；你和他打官司，那裏打得贏！」德泉道：「打官司只講理，管他什麼外國人不外國人！」佚廬道：「有那許多理好講！我前回接了家信，敝省那裏有一片公地，共是二十多畝，一向荒棄著沒用，卻被一個土棍瞞了眾人，四兩銀子一畝，賣給了一個外國人。敝省人最迷信風水，說那片地上，不能蓋屋造房子，造了房子，與什麼有礙的。所以眾人得了這個信慌了，便往縣裏去告。提那土棍來問，已經賣絕了；就是辦了他，也沒用。眾人又情願備了價，買轉來，那外國人不肯。眾人又聯名上控。省裏派了委員來查辦。此時那外國人已經興工造房子了。那公地旁邊，本來有一排二三十家房子，單靠這公地做出路的。他這一造房子，卻把出路塞斷了；眾人越發急了；等那委員到時，都拿了香，環跪在委員老爺跟前，求他設法。」佚廬說到這裏，頓住了口道：「你幾位猜猜看！這位委員老爺怎麼個辦法？」眾人聽得正在高興，被他這一問，都呆著臉去想那辦法。我道：「我們想不出，你快說了罷！」佚廬道：「大凡買了賊贓，明知故買的，是與受同科；不知誤買的，應該聽憑失主備價取贖。這個法律，只怕是走遍地球，都是一樣的了。地棍私賣公地，還不同賊贓一般麼？這位委員老爺，才是神明父母呢！他辦不下了，卻叫人家把那二三十家房子，一齊都賣給了那外國人，算完案。」一席話說得眾人面面相覷，不能贊一詞。侯廬又道：「做官的，非但怕外國人；還有一種人，他怕得很有趣的。有一個人為了一件事去告狀，官批駁了；再去告，又批駁了。這個人急了，想了個法子，再具個呈子，寫的是具稟教民某某，官見了，連忙傳審。把這個案判斷清楚了之後，官問他：『你是教民？信的是什麼教？』這個人回說道：『小人信的是孔夫子教。』官倒沒奈他何。」說得眾人一齊大笑。

當下談談說說，不覺天亮。月卿叫起下人，收拾地方。又招呼了點心，眾人才散。其時已經九點多鐘了。我和德泉走出四馬路，只見靜悄悄的，絕少行人。兩旁店鋪，都沒有開門。便回到號裏，略睡一睡。是夜便坐了輪船，到南京去。到家之後，彼此相見，不過都是些家常說話，不必多贅。停頓下來，母親取出一封信，及一個大紙包，遞給我看。我接在手裏一看，是伯父的信，卻從武昌寄來的。看那信上時，說的是王俎香現在湖南辦捐局差事，前回借去的三千銀子，已經寫信託他代我捐了一個監生；又捐了一個不論雙單月的候選通判；統共用了三千二百多兩銀子，連利錢算上，已經差不多。將來可以到京引見，出來做官。在外面當朋友，終究不是事情……云云。又敘上這回到湖北，是兩湖總督奏調過去，現在還沒有差使。我看完了，倒是一怔。再看那大紙包的，是一張監照，一張候選通判的官照；上面還填上個五品銜。我道：「拿著三千多銀子，買了兩張皮紙，這才無謂呢；又填了我的名字，我要他做什麼？」母親道：「辦個引見，不知再要花多少？就拿這個出去混混也好！總比跑來跑去的好了！」我道：「繼之不在這裏，我敢說一句話，這個官，竟然不是人做的；頭一件先要學會了卑污苟賤，才可以求得著差使；又要把良心擱過一邊，放出那殺人不見血的手段，才弄得著錢。這兩件事我都辦不到的，怎麼好做官？」母親道：「依你說，繼之也卑污苟賤的了？」我道：「怎麼好比繼之？他遇了前任藩臺，同他有交情，所以樣樣順手。並且繼之家裏錢多，就是永遠沒差沒缺，他那候補費總是綽綽有餘的。我在揚州，看見張鼎臣，他那上運司衙門，是底下人背了包裹，托了帽盒子，提了靴子，到官廳上去換衣服的；見了下來，又換了便衣出來。據說這還是好的呢；那比張鼎臣不如的，還要難看呢。」母親道：「那麼這兩張照，竟是廢的了。」我道：「看著罷，碰個機會，轉賣了他。」母親道：「轉賣了，人家頂了你的名字也罷了；難道還認了你的祖宗三代麼？」我道：「這不要緊，只要到部裏花上幾個錢，可以改的。」母親道：「雖如此說，但是那個要買，又那個知道你肯出賣？」我道：「自從前兩年，開了這個山西賑捐，到了此刻，已成了強弩之末；我看不到幾時，就要停止的了。到了停止之後，那一班發官迷的，一時捐不及，後來空自懊悔；倘遇了我這個，他還求之不得呢。到了那時，只怕還可以多賣他幾百銀子。」姊姊從旁笑道：「兄弟近來竟入生意行了，處處打算賺錢；

非但不願意做官，還要拿著官來當貨物賣呢。」我笑道：「我這是退不了的，才打算拿去賣；至於拿官當貨物，這個貨只有皇帝有，也只有皇帝賣；「我們這個，只好算是『飯店裏買蔥』。」當下說笑一回，我仍去料理別的事。

有話便長，無話便短；不知不覺，早又過了新年，轉瞬又是元宵佳節，我便料理到漢口去。打聽得這天是怡和的上水船。此時怡和，太古兩家，南京還沒有躉船，只有一家，因官場上落起見，是有的。我便帶了行李，到怡和洋篷上去等。等不多時，只見遠遠的一艘輪船，往上水駛來，卻是有躉船一家的。暗想今日他家，何以也有船來？早知如此，便應該到他那躉船去等，也省了坐划子。正想著時，洋篷裏的人，也三三兩兩議論起來。那船也漸駛漸近了，躉船上也扯起了旗子。誰知那船一直上駛，並不停輪。我向來是近視眼，遠遠的只隱約看見船名上，一個字是三點水旁的，那一個字，便看不出了。旁邊的人，都指手畫腳，有個說是這個，有個說是那個，有個說斷不是那個，那個字筆畫沒有那麼多。然而為什麼一直上駛，並不停輪呢？於是又紛紛議論起來：有個說是恐怕上江那裏出了亂事，運兵上去的；有個說是不知專送什麼大好老到那裏的；有個說怕是因為南京沒有客，沒有貨，所以不停泊的。……大眾瞎猜瞎論了一回，早望見紅煙囪的元和船到了，在江心停輪。這邊的人，紛紛上了划子船，划到輪船邊上去。輪船上又下來了多少人。一會兒便聽得一聲鈴響，船又開行了。

我找了一個房艙，放下行李；走出官艙散坐，和一班搭客閒談。說起有一艘船直放上水的事，各人也都不解。恰好那裏買辦走來，也說道：「這是向來未曾見過之事，並且開足了快車，我們這元和船，上水一點鐘走十二英里，在長江船裏，也算頭等的快船了。我們在鎮江開行，他還沒有到，此刻倒被他趕上前頭去了。」旁邊一個帳房道：「他那個船，只怕一點貨也不曾裝，你不看他輕飄飄的麼？船輕了，自然走得快些；但不知到底為了什麼事？」當下也是胡猜亂度了一回，各自散開。第三天船到了漢口，我便登岸，到蔡家巷字號裏去。一路上只聽見漢口的人，三三兩兩的傳說新聞。正是：

直溯長江翻醋浪，誰教平地起酸風？

不知傳說什麼新聞，且待下回再記。

第五十一回　喜孜孜限期營箠室　亂烘烘連夜出吳淞

耳邊只聽得那些漢口人說什麼，吃醋吃到這個樣子，才算是個會吃醋的；又有個說，自然他必要有了這個本事，才做得起夫人；又有個說，這有什麼稀奇，只要你做了督辦，你的婆子，也會這樣辦法。我一路上聽得不明不白。一直走到字號裏，自有一班夥友接待，不消細說。我稽查了些帳目，調動了兩個人。與眾人談起，方才知道那艘輪船直放上水的原故，怪不得人家三三兩兩，當作新聞傳說，說什麼吃醋吃醋；照我看起來，這場醋吃的，只怕長江的水，也變酸了呢！

原來這一家輪船公司，有一個督辦；總公司在上海，督辦自然也在上海了。這回督辦到漢口來勾當公事，這裏分公司的總理，自然是巴結他的了。那一位督辦，年紀雖大，卻還色心未死。有一天出門拜客，坐在轎子裏，走到一條什麼街，看見一家門首，有一個十七八歲的姑娘，生得十分標緻。他看在眼裏，記在心上，回到分公司裏，便說起來。那總理要巴結他，便問了街名及門口的方向，著人去打聽。打聽了幾天，好容易打聽著了。便挽人去對那姑娘的父母說，要代督辦討他做小。漢口人最是勢利，聽見說督辦要，如何不樂從。可奈這姑娘雖未出嫁，卻已是許了人家的人。總理聽說，便著人去叫了那姑娘的老子來，當面和他商量，叫他先把女兒送到公司裏來，等督辦看過，看得果然對了，另有法子商量；雖然許了人家，也不要緊的。這是那總理小心，恐怕督辦遇見的不是這個人，自己打聽錯了的意思。那姑娘的老子道：「他女孩子家害臊，怕不肯來，你家。」總理道：「我明天請督辦在這屋裏吃大菜。」又指著一個窗戶道：「這窗戶外面是個走廊，我們約定了時候，等吃大菜時，只叫你女兒在窗戶外面走過便是；又不要當面看他。」那姑娘的老子答應著，約了時候去了。回到家裏，和他婆子商量。如何騙女兒去呢？想來想去，沒有法子，只得直說了。誰知他女兒非但不害臊，並且聽見督辦要討他做姨太太，歡喜得什麼似的，一口便答應了。

到了明天，一早起來，著急打扮，渾身上下，換過衣服，又穿上一條撒腿袴子。打扮好了，便盼太陽落山；到了下午四點鐘時，他老子叫了一乘囚籠似的小轎子，叫女兒坐了；自己跟在後頭，直抬到公司門前歇下。他老子悄悄地領他走了進去。那看門的人，都是總理預先知照過的，所以並無阻擋。那姑娘，走到走廊窗戶外面，故意對著窗戶裏面，嫣然一笑，俄延了半晌。此時總理正在那裏請督辦吃大菜，故意請督辦坐在正對窗戶的一把椅子上。此時吃的是英髮蛋，那督辦用叉子，托了一個整蛋，低下頭正要往嘴裏送，猛然瞥見窗外一個美人，便連忙把那蛋往嘴裏一送，意思要快點送到嘴裏，好快點抬起頭來看。誰知手忙腳亂，把蛋送歪了，在鬍子上一碰，碰破了那蛋，糊的滿鬍子的蛋黃；他自己還不覺著。抬頭看見那美人，正在笑呢。

回頭對總理道：「莫非我在這裏做夢？」總理道：「明明在這裏吃大菜，怎麼是做夢？」督辦道：「我前天看見的那姑娘，怎麼會跑到這裏來？還不是做夢麼？」說完，再回頭看時，已不見了。督辦道：「可惜！可惜走了！不然，請他來吃兩樣；想他既然來得，想來總肯吃的。」總理聽了，連忙親自離座，出來招呼。幸得他父女兩個，還不曾走。總理便對那姑娘的老子道：「督辦要請你女兒吃大菜；但不知他肯吃不肯吃？」他老子道：「督辦賞臉，那裏敢說個不字！你和姑娘進去罷！我在外面等你。」那姑娘便扭扭捏捏的跟了總理進去。也不懂得叫人，也不懂得萬福，只遠遠的靠桌子坐下。早有當差的送上一份湯匙刀叉。總理對那姑娘說道：「這是本公司的督辦！」那姑娘回眼望了督辦一望，嗤的一聲笑了；連忙用手帕掩著口，盡情狂笑。那督辦一怔道：「笑什麼？莫非笑我老麼？」那姑娘忍著笑，輕輕的說道：「鬍子！」只說得兩個字，又復笑起來。總理對督辦仔細一望，只見那碰在鬍子上的雞蛋黃，流到鬍子尖兒上，凝結得圓圓兒的，倒像是小珊瑚珠兒，掛在上面；還有兩處被蛋黃把鬍子粘連起來的。因說道：「鬍子髒了！」便回頭叫手巾。誰知蛋黃有點乾了，擦不下來。當差的送上洗臉水，方才洗淨了。此時當差的早把一盤湯，送到那姑娘跟前。督辦便道：「請吃湯！」那女子又掩著口，笑了一會道：「我們湖北湯是喝的，不是吃的！」又道：「拿盤子盛湯，回來拿什麼盤子盛菜？」說罷，拿起湯匙喝湯；卻把湯匙碰得那盤子，砰訇砰訇亂響。喝完了，還有點底子，他卻放下湯匙，雙手拿起盤子來喝。恰好把盤子蓋在臉上。這回卻是督辦呵呵一笑，引得陪席眾人都笑了。那姑娘道：「喝膩下來，蹧蹋了，罪過的！」此時，當差的受了總理的吩咐，把各人的菜先停一停；先把那姑娘吃的送上，好等後來一齊吃，一齊完。於是收了湯盤下去，送上一盤白汁鱖魚來。那姑娘怔怔的道：「怎麼沒得筷子？」督辦道：「吃大菜是用刀叉吃的，不用筷子。」說罷，又取自己跟前的刀叉，演給他看。那姑娘果然如法泡製吃了。卻膩了一段魚脊骨，吃不乾淨；只得用手拿起來吮了又吮。

總理暗想：他將來是督辦的姨太太，今天豈可以叫他盡著鬧笑話，又不便教他，於是又吩咐當差的，以後只揀沒有骨頭的給那姑娘吃。當差的自然到廚房裏關照去了。誰知到後來，吃著一樣紙圍鴿，他卻又拿起那張紙來，舐了幾舐。一時吃畢，喝過咖啡，大家散坐。有兩個本公司裏的人，請來陪坐的，都各自辦事去了。那姑娘也告辭走了。此時只有督辦、總理及督辦的舅老爺在座。

這舅老爺是從上海跟著來的。三人散坐閒談。那舅老爺便道：「那裏弄來的？這個姑娘，粗得很！」督辦道：「這是女孩子的憨態，要這樣才有意味呢！」總理方才看見情形，本來也慮到督辦嫌他粗；今得了此言，便放下了心。因自獻殷勤，把如何去打聽，如何挽人去說，如何叫他來看，一一都說了。又道：「這姑娘已經許了人家了，我想只要給他點銀子，叫他退了婚；他們小戶人家，有了銀子，怕他不答應麼？並且可以許他女婿：如果肯退婚時，看他什麼材料，就在公司裏派他一個事情。我想又有了銀子，又有了事情，他斷乎不會不肯的。」

督辦聽了一番言語，只快活得眉花眼笑，說道：「多謝！費心得很！但是我還有個無厭之求，求你要辦就從速辦；因為我三五天就要到上海去的。」總理道：「就是說成了，也要看個日子啊！」督辦笑道：「我們吃了一輩子洋務飯，還信這個麼？說定了，一乘轎子抬了來就完了。」總理連連答應。當下各自散開。不提防那舅老爺從旁聽了，連忙背著督辦，把這件事情，寫了出來，譯成電碼，到電報局裏，打了一個急電報到上海，給他姊姊去了。他姊姊是誰？就是這位督辦的繼室夫人。那夫人比督辦小了二十多歲；督辦本來是滿堂姬妾的了，因為和官場往來，正室死了之後，內眷應酬起來，沒有個正室，不像樣子。所以才娶了這位繼室。這位繼室夫人生得十分精明強幹，成親的第三天，便和督辦約法三章，約定從此之後，不許再娶姨太太。督辦那時老夫得其少妻，心中無限歡喜，自然一口應允了。夫人終是放心不下，每逢督辦出門，必要叫著他兄弟同走。嘴裏說是等他兄弟練點見識，其實是叫他兄弟暗中做督辦的監督，恐怕他在外頭胡混。這回得了他兄弟的電報，不覺酸風勃發，巴不得拿自己拴在電報局的電線上，一下子就打到漢口去才好。叫人到公司裏去問，今天本公司有長江船開沒有？去了一會，回來說是長江船剛剛昨天開了，今天上午到了一艘，要後天才是本公司的船期。夫人低頭想了一想，便叫人預備馬車，連忙收拾了幾件隨身衣服及梳頭東西，帶了兩個老媽子，坐上馬車，直到本公司碼頭上；上了那長江輪船，入到大餐間坐下，便叫請船主，請買辦，誰知都不在船上。夫人惱了，叫快去尋來。船上執事人等，見是督辦夫人，如何敢違拗；便忙著分頭去尋。

此時已是晚上八點來鐘的時候，夫人等得十分焦躁。幸得分頭去尋的人多，一會兒在外國總會裏，把船主找來了。見了夫人，自然脫帽為禮。怎奈言語不通，夫人說的話，船主一句也聽不懂。船主便叫了西崽來傳話。那西崽又懂一句，不懂一句的，說不完全。夫人氣得三尸亂爆，七竅生煙。船主雖然不懂話。氣色是看得出來的，又不知他惱些什麼。那西崽傳話，只傳得一句，說夫人要馬上開船去漢口。問他為著什麼事，西崽又鬧不清楚。船主一想，船上的管事，只怕比西崽好點。便叫西崽去叫管事，偏偏管事也上岸去了。正在無可奈何的時候，幸得茶房在妓院裏把買辦找來了。夫人一見了，便冷笑道：「好買辦！督辦整個船交給你，船一到了碼頭，就跑了。萬一有點小事出了，這個干紀誰擔待得起來！」一句話嚇得買辦不敢答應，只垂了手，說得兩個是字。夫人又道：「我有要緊事情，要到漢口；你替我傳話，叫船主即刻開船趕去；我賞他三千銀子，叫他辛苦一次。」買辦聽了，不知是何等要事。想了一想道：「開船是容易，夫人說一聲，怕他敢不開！只是還有半船貨，未曾起上，要等明天起完了貨，才可以開得呢。」夫人怔了一怔道：「就帶著這貨走，等回頭來再起，不一樣麼？」

買辦想了一想，道：「帶著貨走，是可以的，只是關上要囉唆。這邊出口要給他出口稅；到那邊進口，又要給他進口稅；等回頭來，那邊又要出口稅，這邊又要進口稅；我們白白代人上那些冤枉稅，何犯著呢！上江來的，又都是土貨，不比洋貨，仍復退出口，有退稅的例。單是這件事為難。」夫人道：「你和船主說說看，可有什麼法子商量？」買辦便先對船主，把夫人要他即刻開船，賞他三千銀子的話說明了。又把還有半船貨未起完的話說了，和他商量。船主聽說有三千銀子，自然樂從。又想了一想道：「即刻連夜開夜工起貨，只怕到天亮，也起完了；起完了，就可以開船。隨便什麼大事，也不在乎這一夜。只是這件事，要公司做主。我們先要和公司商量妥了才對。」買辦道：「督辦夫人要特開一次船，公司也沒有不答應之理。」船主點頭稱是。買辦把這番話轉對夫人說了。夫人道：「好好！那麼你們就快點去辦！一面多叫小工，能夠半夜裏起完更好。」買辦聽了，方答應一個是字，回身要走。夫人又叫住道：「能在天亮以前起完了，我再賞你一千銀子。快去幹罷！」買辦答應了，連忙出來，自己到公司裏說知原委。公司執事人，聽得督辦夫人要開船，不知是何等大事，那裏敢違拗；只得援例請關，報關出口。那買辦又分頭打發人去開棧房門；又去找管艙的。一面招呼工頭，去叫小工。船主也打發人去尋大伙、二伙，大車、二車，叫一律回船預備；大伙回來了，便叫人傳知各水手；大車回來了，便叫人傳知各火夫；一時間忙亂起來。偏偏棧房開了，貨艙開了，小工也到得不少了，那兩個收籌的，卻還沒有找得來。當時帳房裏，還有一個人未曾上岸，買辦把他叫來，當了收籌腳色。然而只管得一個艙口，還有一個，買辦便自己動起手來。好忙呀！頓時亂紛紛，呀許之聲大作！

看官！大凡在船上當職事的人，一到了碼頭，便沒魂靈的往岸上跑。也有回家的，也有打茶圍吃花酒的，也有賭錢的，也有吃花煙的，也有打野雞的，也有看朋友的，這是個個船上如此，個個船上的人如此，不足為奇的。但是這幾種人之中，那回家的自然好找，就是嫖的賭的，他們也有個地方好追尋；那看朋友的，雖然行無定蹤，然而看完了朋友，有家的自然回家，可以交代他家裏通知；沒有家的，到半夜裏自然回船上來了。只有那打野雞的，蹤跡最沒處追尋。這船上的兩個收籌朋友，船到了之後，別人都上岸去了，只有他兩個，要管著起貨；到了晚上，收了工，焉有不上岸之理，偏又他兩個上岸之後，約定同去打野雞；任憑你翻天覆地去找，只是找不著。這買辦和那帳房，便整整的當了一夜收籌；直到船開了出口，他兩個還在那裏做夢呢。買辦心中要想撈夫人那一千銀子，叫了工頭來，要他加班；只要能在四點鐘以前清了艙，答應他五十元酬謝。工頭起初不肯，後來聽見有了五十元的好處，便應允了。叫人再分頭去叫小工，加班趕快。船主忽然想起，又叫人去把領港的找了回來。夫人在船上，也是陪著通宵不寐。到半夜裏，忽然想起，叫一個老媽子來；交給他一個鑰匙，叫他回公館裏去，請金姨太太快點收拾兩件隨身衣服，到船上來，和我一起到漢口去。這個鑰匙，叫金姨太太開了我那個第六十五號皮箱，箱裏面有一個紅皮描金小拜匣，和我拿得來，鑰匙帶好。老媽子答應去了。過了一點鐘的時候，金姨太太果然帶了那老媽子，坐馬車來了。老媽子扶到船上，與夫人相見。交代了拜匣鑰匙，夫人才把接電報的話，告訴了一遍。原來督辦公館房子極大，夫人接了電報，眾人都不曾知道。只知道夫人乘怒坐了馬車出門，又不知到那裏去的；及至馬夫回來說起，方才知道，又不知為了什麼，要幹什麼，所以此時夫人對金姨太太追述一遍，金姨太太方才明白。陪著夫人閒談。一會走到外面欄杆上俯看，一會怕冷了，又退了回來。要睡那裏睡得著，只好坐在那裏，不住的掏出金錶來看時候。真是有錢使得鬼推磨，到了四點一刻的時候，只見買辦進來回說貨起完了，馬上開船了。果然聽得起錨聲，拔跳聲；忽的汽筒裏嗚嗚的響了一聲，船便移動了。此時正是正月十七八的時候，乘著下半夜的月色，鼓輪出口，到了吳淞，天色方才平明。這夫人的心，方才略定。正是：

老夫欲置房中寵，娘子班來水上軍。

要知走了幾時方到漢口，到漢口之後，又是什麼情形，且待下回再記。

第五十二回　酸風醋浪拆散鴛鴦　半夜三更幾疑鬼魅

當下出了吳淞口，天色才平明。夫人和金姨太太，到床上略躺了一躺。到十點鐘時起來，梳洗過了；西崽送上牛奶點心，用過之後，夫人便叫西崽去叫買辦來。一會兒買辦來了，垂手請示。夫人在描金拜匣裏，取出一千兩的一張票子來，放在桌上道：「你辛苦了一夜，這個給你喝杯酒罷！你去和我叫船主來。」買辦看見了銀票，滿臉堆下笑來，連忙請了一個安，說謝夫人賞，便伸手取了。夫人見他請安沒有樣式，不覺好笑。那買辦辭了夫人出去，一會兒進來，回道：「船主此刻正在那裏駛船，不能走開；等下了班就來！」夫人道：「那麼你代我給了他罷。」說罷，又在描金拜匣裏，取出一張三千兩的銀票來，放在桌上，買辦便拿了出去。到了十二點鐘，西崽送上大菜。夫人和金姨太太對坐著吃大菜。只見船主和買辦，在窗戶外面幌了一幌去了，夫人也沒做理會。

一會吃完了大菜，那買辦才帶了船主進來。那船主滿面笑容，脫下帽子，對著夫人嘰咕嘰咕的說了兩句。買辦便代他傳說道：「船主說，謝夫人的賞賜，他祝夫人身體康健！」夫人笑了一笑道：「你問他，我們沿路不要耽擱，開足了快車，幾時可以到漢口？」買辦問了船主，回道：「約後天晚上半夜裏可以到得。因為是個空船，不敢十分開足了車，恐怕船要顛翻。」夫人著急道：「我不怕顛翻；那怕把船顛翻壞了，有督辦擔當；你叫他趕緊開足了快車，不要誤了我的事！」買辦和船主說了，船主答應了，和買辦辭了出來。此時是大伙的班，船主便到船頭上，和大伙說知；大伙便發下快車號令，大車聽了號令，便把機器開足；那船便飛也似的向上水駛去。所過各處碼頭，本公司的躉船，望見船來了，都連忙拉了旗子迎接。誰知那船理也不理，一直過去了。躉船上只得又把旗子扯下。這裏船上的水手人等，看見了，嘻嘻哈哈的說著笑。果然好快，船走了兩天半，早到了漢口了。漢口躉船上的人，遠遠望見了來船，便扯起了旗子。眾人望見來船甚輕，都十分疑訝；並且算定今天不是有船到的日期，不解是何原故。來船駛近躉船，相隔還有一丈多遠，那買辦便倚在船欄上，和躉船司事招呼。高聲說道：「快點預備轎子！督辦太太和姨太太到了！」司事吃了一驚，連忙叫人去把督辦的綠呢大轎，及總理的藍呢官轎請來，當差人等，飛奔的去了。司事連忙叫人取出現成的紅綢，滿躉船上張掛起來。一面將閒雜人等，一齊驅散。一面自己和同事幾個人，換了衣帽，拿了手本，來船還隔著一尺多遠，便一躍而過，直到大餐間稟見請安，恭迎憲太太，憲姨太太。公司裏面，此時早知道了，督辦不免吃了一驚，不知為了什麼事。

總理自從那晚上，吃了大菜之後，次日一早，就打發人叫了那姑娘的老子來，叫他去找著原媒，去說退親，限今天一天之內回話；他若是肯退，我這裏貼還他一百吊錢；並且在公司裏面，安置他一個事。他若是不肯，我卻另有辦法。那姑娘的老子，連連答應著去了。到了下午，便帶了他那個未曾成親的女婿來，卻是個白臉小後生。見了總理，便搶上前，打了個扦道：「謝你家栽培！」總理只伸了一伸手，問那姑娘的老子道：「他就是你的女婿麼？」姑娘的老子道：「起頭是我的女婿，此刻他退了親，就不是的咧。你家！」總理問那後生道：「你是肯退親了麼？」後生道：「莫說還沒成親的，就是成過了親，督辦說要，那個敢道個不字，你家！」總理笑了一笑，叫當差的到帳房取一百吊錢來。總理又問後生道：「你向來做什麼的？」後生道：「向來在森裕木器店裏當學徒，你家！」總理道：「可是學木匠？」後生道：「不是。他家的木器，都是從寧波運來的！」總理道：「那麼是學寫算？」後生道：「是，你家！」說話時，當差的送來一百吊的錢票。回道：「師爺問：出在什麼帳上？」總理想了一想道：「一百吊錢，雜用帳上隨便那一筆帶過去就是了！」當差答應是，回頭就走。總理又叫來，當差回來站住。總理出了一會神道：「再去拿一百吊來！這一百吊暫時宕一宕，我再想法子報銷。」當差答應去了。

總理把錢票給與後生道：「這裏一百吊錢，給你另外說一頭親事。」後生連忙接了，又打了個扦道：「謝你家！」總理道：「你這孩子，還有點意思；你常來走走，我覷便看公司職事有缺，我派你一個事情。」後生又忙打了一個扦道：「謝你家！」總理道：「沒事！你先去罷！」後生道：「是。你家！」遂退了出來。恰好當差取到一百吊錢票子。總理便交給姑娘的老子道：「這個給你做聘金！三兩天裏頭，督辦就來娶的！」姑娘老子道：「這是多少？你家！」總理道：「一百吊。」姑娘老子陪笑道：「請你家高升點罷！你家！」總理道：「督辦賞識了你的女兒，後來的福氣正長呢！此刻爭什麼？」姑娘老子道：「是。你家！高升點！你家！我家姑娘頭回定親的時節，受了他家二十吊錢定禮；此時退了親，這二十吊就要退還他了。你家！一百吊，我只落了八十吊。你家！請高升點，你家！」總理道：「那麼二十吊，我再貼給你就是了！」姑娘老子陪笑道：「謝你家！再請高升點，你家！你家不在乎此，你家！」總理被他嬲不過，又給了他五十吊的票子，方才罷休。又約定了後天傍晚去娶，他方才退去。總理又去告訴了督辦。督辦自是歡喜。一時合公司都忙起來。

你想督辦要娶姨太太，那一個不趨承巴結；還有那趕不上巴結的，引為憾事呢。這裏亂烘烘的忙著，那裏會做夢想到太太已經動身了呢。到了後天，一切事情都妥當了；只等傍晚去迎娶。總理把自己的一乘藍呢官轎，換上紅綢轎幃，在轎頂上，打叉兒披了兩條紅綠彩綢，恰好停妥下來，忽報督辦太太和姨太太來了，要這乘轎子去接。總理聽了一想，這是預備的喜轎，不宜再動，且去借一乘官轎來罷。交代當差的去了，自己便連忙換了衣帽，走到躉船上去迎接。這公司本是背江建造，前門在街上，後面就是大江。所以不出大門一步，就到了江邊。一時到了躉船，跨過船上去。夫人及姨太太，還沒有出來，總理這才想起，不曾拿手本；忙著叫當差去取，自己等在船上，買辦連忙過來招呼，讓到官艙裏坐等。此時督辦帶來的家人，已有七八個戴了大帽過來伺候。總理問起憲太太幾時動身？為著甚事？何以不先給一個信？買辦道：「到底不知為了甚事？上前天我們才到上海，貨還沒有起完，到了半夜裏，忽然憲太太來了，風雷火炮的一陣，馬上就要開船，臉上很帶點怒色。」總理吃了一驚道：「為什麼？」買辦道：「不知道啊！」道猶未了，忽聽得外面一迭連聲的喊傳伺候。總理買辦兩個，連忙出來；只見兩位憲太太，已經在上層梯子下來了。總理買辦，連忙垂下手站班。誰知那位憲太太，正眼也不看一看；倒是那憲姨太太，含笑點了點頭，兩個老媽子，攙著過了躉船，自有躉船司事站班伺候憲太太上轎。然後隨了總理先行一步，急急過了跳板，步上碼頭，飛奔到公司花廳門口站班伺候。此處公司辦事人，是備有衣帽的，都穿著了來站班迎接。

不一會，憲太太轎子到了，在花廳門口下轎，姨太太也下轎，先後都到花廳裏，和督辦廝見。總理及各人方才退去迴避了。那督辦和舅老爺，早等在花廳裏面。夫人一見了面，便對督辦冷笑道：「哼！辦得好事！」督辦聽說夫人來了，早有三分猜到這件事洩漏了。忙著人到船上去打聽，知道那種忙促動身情形，就猜到了五分；然而不知他怎生知道的，此時見面，見了這個情形，已是十分猜透；猛然想起這件事，一定是舅老爺打了電報去的；不覺對舅老爺望了一眼。舅老爺不好意思，把頭一低。夫人道：「新姨娘幾時過的門？生得怎麼個標緻模樣兒？也好等我們見識見識！」督辦道：「那裏有這個事！怪不得夫人走進來滿臉怒氣，這是誰造出來的謠言？」夫人冷笑道：「你要辦這個事，除非我眼睛瞎了，耳朵聾了，你把人家已經定親的姑娘，要硬逼著人家退親；就是有勢力，也不是這等用法！」督辦猛吃一驚，暗想難道這些枝節，也由電信傳去的？因勉強分辯道：「這個不過說著玩的一句笑話，那裏人家便肯退親！」夫人聽說，望著舅老爺，怔了一怔。舅老爺望著夫人，把嘴對著花廳後面，努了一努。夫人道：「有話便說，做這些鬼臉做什麼！」舅老爺把頭一低。默默無言。

夫人站起來道：「金姨！我們到裏面看看新姨去！」說著，扶了老媽子先走；姨太太也跟著進去。夫人走到花廳後進，只見三間軒廠平屋，一律的都張燈結綵，比花廳上尤覺輝煌，卻都是客座陳設，看不出什麼；也沒有新姨，只有幾個僕人，垂手侍立。回頭一望，院子東面，有個便門，便走過去一看；只見另外一個院落，種的竹木森森，是個花園景緻。靠北有三間房子，走進去一看，也是張掛著燈綵，當中明幌幌的點著一對龍鳳花燭。有兩個老媽子，過來招呼。這兩個老媽子，是總理新代僱來，預備粗使的，村頭村腦，不懂規矩，也不知是督辦太太。夫人問道：「新姨娘呢？」老媽子道：「新姨娘還沒娶過來；聽說要三點鐘呢，你家！你家請屋裏坐坐罷！這邊是新房，你家！」早有跟來的老媽子，打起大紅緞子硬門簾；夫人進去一看，一式的是西式陳設：房頂上交加縱橫，綳了五色綢綵花；外國床上，掛了湖色縐紗外國式的帳子，罩著醉楊妃色的顧繡帳簷，兩床大紅鸚哥綠的縐紗被窩；白褥子上，罩了一張五彩花洋氈；床當中一疊放了兩個粉紅色外國綢套的洋式枕頭，床前是一張外國梳粧檯；當中擺著一面俯仰活動的屏鏡，旁邊放著一瓶林文煙花露水，一瓶蘭花香水；隨手把小抽屜拉開一看，牙梳角抿，式式俱全，還有兩片柏葉，幾顆蓮子桂圓之類；再拉開大抽屜一看，是一匣夾邊小手巾；一疊廣東繡花絲巾；還有一絞粉紅絨頭繩。不覺轉怒為笑道：「這班辦差的，倒也周到！」說得金姨太太也笑了。

再看過去，梳粧檯那邊，是一排外國椅子；對著椅子那邊，是一口高大玻璃門衣櫃；外面當窗，是一張小圓桌子；上面用哥窯白磁盆，供著一棵蟹爪水仙花；盆上貼著梅紅紙剪成的雙喜字。猛抬頭看見窗外面一個人，正是舅老爺。夫人便叫他進來。舅老爺進來笑道：「姊姊來得好快！幸得早到了三四點鐘工夫；不然，還有戲看呢。那時生米成了熟飯，倒不好辦了。」夫人道：「此刻怎樣？」舅老爺道：「此刻說不娶了，姊夫已經對總理說過，叫人去回了那家。但不知人家怎樣？」夫人道：「此刻姊夫在那裏？」舅老爺道：「步行出去了，不知往那裏去的？」夫人聽說，便仍舊帶了金姨太太，步出花廳；舅老爺也跟在後面。恰好迎頭遇了督辦回來。夫人冷笑道：「好個說著玩的笑話，裏面新房也是擺著玩的笑話麼？」督辦涎著臉道：「這是替夫人辦的差！」說得夫人和金姨太太都撲嗤的一聲笑了。舅老爺道：「其實姊夫並無此心，都是這裏的總理攝弄出來的！」督辦乘機，又涎臉道：「就是這句話，人家好意送給我一個姨娘，難道我好意思說我怕老婆，不敢要麼？」說得金姨太太和舅老爺都笑個不住。夫人卻正顏厲色的對舅老爺說道：「叫他們叫總理來！」站在廊下伺候的家人，便一迭連聲的叫傳總理。原來這位夫人，向來莊重寡言，治家嚴肅；家人們對了夫人，比對了督辦還懼怕三分。所以一聽了這話，便都爭先恐後的去了，督辦要阻止也來不及。一會兒總理到了，躡手躡腳的走上來，對夫人請了個安，回身又對金姨太太請了個安。督辦便讓他坐。他只在下首，斜簽著坐了半個屁股。夫人歇了半天，沒有言語，忽然對著總理道：「督辦年紀大了，要你們代他活得不耐煩！」這句話嚇得總理不知所對，挺著腰，兩個眼睛看著鼻子，回道：「是是是！」這三個「是」字一說，倒引得夫人和金姨太太撲嗤一聲笑了出來，督辦也笑了，舅老爺一想也笑了；總理自己回想一想，滿臉漲得緋紅。夫人又斂容正色道：「你們為著差使起見，要巴結督辦，那是我不來管你；但是巴結也走一條正路，什麼事情不好幹，什麼東西不好送，卻弄一個妖狐狸來媚他老頭子。可是你代他活得不耐煩？」總理這才回道：「卑職不敢。」夫人道：「別處我不管，以後督辦到了漢口，走差了一步，我只問你！」總理一句話也回不出來。督辦著實代他難過，因對他說道：「你有公事，請便罷！」總理巴不得一聲，站起來，辭了就走。到了外面，已是嚇得汗透重裘了。過了一天，便是本公司開船日期；夫人率領金姨太太，押著督辦下船，回上海了。他們下船那一天，恰好是我到漢口那一天。這公司裏面，地大人多，知道了這件事，便當做新聞，到外頭來說。一人傳十，十人傳百，不到半天，外面便沸沸揚揚的傳遍了；比上了新聞紙，傳得還快。

我在漢口料理各事停當，想起伯父在武昌，不免去看看。叫個划子，划過對江；到幾處衙門裏號房打聽，都說是新年裏奉了札子，委辦宜昌土捐局，帶著家眷到差去了。我只得仍舊渡江回來。但是我伯父不曾聽見說續絃納妾，何以有帶家眷之說。實在不解。即日乘了輪船，沿路到九江、蕪湖一帶去過，回到南京。南京本來也有一家字號，這天我在字號吃過晚飯；談了一回天，提著燈籠回家。走過一條街上，看見幾團黑影子，圍著一爐火，吃了一驚。走近看時，卻是三四個人，在那裏蹲著，口中唧喳有聲；旁邊是一個賣湯圓的擔子。那火便是煮湯圓的火。我走到近時，幾個人一齊站起來。正是：

怪狀奇形呈眼底，是人是鬼不分明。

不知那幾個是什麼人，且待下回再記。

第五十三回　變幻離奇治家無術　誤交朋友失路堪憐

那幾個人卻是對著我走來，一個提著半明不滅的燈籠；那兩個，每人扛著一根七八尺長的竹竿子。走到和我摩肩而過的時候，我舉起燈籠，向他們一照。那提燈籠的是個駝子，那扛竹竿子的，一個是一隻眼的；一個滿面煙容，火光底下看他，竟是一張青灰顏色的臉兒；卻一律的都穿著殘缺不完全的號衣；方才想著是冬防查夜的。那兩根不是竹竿，是長矛。不覺歎一口氣，暗想這還成了個什麼樣子。不覺站住了腳，回頭看他，慢慢的見他走遠了。忽聽得那賣湯圓的高叫一聲：「賣圓子咧！」接著，又咕噥道：「出來還沒做著二百錢的生意，卻碰了這幾個瘟神；去了二十多個圓子，湯瓢也打斷了一個。」一面嘮叨，一面洗碗；猛然又聽得一聲怪叫，卻是那幾個查夜的，在那裏唱京調。

我問那賣湯圓的道：「難道他們吃了不給錢的麼？怎麼說去了二十幾個？」賣湯圓的道：「給錢不要說，只得兩隻手，就再多生兩隻手，也拿他不動。」我道：「這個何不同他理論？」賣湯圓的道：「那裏鬧得他過！鬧起來，他一把辮子，拉到局裏去，說你犯夜。」我道：「何不到局裏告他呢？」賣湯圓的道：「告他！以後還想做生意麼？」我一想，此說也不錯。歎道：「那只得避他的了。」賣湯圓的道：「先生！你不曉得，我們做小生意的難處；出來做生意，要喊的，他們就聞聲而來了。」我聽了，不覺歎氣，一路走回家去。我再表明一遍：我的住家，雖在繼之公館隔壁，然而已經開通了。我自己那邊大門是長關著的，總是走繼之公館大門出進的。我走進大門，繼之的家人，迎著說道：「揚州文師爺來了！住在書房裏。」我聽了，便先到書房裏來，和述農相見。問幾時到的，為甚事上省？述農道：「下午傍晚到的，有點公事來。」又問我幾時到下江去。我道：「三五天裏面，也打算動身了。」述農道：「你今年只怕要出遠門呢！我打算趕二月中旬，到杭州逛一趟西湖，再到衙門裏去。」述農道：「你走一處地方，也多開一個眼界。」我道：「也好！等我多出來，和述農談天。」說罷，我便先到兩邊上房裏都去走一次，然後再

我說起方才遇見那冬防查夜兵的情形。述農道：「你上下江走了這兩年，見識應該增長得多了，怎麼還是這樣少見多怪的？他們穿了號衣出來，白吃兩個湯圓，又算得什麼？你不知道這些營兵，有一個上好徽號，叫做『當官強盜』呢。近邊地方，有了一個營盤，左右那一帶居民，就不要想得安逸；田裏種的菜，池裏養的魚，放出來的雞子鴨子，那一種不是任憑那些營兵隨意攜取，就同是營裏公用的東西一般。過往的鄉下婦女，任憑他調笑，誰敢和他較量一句半句。你要看見那種情形，還不知要怎樣大驚小怪呢？頭回繼之託你查訪那羅魏氏，送羅榮統不孝的一節，你

訪著了沒有？」

我道：「我在揚州的時候很少，那裏訪得著？」述農道：「倒被我查得清清楚楚的了！說起他這件事，倒可以做一部傳奇。」我道：「是怎樣訪著的？繼之可曾知道？」述農道：「我這回來，在鎮江訪著的。繼之還不曾得知。」我道：「揚州的事，何以倒到鎮江去訪得來？這也奇了！」述農道：「羅家那個廚子，不在大觀樓了，到鎮江去開了個館子；這回到鎮江，遇了幾個朋友，盤桓了幾天，天天上他那館子，就被我問了個底細。原來這羅魏氏不是個東西！羅榮統是個過繼的兒子。他家本是個鹽商，自從廢了綱鹽，改了票鹽之後，他家也領了有二十多張鹽票，也是數一數二的富家。羅魏氏本來生過一個兒子，養到三歲上就死了；不久他的丈夫也死了；就在近支裏面，抱了這個羅榮統來承嗣。魏氏自從丈夫死後，便把一切家政，都用自己娘家人管了。那一班人，得到事權在手，便沒有一處不侵蝕；慢慢的就弄得不成樣子了；把那些鹽票，一張一張的都租給人家去辦，竟有一大半租出去的了；賸下的自己又無力去辦了，只得棄置在一旁；那租出去的，慢慢把租費拖欠了，也沒有人去追取。大凡做鹽商的，向來是闊綽慣的了，吃酒唱戲，是他的家常事；那羅府上已經敗到這個樣子，那一位羅太太還是循著他的老例去鬧闊綽。只要三天自己家裏沒請客，便鬧說飢荒了，寒塵了。當時羅榮統還是個小孩子，自然不懂得；及至在那錦繡帷中，絃歌隊裏，長大起來，仍然是不知稼穡艱難，混混沌沌的過日子。他家裏有個老家人，看不過了，便覷個便，勸羅榮統把家務整頓整頓；又把家裏的弊病，逐一說了出來。這羅榮統起初不以為意，禁不得這老家人屢次苦勸，羅榮統也慢慢留起心來，到帳房裏留意稽查。那老人家又從旁指點，竟查出好些花帳來。無奈管帳的，當事的，都是他的娘舅姨夫表兄之類；就有一兩個本族的人，也是仰承他母親鼻息的；那裏敢拿他怎樣。只好給他母親商量，卻碰了他母親一個大釘子；說我青年守節，苦苦的綳著這個家，撫養你成人。此刻你長大了，連我娘家人也不能容一個了。羅榮統碰了這個釘子，嚇得不敢則聲，只得仍舊去和那老人家商量。那老人家倒有主意說道：『現在家裏雖然還有幾張鹽票，然而放著不用，也同沒有一般；此刻家裏鬧拮据了，外面看著很好，不知內裏已經空得不像樣子了，那裏還能辦鹽；只好設法先把靡費省了，家裏現有的房產田產，或者可以典借幾萬銀子，逐漸把鹽辦起來，等辦有起色，再取贖回來，慢慢的整頓；還可以把租給人家的鹽票要回來，仍舊自己辦；趁著此時動手，還可望個挽回。再過幾年，便有辦法，也怕來不及了。然而要辦這件事，非得要先把幾個當權的去了不行；若要去了這幾個當權的，非下辣手不行。還有一層：去了這幾個，也要添進幾個辦事的，方才妥當。』

「主僕兩個，安排計策，先把那當權的歷年弊病，查了好幾件出來。又暗暗地約了幾個本族可靠的人，前來接事。一面寫了一張呈子，告那當權的盤踞舞弊。約定了日子，往江都縣去告，連衙門上下人，都打點好了，只等呈子進去，即刻傳人收押。一面便好派人接管一切。也是合當有事，他主僕兩個商議這件事時，只有一個小書僮在旁，也算是機密到極處的了。一天，書僮到帳房裏去，領取工錢，不知怎樣，碰了個釘子。這書僮便咕噥起來，背轉身出去，一路自言自語道：『此刻是你強，過兩天到了江都縣監裏，看你還強到那裏？』這句話卻被那帳房聽了一半，還有一半聽不清楚。便喝叫僕人，把書僮抓了回來，問他說什麼。那帳房本來是羅魏氏的胞兄，合宅人都叫他舅太爺，平日仗著妹子信用，作威作福，連羅榮統都不放在眼裏。被那書僮咕噥了，如何不怒？況且又隱約聽得他說什麼江都縣監裏的話，益發動了真火；抓了回來，便喝令打下一頓嘴巴，問他說什麼。書僮嚇得不敢言語，只哀哀的哭。舅太爺又狠狠的踢了兩腳，一定要追問他說什麼江都縣監裏；再不說，便叫拿繩子綑了吊起來，這十來歲的小孩子，怎麼禁得起這般的嚇唬，只得把羅榮統主僕兩個商量的話，說了一遍，卻又說不甚清楚。舅太爺聽了，暴跳如雷；喝叫綑了書僮，逕奔上樓來。把書僮的話，一五一十對妹子說了。羅魏氏不聽猶可，一聽了這話，只氣得三尸亂爆，七竅生煙；一迭連聲，喝叫把畜生拿來。家人們便趕到書房去請羅榮統；榮統知道事情發覺，嚇得瑟瑟亂抖，一步一俄延的，到了上房。羅魏氏只恨的咬牙跺腳，千畜生萬畜生的罵個不了。又說：『我苦守了若干年，守大了你，成了個人，連娘舅也要告起來了；眼睛裏想來連娘也沒有的了。你是個過繼的，要是我自己生的，我今天便剮了你！』羅榮統一個字也不敢回答。羅魏氏便帶了舅太爺，到書房裏去搜。把那呈子搜了出來，舅太爺念了一遍，把羅魏氏氣一個死！喝叫僕人把老家人綑了，先痛打了一頓；然後送到縣裏去，告他引誘少主人為非。又在禁卒處花上幾文，竟把那老人家的性命，不知怎樣送了，報了個病斃。那舅太爺放心不下，恐怕羅榮統還要發作，叫羅魏氏把他送了不孝，先存下案，好叫他以後動不得手。然後弄兩個本族父老，做好做歹，保了出來，把他囚禁在家裏。從此遇了一個新官到任，便送他一回不孝。你說這件事冤枉不冤枉呢？」我道：「天下事真無奇不有！母子之間，何以鬧到如此呢？」

述農道：「近來江都又出了一個笑話，那才奇呢！有一天，縣裏接了一個呈子，是告一個鹽商的，說那鹽商從前當過長毛；某年陷某處，某年掠某處，都敘得原原本本。敘到後來，說是克復南京時，這鹽商乘亂混了出城，又到某處地方，劫了一筆鉅贓，方才薙了頭髮，改了名字，冒領了幾張鹽票，販運淮鹽。此時老而不死，猶復包藏禍心；若不盡法懲治，無以彰國法云云。繼之見他告得荒唐，並且說什麼包藏禍心，又沒有指出證據，便沒有批出來。那些鹽商，時常也和官場往來；被告的這個，繼之也認得他，年紀已上七十歲的了。有一日，遇見了他，繼之同他談起，有人將他告了。他聽了，很以為詫異。過一天，便到衙門裏來拜會，要那呈子來看。誰知他只看得一行，便氣得昏迷過去；幾乎被他死在衙門裏面。立刻傳了官醫，薑湯開水，一泡子亂救，才把他救醒過來。問他為什麼這般氣惱？——你猜他為什麼來？」我道：「我不知道，你快說罷！」述農站起來，雙手一拍道：「這具名告他的，是他的嫡嫡親親的兒子；你說奇不奇？」我聽了，不覺愕然道：「天底下那裏有這種兒子，莫不是瘋了！」述農道：「總而言之，姬妾眾多，也是一因。據那鹽商自己說，有五六房姬妾，兒子也七八個；告他的是嫡出。鹽商自己因為年紀大了，預先把家當分開；每個兒子若干，都是很平均的。他卻又每一個妾，另外分他三千銀子；正室早亡故了，便沒有分著。這嫡出的兒子，不肯甘心，在家裏不知鬧成個什麼樣的了。末了，卻鬧出這個玩意來。」我道：「這種兒子，才應該送他不孝呢！」述農道：「何嘗不想送他！他遞了呈子之後，早跑的不知去向了。」

當下夜色已深，各自歸寢。過了兩天，述農的事勾當妥了，便趕著要回揚州。我便和他同行，到了鎮江，述農自過江去。我在鎮江料理了兩天，便到上海。管德泉，金子安等輩，都一一相見，自不必說。一天沒事，在門口站著閒看，忽然一個人，手裏拿著一紙冤單，前來訴冤，告幫。抬頭看時，是一個鄉下老頭子；滿臉愁容，對著我連連作揖。嘴裏說話是紹興口氣。我略問他一句，他便嘮嘮叨叨的，述了一遍。我在衣袋裏隨意掏了幾角洋錢給他去了。據他說是紹興人，一向在紹興居住，不曾出過門，因為今年三月要嫁女兒，拿了一百多洋錢，到上海來要辦嫁粧，便有許多親戚朋友街鄰等人，順便託他在上海帶東西；這個十元，那個八元，統共也有一百多元；連自己的就有了三百外洋錢了。

到了杭州住在客棧裏，和一個同棧的人相識起來；知道這個人從上海來的，就要回上海去；這老頭子便約他同行，又告訴他到上海辦東西，求他指引。那人一口應允，便一同到了上海，也同住在一個客棧裏，並且同住一個房間。那個人會作詩，在船上作了兩首詩，到了棧房時，便謄了出來；叫茶房送到報館裏去，明天報上，便同他登了出來。那老頭子便以為他是體面的了不得的人，又帶著老頭子到綢緞店裏，剪了兩件衣料；到算帳時，洋錢又多用了一二分；譬如今天洋錢價，應該是七錢三分，他卻用了個七錢四五；老頭子更是歡喜感激，說是幸虧遇見了先生，不然我們鄉下人，那裏懂得這些法門？過了一兩天，他寫了一封信，交給老頭子，叫他代送到徐家滙什麼學堂裏一個朋友，說是要請這個朋友，出來談談，商量做生意；又給了二百銅錢他坐車。老頭子答應了，坐了車子，到了徐家滙，問那學堂時，卻是沒有人知道；人生路不熟的，打聽了半天，卻只打聽不著。看看天色要晚下來了，這條路又遠，只得回去。卻又想著，信沒有給他送到，怎好拿他的錢坐車，遂走了回去。好在走路是鄉人走慣的。然而徐家滙到西門是一條馬路，自然好走；及至到了租界外面，便道路紛歧；他初到的人，如何認得？沿途問人，還走錯了不少路；竟到晚上八點多鐘，才回到客棧。走進自己住的房一看，哎呀！不好了！那個人不見了，便連自己的衣箱行李，也沒有了，竟是一間空房。連忙走到帳房問時，帳房道：「他動身到蘇州去了。」老頭子著了急，問他走他的，為什麼連我的行李也搬了去？帳房道：「你們本是一起來的，我們那裏管得許多。」老頭子急得哭了。帳房問了詳細情由，知道他是遇了騙子；便教他到巡捕房裏去告。老頭子去告了。巡捕頭雖然答應代他訪緝，無奈一時那裏就緝得著。他在上海舉目無親，一時又不敢就走，要希冀拿著了騙子，還要領贓；只得出來在外面求乞告幫。正是：

誰知萍水相逢處，已種天涯失路因。

未知後事如何，且待下回再記。

第五十四回　告冒餉把弟賣把兄　戕委員乃姪陷乃叔

那紹興老頭子嘮叨了一遍，自向別家去了。我回到裏面，便對德泉說知。德泉道：「騙個把鄉下人，有什麼稀奇？藩庫裏的銀子，也有人有本事去騙出來呢。」我道：「這更奇了！不知是那裏的事？」德泉道：「這就是前兩年山東的事。說起來，話長得很，這裏還像有點因果報應在裏面呢！先是有兩個人，都是縣丞班子，向來都是辦糧臺差事的；兩個人的名字，我可記不清楚了；單記得一個姓朱的，一個姓趙的，兩個人是拜把子的兄弟，非常要好，平日無話不談。後來姓朱的辦了驗看，到山東候補去了，和姓趙的許久不通音問了。山東藩庫裏存了一筆銀子，是預備支那裏協餉的。忽然一天，來了個委員，投到了一封提餉文書，文書上敘明即交那委員提解來。這邊便備了公事，把餉銀交那委員帶去了。誰知過了兩個月，那邊又來了一角催餉文書，不覺大驚。查察起來，才知道起先那個文書是假的。只得另外籌了款項解了過去。一面出了賞格，訪拿這個冒領的騙子，卻是大海撈針似的，那裏拿得著。看看過了大半年，這件事就擱淡下來了。

「忽然一天，姓趙的到了山東，去拜那姓朱的老把弟；說是已經加捐了同知，辦了引見，指省江蘇。因為惦著老把弟，特為繞著道兒，到濟南來探望的。兩個人自有一番闊敘。明天，姓朱的到客棧裏回拜，只見他行李甚多，僕從烜赫，還帶著兩個十七八歲的侍妾，長得十分漂亮。姓朱的心中暗暗稱奇，想起相隔不過幾年，何以他便闊到如此，未免欣羡起來。於是打算應酬他幾天，臨了和他借幾百銀子。於是看見人家闊了，便要打算向人家借錢，這本是官場中人的慣技，不足為奇的。於是那姓朱的，便請他吃花酒，逛大明湖，盤桓了好幾天，老把兄叫得應天響。這天又叫了船，在大明湖吃酒；姓朱的慢慢的把羡慕他的話也說出來了。姓趙的歎口氣道：『大凡我們捐個小功名，出來當差的，大半都是為貧而仕；然而十成人當中，倒有了九成九是越仕越貧的；就以你我而論！辦了多少年糧臺，從九品保了一個縣丞，算是過了一班；講到錢呢，還是囊空如洗；一天停了差使，便一天停了飯碗。如果不是用點機變，發一注橫財，那裏能夠發達？』姓朱的道：『機變便怎樣？老把兄何不指教我一點！』姓趙的道：『機變是要隨機應變的，那裏教得來！』姓朱的道：『老把兄只要將自己行過的機變，告訴我一點，就是指教了！』姓趙的此時已經吃了不少的酒，有點醉了，便正色道：『老弟我告訴你一句話！只許你我兩個知道，不能告訴第三個人的！』說著，便附耳說道：『老把弟！你知道我的錢是那裏來的？就是你們山東藩庫的銀子啊！我當著糧臺差使時，便偷著用了幾顆印，印在空白文書上；當時我也不曾打算定是怎樣用法，後來撤了差，便做了個提餉文書，到這裏來提去一筆款。這不是神不知鬼不覺的事麼？』姓朱的大驚道：『那麼你還到這裏來，上頭出著賞格拿人呢！』姓趙的道：『那時候我用的是假名姓。並且我的頭髮早已蒼白了，又沒有留鬚；頭回我到這裏，上院的時候，先把烏鬚藥，拿頭髮染得漆黑，把鬍子根兒刮得光光兒的，用引見胰子把臉擦得亮亮兒的；誰還看得出我的年紀。我到手之後，一出了濟南，便把鬍子留起來。你看我此刻鬚髮都是蒼白的了，誰還知道是我？並且犯了這等大事，沒有不往遠處逃的，誰還料到我自到這裏來；所以老弟！你千萬要機密，這是我貼身的姬妾都不知道的，咱們自己弟兄不要緊，我告訴你一點！』姓朱的連連答應。及至席散之後，天色已晚。

「姓朱的回到家裏，暗想老把兄真有能耐，平白地藩庫的銀子也拿去用了，怎能夠也有機會學他一遭便好。想來想去，沒有法子。忽然一轉念道：『放著現成機會在這裏，何不去幹他一幹呢？』又想了一想道：『不錯啊！升官發財，都靠這一回了！』打定了主意，便換過衣冠，連夜上院，口稱稟報機密。撫臺聽見說有機密事，便傳進去。他便把這姓趙的前情後節，澈底稟明。稟完，又請了一個安說：『本來上頭出過賞格，拿這個人；此刻不敢領賞銀，只求大帥給一個破格保舉。』撫臺道：『老兄既然不領官賞，就把他隨身所帶的，盡數充賞便了；至於保舉一層，自然要給你的！』他又打了個扦謝過。撫臺道：『那麼老兄便去見歷城令商量罷。』他辭了出來，又忙去找歷城縣。歷城縣聽說是撫臺委來的，連忙請見。他先把情節說了，然後請知縣派差去拿人。知縣道：『還是連夜去拿呢，還是等明天去拿呢？』

他此時跑得乏了，因說道：『等明天去罷！明天請派差，先到晚生公館裏去，議定了下手方法才好；不然，冒冒失失的跑去，萬一遇不見，倒走了風聲，把他嚇跑了，就費手腳了！』知縣便連連答應。他就回家安歇。到了明天，縣裏因為拿重要人犯，派了通班捕役，到他公館伺候。他和捕役說明，叫他們且在客棧前後門守住。等聽見裏面鞭炮響，才進去拿人。說完了，他便叫人買了一掛鞭炮，揣在懷裏，帶了通班捕役，去找他老把兄。兩人相見，談了幾句天；他故意拿了一枝水煙筒吸煙，順便走到院子裏去，把鞭炮放起來。姓趙的在屋裏聽見，甚是詫異道：『這是誰放的鞭……』說猶未了，一班差役，早蜂擁進來。姓朱的伸手把姓趙的一指，眾差役便上前擒住。姓趙的慌了，忙問道：『為了什麼？』差役們不由分說，先上了刑具。便問：『朱太爺，犯眷怎樣發落？』姓朱的道：『奉憲只拿他一個！這些有我在這裏看管。』姓趙的這才知道被老把弟賣了。不覺歎一口氣道：『好老把弟！賣得我好！這回我的腦袋，可送在你手裏了！然而你這樣待朋友，只怕你的腦袋，也不過暫時寄在脖子上罷了！』眾差役不等他說完，便簇擁著去了。這姓朱的便沈下臉來，把那帶來的僕從，都攆走了。叫了人來，把那些行李，都抬回自家公館裏去。那兩個侍妾，也叫轎子抬去，居然擁為己有了。這行李裏面，有十多口皮箱子，還有一千多現銀，真是人財兩進。過得幾天，定了案，這姓趙的殺了。撫臺給他開了保舉，免補縣丞，以知縣留省儘先補用。部裏議准了，登時又升了官。撫臺還授意藩臺，給他一個缺。

「藩臺不知怎樣，知道他兩個的底細，以為姓趙的所犯的罪，本來該殺；然而姓朱的是他至交，不應該出他的首；若說是為了國法，所以公而忘私；然而姓朱的卻又明明為著升官發財，才出首的，所以有點看不起這個人。這會撫臺要給他缺，藩臺有意弄一個苦缺給他，就委他署了一個兗州府的嶧縣。這嶧縣是著名的苦缺，他雖然不滿意，然而不到一年，一個候補縣丞升了一個現任知縣，也是興頭的，便帶了兩個侍妾去到任；又帶了一個姪兒去做帳房。做到年底下，他那姪少爺嫌出息少，要想法子在外面弄幾文；無奈嶧縣是個苦地方，想遍了城裏城外各家店鋪，都沒有下手的去處。只有一家當鋪，資本富足，可以詐得出的。便和稿案門丁商量，拿一個皮箱子，裝滿了磚頭瓦石之類，鎖上了，加了本縣的封條，叫人抬了，門丁跟著到當鋪裏去要當八百銀子。當鋪的人見了，便說道：『當是可以當的，只是箱子裏是什麼東西，總得要看看！』門丁道：『這是本縣太爺，親手加封的，那個敢開？』當鋪裏人見不肯開看，也就不肯當。那門丁便叫人抬了回去。當鋪裏的夥計，大家商量，縣太爺來當東西，如何好不應酬他；不過他那箱子，封鎖住了，不知是什麼東西，怎好胡亂當他的，倒是借給他點銀子，也沒甚要緊；我們在他治下，總有求他的時候，不如到衙門裏探探口氣；簡直借給他幾百銀子罷。商量妥當，等到晚上關門之後，當鋪的當事，便到衙門裏來；先尋見了門丁，說明來意。門丁道：

『這件事要到帳房裏和姪少爺商量。』當事的便到帳房裏去。那姪少爺聽見說是當鋪裏來的，頓時翻轉臉皮，大罵門上人都到那裏去了？可是瞎了眼睛，黄夜裏放人闖到衙門裏來！還不快點給我拿下！左右的，聽了這話便七手八腳，把當事拿了，交給差役，往班房裏一送。當鋪裏的人，知道了，著急的了不得；又是年關在即，如何少得了一個當事的人。便連夜打了電報給東家，討主意。這東家是黃縣姓丁的，是山東著名的富戶；所有山東省裏當鋪，十居六七是他開的。得了電報，便馬上回了個電，說只要設法把人放出來，無論用多少錢都使得。當鋪裏人，得了主意，便尋出兩個紳士，去和姪少爺說情。到底被他詐了八百銀子，方才把當事放了出來。

「等過了年，那當鋪的東家，便把這個情形，寫了個呈子，到省裏去告了。然而衙門裏的事，自然是本官作主，所以告的是告縣太爺，卻不是告姪少爺。上頭得了呈子，便派了兩個委員到嶧縣去查辦。這回派的委員，卻又奇怪，是派了一文一武。那文的姓傅，我忘了他的官階了；一個姓高的，卻是個都司，是本地山東人。等兩個委員到了嶧縣，那位姓朱的縣太爺，方才知道姪少爺闖了禍，未免埋怨一番。正要設法彌縫，誰知那姪少爺先去見那兩個委員，那姓傅的倒還圓通，不過是拿官場套語『再商量』三個字來敷衍；那姓高的，卻擺出了一副辦公事的面目，口口聲聲，只說公事公辦。那姪少爺見如此情形，又羞又怒又怕。回去之後，忽然生了一個『無毒不丈夫』的主意來；傳齊了本衙門的四十名練勇，桌上放著兩個大元寶，問道：『你們誰有殺人的膽量？殺人的本事？和我去殺一個人！這二百兩銀子，就是賞號；我還包他沒事。』四十名練勇聽了，有三十九名，面面相覷，只有一個應聲說道：『我可以殺人！但不知殺的是誰？」姪少爺道：『你可到委員公館裏去，他們要問做什麼，你只說本縣派來看守的；覷便把那高委員殺了，回來領賞。』那練勇答應下來，回去取一把尖刀，磨得雪亮飛快，帶在身邊，逕奔委員公館來。傅委員聽了，倒不以為意；那高委員可不答應了，罵道：『這還了得！省裏派來的委員，都被他們看守了，這成了個什麼話？』倒是傅委員把他勸住。到了傍晚時，高委員到院子裏小便，那練勇看見了，走到他後頭，拔出尖刀，颼的一下，雪白的一把尖刀，便從他後心刺進去，那刀尖直從前心透出，拔了紅刀子出來，翻身便走。一個家人在堂屋裏看見，大喊道：『不好了！練勇殺人啊！』這一聲喊，驚起眾家人出來看時，那練勇早出大門去了。眾人見他握刀在手，又不敢追他。看那高委員時，只有雙腳亂蹬了一陣，就直挺了。傅委員見此情形，急的了不得，忙喝眾人道：『怎麼放那兇手跑了，還不趕上去拿了來！』說話時便遲，那時卻是甚快，那練勇離了大門，不過幾丈遠；眾人聽傅委員的話，便硬著膽子趕去。那練勇聽見有人追來，卻返身仗刀在手道：『本官叫我來殺他的！誰能奈我何？你們要趕我，管叫你來一個死一個！』說罷，回身徜徉而去。眾人誰敢向前。只得回報傅委員。傅委員聽了，嚇得魂不附體，暗想他能殺姓高的，便能殺我；這個虎口之地，如何住得？

便連夜出城，就近飛奔到兗州府告變去了。兗州府得報，也嚇得大驚失色。連忙委了本府經歷廳，到嶧縣去摘了印綬，權時代理縣事；另外委員去把姓朱的押送來府，暫時看管。因為原告呈子，詞連稿案門丁，叫一併提了來。一面飛詳上憲。等經歷廳到嶧縣時，那姪少爺和那練勇，早不知逃到那裏去了。

「不多幾天，省裏來了委員，把姓朱的上了刑具，提回省裏。原來已經揭參出去了。可笑一向還說是姪兒子做的事，與他無涉；直到此時，方才悔恨起來。到了省城，審了兩堂，他只供是姪兒子所做的，自己只承了個約束不嚴。上面便把他押著，一面懸賞緝兇。這件事本就可以延宕過去了。誰知那高委員，也有個姪兒子，卻是個翰林，一向在京供職；得了這個消息，不覺大怒，驚動了同鄉，聯合了山東同鄉京官，會銜參了一本，坐定了是姓朱的主謀，奉旨著山東巡撫澈底根究，不得徇情迴護。撫臺接到了廷寄，看見詞旨嚴厲，重新又把這個案提起來，嚴刑審訊。那門丁熬刑不過，便瘐死了。那姓朱的，也備嚐三木，終是熬不住痛苦，便承了主謀。這才定了案，拿他論抵。那時他還有些同寅朋友，平素有交情的，都到監裏去看他；也有安慰他的，也有代他籌後事的，也有送飲食給他的；最有見識的一個，是勸他預先服毒自殺的。誰知他不以為忠言，倒以為和他取笑，說是正兇還沒有緝著，焉見得就殺我？那勸他的人，倒不好再說了。他自從聽了那朋友這句話之後，連人家送他的飲食，也不敢入口，恐怕人家害他，天天只把囚糧裹腹；直等到釘封文書到了，在監裏提了出來綁了，歷城縣會了城守，親自押出西關。他那忠告的朋友，花了幾十吊錢，買了一點鶴頂紅，攙在茶裏面，等在西關外面，等到他走過時，便勸他吃一口茶。誰知他偏不肯吃。一直到了法場上，就在三年前頭殺姓趙的地方，一樣的伸著脖子，吃了一刀。」正是：

富貴浮雲成一夢，葫蘆依樣只三年。

要知後事如何，且待下回再記。

國家圖書館出版品預行編目資料

二十年目睹之怪現狀 / (清)吳沃堯作. -- 三版. -- 臺北市 : 五南, 2018.7
冊 ；　公分

ISBN 978-957-11-9227-7(上冊 : 平裝). --
ISBN 978-957-11-9228-4(下冊 : 平裝)

857.44　　　106009231

中國經典　8R46

二十年目睹之怪現狀(上)

原　　著　清・吳沃堯
總 經 理　楊士清
封面設計　王麗娟
編　　輯　程于倩

發 行 人　楊榮川
出 版 者　五南圖書出版股份有限公司
地　　址　台北市和平東路2段339號4樓
電　　話　02－27055066
傳　　真　02－27066100
郵政劃撥　01068953
網　　址　http://www.wunan.com.tw
電子郵件　wunan@wunan.com.tw

顧　　問　林勝安律師事務所　林勝安律師

出版日期　2003年 8 月 初版一刷
　　　　　2010年 7 月 二版一刷
　　　　　2018年 7 月 三版一刷
定　　價　新台幣280元整